SAXARLA.

Sheeko

Faarax Maxamuud (Sheeko Xariir)
Farshaxanka: **Christine Nicoll Parson**

i

Faarax Maxamuud (Sheeko Xariir)

Published by Somali Media Company
4900 Leesburg Pike, Suite 413
Alexandria, VA 22302
www.somalimedia.com
The Library of Congress has cataloged the trade paper cover edition as follows:
Mohamed, Farah M, aka "Sheeko Xariir"
of Congress Control Number: 2014946573
Saxarla
ISBN 978-0-9726615-7-7
First edition November 2014
Printed in the United States of America.

Faarax Maxamuud (Sheeko Xariir)

Buugta Kale

- Xasuus Qor (Timelines of Somali History)
- The Miracle Boy and the Somali gangs
- The Somali Queen: Queen Araweelo
- The Great Escape
- Kamila and Her Somali Cat
- Wiilkii Mucjisada ahaa iyo Budhcaddii Soomaalida

MAHAD CELIN

Waxa aan mahadnaq aan la soo koobi karin u celinayaa dadka waqtiga aad u dheer ku bixiyey ee akhriyey sheekada, saarayna miisanka ee talooyinka ka bixiyey ka hor intaan buugga la daabicin. Waxaa dadkaas sharafta leh ka mid ah: Saleebaan Suldaan Cabdillahi Suldaan Cali (USA), Cali Aar Caroone (London, UK), Sahro Cabdi Axmed (VOA, USA), Khadiija Ibraahim Oomaar (Imaaraatka), Weris Jaamac (Virginia, USA) iyo Deeqa Ismaacil Cabdi (Hargeysa, Somaliland). Waxa iyaguna mahad badan mudan dadka aan magacyadoodu halkan ka muuqan, laakiin talooyin badan iyo dhiiri gelinba iigu deeqay.

Waxa kale oo aan u mahad celinayaa **Christine Nicoll Parson** oo Sawirka jeldiga samaysay iyo **Sergio Drumond** oo farshaxanka iyo qoraalka ku daray.

HIBAYN

Buuggan waxa aan u hibeeyey hooyaday Khadiija Xasan Jibaar (Alla ha u naxariisto) iyo qof kasta oo rajanimo ku soo koray.

Afeef

Magacyada, meelaha iyo dhacdooyinka waa wax qoraagu malo awaalay ama hal abuuray. Haddii qof magaciisa mid u eeg sheekada ku arko ama dhacdo uu u soo joogay sheekada ku arko, yaanu u qaadan in isaga/iyada loola jeedo.

1

Iyada oo daalan, gaajo kax la ah, afkiina jiilay ayaa gaadhigii Sabaaxa ahaa ee ay la socotay Ceel-gaab soo joogsaday. Waxa ay gashanayd Kurdad yar oo korkeeda ku idlaatay oo dhinac kasta ka daloosha. Kabo ma ay gashanayn, waxaase cagaha ugu duubnaa maro calal ah oo ay jeexjeexday si ay dhagaxa iyo qodaxda isaga ilaaliso. Inkasta oo cagaha maro ugu duubnayd, haddana waxa marada korkeeda qariyey dhiig kaas oo ka markhaati kacayey cagaagga iyo darxumada ay soo martay intii ay cidla ciirsilada keligeed cararaysay.

Waxa ay ahayd goor maqrib ku dhow oo qoraxdu sii liicayso. Baabuurkii ayaa laga wada degay, qofkastaana shandadiisii ayuu dacalka qabsaday. Dadka qaarkood waxaa sugayey eheladoodii waxa ayna bilaabeen in ay dhundhukadaan, iyaga oo soo dhowaynaya.

Intii soo dhoweynta iyo dhabana iska dhunkadku socdeen, Saxarla waxa ay ka daawanaysay gaadhiga guudkiisa. Waxa ay ahayd ruuxii ugu dambeeyey ee ka soo dega gaadhiga. Bari iyo galbeed ayey eegtay oo dhinac ay u dhaqaaqdo ayey garanweyday. Dhinaca galbeedka ayey jaleecday mise waxa ay aragtay qoraxdii oo baalka sii dhigaysa iyo mugdigii oo dhinac walba ka soo ururay.

Waxa ku abuurmay welwel iyo walbahaar iyo cabsi ka duwan middii ay miyiga ku tiqiinay. Waxana ay xusuusatay hadal ay islaamaha reer miyiga ah ay ka maqli jirtey oo ay odhan jireen "magaalo sideedaba tuug, tuug kalkaal iyo nahaab ayaa isugu tegay." Waxana ay niyadda iska weydiisay "awal dugaag ayaan ka biqi jiraye ma bani'aadam ayaan cabsidii ugu weynayd ka qabaa?"

Intii ay meeshii gaadhigii ay la socotay ka dhaqaaqay taagnayd ee ay marba dhinac eegaysey ayaa qoraxdii si fiican godka ku libidhay, gudcurkiina isku soo gedaamay. Dadkii suuqa u soo dhaadhacayna waxa ay bilaabeen in ay guryahooda u caraabaan, iyaga oo mugdiga ka degdegsan.

Meel dhinaca waqooyinga ka xigtay ayaa waxa ay ku aragtay basas taagan oo dad badani ku xoonsan yihiin. Waxa ay dan la'aan u ugu dhaqaaqday xaggii basasku ka baxayeen. Waxa bas kasta dhinac taagnaa nin dhalinyaro ah oo xoog u qaylinaya sheegayana meesha basku u socdo. Magacyadii ay ku dhawaaqayeen waxa ka mid ahaa: Hawl-wadaag, Kaaraan, Hodan, Dayniile,

Boondheere, Siinay iyo Siigaale.

Saxarla oo cabsidii adduunku isugu soo ururtay ayaa ku fekertay in ay meelahaas dadku u caraabayaan iska aaddo, waxa ayna u dhaqaaqday xaggii baskii Kaaraan u socday. Inta ay ninkii qaylinayey (Kirish-boygii) is dhinac taagtey iyada oo wejigeeda cabsiyi ka muuqato ayey xaggii albaabka gaadhiga u dhaqaaqday. "Yareey, yaa kula socda" ayuu yidhi inta uu garabka xoog ugu soo dhegay iyada oo jaran-jaradii gaadhiga sii fuulaysa. Cod gibin ah oo daal iyo rafaad ka muuqdo ayey hoos ugu tidhi "cidna." Isaga oo weli garabka ka haya ayuu weydiiyey in ay lacag haysato iyo in kale, ka dibna madaxa ayey ruxday iyada oo ka wadda maya. Inta uu xoog u tukhun tukhiyey ayuu ka sii daba yidhi "ka dhaqaaq meesha isla-wareegto yahay."

Iyada oo yaaban oo garan la' dhinac ay u dhaqaaqdo ayaa bas kale agteeda soo istaagay. Haweenay dadkii baska ka soo degay ka mid ah ayaa waxa ay isa salaaneen haweenay kale oo baska soo joogsadey sugaysey. "Naa Caasha iska waran beryahaan laguma arkine, tii baska ka soo degtay ayaa weydiisay…waa nabade adigu reerkii ka waran" ayey ugu jawaabtey. Intii ay wada hadlayeen sidii qof garanaya ayey Saxarla inta ay is agtaagtay afkooda daawanaysey.

Haweenaydii gaadhiga sugaysay ayaa tii baska ka soo degtay weydiisey xilliga maqaariibta ah meesha ay u socoto. Waxa ay ugu jawaabtey in ay suuqa u socoto oo

3

caruurteeda Suuqa Xamar-weyne dhar uga soo iibinayso. "Alla waan ilaawey…ilaa berrito waa ciid" tii kale ayaa tidhi, inta ay afka gacanta saartay.

Waxa ay Saxarla xusuusatey saaxiibteed Sugan oo maalmaha ciidda ah dhar cusub oo qurux badan waalidkeed u soo iibin jirey; iyo su'aalihii ay Sugan weydiin jirtey ee ahaa "miyaan adiga dharka ciidda laguu soo iibin?" iyo jawaabtii ay siin jirtay ee ahayd "aniga hooyaday way dhimatay."

Waxa ay gashay riyo dheer oo hooyadeed dib u xusuusisay. Waxa ay sawiratay iyada iyo hooyadeed oo inta ay suuqa isu raaceen ay u iibinayso dhar qurux badan oo ay ka muuqato farxad iyo rayn-rayn. Waxase ay ku soo baraarugtay iyada oo labadii haweenay is leeyihiin "macasaalama iyo ciid mubaarak."

Haweenaydii suuqa u socotay ayey iska daba gashay si ay u aragto suuqa wax lagu kala iibsado. Maadaama uu gabalkii sii madoobaaday, waxa ay ku dedaalaysay in aanay haweenayda ay daba socotaa jaanta ka goosan, isla markaana waxa ay iska ilaalinaysay in aanay haweenaydu dareemin in cidi daba socoto. Aakhirkiina waxa ay gaadheen suuqii Xamar-weyne oo sida dharaartii u iftiimaya.

Weligeed intii ay jirtay indhaheeda ma saarin meel la mid ah…waxana ku dhacay indho-daraandar iyo ashqaraar. Waxa ka yaabiyey bilicda meesha ka muuqata, dhalaalka iyo walac-walacda nalalka iyo

4

quruxda dharka iyo alaabooyinka kala duwan ee la iibinayo. Waxa ka yaabiyey iyada oo gudcur dhex socotay in iftiinka ka muuqda dartiis suuqii ula ekaaday in waagii u beryey.

Dad badan oo suuqa wax ka iibsanayey waxa la socday caruurtoodii oo dharkii ciidda loo iibinnayo. Waxa Saxarla aad uga yaabiyey quruxda iyo dhalaalka ka muuqda hablaha yar-yar ee da'deeda ah ee waalidkood la socday. Waxa ay niyadda iska tidhi "haddii hooyaday noolaan lahayd aniguba sidooda oo kale ayaan u ekaan lahaa."

Suuqa oo ahaa meel dadkii aad uga batay oo qofba qofka kale riixayo si meel uu maro u helo, cidina ma dareemin ilmaha yar ee keligeed meesha taagan; inkasta oo dhowr qof ku yidhaahdeen "yareey meesha ka leexo yaan lagu jiirine."

Inkasta oo ay hooyadeed iyada oo yar dhimatay oo xataa aanay xusuusan karin sida ay u ekayd, midabkeeda iyo muuqaalkeeda toonna, haddana waxa ay hooyadeed marwalba ahayd qayb nolosheeda ka mid ah. Markastana waxa ay hooyadeed u ahayd muraayadda ay iska daawato ama ka milicsato duruufta ay marwalba ku sugan tahay. Waxa ayna mararka qaarkood sawiran jirtay iyada oo hooyadeed u sheekaynayso ama wax u iibinayso. Waxa ay markasta oo ay hooyadeed xasuusataba isaguna niyaddeeda ku soo dhici jirey walaalkeed Samaale oo inkasta oo uu ka yaraa ay sawiran jirtay isaga oo nin weyn ah oo la socda ama caawinaya.

Waxa Saxarla dukaanka ay daawanaysay agteeda taagnaa gabadh yar oo ay qiyaastii isku da'yihiin oo aad u xaragoonaysa oo gashan Kurdad (canbuur) aad u qurux badan, kabo madow oo aad loo soo dhalaaliyey, timahana si fiican loogu soo feedhay oo muudsanaysa nacnac buuran oo qori ka taagan yahay. Saxarla Kurdad ka gaaban oo dhowr meelood ka jeexan ayey gashanayd, kabana ma sidan timuhuna inta ay aad ugu baxeen ayey ku raamaysteen. Saxarla iyo gabadhii yarayd ee ag taagnayd ayaa isku dheegagay, iyaga oo midba midda kale la yaaban tahay.

Cabaar markii Saxarla iyo gabadhii yarayd ee xaragoonaysay is daawanayeen ayey tii yarayd inta ay dhaqaaqday hooyadeed dhinaca kale ka martay. Saxarla waxa ay is dareensiisay in ay gabadhu darxumadeeda iyo aradka ka muuqda ka baqday. Markii ay dharkii ciidda iibsadeen ayaa gabadhii yarayd hooyadeed inta ay gacanta qabatay ku tidhi "ina keen hooyo waynu daahnaye." Markii ay dhowr talaabo socdeena gabadhii yarayd ayaa inta ay Saxarla dib u soo eegtay gacanta u haadisay iyada oo ka wadda nabad gelyo (bye bye). Waxa ay gacanta sii ruxaysay ilaa intii ay mawjad dad ah oo is dhex yaacaysa kaga dhex libidhay.

Iyada oo weli meeshii taagan oo ku indho daraandarsan adduunka la kala iibsanayo iyo waxa khalqi isdhaafaya ayaa mar keliya laydhkii sam yidhi (demay). Dadkii dukaamada iibinayey ayaa buuq iyo qaylo isku daray, qaar ka mid ahina waxa ay bilaabeen in ay faynuusyo iyo laydh-tiriigyo shitaan. Intoodii badnaydse waxa ay bilaabeen in ay xidhaan meheradahoodii si aan alaabta looga xadin.

Dadkii adeegga u yimi ayaa waxa ay iyaguna bilaabeen in ay jidadkii yaryaraa ee suuqa isku jiidhaan, iyaga oo ka cabsi qaba in tuugta suuqa ku jirtaa wax yeelaan ama alaabta ay iibsadeen ka boobaan. Kuwii baabuurta wateyna waxa ay bilaabeen in ay baabuurtoodii kaxaystaan. Intii lugaynaysayna waxa ay u kala dareereen boosteejooyinkii (istaanadii) ay basaska iyo tagaasidu ka bixi jireen.

7

2

Saxarla iyo habeen madow ayaa loo kala tegay, isla markiibana waxa ku abuurmay cabsi aan la maleyn karin. Markii ay aragtay in dadka badankoodii suuqii ku kala tageen ayey waxa ay iska daba gashay laba haween ah oo suuqa wax ka iibsaday. Waxa ay dhex xuleen luuq-luuqyo madow oo lagu kala caraabay. Waxaa meel kasta qaylo iyo ci isku daray bisadihii iyo eydii dib jirka ahaa. Waxaana dhowr jeer ka hor booday oo ka nixiyey bisado is eryanaya.

Naxdin ayey lugaha la dhaqaajin weyday waxayna bilowday in meel walba oo jidhkeeda ka mid ah gariirto. Inkasta oo ay dadka ka maqli jirtey bisadaha iyo eyda, haddana weligeed ma ay arkin. Cidii Eyda iyo bisadihii yaacayeyna waxa ay u malaysay in ay yihiin bahalo wax cuna. Sidii ay u cararaysay ayaa waxa ay ku soo dhex dhacday suuqii hilibka lagu iibin jirey oo boqolaal bisado iyo eyo ahi lafo iyo hadhaagii hilibka ku kala boobayaan. Naxdintii iyo argagaxii dartood ayey labadii Haweenay ee ay daba socotayna ka luntay.

Luuq yar oo ay is lahayd bahalo kaama xigaan ayey isku sii daysay.. miyooow…miyoow..miyoow koox kale oo bisado ah oo lafo xaganaya ayey ka dul dhacday. Mid ka mid ah oo madow ayey dabada (dibka) kaga joogsatay, bisaddiina inta ay naxday oo samada u booday ayey Saxarla lugta ka xagatay. Naxdintii ayey inta ay turun-turootay dhulka ku dhacday.

Iyada oo hiin-raagaysa ayey si degdeg ah u kacday oo orod isa-sii daysay. Iyada oo dawakhsan oo luuqyadii madoobaa midba mid u dhiibayo sidiina u ordaysa ayaa aakhirkii laydhkii soo noqday (dib u daarmay). Markaas ayey waxa ay bilowday in ay aayar socoto iyada oo weli hareeraha iyo xagga dambe iska eegaysa oo weli cabsidii ku jirto.

Waxa ay ku soo baxday saddex (laba wiil iyo gabadh) ciyaal ah oo gidaar fadhiya oo sheekaysanaya. "Yareey, kaalay…intee ka timi?" qiyaastii wiil dhowr sano ka weyn oo ciyaalkii gidaarka fadhiyey ka mid ah ayaa weydiiyey. "Waan lumay" ayey hoos u tidhi inta ay joogsatay. "Kaalay halkan soo fariiso" gabadhii ayaa tidhi inta ay qardaasyo dhulka ku goglanaa gacanta ku taabatay.

Kurdadii yarayd ee ay xidhnayd inta ay jidhkeeda ku uruurisay (iyada oo is-asturaysa) ayey fadhiisatay. "Magacaa?" gabadhii ayaa weydiisay. "Saxarla" ayey ugu jawaabtey iyada oo il-qoodha ka eegaysa. "Aniga

9

magacaygu waa Batuulo, kanna waa Dooli, kaasna waa Dhuudhi" gabadhii yarayd ayaa tidhi iyada oo gacanta ku fiiqaysa wiilashii.

"Ma baadiyaad ka timi?" Batuulo ayaa weydiisay Saxarla. Baadiye? Saxarla oo fahmi weyday erayga baadiye ayaa sii weydiisay Batuulo. "Baadiye ma taqaanid?" Batuulo ayaa mar kale ku celisay. "hahaha hahaha, ar tan waa qaldaan," Dooli ayaa inta uu qosol ku dhuftay yidhi. 'Yarow gabarta dhaaf adiga ayaa qaldaan iyo wax ka xun ahe." Batuulo oo Saxarla u hiilinaysa ayaa inta ay tantoomo ku dhuftay Dooli tidhi. "Taraq ma haysaa?" Batuulo ayaa inta ay xabad sigaar ah afka gashatay weydiisay Dooli. "Anigaa haya" Dhuudhi ayaa yidhi intii aan Dooli u jawaabin, ka dibna taraqii u soo taagey Batuulo.

Taraqii ayey baf ka siisay oo sigaarkii shidatay ka dibna qiiq badan labada dalool ee sanka ka sii daysay. Saxarla ayaa ku dhegagtay Batuulo iyada oo la yaaban. Iska daa gabadh yar oo sigaar cabaysee weligeed ma ay arkin qof dumar ah oo sigaar cabaysa. Wejigii Batuulo ayey sii eegtay mase waxa ka yaabiyey inta nabar iyo boogo ku yaalla.

"Abaayo xabad sigaar ah i-sii" Dhuudhi oo daasad madhan nuugayey oo aad moodid in hadalku dhib uga soo baxayo ayaa Batuulo ku yidhi. "Sigaar ma hayee, kanaan kuu soo reebaa" ayey ugu jawaabtey. "Abaayo shimeed beledka timi?" Batuulo ayaa inta ay sigaarkii jiidday oo kor u afuuftay Saxarla weydiisay. Saxarla oo fahmi weyday "beledka iyo shimeed" ayaa inta ay eegtay Batuulo iska aamustay. "Ar waa kuu sheegay cunugtaan qaldaan waaye" Dooli ayaa intuu gacata ku fiiqay Batuulo yidhi. "Yarow ma ku dhihinoo gabarta dhaaf" Batuulo ayaa inta ay farta ku fiiqday Dooli tidhi.

"Gaajo maa ku haysa?" Batuulo ayaa inta ay Saxarla jaleecday weydiisay. Haa—ayey ugu jawaabtey iyada oo hadalku dirqi uga soo baxayo. "Dhuudhi ma i-raacee, gabartanaan cunto u raadinaaye?" Batuulo ayaa tidhi. "Mashquul baan ahee idhaaf" ayuu ugu jawaabey isaga oo nuugaya daasad xabagi (koolo) ugu jirto. "i-sii sug abaayo waa soo laabanayaaye" Batuulo ayaa tidhi inta ay kacday oo sigaarkii ay cabaysay Dhuudhi u dhiibtay.

Batuulo oo daasad bariis ka buuxo sidda ayaa soo noqotay. Waxa ay aragtay Saxarla oo gidaar Dooli iyo Dhuudhi ka fog taagan. "Abaayo maxa dhacay" Batuulo ayaa weydiisay. Saxarla ayaa madaxa ruxday iyada oo "ma aqaan" ka wadda. Markiiba waxa ay Batuulo fahantay in intii ay maqnayd wax dhaceen. "Yarow maxaad gabarta ku samaysay?" Dooli oo ay ciyaalo-suuqnimo ku ogayd ayey weydiisay. "Yareey joog cawada kibaraa ku hayee" ayuu ugu jawaabey inta uu nuugay daasaddii xabagtu ugu jirtay. "War bax sharmuud yohow" inta ay ku tidhi ayey xaggii gidaarkii Saxarla taagnayd u dhaqaaqday.

Batuulo oo daasaddii bariiska ahayd sidda ayaa u

11

tagtay Saxarla. "Fariiso abaayo" ayey tidhi inta ay daasaddii bariisku ku jiray dhulka dhigtay iyaduna dhinac fadhiisatay. Waxa ay aragtay Saxarla oo ilmo ka da'ayso. "Abaayo cun" ayey ku tidhi inta ay daasaddii baariisku ku jirey gacanta ku fiiqday.

Muddo ayey ku qaadatay Batuulo sidii ay Saxarla oo muraara dilaacsan u dejin lahayd. Maadaama ay haysay gaajo aad u xun waxa ay bilowday in ay bariiskii sidii ay cid ka boobayso u cunto. "Abaayo waan kuu soo laabanayaaye" bariiska sii cun, Batuulo ayaa tidhi inta ay kacday oo xaggii Dooli iyo Dhuudhi u dhaqaaqday.

Dooli ayey dhinac fadhiisatay ka dibna waxa dhex martay dood aad u dheer oo arrintii Saxarla ka xanaaqday ku saabsan. Aakhiritaankiina Dooli waxa uu qirtay in uu Saxarla marada ka tuuray ka dibna uu bowdada ka salaaxay. "Adi jinni maa qabtaa, macalimadda suuqa ayey ku soo biirtay marka waxa aan is dhahay yaan lagaaga horayn...kollay xariif kale ayaa cunayee" ayuu yidhi isaga oo Batuulo gacanta ku fiiqaya. "Fiiri, Dooli cunugtaan suuqa ma soo gelin, baadiye ayey ka timi dhibaa haysta ee faraha ka qaad" ayey tidhi iyada oo aad xanaaq uga muuqdo. Ka dibna iyada oo weli xanaaqsan ayey Dooli agtiisa ka kacday oo u dhaqaaqday gidaarkii Saxarla fadhidey. Waxa ay u tagtay Saxarla oo markaas bariiskii dhammaysatay, ka dibna dhinaceeda ayey fadhiisatay.

Marka aad eegto Batuulo uma eka qof cid kale u

naxariisan karta. Waxa korkeeda ka muuqday darxumo. Waxa ay gashanayd Kurdad (canbuur) dhinacyada ka jeex-jeexan. Waxa ku baxay timihii oo raamaystay midabkoodiina caddaan isu bedelay, basaas darteed. Waxa ay gashanayd laba kabood oo dacas ah oo kala midab ah.

Waxa ay uga sheekaysay Saxarla nolosheeda iyo sida ay dib jirka ku noqotay. Waxa ay u sheegtay in inkasta oo aanay da'deeda dhabta ah si fiican u garanayn ay ku qiyaastay 14 sano, iyo in iyada oo shan sano jirta ay hooyadeed dhimatay, aabaheedna naag kale iska guursaday; ka dibna ay qaadatay habaryarteed oo caruur badan lahayd.

Waxa ay u sheegtay in mudadii ay guriga habaryarteed joogtay ay ku kortay nolol cadaadis iyo xaqdaro ku dhisan taas oo ahayd nolol aad u adag oo ay qaadan kari weyday, ka dibna ay bilowday iyada oo sideed jir ah in ay guriga habaryarteed ka cararto oo maalin walbana suuqa laga soo qabto. Ugu dambayntiina in markii qiyaastii ay toban sano noqotay ay si rasmi ah suuqa u gashay (dib jir u noqotay).

Waxa ay uga warrantay nolosha suuqu in ay tahay mid aad u adag oo dhibka ay kala kulantay aan la malayn karin. "Waxa la i baray wax kasta oo xun oo dhan; qaad, sigaar, xabag, iyo in aan la seexdo dib jirka magaalada iyo rag i dhali kara oo ciyaala suuq ah"ayey ku tidhi Saxarla.

13

Saxarla oo lulo la kax ah ayaa labadii indhood soo baxeen. Waxa ku dhacay yaab iyo amakaag waxa gabadha yar ee intaas leegi ka hadlayso ee ay tidhi waa ay ku dhaceen. Inkasta oo aanay fahmin dhibaatooyinka Batuulo ka hadashay qaarkood, haddana waxa fajac ugu filaa ceebta ay qiratay ee ay ragga kula seexatay! Batuulo lafteedu waxa ay fahamtey in Saxarla ay baadiye ka timi oo aanay fahmi karin tahluukooyinka iyo anshaxyada xun xun ee magaalooyinka ka jira.

Markii ay muddo dhibaatada magaalada uga sheekaynaysay Saxarlana xanaaqii Dooli ka ba'ay ayey Batuulo waxa ay weydiisay meesha ay ka timi iyo sababta magaalada keentay. Saxarla oo ay wejigeeda ka muuqdaan murugo, daal iyo tiiraanyo aan la malayn karin ayaa waxa ay bilowday in ay Batuulo uga sheekayso nolosheeda. Sida Batuulo oo kale waxa ay u sheegtay in iyada oo shan sano jirta hooyadeed dhimatay ka dibna aabaheed naag kale guursaday taas oo ahayd mid aan naxariis lahayn oo silic iyo saxariir badday.

Waxa uu ahaa habeen dheer oo ay isugu keliyeyseen wadaagga sheekooyinkii murugada lahaa iyo noloshii adkayd ee ay labadooduba ku soo koreen. Batuulo oo nolosheeda u arkaysay mid aan rajo lahayn ayaa waxa ay iska dhaadhicisay in xil ka saaran yahay in ay badbaadiso gabadha yar ee curdinka ah si aanay jidkii xumaa ee ay iyadu martay ugu dhicin.

Saxarla oo siday u sheekaynaysay lulo dhinac ula

dhacday ayaa Batuulo inta ay dhirbaaxo yar garabka kaga dhufatay ku tidhi "Abaayo toos aan wiilasha u tagnee." Ka dibna inta ay gacanta ka qabatay ayey istaajisay. Waxa ay dul yimaadeen Dooli iyo Dhuudhi oo sidii ay xabagtii u nuugayeen sakhraan iyo hurdo la gataati dhacay oo khuurinaya.

Batuulo ayaa inta ay kartuushyadii (Baakooyinkii) ay ku seexan jirtay fidisay Saxarla ku tidhi "abaayo seexo halkan"—inta ay Dooli oo hurda dhiniciisa gacanta ku fiiqday. Saxarla ayaa madaxa ruxday iyada oo "maya" ka wadda. "Aniga ayaa halkaas seexanayee adigu dhinaca kale seexo" Batuulo oo ilko caddaynaysa oo fahamtay baqdinta Saxarla ay ka qabto Dooli. "Huwo abaayo go'an" Batuulo ayaa ku tidhi Saxarla inta ay korka ka saartay go' yar oo dhowr meelood ka daloola oo an weligiis biyo la marin.

Wax yar ka hor eedaankii salaadda subaxnimo ayaa Saxarla oo hurdo macaan dhexda uga jirta ayaa waxa ay ku toostay buuq iyo qaylo. Waxa ay indhaha ku kala qaadday (aragtay) nin xoog weyn oo dhacdhacaya (sakhraansan) oo Batuulo gacanta ka jiidaya oo ku leh "yareey ina keen, khasab ayaad igu raacaysaa…haddii kale dhegahaan kaa tumayaa." Waxaa ninka labada dhinac ka taagnaa Dooli iyo Dhuudhi oo laba quraaradood oo jaban haysta oo marba ku waabinaya ninka. Batuulo oo iyaduna cadho kax ah ayaa la caytamaysa ninka oo marba isku deyeysa in ay gacanta ka qaniinto. Ugu dambayntii ayey ilkaha la heshey,

15

isagiina feedh iskaga fujiyey iskuna deyey in uu mar kale gacanta ku dhego.

Dooli ayaa ka soo daba booday oo quraaraddii uu haystay gacanta kaga jeexay. "Aah ..Aah…wacal wacal dhalay, wacal-wacal dhalay" ninkii ayaa yidhi inta uu xoog u qayliyey oo meeshii quraaraddu kaga dhacday oo dhiig ka hooraayo gacanta ku qabtay. Intii uu gacanta dhiiggu ka socday ku mashquulsanaa ee uu cabaadaayey ayey Saxarla saaxiibadeed kala yaaceen. Saxarla oo ka naxsan dhiiggii ninka ka socday oo weli agtaagan ayaa inta Batuulo soo noqotay oo gacanta ku dhegtay xoogna u jiidday ku tidhi "naa soo carar tuuggu yaanu ku diline."

Sidii ay u sii yaacayeen ayaa waxa ay gaadheen gidaarkii (derbigii) Shineemo Banaadir oo ay mararka qaarkood seexan jireen, haddii aan qolo ka xoog badani sii degin. Sida caadada ah ciyaalka suuq joogga ah (dib jirka) waxa ay u wada socdaan ama u wada nool yihiin koox-koox si ay cadowga isaga kaashadaan, cudud xoog lehna u noqdaan. Isgaashaan buuraysiga dib jirku waxa ay ku salaysan tahay dhowr arrimood; ha ugu weynaato difaacashada meesha ay seexdaan, dhulka ay qadhaabtaan iyo meelaha ay ka shaqaystaan (haddii ay shaqo helaan). Sidaas daraadeed difaacashada xuduudyada noocaas ahi waxa ay ka mid tahay waxyaabaha ugu muhiimsan ciyaalka dibjirka ah.

Habeenkaas intii ka hadhay waxa ay seexdeen gidaar

Shineemo Banaadir u dhow. Saxarla oo hurdo macaan ku qasaysa ayaa waxa ay dareentay wax qaboow oo xoog leh oo dusha kaga dhacay. Inta ay naxday ayey kor u booday, ka dibna waxa ay aragtay korkeedii iyo maradii ay huwanayd oo wada qoyan iyo nin labada fool ee sare ka maqan yihiin oo qoslaaya baaldi madhana la kor taagan.

"Ka kac meesha shakshuukayahay, biyo qabow aan kugu shubee kuwo kulul aan kugu geddin doonaaye" ayuu ku yidhi isaga oo afkii labada fool ka maqnaayeen kor u taagaaya oo qoslaya.

Saxarla oo naxsan, yaaban oo garanweyday waxa uu ninka weyni ku maagay ayaa inta ay fadhigii ka ruqaansatay istaagtay. Hareeraheeda ayey eegtay mase saaxiibadeed mid kama joogo.

Inkasta oo saaxiibadeed gaar ahaan Batuulo, naxariis iyo soo dhoweyn u muujiyeen, haddana nolosha suuqa ayaa ah mid aad u adag ruux kastaana waxa uu ku qasban yahay in uu u hawl galo sidii uu u heli lahaa wixii uu maalintaas cuni lahaa. Waa nolol la mid ah tii daayeerka ee uu odhan jirey "nin qadhaab hela, nin quwaax hela nin iskaba qada ha la qadhafsado." Maadaama ay hurdadii Saxarla ku daahdayna kooxdii la huruday way qadhaab tageen. Ka dibna inta ay biyihii go'ii ay huwanayd ka maroojisay oo hurguftay ayey xaggii suuqa Xamarweyne u dhaqaaqday.

3

Waxa ay ahayd maalin ciid ah, waxa ay dhex gashay suuqii oo cakiran oo dadkii ka batay. Waxa ay la yaabtay meesha waxan oo dad ahi isaga yimaadeen. Waxa jidadkii suuqa ee cidhiidhiga ahaa sii xidhay dadkii iyo baabuurtii oo foodda isla galay. Waxa ku soo dhacday odhaahdii ay islaamaha ka maqli jirtey ee ay odhan jireen meeshaas ushii cirka loo tuuraa dhulka uma dhacayso khalqiga is dhaafaya dartiis! Iyana inta ay go'eedii qoyanaa kilkilada gashatay ayey mowjaddii dadka iyo baabuurta ahayd dhex qaadday.

Maalinta ciidda ah waa maalin ay si fiican u ceeshaan dhammaanba ciyaalka dib jirka ahi, mid sadaqo hela, mid xamaal hela iyo mid xoogsi haleba. Saxarla maadaama aanay khibrad u lahayn sida suuqa looga qadhaabto, waxa ay ujeeddo la'aan marba dhinac u socotay suuqii mugga weynaa. Ka dibna dhinac kasta ayaa laga riixay "yareey ka wareeg, yareey ka leexo, na meesha ka baydh, ar heey xaad mahan ka

18

suubee…iwm."

Jaah wareer ayaa ku dhacay, waxana ay fahmi weyday waxa ay suuqa sidaas u mug weyn ay cagaha u dhigi kari la'dahay ee dadku u tuur-tuurayaan. Waxa ugu darraa oo ay khaati ka joogsatay xamaaliintii kaaryoonayaasha (gaari gacanka) eryanayey ee rabay in ay maalintaas lacag badan shaqaystaan oo mar walba dhinac u kala tuurayey.

Waxa sii indho-daraandariyey quruxda iyo jamaalka ka muqday gabdhaha yaryar ee da'deeda ah ee dharka quruxda badan ee ciidda isku soo walacsiiyey, kuwa ka sii yar yar ee biibilaha iyo waxyaalaha la afuufo ee ciidul faraxa ka dhawaajinayey. Waxa ay sanka la raacday khum-khumka iyo udgoonka iyo cadarka haweenku isku soo shubeen. Waxa ay indhaha ka jeedin wayday dhalaalka dahabka dumarka iyo hablaha yar yari gashanaayeen iyo quruxda dharka cusub ee la isla dhaafaayo.

Maadaama aanay Saxarla weligeed Ciidin wax masayr ahi kama gelin bilicda iyo qurxda hablaha faceeda ah ka muuqda, laakiin waxa ay ku soo kicisay xasuustii hooyadeed oo dareensiisay in ay intaas iyo in ka badanba ay u samayn lahayd ama u iibin lahayd, haddii ay noolaan lahayd.

Sidii marba dhinac loogu tuurayey ayey daashay. Waxa ay aragtay dhagax weyn oo dukaan dharka lagu iibiyo dhinaciisa yaalla. Dhagaxii ayey ku fadhiisatay oo

19

dadkii is dhaafayey daawatay. Sidii ay dadkii is dhex socday u daawanaysay ayey waxa ay noqotay sidii wax ga'may oo kale (riyoonaya), waxa ayna gashay riyo dheer; iyada oo hooyadeed la socota oo dharkii ciidda gashan. Waxa ay iska dhex aragtay suuqii laga buuxay. Iyada iyo hooyadeed ayaa marba dukaan gala, "hooyo kan ii iibi, isku eeg..haa si fiican ayuu kuu leeg yahay. Hooyo jalaato ayaan rabaa, noocee rabtaa...midda casaanku ku jiro.." Hadaladii ciyaalka hooyooyinkood la socda ka soo duul duulayey ayey iyadii xaqiiqo ka dhigatay!

"Yareey maxaa meesha ku fadhiisiyey" haweenay ayaa inta ay garabka ka taabatay weydiisay; iyada oo riyo macaan dhexda uga jirtay. Sidii wax soo baraarugay ayaa inta ay naxday kor u eegtay. "Hooyo" ayey tidhi iyada oo riyadii run mooday. "Naa hooyadaa ma ihiye shaqo ma rabtaa?" haweenaydii ayaa ku tidhi inta ay indhaha ku gubtay. Saxarla oo weli naxsan ayaa madaxa ruxday iyada oo haa ka wadda.

"Kac oo dambiishan (seladda) soo qaad" ayey ku tidhi inta ay selad khudaari uga buuxdo gacanta ugu fiiqday. Saxarla oo aad moodid in ay dheelalawsan tahay ayaa istaagtay. "Naa waa maxay waxa qoyan ee kilkilada kuugu jiraa?" ayey weydiisay. "waa go' " ayey ugu jawaabtey. "Naa aniga ayaa mid fiican ku siinayee iska tuur waxa" ayey ku tidhi inta ay go'ii ka dhufatay oo meel qashin (xashiish) tuuran yahay ku dhex tuurtay. Inta ay go'ii oo qashin dhex yaal jaleecday, ka dibna ka jeensatay.

"Naa magacaa?" ayey cod weyn oo kulul ku weydiisay. "Saxarla" ayey cod gaaban oo baqdini ku jirto ku tidhi. "Anigana waxa la i yiraahdaa Canab Caddey, laakiin dadka edebta darani waxa ay iigu yeedhaan Canab Neero, adiguna hadalkooda ha maqlin" ayey tidhi.

Saxarla ayaa culays dartii dhulka ka hinjin kari weyday dambiishii. Ka dibna "Ma qaadi karo" ayey tidhi inta ay kor u eegtay Canab Neero. "Naa waa maxay tan marjada ahi," ii soo qaad bacda, inta ay Bac dhar ay soo iibsatay ku jiro farta ugu fiiqday tidhi. Saxarla oo hadalka kulul ee Neero ka yaabtay, ayaa bacdii sidaha qabatay oo kor u qaadday. "Ha iga hadhin meesha waa lagu lumaaye," Canab Neero ayaa tidhi iyada oo xoog u talaabsanaysa.

Waxa ay sii daba hantaq-hantaq laysaba waxa ay ugu dambayntii gaadheen suuqii khudaarta. "Waxa aad iga ilowday basbaaskii," Neero ayaa ku tidhi oday khudrad iibinaya. "Canab iga raali ahow beriga qayladii ayey iga badsheeenne" ayuu ugu jawaabey. "Ma ogidoo beriga in ay Ciid tahay" ayuu cod gaaban oo ixtiraam ku jiro ku yidhi. "Cabdulle lacag ayaa ku waashaye buuqna lagaama badine i-sii basbaaska" ayey ku tidhi inta ay basbaaskii gacanta ku fiiqday. "yaayaa...ar-minay lacagi iga badatay mahaan qoraxda ma taagnaadeene basbaaska ma kuu badshaa mase intaas ayaa kugu

21

filan?" Cabdulle ayaa yidhi inta uu sacab muggiis oo basbaas ah waraaq ugu duubay oo xaggeeda u taagey. "Iga badan" inta ay tidhi ayey dhaqaaqday. "Macasaaama" ayuu ka daba yidhi. "Na soo soco" inta ay xoog u talaabsatay ayey Saxarla ku tidhi. Ka dibna waxa ay gaadheen meeshii tagaasida laga raacayey.

4

Canab Neero waxa ay u dhalatay xoog, dherer iyo laxaad. Waxa ay madoobayd inta ruux madoobaan karo. Waxa ay lahayd indho aad u cascas oo haddii ay kugu eegto cabsi ku gelinaya, waxayna gashanayd diric madow oo barobaro cad-cad leh.

Markii ay tagsigii ka soo degeen ayey Neero albaabkii ganjeelada ahaa xoog u garaacday. "Yaa waaye?" nin cod weyn ayaa gudaha ka yidhi. "war fur waa anigiiye" Neero ayaa ku tidhi. Waxa albaabkii ka furay nin aad u madow, aad u xoogweyn, feedho qaawan oo aad moodid in uu jidhka saliid marsaday.

Markii ay Neero gudihii gashay ayaa ninkii xoogga weynaa ee albaabka taagnaa Saxarla garabka qabtay oo albaabkii ku joojiyey "cunugtaan maxay rabtaa?" ayuu yidhi. "Soo daa aniga ayey ila socotaaye" Neero ayaa ku tidhi inta ay dambiishii ay sidday dhulka xoog ugu tuurtay. "Burjiko" dambiishan qaad oo Jikada ii gee"

Neero ayaa ninkii xoogga weynaa ee albaabka ka furay ku tiri. "Cid i raadinaysa miyaad aragtay?" Neero ayaa Burjiko oo dambiishii Jikada u sii wada weydiisay. "Xaaji Sacuudi ayaa ku soo wacay" ayuu ugu jawaabey. "Maashaa Allah, ma imanayaa?" ayey weydiisay. "Haa wuu imanayaa buu dhahay" ayuu ugu jawaabay. "War fiican baad sheegaysaa" ayey ku *tidhi*.

Gurigu waxa uu ahaa Fiillo aad u weyn oo ka kooban ilaa ugu yaraan toban qol oo iska soo horjeeda, afar xagga dambe u jeedda iyo daarad weyn iyo Jiko gees kaga taala. Qol kastaba waxa hor yaalley gambar, waxa gambarada qaarkoodna ku fadhiyey gabdho aad u da' yar yar, oo kulligood guntiino xidhan. Waxaa guriga soo gelayey rag tira badan oo aad moodday in la kala horayey. Intaanay gudaha soo gelin waxaa su'aalo banaanka ku weydiinaayey Burjiko oo isagu ahaa ninka ammaanka suga "Waardiye."

Saxarla oo markay guriga soo gashay Jikada dhinaceeda istaagtey, ayaa waxa ka yaabiyey waxa meesha ka socda. Markii nin soo galoba waxa uu qolka u raacayey gabdhihii gambarka ku fadhiyey mid ka mid ah, markii nin qol ka soo baxana waxaa ka soo daba baxayey gabadh aad moodid in ay maradu ka dhacayso. Waxa qaarkood dhinac ka muuqday naasahooda, oo ay weli ka muuqato curdinnimadii yaraantu. Labada indhood ayaa Saxarla yaab dartiis dibadda soo baxay.

Iyada oo weli meeshii taagan oo wixii meesha ka

socday daawanaysa ayaa waxa u yeedhay Neero kuna tidhi "Naa kaalay yareey halkan fariiso oo weelkan ii xal" iyada oo gambar Jikada dhex yaaalley gacanta ugu fiiqaysa.

Weligeed weel intaas tiro leeg oo meel keliya la isugu keenay ma ay arag. Iyada oo yaabban oo wax ay ku samayso garan la' ayey gambarkii ku fadhiisatay. "Naa maxaa weelka ka daawanaysaa, marka hore biyaha saabuunta leh ku mayr, ka dibna kuwo nadiif ah kaga saar" Neero ayaa Saxarla ku tidhi inta ay isa soo dul taagtey oo biyo digsi weyn ku jira gacanta ugu fiiqday.

Saxarla oo markaas biyihii faraha gelisay ayaa qolalkii mid ka mid ah waxa ka bilowday qaylo iyo muran. "Burjiko kaalay ninkaan qolka iiga soo saar" gabar xanaaqsan oo guntiinadii oo furan isku celcelinaysa ayaa inta ay albaabka isa soo taagtay Burjiko ku tidhi. Burjiko ayaa inta uu markiiba qolkii galay isaga qoorta haya soo saaray nin dheer oo caato ah oo macawistiisa oo furan cawrada ku celcelinaya. "Ma lacagtayda ayaa been been lagu qaadanayaa" isaga oo leh oo sii qaylinaya ayaa albaabkii ganjeelada Burkiyo dibadda uga tuuray. "Sharmuud car mar dambe soo laabo" gabadhii ay ninka isa soo dirireen ayaa ka daba tidhi.

Waxa ay ahayd gabar aad u da'yar, qiyaastii 18 jir. Waxa ay u dhalatay qurux. Waxa labadeeda garab ee dambe ka laalaadey timo aad dheererka yaabtid oo aad

25

moodid in aan weligood la goyn. Inkasta oo joog iyo jamaalba ilaahay u dhammeeyey, haddana wejigeeda waxa ka muuqday daal aad u fara badan iyo farxad la'aan. Ka dibna iyada oo weli ninkii la saaray sii caayeysa ayey inta ay gambarkii ku fadhiisatay xabad sigaar ah shidatay. Saxarla ayaa markii ay aragtay gabadha sigaarka shidatay, waxa ay markiiba soo xasuusatay Batuulo. Waxa ay niyadda ka tidhi "tani waa Batuulo oo weynaatay."

"Naa maxaad eegaysaa, meesha ma daawasho ayaan kuu keenay, ii mayr weelka" Saxarla oo weli fajacsan oo gabadhii ku dhegagsan, waxa meesha ka dhacayna aan si fiican u fahamsanayn ayey Neero ku tidhi inta ay garabka ka riixday. Hoos inta ay eegtay ayey waxay bilowday in ay weelkii xasho.

"Dhiririm, Dhiririm, Dhiririm telifoon ayaa soo dhacay. "Burjiko kaalay telifoonka ii keen" Neero ayaa tidhi. "Haloow, ma xaajigii la waayey baa" Neero ayaa tidhi markii ay telifoonkii qabatay, iyada oo farxad weyni wejigeeda ka muuqato. Waxa ay sheeko dheer la gashay nin u muuqda nin magac weyn leh oo aanay isku cusbayn. "Xaaji aniga waad i taqaan wax aan curdin ahayn ma keeno…gabdhahayga 20 jir ayaa ugu weyn," Neero oo farxadi aad uga muuqato ayaa tidhi. "Xaaji aniga iyo adiga waxba innaga xumaan maayaane bal horta kaalay, qolkaagii dugsoonaa ayaan kuu goglayaa, gabdhahana taad adigu ka heshid gacantaada ku dooro" Neero oo Xaajigii hunguriga ka soo ridaysa ayaa tidhi.

"Xaaji ha welwelin, sow ma ogid in aan qolalkii sii jeeday albaab dambe oo laga soo galo u sameeyey, muslin iyo gaalo midna kuma arkayee bal kaalay." Neero oo aad moodid in Xaajigii ku yara madax adkaaday ayaa tidhi.

In kasta oo aanay Saxarla gebi ahaanba fahmin waxa meesha ka socda, haddana dareen weyn ayaa galay. Waxayse ku tashatay in intay dul qaadan karto dulqaadato maadaama aanay garanayn meel kale oo ay tagto oo weli cabsidii suuqu ku jirto.

5

Shan bilood ayaa ka soo wareegay ilaa iyo maalintii Saxarla ay guriga Neero timid. Waxana ay ogaatay in gabdhaha yar yare ee aan cidina magaalada u joogin ama reerkoodii ka cararay jidhkooda lagu iibiyo guriga, Neerona ay tahay "Fataaladda" ugu weyn ee kala maamusha.

Mudadii yarayd ee ay guriga Neero joogtay waxa ay si fiican u baratay qaar ka mid ah gabdhihii Neero ku shaqaysanaysay. Waxa ka mid ahaa kuwa ay sida gaarka isu sii barteen Shamso iyo Shukri oo labadooduma miyiga ka soo baxsaday.

Shamso waxa ay Saxarla uga sheekaysay in iyada oo lix (6) jir ah ay hooyadeed dhimmatay, ka dibna markii aabaheed haweenay kale guursaday, taas oo aad u dhibtay maalin walbana garaaci jirtay cunahana ku dhegi jirtay ugu dambayntiina ay ka carartay iyada oo toban 10 jir ah, ka dibna ay magaalada Kismaayo tagtay oo halkaas in muddo ah gidaarada Kismaayo marba halkii gabalku ugu dhaco seexan jirtay.

Shamso waxa ay kale oo ay Saxarla uga sheekaysay noloshii rajanimada iyo dhibaatooyinkii ay suuqa iyo dib jirnimada kala kulantay. Waxa ay u sheegtay in ay Xamar timi iyada oo 12 ah, ka dib markii ay noloshii dhibka badnayd ee Kismaayo u adkaysan weyday. Sidoo kale waxa ay u sheegtay in ay muddo sannad ku dhow ay suuqa Ceel-Gaab iyo Xamar-weyne ku noolayd oo ay suuqa ka qadhaaban jirtay maalintii, habeenkiinna ay gidaaradda seexan jirtay.

Waxa kale oo ay u sheegtay in qiyaastii iyada oo 13 jir ah ay Neero suuqa khudaarta ka soo heshay ka dibna ay soo kaxaysay. Waxa ay sidoo kale u sheegtay in ay sannadkii ugu horeeyey ee ay Neero la joogtay ay guriga uga shaqaynaysay, iyadana ay cunto iyo meel ay jiifsataba siin jirtay; dharna u iibin jirtay. "In kasta oo ay shaqo kaw igaga siisay, haddana sannadkaas waxa aan kaga raystay cabsidii suuqa iyo derbiyadii aan seexan jirey" ayey ku tidhi iyada oo hoos eegaysa oo ilmo ka socoto.

Neero markastaba way ka ilaalin jirtay in hablaha yar yar ee guriga ka shaqeeyaa ee anshax xumada loo barbaarinayo iyo kuwa fal xumada ku dhex jira ee ka waaweyni ay sheekaystaan; si aanay u fahmin waxa meesha ka socda ka dibna guriga uga cararin.

Inta badan waxaba yarayd firaaqo ay ku sheekaystaan, waayo kuwa waaweynina siday subaxdii

29

shaqada u bilaabaan waxa ay ku gaadhi jireen habeen-badhkii, kuwa yar yarna shaqada ay guriga ka hayaan maba dhammaan jirin oo waxa aad moodaysay in Neero sidaas ugu talo gashay....in ay waqti isu waayaan, habeenkiinna dhammaantood way iska gataati dhici jireen.

Iska daa wax kale eh, tii dhakhtar u baahata Neero lafteeda ayaa kaxayn jirtay, haddii ay suuqa wax kale uga baahdaana waxa inta badan kaxayn jirey Burjiko oo ahaa gacanta midig ee Neero, laguna xaman jirey in uu yahay Gashaankeeda (Saaxiib qarsoodi ah). Marka keliya ee ay isugu sheeko dhowaadaan waxa ay ahayd marka hablaha mid ka mid ahi, sigaar iyo wax la mid ah kuwa yaryar dukaamada dhow uga dirsanayso, amaba habeenkii Neero hore u seexato.

Maalin kale oo ay firaaqo isu heleen ayaa Shamso waxa ay Saxarla ugu dhaaratay in haddii ay ogaan lahayd in waxani ku dhacayaan, ay uga fiicnaan lahayd in ay suuqeedii dibjirnimada ku noolaato. "Nolol maaha in adiga oo caruur ah boqolaal nin isaga kaa dambeeyaan, waxa ka wanaagsan adiga oo dhinta" Shamso oo indhaheeda ilmo ka socoto ayaa tidhi. "Magacaaga ayaa ku lumaya, caafimaadkaaga ayaa ku baaba'aya, aayo iyo mustaqbal midna ma lihid, sida aad uga baxdaana way adagtahay" Shamso oo weli ilmaynaysa ayaa tidhi inta ay labadeeda gacmood wejiga saartay oo hoos u foorarsatay. "Cid shaqo ku siinaysaa ma jirto, cid ku qaderinaysaa ma jirto, qof kastaaba waxa uu kugu oranayaa waa sharmuuto xun" ayey tidhi iyada oo weli ooyeysa. Iyada oo ka baqaysa in Neero ogaato in ay Saxarla la taliso, ayey waxa ku dedaali jirtay in ay mar kasta oo ay firaaqo yar hesho waaniso, laakiin aanay aad isugu raagin.

Waxa kale oo ay Shamso u sheegtay Saxarla in ay Neero niman badan oo madax ah iyo ciidamada Booliiska ay ku xidhan tahay oo gabadhii isku dayda in ay baxsato la soo qabto, oo xabsiga la dhigo ka dibna lagu eedeeyo in ay tahay "sharmuuto" si xun u socotay, ka dibna marka ay xabsiga ku rafaaddo oo weliba habeen walba lagu kufsado ay marka dambe iyada oo raaligeeda ah ay Neero dib ugu soo noqoto. Waxa kale oo ay u sheegtay in dhowr hablood sun cabeen oo is dileen, markii ay u adkaysan waayeen nolosha adag.

Waxa Shamso ku kalifay waanada ka dib markii ay aragtay Muraayo oo Saxarla dhowr sano ka weynayd oo dhar cusub loo soo iibiyey lagana yareeyey shaqadii badnayd ee ay Jikada ka qaban jirtey. Inta ay u yeedhay ayey waxa ay ku tidhi kaalay sigaar ii soo iibi, ka dibna waxa ay u sheegtay in waqtigii Muraayo ay bilaabi lahayd shaqada xun ee ay hore ugu sheegtay la gaadhey.

Waxa ay tustay calaamadihii shaqada lagu bilaabayey oo dhan oo ay ka mid ahaayeen, dharka cusub ee loo soo iibiyey, shaqada laga yareeyey iyo odayaasha qololka madaxda ku qayila oo lagu yidhi Muraayo ayaa u adeegaysa, lana joogaysa si markay wax

31

ugu baahdaanba ay ugu soo iibiso. Odayaasha madaxda
ah iyo kuwa lacagta leh ayaa lagu bilaabi jirey marka
hablaha yaryar ee curdinka ah la hawl gelinayo. Raggaas
oo dhammaantood xaasas lahaa, waxa ay iyagu fadhiisan
jireen qolalka gaarka ah (special rooms) ee guriga
xaggiisa dembe ku yaallay.

Gadhka iyo gomodda ayey Shamso qabatay Saxarla
waxa ayna ka bariday in inta goori goor tahay ay meesha
isaga cararto. Waxa ayna u balan qaaday in ay siin
doonto lacag ay muddo ku noolaato, haddii ay Xamar sii
joogayso, inkasta oo ay kula talisay in wax kastaaba ha
ku dheceene ay reerkoodii iyo meeshay ka timi is kaga
laabato.

Waxa kale oo ay Shamso u sheegtay Saxarla in ay
hadda shaqo baratay oo ay wax kasta qaban karto,
weelka maydhi karto, dharka dhiqi karto, cuntada karin
karto; suuqana ka soo adeegi karto; sidaas darteed ay
kula talinayso haddii ay go'aansato in ay Xamar joogto in
ay shaqo raadsato oo "Booyeeso" noqoto. Waxa ay
weliba u raacisay in ay aad u qurux badan tahay oo
aanay waayayn nin guursada. Hase ahaatee, Saxarla
waxa ay Shamso u sheegtay in Habaryarteed iyo
awoowgeed magaalada deggan yihiin oo ay mar uun heli
doonto, dhib kana ka bixi doonto.

Mudadii ay Saxarla guriga Neero joogtay wax walba
way aragtay, wax ka qarsoonaana ma jirin. Waxa ay
weliba si weyn uga xoghaysay guriga-qaybta ay nimanka

madaxda ahi fadhiistaan (ku qayilaan) ee gabdhaha yar yar ee curdinka ah loogu geeyo. Inkasta oo waqtigii ay hawl geli lahayd aan la gaadhin, hawl karnimo darteed, waxa ay u noqotay shaqaalaha rasmiga ah ee nimankaas u adeega. Qolalka ayey u gogli jirtay, waxa ay geyn jirtay tuwaalada, waxa ay u soo iibin jirtay sigaarka iyo wax kasta oo ay u baahdaan.

6

Waanada iyo xaqiiqooyinka ay Shamso u sheegaysay marna kama qarsoonayn Saxarla, laakiin cabsida iyo welwelkii ay suuqa ka qabtay ayaa wax walba uga daraa. Inkasta oo ay ka welwelsanyd dhibaatada ku soo fool leh ee Shamso ka waanisay, haddana jiif, cunto, iyo meel ay nabad ku seexato marna kama werwerin intii ay guriga Neero joogtay.

Waxaa ku dhacay welwel iyo walbahaar, waxaana ka tagtay hurdadii hadday gama'dona waxa toosin jirey riyo xun iyada oo la fara xumaynaayo. Adduunkii ayaa ku soo yaraaday anficiina way ka go'day. Waxaana ka guuray farxaddii iyo weji furfuraantii ka muuqatay intaan Shamso dhibaatada ku soo fool leh uga sheekayn.

Waxa welwelka ay nafteeda ka qabtey uga sii darraa Muraayo oo ka da'weynayd Jikadana ay ka wada shaqayn jireen, isku qolna seexan jireen oo aad ugu naxariisan jirtay hawshana ka khafiifin jirtay oo ay aragtay in wixii Shamso ka waaninaysay ay bilowday. Dhowr casho markii ay ka soo wareegtay maalintii Shamso waaninaysayna Muraayo waxa ay si rasmi ah ugu wareegtay qolalkii odayaasha lacagta lihi fadhiisan jireen, dibna uguma soo noqon qolkii ay iyada iyo Saxarla seexan jireen. Waxa keliya oo ay iyada iyo Muraayo is arki jireen marka ay Saxarla shaah ama alaabo kale geyso qolalka odayaashu fadhiistaan.

Qof kasta oo guriga ku nool ama soo booqda ayaa dareemay sida wejiga Saxarla isu bedelay. Odayaashii u soo miliqsanayey ayaa arkay tii-yarayd oo sii baaba'aysa. Waxaana ka sii daray selelkii (qarow) habeen walba hurdada ka kicinayey ee ay dadka hurdada ka wada toosinaysay.

Neero hablaha gurigeeda jooga oo dhan, gaar ahaan kuwa yar yar ee soo koraya waxa ay u arkaysay hantideeda, waxana ay ku dedaali jirtay in ay aad u dhaqaalayso, darxumadana ka ilaaliso, kuna dedaasho in aanay kula kicin falal ku kalifa in ay guriga ka cararaan.

Sidaas darteed, ayaa Neero subax qolkeeda ugu yeedhay Saxarla, waxayna u sheegtay in laga seexan kari la'yahay oo ay habeenkii oo dhan qaylinayso. Waxa kale oo ay u sheegtay in wax soo saarkii shaqadeedu hoos u dhacay farxadddii iyo firfircoonidii lagu ogaana ka guureen. Ka dibna waxa ay u sheegtay in ay u malaynayso in waxa hayaa uu yahay "Jinni" galay oo ay u baahan tahay in laga saaro. Waxa ay u sheegtay in uu jiro sheekh ay asxaab yihiin oo jinka saaristiisa ku xeel dheer. Ugu dambayntiina waxa ay u sheegtay in ay Shiikhaas u geyn doonto si uu quraan u saaro daawona u siiyo. Ka dibna Saxarla oo aan eray odhan intii Neero daldalmaysay ayaa inta ay hoos eegtay tidhi "haye."

Isla maalintaas Neero ay Saxarla la hadlaysay ayaa waxa gurigii Neero yimi Xaaji Sucuudi oo ka mid ahaa macaamiisha ugu waaweyn ee ay aad u qaderiso. Salaan ayey markiiba dhag ku siisay "helo...Xaaji Sucuudi beryahan laguma arkine intee ka baxday?" ayey weydiisay inta ay garabka gacanta ka saartay, iyada oo wejigiisana eegaysa oo dhoola caddaynaysa. "Canab beryahanba baxarkayga ayaa kacay oo bandow ayaan ku jirey" ayuu ugu jawaabey. "Bandow?" Oo muxuu ahaa bandowga keligaa lagu soo rogay, beryahan bandow dawladdu ku dhawaaqday ma aan ma maqale" ayey ku tidhi iyada oo la kaftamaysa. "Maya, Maya, dhinacaas maahee xaaskii yarayd baa iga shakiday anna waxa aan ku iri haddaan baxaba i qabso" ayuu isaga oo Saxarla oo albaabka soo taagan il-qoodhka ka eegaya yidhi.

"Xaaji sheekadu ha inoo dambaysee waxa aan rabaa in aad cunugtaan sheekh Quraan saara iila geysid" ayey ku tidhi. "Maxaa ku dhacay oo Quraanka loo saarayaa?" ayuu weydiiyey. "Cunugtaan jinni ayaa ku dhacay ayaan u malaynayaa, habeenkii oo dhan ma seexato oo way qarowdaa" ayey ku tidhi. "Jinniyaa?" "Tani mid Jinni qabta uma ekee amay wax kale hayaan?" ayuu weydiiyey inta uu Saxarla kor iyo hoos u eegay. "Ina

36

bixi xaaji cilaaqda dhaafe" ayey ku tidhi inta ay dhabarka dhirbaaxo yar kaga dhufatay.

Waxa ay u tageen Aw Buubaaye oo aan guriga Neero wax badan ka fogayn. Guriga Aw Buubaaye waxa uu ahaa guri baraako ah oo dayr weyni ku wareegsan yahay. Markii ay albaabka dibadda ee guriga soo galeen waxa ay arkeen dad aad u fara badan oo intooda badani haween iyo caruur yihiin oo fadhiya daaradda guriga. "Bismilaahi, oo waxan oo dad ahi ma sheekha ayey sugayaan?" Neero ayaa tidhi inta ay afka gacanta saartay.

Waxaa albaabka qolkii sheekhu ku jirey ka soo baxay nin caato ah oo indho waaweyn oo aad moodid in indhuhu ay debadda uga soo baxayaan oo khamiis cad gashan madaxana ay cumaamad weyni ugu duuban tahay. "Yaa ku xiga?" ayuu yidhi inta uu dadkii tirada badnaa ee hareerihiisa fadhiyey isha mariyey. Haweenay aad u da'weyn oo tusbax rogaysa ayaa inta ay gacantii ay tusbaxa ku haysay kor u taagtay tidhi "sheekh Muraad qoraxda oo aan soo bixin ayaan halkan soo fadhiistay."

"Sheekh Muraad waan ku salaanay" Neero oo dadka ugu dambaysa oo albaabka agtiisa taagan ayaa tidhi, intaan Sheekh Muraad haweenaydii gacanta taagtay u jawaabin. Sheekh Muraad oo aan markii hore si fiican ugu fiirsan ayaa Neero xaggeeda intuu xoog ugu soo talaabsaday salaan jac ku siiyey yidhi "Canab, ii warran

beryahan laguma arkine, maxaan kuu qabtaa maanta?"
"Sheekh cunnugtaan ayaan rabaa in sheekhu Quraan
saaro Kitaabkana u fiirsho, Jinkana ka saaro" ayey ugu
jawaabtay.

"Canab soo gal adiga mar walba sheekhu waa kuu
diyaare" ayuu yidhi inta uu dadkii tirada badnaa ee
hareerihiisa fadhiyey isha mariyey. "Soo soco adeer"
ayuu yidhi inta uu Saxarla garabka ka taabtay. "Sheekh
sidaan caddaalad miyaa ilaa waabirgii ayaanu halkan
fadhinaye" haweenaydii da'da weynayd oo cadho la kax
ah ayaa inta ay gacantii tusbuxu ugu jirey kor u
wadhfisay tidhi. Isla markiibana dadkii kale ee meesha
fadhiyey ayaa iyaguna cabasho iyo yuus bilaabay. Hase
ahaatee, sheekh Muraad dheg uma jalaqsiine qolkii Aw
Buubaaye ku jirey ayuu isaga oo Neero iyo Saxarla hor
kacaya galay.

Waxaa gurada halka ugu dambaysa ee qolka soo
fadhiyey Aw Buubaaye oo ahaa wadaad magaalada
Muqdisho aad caan uga ah, dad badanina ay dabiib u
soo raadsadaan. Waxa uu si gaar ah Aw Buubaaye ugu
takhasusay dadka Jinnigu ku dhaco iyo kuwa lagu
tuhmo in la falay ama sixir loo qabtay. In kasta oo uu
aad caan ugu ahaa inuu cudurada noocaas ah daaweeyo,
waxa isaga laftiisa lagu xaman jirey in uu dadka sixir u
qaban jirey.

Markii ay Neero iyo Saxarla qolka soo galeen, Aw
Buubaaye waxa uu ku fadhiyey joodari (furaash)

balaadhan oo dhulka yaalla oo maro xariir ahi ku goglan tahay.

Aw Buubaaye waxa uu ahaa nin aad u buuran oo inta qof madow yahay madow. Waxa uu xidhnaa macawis cad oo diilimo madow leh. Waxa uu dusha ka gashanaa garan cad oo laba meelood ka daloola. Qoortana waxa u sudhnaa tusbax weyn oo dhowr jeer isku laaban.

"Sheekh qoftaan ma taqaan?" Sheekh Muraad ayaa weydiiyey inta uu Neero oo dhinac taagan gacanta ugu fiiqay. "Allaahu Akhbar, waar ma aniga ayaad Canab Caddey ma taqaan i leeday" ayuu yidhi inta uu si degdeg ah isu taagay oo salaan waafi ah qac ku siiyey. "Canab caawa maxaa daran oo aan kuu qabtaa?" ayuu yidhi inta uu dib ugu fadhiistay joodarigii uu ku fadhiyey. "Cunugtaan, ayaan wadaa oo aan u malaynaayo in jinniyo ku dhaceen, ayey ugu jawaabtey.

"Halkan soo fariiso adeer" ayuu yidhi inta uu dhinaciisa bidix furaash yaalley gacanta ugu tilmaamay. Saxarla oo indhaheeda cabsiyi ka muuqato oo Kurdadii ay gashanayd hoos u ururinaysa si ay isu asturto ayey meeshii uu u tilmaamay fadhiisatay. "Kala qaad afka adeer" inta uu yidhi ayuu dalqadeeda sii eegay. Ka dibna labadeeda indhood ayuu midba mar eegay isaga oo suulashiisa ku kala furaya. Gacantiisa midig ayuu cunaha kaga qabtay isaga oo farahiisa cunaha kaga riix riixaya. Inkasta oo aanu qalab uu wax ku eego haysan, waxa aad moodaysay Aw Buubaaye dhakhtar caalami ah oo soo saari kara ciladaha xanuunka ee ruuxa u qarsoon.

Kiish madow oo dhiniciisa midig yaallay ayaa inta uu soo jiiday hortiisa dhigay, ka dibna afka ka furay oo kala fidiyey. "Meeqa sano ayey jirtaa" ayuu weydiiyey Neero. "Ma hubo da'deedee waxa aan u malaynayaa in ay jirto 12 tahay sannadkan" ayey tidhi inta ay Saxarla xageeda jaleecday. "Gabarta ciddii dhashay lama yaqaan miyaa?" Aw Buubaaye ayaa yidhi inta uu Saxarla eegay. "Sheekh arrintaas hadda ma geli karnee, hawshaada wado" Neero oo su'aasha sheekhu weydiiyey dhibtay ayaa tidhi.

Kiishkii horyaalay ayuu waxa uu ka soo bixiyey todoba (7) aleelood iyo shan (5) lafood oo yar yar. Inta uu dhulka ku daadiyey ayuu xabbad xabbad u tiriyey. Meesha uu aleelaha iyo lafaha ku daadiyey gogoli ma ool oo waxaa tuuraa ciid jilicsan. Inta uu dhulka ka guray ayuu ciiddii inta uu sacabada mariyey ciiddii simay, ka dibna inta uu lafihii iyo aleelihii isku daray oo labadiisa sacab ku qabtay bilaabay in uu xoog u ruxo. Intii uu ruxayey wejigiisa ayuu cirka u jeediyey isaga oo indhaha caddaynaya oo aad moodid in naftu ka baxayso; ka dibna waxa uu bilaabay in uu guuxo...huu, huu, huu, isaga oo madaxa marba dhinac u qaloocinaya.

Saxarla oo argagaxday ayaa isku dayday in ay xaggiisa ka durugto. Ka dibna inta uu Aleelihii xoog dhulka ugu daadiyey Saxarla gacanta ku soo dhegay oo xaggiisa u soo jiiday. "Naa joog sheekha ha ka cararine" Neero ayaa ku tidhi inta ay Saxarla dhabarka ka gujisay. Ka dibna labadiisii gacmood ayuu inta uu hore u fidiyey heehaabiyey sidii diyaarad duulaysa, ka dibna guuxiisii bilaabay isaga oo weli labada indhood marna isku qabanaya marna kala rog rogaya.

Aleelihii iyo lafahii ayuu mar kale xoog dhulka ugu daadiyey, ka dibna inta uu xaggii Saxarla u soo jeestay ayuu labadiisa gacmood madaxa ka saaray. "Waan idin arkaa iskaga baxa darmaantan yar, ka baxa, ka baxa, ka baxa" ayuu ku celceliyey isaga oo marna labadiisa calaacalood madaxa ka saaraaya marna kor uga qaadaya oo cirka gacmaha u taagaaya. Intii uu "Jinniga" la hadlayey Saxarla dhulka ayey eegaysay iyada oo baqdin la gariiraysa.

Mar kale ayuu dhinaciisii midig ee uu kiishka ka soo qaaday dib ugu noqday oo madiibad cad oo daboolan ka soo qaaday. Daboolkii ayuu madiibaddii ka qaaday, ka dibna koob madhan oo madow oo agtiisa yaalley ayuu inta uu soo qaday madiibaddii dhex geliyey. Waxa madiibadda ku jirey wax cas oo aad moodid dhiig iyo caano la isku daray.

Koobkii ayuu soo daray wixii madiibadda ku jirey oo inta uu saddex jeer candhuuf ku tufay Saxarla u taagay oo ku yidhi cab. Inta ay wixii koobka ku jirey qooraansatay ayey dhinaca kale u jeensatay. "Adeer cab waad ku bogsanaysaaye" ayuu yidhi inta uu dhoolo caddeeyey oo muujiyey saddex ilig oo dahab ugu jirey. "Naa cab waqtiga ha naga qaadine" Neero ayaa ku tidhi Saxarla inta ay garabka jug ka siisay; markii ay arragtay Saxarla oo weli ka maagaysa waxa meesha ku jira in ay afkeeda saarto.

Inta ay labada indhood isku qabatay ayey kabatay. Dhadhankii ayey u adkaysan weyday, ka dibna iyada oo weli afka ku haysa oo ka baqday in ay hunqaacdo oo soo celiso ayey afka gacanta saartay si ay matagga isugu celiso. "Naa laq" Neero ayaa tidhi inta ay mar kale Saxarla dhabarka jug ka siisay. Inta ay indhaha isku qabatay ayey xoog u qudhqudhisay. Afka ayey mar kale gacanta kula boodday iyada oo u malaysay in ay soo celinayso. "Naa sheekha guriga ha kaga matagine laq daawada" Neero ayaa tidhi inta ay mar kale jugsiisay.

Waxa ay la rafatoba kala badh ayey cabtay wixii koobka ku jirey. Ka dibna Aw Buubaaye ayaa inta uu koobkii ka qaaday wixii ku hadhay madaxa kaga shubay Saxarla kuna yidhi yidhi "Ilaahay barakadiis waad bogsanaysaa." Saxarla oo wixii lagu shubay ka naxday ayaa inta ay kor u boodday cirka isku shareertay. "Fariiso adeer, jinniga qaar baa neceb daawada afka laga cabbee; sidaas darteed ayaan madaxa kaaga shubaye" Aw Buubaaye ayaa Saxarla ku yidhi isaga isku deyaya in uu fadhiisiyo oo gacanta inta uu ka qabtay hoos u jiidaya.

Mar kale ayey fadhiisatay iyada oo weli cabsi iyo

jaah wareer ay wejigeeda ka muuqdaan. "Wax yar sug adeer aniga ayaa huba oo waad bogsanaysaaye" ayuu yidhi inta uu dabqaad agtiisa yaallay inta uu foox ku shubay, markii qiiqu kor u boodayna Saxarla madaxeeda ku wareejiyey saddex jeer. "Kac adeer wuu kaa baxayaaye" ayuu ku yidhi inta uu dhabarka ka dhirbaaxay.

"Ma intaas bay ku dhan tahay sheekh?" Neero ayaa Aw Buubaaye weydiisay. "Khamiista igu soo celi markaas ayaan si fiican u ogaanaynaa in uu (Jinnigii) si fiican u baxaye" ayuu ugu jawaabey. "Sheekh waad mahadsan tahay, waana inoo mar kale" Neero ayaa tidhi inta ay lacagtii khidmadda ahayd gacanta ugu laabtay Aw Buubaaye. "Insha Allah Khamiista ayeynu is arki doonaa" ayuu ka sii daba yidhi iyada oo albaabka ka sii baxaysa. Sheekh Muraad oo ay albaabka hore ee qolka ku kulmeenna xoogaa lacag ah ayey gacanta ugu laabtay.

"Ilaahay sidaas caafimaad idinku siin maayo" Haweenaydii da'da weynayd ee tusbaxa rogaysay ayaa tidhi iyada oo ku dhega hadlaysa Neero iyo Saxarla oo dadkii Aw Buubaaye sugaayey sii dhex jibaaxaya. "Adigu cimrigaagiiba waad dhammaysatabe maxaa ku caddibaya maad gurigaaga iska tagtid oo iskaga dhimatid" Neero oo haweenaydii da'da ahayd u jawaabaysa ayaa dib ugu tuurtay.

"Neero ilaahay ka cabsee ma saaqidkan ayaad aaminsan tahay in uu wax daaweyn karo oo aad waqtiga nooga lumisay" Xaaji Sacuudi oo weli gaadhigii dhex fadhiya ayaa ku yidhi. "Xaaji yaan afku ku qaloocan Aw Buubaaye wax lagama sheegee, rag baa hadda ka hor isku doontay oo meeshay ku dambeeyeen la la'yahaye," Neero oo baabuurkii sii koraysa ayaa tidhi. Saxarla oo weli sidii u argagaxsan oo weli dharkeedii qoyan yahay wixii lagu shubayna korkeeda ka urayo ayaa kursigii Neero ka dambaysay fadhiisatay.

Markii ay wax yar socdeen ayaa Saxarla hunqaacadii isku celin kari weyday, ka dibna waxa ay isku dayday in ay daaqadda gaadhigii oo socda madaxa ka bixiso si ay banaanka ugu hunqaacdo si aanay Xaajiga gaadhiga uga wasakhayn. Xaaji Sacuudi ayaa arkay ka dibna gaadhigii si degdeg ah u joojiyey. "Adeer soo deg oo banaanka ku hunqaac" ayuu yidhi inta uu albaabkii ka furay oo gacanta soo jiiday. Markiiba inta ay dhulka fadhiisatay ayey wax aad dhiig moodid dhulka ku sii daysay.

Xaaji Sacuudi oo ka yaabay wax inanta la soo siiyey ayaa inta uu Neero oo albaabkii gaadhiga iska furaysa eegay weydiiyey waxa uu ninkii gabadha soo siiyey. "Xaaji waxba ha ka werwerin waa jinnigii oo kabaxayee" ayey ugu jawaabtey iyada oo mantaggii Saxarla hoos u eegaysa. "Canab ninkan in la xiro ayuu istaahilaa" Xaaji Sacuudi oo madaxa ruxaya ayaa yidhi. "Xaaji afku yuu ku qaloocan sheekhan ma taqaanide" ayey ugu jawaabtay iyada oo hunqaacadii Saxarla ciid ku rogaysa.

Markii ay gurigii gaadheen Saxarla waxa lagu yidhi

wax hawl ah ha qabane iska jiifso qolka hablaha yar yar ee shaqaalaha ee ay seexan jirtay; inta ay ka ladnaanayso. Xaaji Sacuudina sidii ballantu ahayd waxa uu fadhiistay qol loo sii goglay oo Muraayo loogu sii diyaariyey. "Canab-Caddey, aniga tan yar ee Xuural Caynta ah ayaa xageeda la ii hayaaye, marka ay diyaar tahay ila soo socodsii." Xaaji Sacuudi ayaa Neero oo qolkii uu fadhiyey ka sii baxaysa ka sii daba tuuray, isaga oo Saxarla ka hadlaya. "Xaaji taas anigaa ayaa kaa ballan qaadaye, haddaad wax u baahan tahay ila soo socodsii," Neero oo sii socota ayaa Xaajigii ugu jawaabtay. "Muraayo, Xaajiga ka faraxi oo ayaanu wax xumaan ah kaa soo sheegan,' Neero ayaa ku tidhi Muraayo iyada oo xasuusinaysa xilka Xaajiga ka saaran.

7

Dhowrkii casho ee shaqada laga nasiyey Saxarla waxa ay fursad u heshay in ay dib u fekerto, dibna u milicsato waanadii Shamso. Waxa ay aragtay sida wejigii Muraayo isku bedelay iyo murugada iyo farxad la'aanta ka muuqata. Waxa ay aragtay Muraayo oo dhowr jeer dhakhtarka loo qaaday; ka dib markii Xaaji Sucuudi habeenkii qolka kula keliyeystay. Ugu dambayntiina waxa ay go'aansatay in inta ay Habaryarteed ka helayso, nolosha suuqa waxa ay doontaba ha kala kulantee iska baxsato.

Inkasta oo Neero gabdhaha yaryar iyo kuwa waaweyn kala ilaalin jirtay in ay sheekaystaan, haddana ma ay diidi jirin in ay is-booqdaan ama wax istaraan marka midi xanuunsato ama wax dhibaato ahi la soo gudboonaato.

Saxarla oo ay ka go'an tahay in ay baxsato ayaa habeen waxa qolkii ay jiiftay ugu tagtay Shamso. Ka dibna waxa ay u sheegtay go'aankeeda iyo in ay taladii ay horey ugu soo jeedisay ay qaadatay. Shamso oo aad ugu faraxday dhiiranaanta Saxarla iyo go'aanka adag ee geesinimada ah ee ay qaadatay ayaa markii ay cabaar waaninaysay qolkeedii ku noqotay oo u keentay xoogaa lacag ah sidii ay hore ugu ballan qaaday. Waxa kale oo ay Shamso u ballan qaaday in ay korka ka ilaalin doonto habeenka ay baxsanayso si aan cidi u ogaan. Waxa ay gaar ahaan u ballan qaaday in ay Burjiko ka hoosaasin (jeedin) doonto si aanu arkin, waayo Burjiko waxa uu ahaa ninka ka mas'uulka ah in uu hablaha ilaaliyo oo mid walba isha ku hayo.

Waxa ay u dejisay qorshe ah in ay iyadu alaab suuqa uga dirsan doonto. Haddii laga welwelo in ay maqan tahayna ay Neero iyo Burjikoba ka dhaadhicin doonto in ay gabadh (Saxarla) lagu kalsoon yahay oo ay soo noqon doonto. Waxa kale oo ay kula talisay, si aan looga shakyin, in aanay wax dhar ah oo kale qaadan inta ay gashan tahay mooyaane. Waxa kale oo ay u keentay surwaal ka yaraaday oo ay gashanayd markii ay guriga Neero timid. Waxa ay ku tidhi "surwaalkaas hoosta ka gasho lacagtana jeebka ku rido si aan cidi u arag, lugahana kor u laab."

Goor carsar-liiq ah ayey Saxarla albaabka ka baxday iyada oo taladii Shamso ku socota. Markii ay xoogaa ka fogaatay gurigii Neero ayey talaabada boobsiisay iyada oo marba xagga dambe eegaysa bal in cidi daba socoto.

Waxay sii bilig-biliglaysaba waxa ay gaadhey suuqii Xamar-weyne, goor ay qoraxdii baalka sii dhigayso. Waxa markiiba ku soo ururay baqdintii ay Neero ka qabtay in ay ka daba timaado iyo tii ay suuqa ka qabtay.

Waxa ku soo duxay oo ay xasuusatay dhibaatooyinkii ay suuqa kala kulantay mudadii yarayd ee ay dibjirka ku noqotay. Sidii berigii hore ee ay magaalada soo gashay ku dhacdayna, waxa ay dhex qaadday--markii gabalkii dumay kumanyaal dad ah oo kala caraabaya. Waxana ay garanweyday meel Alla meel ay u dhaqaaqdo. Waxa ayna isweydiisay in go'aanka ay gaadhey ee Neero kaga baxsatay uu ahaa mid sax ah iyo in kale.

Waxa ay dhex qaaday luuq-luuqyadii mugdiga ahaa ee Suuqa Bacadlaha, iyada oo dhinacyada iska eegaysa. Waxa dhowr jeer hor booday oo ka nixiyey Bisadihii suuqa ku noolaa. Sidii ay marba suryo uga laabanaysay ee Neero isaga eegaysay, ayaa gudcurkii gab soo yidhi habeenkiina aad u sii madoobaaday; dadka badankiisiina suuqii ku kala caraabay. Ka dibna waxa ay dareentay cabsi (baqdin) aan la maleyn karin.

Markii wax ay samayso garanweyday ayaa xataa waxa ay ku fekertay in ay Baatuulo iyo saaxiibadeed Dooli iyo Dhuudhi raadiso, laakiin qalbigeedu wuu siin waayey, iyada oo ka baqday in haddii ay kuwaas ku lug xidhato laga yaabo in aanayba suuqa ka bixin.

Cabsi ay ka qabtay ciyaala suuqa dartood ayey habeenkii oo dhan marba luuq madow istaagaysay si aan loo arag. Sidii ay u leeleelaysay ayey aakhiritaankii daalkii ka batay, markaas ayey waxa ay go'aansatay in ay gidaar madow (hadh leh) fadhiisato.

Iyada oo gidaarkii dhabarka ku haysa oo lulo la rukuucaysa, iskana ilaalinaysa in ay gama'do si aan looga faa'iidaysan ayaa waxa bilowday roob. Markii uu roobkii soo daatay ayey xaggii suuqa u oroddday si ay u doonato Kartuushyo (baakooyin) ay roobka isaga dhigto, dhulkana goglato. Markii ay soo heshayna waxa ay ku soo noqotay derbigii ay fadhiday. Nasiib darro waxa aanay ogayn in ay degtay meel looga kala cararay mid ka mid ah khamarjida suuqa caanka ka ah, oo ku magac dheeraa "Yaxaas." Waxa ay degtey rug yaxaas.

Yaxaas waxa uu ahaa nin isaga oo aad u da'yar suuqa soo galay oo dibjir noqday. Waxa uu soo maray rafaad aad u badan. Waxa uu isaga oo aad u da'yar bilaabay mukhadaraad kasta oo lagu sakhraamo. Waxa uu ahaa nin aan dagaal ka bixin, ilkaha hore oo dhan iyo isha bidixna laga soo riday. Waxa uu soo maray waxa xabsi magaalada ku yaalla, waxana uu ahaa nin ku nool dhac, baad iyo tuuganimo.

Saxarla oo gidaarkii dhabarka ku ku haysa oo dugsanaysa, kana baqaysa in ay haddii ay jiifsato ay ciyaala suuqii dhibaato u gaysan doonaan, ayaa waxa soo dul joogsaday Yaxaas iyo laba saaxiibadiis ah.

Markiiba waxa uu ka tuuray kartoon (kartuush) kii ay roobka isaga dhigaysay. Inta ay naxday ayey deg deg isu taagtay..mase saddex nin oo waaweyn ayaa dhinac walba kaga wareegsan oo meel ay ka baxdoba ma leh.

"Yareey, maxaa meesha ku keenay?" Yaxaas ayaa weydiiyey inta uu labadiisa gacmood cunaha kaga qabtay oo gidaarkii ku cadaadiyey. Iyada oo urtii ka soo baxaysay afkiisa ku dhow in ay suuxdo, ayey isku dayday in ay iska fujiso.

Afkiisii qadhmuunaa oo aalkolo iyo huuro ka soo butaacayaan, ayuu inta uu keedii u dhoweeyey ayuu mar kale ku yidhi "ma aniga ayaad isku deyeysaa in aad iska kay fujisid?"

Inta uu afkii qadhmuunaa oo candhuufo ka soo daadanayso mar kale uu aad ugu sii dhoweeyey ayuu gidaarkii madaxa ugu dhuftay, kuna yidhi "Yareey ma aniga ayaad i riixaysaa?" Ka dibna inta uu dhirbaaxo uga soo gooyey ayuu ku yiri "Yareey lacag ma haysaa?" Intii aanay haa iyo maya midna odhan ayuu yidhi "Suulay baar sharmuutada" isaga oo la hadlaaya labadii khamarji ee la socday mid ka mid ah.

Markiiba Suulay ayaa dhinacyada gacanta ka mariyey si uu u eego in ay duluca ama nigiska (kastuumada) wax dhex gashatay. Waxa uu arkay in ay surwaal hoosta ka gashan tahay, markiibana inta uu cambuurkeedii ay gashanayd kor u fayday ayuu Suulay jeebabkeedii baadhay, markiibana ka soo dhuftay lacagtii

Shamso soo siisay oo jeebka dambe ee surwaalka ugu jirtay. "Ar sharmuutadan lacag badan ayey haysataa," Suulay ayaa yidhi isaga oo lacagtii Yaxaas tusaya. Saxarla lacagta waxa uga darnaa in dhibaato loo geysto oo la faraxumeeyo, kelmadna ma ay odhan markii ay aragtay in lacagteedii lala baxay.

Suulay oo ku farxay lacagta uu ka helay Saxarla, ayaa gacanta ku dhegay Yaxaas si uu uga fujiyo. Markii Yaxaas sii daayeyna waxa gacanta ku dhegay Tubaako (tuuggii kale ee la socday) si uu isugu dayo in uu u kufsado. "Adiga jinni maad qabtaa...dhaaf waxaan cunug yar waayee," Suulay ayaa ku yidhi Tubaako inta uu gacantii uu Saxarla ku hayey ka dhirbaaxay.

Saxarla habeenkaas nasiibkeeda ayaa wanaagsanaa. Inkasta oo wixii ay sidatay laga furtayna wax kasta waxa uga muhiimsanaa in ay lafaheeda u badbaado. Markii Tubaako sii daayeyna orod ayey isa sii daysay iyada oo meel ay u socoto war u hayn. Habeenkaas intii ka hadhay laba indhood isuma keenin, waxaana waagii u beryey siday u socotay ee marba gidaar ugu dhuumanaysay.

Markii ay qoraxdii soo baxday ayey waxay fadhiisatay derbiga masaajid suuqa u dhowaa. Siday gidaarkii u fadhiday ayey ku gama'day. Waxaa hareeraha ka dhaafayey ama ku dul sheekaysanaayey boqolaal dad ah oo aan marnaba dareen ka gelin gabadha yar ee meesha jiifta. Waxa ay ahayd wax iska caadi ah in caruurta dib jirka ahi maalintii derbiga masaajidka seexdaan in kasta oo mararka qaarkood culumada masaajidka maamushaa ka caydhin jireen.

Waxa ay nabad gelyo ku heshay in ay habeenkii oo dhanna soo jeeddo, maalintiina ay gidaarka masaajidka seexato. Hase ahaatee, waxa ku adkaatay in ay hesho wax ay cunto. Marka laga reebo hambooyinka xabxabka, muuska iyo khudaarta kale ee dadku iska tuuraan mooyaane, muddo asbuuc ku dhow ayaan wax kale oo cunto ahi aanay dhuunteeda ka degin. Suuqa khudaarta oo ay ka qadhaaban jirtayna waxa ay uga goday, ka dib markii ay dhowr jeer dusha ka aragtay Neero oo ka adeeganaysa.

Iyada oo goor galab ah gidaarkii masaajidka fadhida ayaa waxa kiciyey wadaad kuwii masaajidka ka shaqayn jirey ka mid. Wuxuuna u sheegay in aanay mar kale derbiga masaajidka ku soo noqon, haddii kale uu Booliiska ugu yeedhi doono oo la xidhi doono. Markii ay yarayd ee ay miyiga joogtay ayey waxa ay maqli jirtey dad la xidhay, sidaas darteedna aad ayey uga biqi jirtay in la xidho.

Markii ay Saxarla gidaarkii Masaajidka ka kacdayna waxa ay go'aansatay in ay dhinicii Suuqa khudaarta isaga dhaqaaqdo si ay ugu qadhaab doonato. Goor ay qoraxdii baalka sii dhigayso ayey suuqii khudaarta gaadhey, ka dibna waxa ay dhinac istaagtay nin xabxab iibinayey oo dhowr jeex oo soo hadhay miiska u saaraayeen oo alaabtiisii xidhxidhanaya si uu gurigiisii ugu caraabo. Waxa uu dareemay inanta yar ee rafaadku ka muuqdo ee xabxabka eegaysa. "Yareey, la cag ma haysataaa?" ayuu weydiiyey. "Maya" ayey ugu jawaabtey iyada oo hadalkiisii kululaa ka naxday, welina xabxabkii sii eegaysa.

"Maxaad saacaddan halkan ka suubinaysaa maad gurigiinii aadid ayuu ku yidhi." "Guri ma lihi" ayey ugu jawaabtay inta ay hoos eegtay. "Maxaa cidiinii ku dhacay?" ayuu weydiiyey inta uu codkii kululaa mid qabow oo naxariisi ka muuqato ku bedelay. "Hooyaday way dhimatay" ayey cod gaaban hoos ugu tidhi iyada oo weli hoos eegaysa.

"Inaa Lilaahi wa Inaa Ilaahu raajucuun, goorama ayey dhimatay adeer?" ayuu weydiiyey isaga oo weji arxan lihi ka muuqdo. "Aniga oo yar" ayey tidhi iyada oo weli hoos eegaysa dhinacna isha kaga xadaysa xabxabkii miiska saaraa. "Adeer hadaadba yar tahaye yaad la nooshahay?" ayuu weydiiyey. "Cidna ayey tidhi iyada oo weli hoos eegaysa. "Hoo adeer" ayuu ku yidhi inta uu jeex xabxab ah u soo taagay.

Markii uu u dhiibay xabxabkii ayey inta ay dhulka la fadhiisatay sidii bahal hilib ceedhiin ah helay ku haliishay oo xoog u cuntay. Intii ay xabxabka cunaysay marna xaggiisa ma eegin. Waxa uu arkay iyada oo macal qoloftii jajabsanaysa, inta uu xabad kale oo xabxab ah u soo taagay ayuu yidhi "adeer iska daa qolofta oo xabaddan kale cun."

Haf ayey gacantiisii ka siisay iyada oo aad moodid in uu kala noqonayo. Sidii xabaddii hore ayey ku haliishay, waxa ayna indhaha kor u qaaday ninkii oo ku dheygaagsan oo la yaaban sida ay wax u cunayso. Isaga oo xabad kale inta uu miiskii ka soo qaaday u taagaya oo leh "adeer ma cunaysaa" ayey hunqaaco (mantag) isla rogtay oo wixii ay cuntay oo dhan soo celisay. "Miskiin.., caloosheeda ayaa maran (madhan)" inta uu yidhi ayuu koob biyo ku jiraan u taagay..."Afka iskaga dhaq adeer" ayuu tidhi. Koobkii ayey inta ay qaadatay biyihii ku jirey cabtay oo ka laacday. Koobkii ayuu inta uu ka qaaday oo biyo kale ugu soo shubay yidhi adeer afka iska dhaq.

Markii ay mataggii iska maydhay ayuu sii waraystay, waxana ay u sheegtay in ay muddo Shan biolood ah ay magaalada joogtay oo ay u shaqaynaysay haweenay la yiraahdo Neero. Madaxa ayuu gacanta saaray "Innaa Lilaahi wa Innaa Lilaahi Raajucuun," adeer ma tiibaa ku heshay oo ilaahay kaa soo fakiyey" ayuu weydiiyey. Madaxa ayey hoos u ruxday iyada oo haa ka wadda. Wallee qof "libaax" ah ayaad tahay ayuu yidhi isaga oo kal adayga iyo geesinimada ay kaga soo badbaaday jabkii iyo halaaggii ay Neero la maagganayd la yaabay.

Xoogaa markii uu sii toyday (waraystay) ayey u sheegtay in ay ka timid miyi, laakiin aanay hadda garanayn dhinaca ay ka xigto meeshii ay ka timid. Waxase ay u sheegtay in ay Burco baabuur ka soo raacday. "Adeer Aabahaa miyaanu noolayn?" ayuu weydiiyey, isaga oo la yaaban gabadha yar ee intaas oo dhul ah soo martay. Inta ay hoos eegtay oo in muddo ah aamusnayd ayey tidi "aabahay wuu nool yahay, laakiin markii ay hooyaday dhimatay ayuu naag kale guursaday, taas oo maalin walba i-garaaci jirtay. Iyada oo weli hoos eegaysa ayaa indhaheeda waxa ka soo daatay ilmo.

Inta uu hor fadhiistay oo gadhka gacanta kaga qabtay ayuu wejigeedii kor u soo qaaday. Inta uu ilmadii ka qulqulaysay gacanta ka mariyey ayuu yidhi "Adeer aniguba waan soo maray dhibaatadaada oo kale, waanan ogahay dareenkaaga ee iska aamus." "Inshaa Allah dhib arki mayside iska aamus" ayuu mar kale yidhi. Ka dibna waxa uu weydiiyey magaceeda, markii ay u sheegtayna waxa uu ku yidhi "Adeer anigana magacaygu waa Cabdulle, laakiin dadku waxa ay ii yaqaanaan Oday Cabdulle"ayuu ku yidhi isaga oo inta uu labada garab qabtay istaajinaya.

Oday Cabdulle ayaa waxa uu bilaabay in alaabtiisii uu iibinayey xidh-xidho si uu ugu diyaar garoobo in uu gurigiisii u caraabo. "Adeer aniga ayaad i raacaysaaye waxba ha ka werwerin ayuu u sii xaqiijiyey. Madaxa ayey hoos u ruxday iyada oo kawada "haye." Bakhaar yar oo uu lahaa ayuu alaabta badankeedii ku xireeyey, ka dibna xoogaa khudaar ah oo uu reerkiisa ugu talo galay ayuu dambiil ku garay. "Soo bax adeer waa waqti dambee waa intaas oo aynu bas weynaaye,"ayuu ku yidhi. Waqtigaas waxa aad cidhiidhi u galay baasiinka, taas oo keentay in basaskii la raaci jirey yaraadaan xabad-xabadda socotana qaali iyo cidhiidhiba noqotay.

Waxa ay sii dhex jibaaxeen boqolaal dad ah oo u badan kuwii suuqa ka shaqaynsan jirey oo guryahoodii u caraabaya. Waxa ay sii ag mareen daar weyn oo banaankeeda dad badani ku uruursan yihiin. Waxa uu u sheegay in la yidhaahdo Shineemo Banaadir oo ay dadku filimka ku daawadaan. Weligeed filim ma ay arag, laakiin markii ay gurigii Neero joogtay ayey dhowr jeer ka maqashay hablihii guriga joogay oo ka sheekaysanaya shineemo iyo filim.

Waxa kale oo indhaheedu ku dhaceen ciyaal gidaarka shineemada fadhiya oo daasado afka ku haya. Markiiba waxa ay ka garatay Batuulo iyo Dooli, ka dibna hoos ayey eegtay si aanay u garan. "Adeer miyaad taqaan waxa ay yihiin ciyaalkaasi?" Oday Cabdulle ayaa waydiiyey ka dib markii uu arkay iyada oo isha la sii raacaysa. "Maya" ayey ugu jawaabtey. "Waa ciyaalo derbi (ciyaalo suuq) reerahoodii ka soo cararay oo gidaarada ku nool" ayuu u sheegay. Sidii ay ku ogayd waxa ay kulligood nuugayeen xabag (koolo).

Waxa kale oo uu u sheegay in waxa ay cabayaan yahay waxyaabaha maskaxda dooriya, ka dibna lagu waasho ama lagu dhinto. Waxa uu ka waaniyey in

aanay sida ciyaalkaas oo kale noqon ee ay noqoto gabadh
sharaf leh. Waxa uu u sheegay in haddii ay camaladaas
xun xun ku kacdo aanay aakhiro hooyadeed arki doonin
cadaabtana lagu ridi doono. Ilaa intii ay ka gaadhayeen
garoonkii basaska laga raacayeyna waxa uu u sii waday
waano iyo wanaag tus.

Waxaa ay aakhirkii gaadheen istaankii basaska oo
aad loogu urursan yahay. Waxa ay soo dhinac
joogsadeen baskii Kaaraan u baxayey oo uu dhinac
taagan yahay nin dhalinyaro ah oo ku dhawaaqaya
"Kaaraaan, Kaaraan, Kaaraan, Kaaraan." Aad ayey
dadku isugu jiidhayeen oo qofkii aan xoog lahayn
banaanka ayaa looga tegayey. Oday Cabdulle ayaa inta
uu Saxarla gacanta la booday baskii xoog ku galiyey.

Inkasta oo markii ay galeen gudaha basku buuxay
haddana Daba-kafuulkii (Kirishboy) ma joojin dadkii
dibadda ka soo geliyey ee sidii xoolihii ayuu dadkii ugu
soo daabulay. Cidhiidh iyo is riix riix ayaa bilowday
qofkii tamar yaraa iyo kii gaabnaaba dusha ayaa laga
maray. Oday Cabdulle ayaa qaylo ka dhammaatay "war
cunugta yar ha ku joogsanina ee xaggaas uga durka."
Dhowr ruux ayey odaygii meeshii isku af-dhaafeen oo
dagaal ku dhex mari gaadhey intii uu ta yar
badbaadinayey.

Buuqa, dagaalka iyo calaacalka baska dhexdiisa ka
socda waxa aad ka milicsanaysay xaaladda adag ee
waddanku ku sugnaa. Wax kasta oo dadka noloshiisu

ku xidhnayd sida maceeshadda, baasiinka (batroolka), daawada iyo hoyguba cidhiidhi ayey galeen, taas oo keentay khilaafkii, colaaddii bulshada u dhexeeyey oo sii batay. Aakhiritaankii ilaahay wuu ka soo samata bixiyey oday Cabdulle iyo Saxarla dagaalkii iyo buuqii baska dhexdiisa ka taagnaa, waxana ay baskii kaga degeen Suuqa Kaaraan.

8

Xaafadda badankeedu nal (laydh) ma lahayn, intii lahaydna wuu ka dansanaa. Waxa uu ahaa habeen cirka daruuri xidhay, mugdigana haddii indhaha faraha lagaa geliyo aadan waxba arkayn. Waxa ay marba luuq gooyaan oo bisado iyo Ey suuq jog ahi ka horboodaanba waxay aakhirkii gaadheen gurigii Oday Cabdulle.

Waxa uu ahaa guri yar oo cariish ah oo laba qol ka kooban. Waxa banaanka fadhiyey Oday Cabdulle xaaskiisa (Madiina), hooyadeed iyo laba caruur ah, wiil iyo gabadh oo ay qiyaastii Saxarla isku da'yihiin. "Ar ciddu ma nabad qabtaa?" Oday Cabdulle ayaa yidhi. "Oday Cabdulle khayr baanu sheegnay," Cabdulle soddohdiis, Muumino ayaa ku jawaabtay.

Dambiishii alaabta uu ku siday ayuu xaaskiisa Madiina hor dhigay. "Ar cunugtaanna xaggaad ka keentay?" Madiina ayaa weydiisay. "Cunugtaan marti waayee nafta ku soo qabta baahi ayey la liidataaye" ayuu yidhi. "Adeer la fariiso walaalahaa" ayuu yidhi inta uu labadii caruurta ahaa oo dermo ku fadhiyey gacanta ugu fiiqay. Saxarla oo qaloonaysa ayaa Muxubo, gabartii da'deeda ahayd dhinaceeda fadhiisatay. "Muxubo kac oo cambuulo aabahaa iyo gabarta u soo gur, Madiina ayaa tidhi. Muxubo ayaa kacday oo Jiko (Madbakh) yar oo guriga dhinaciisa ku taallay inta ay gashay soo gurtay cambuuladii.

Saxan canbuulo ah ayey waxa ay hor dhigtay Saxarla. " Naa ma ugu soo dartay macsaro" Madiina ayaa Muxubo weydiisay. "Haa hooyo, waan ugu soo daray" ayey ugu jawaabatay. "Muxubo gabarta fara dhaq ma u keentay" Oday Cabdulle ayaa weydiiyey. "Aabe qaaddo aan ugu soo riday" ayey ugu jawaabtay. "Cun adeer" ayuu ku yidhi inta uu saxankii cambuuladu ku jirtay gacanta ugu fiiqay.

Inkasta oo ay arki jirtay Neero oo cunaysa weligeed cambuulada afkeeda ma gelin, waxana ay u malayn jirtay midho miyiga laga keenay oo la kariyey. Hase ahaatee habeenkaas gaajadii haysay darteed danta ayaa ku qasabtay oo intii saxanka ku jirtayba waxa ay kaga saartay saddex daqiiqadood!

Samaan oo caruurta ugu yaraa oo darmada dhinac kaga fadhiyey ayaa waxa uu il-qoodha ka eegayey Saxarla isaga oo xiisaynayey in uu si fiican wejigeeda u arko. Waxana uu bilaabay in uu si tartiib tartiib ah xageeda ugu durko si uu isha uga bogto. Samaan waxa uu ahaa wiil yar oo aad u edeb iyo caqliba badan, laakiin damci badan. Sidii uu ugu soo durkayey ayuu dhinaceeda fadhiistay. "Magacaa" ayuu ku yidhi inta uu Saxarla gacanta ka taabtay. Intaanay weli u jawaabin ayaa Madiina maqashay, kuna tidhi "waryaa ka dhaaf gabarta rabshada." Ka dibna inta uu afka xanaaq la buuray ayuu dhinaca kale uga durkay.

Oday Cabdulle oo dharkii uu ku shaqaynayey iska soo bedelay ayaa qolkii ka soo baxay. "Muxubo kaalay aabe weyso ii keen" ayuu yidhi inta uu gambar jikada horyaalley ku fadhiistay. Markii uu tukaday ayuu xaggii qolkiisa u dhaqaaqay. "Madiina ilmahaan berrito iskuul ma leh miyaa, maxay u seexan waayeen?" isaga oo qolkii sii geliya ayuu yidhi.

"Muxubo alaabta meesha ka gur oo dhaq inta aadan seexan, gabartaan walaashaa ahna ha kula seexato ee meel u bannee" Madiina ayaa tidhi iyada oo sii ruqaansanaysa. "War kac oo adiguna seexo, cawo kasta ma in laguu sheego ayaad rabtaa" Madiina oo xaggii qolkeeda u sii dhaqaaqaysa ayaa ku tidhi Samaan.

Guriga reer Oday Cabdulle waxa uu ka koobnaa laba qol iyo Jiko yar oo banaanka ku taalla. Marka laga reebo Samaan oo reerka ugu yaraa oo hooyadiis iyo aabihii la seexan jirey, Muxubo, ayeeyo Muumino iyo wixii marti ah ee reerka u yimaadaaba waxa ay seexan jireen qol. Labada qol waxa kala yaalley laba feynuus oo marka la seexanayo la demiyo si gaasta loo dhaqaaleeyo.

"Abaayo soo kac aan seexanee." Muxubo ayaa

61

markii ay weelkii dhaqday jikadiina kala hagaajisay ku tidhi Saxarla. Qolkii ayey u dhaqaaqeen iyaga oo is daba socda. Waxaa qolka yaalley laba sariirood oo catiir ah oo midna Muxubo ku seexato midna Muumino ku seexato iyo joodari (furaash) yar oo dadka martida ah loogu talo galay.

"Abaayo seexo dhinacaas" Muxubo ayaa tiri inta ay Saxarla sariirta gacanta ugu fiiqday. Intii aanay jiifsan ka hor ayey Muxubo feynuuskii demisay. Waxa ay Muxubo xiisaynaysay in ay Saxarla la sheekaysato oo xaaladeeda wax ka ogaato. "Abaayo xaggee ka timi?" Muxubo ayaa Saxarla weydiisay wax yar ka dib markii ay sariirtii jiifsadeen. Saxarla ayey wax jawaab ah ka weyday, ka dibna waxa ay dareentay in ay markiiba hurdo la dhacday. Markii ay aragtay Saxarla oo gama'dayna inta ay xagga kale u jeensatay ayey madaxa iyo majaha martay.

Habeenka gelinkiisii dambe ayaa Saxarla si xun caloosha looga qabtay, maadaama caloosheeda oo madhnayd ay habeenkii digir badan cuntay. Xanuun dartiis ayey labada indhood isu keeni weyday oo siday hadba dhinac isugu rogaysay waagii ku beryey. Muxubo, meesha ka soo kac" Madiina ayaa tidhi inta ay albaabkii qolka soo istaagtay. "Hooyo gabarta soo toosi ha quraacatee inta aadan tegin "Madiina ayaa ku tidhi Muxubo oo iskuulkii isu diyaarinasaysa. "Abaayo kaalay quraaco" Muxubo ayaa Saxarla ku tidhi inta ay qolkii ku soo laabatay.

Saxarla oo caloosha gacanta ku haysa oo ay indhaheeda ka muuqato in xanuun weyni hayo ayaa banaanka u soo baxday. "Hooyo caloosha miyaa lagaa hayaa" Madiina ayaa weydiisay. "Haa" ayey cod daciif ah ku tidhi iyada oo hoos eegaysa. "Kaalay quraaco waad bogsan doontaaye" ayey ku tidhi.

Intii aanay u jawaabin ayey Saxarla dhulka ku dhacday oo hunqaaco ka wareegtay. "Bisinka, bisinka" Madiina ayaa tidhi inta ay xageedii u oroday oo madaxa labada gacmood kaga qabatay. "Ha isku celin matagga ee si fiican isaga keen" ayey ku tidhi.

Waxa ay hunqaacday wax aad dhuxul moodid oo indhuhu ka naxayaan. "I sug biyo aan kaaga dhaqo aan kuu keenee" Madiina ayaa tiri inta ay xaggii jikada u dhaqaaqday. Waxa ay soo noqotay Saxarla oo beerka u jiifta oo mataggii ku dul dhacday.

"Bismilaahi Raxmaani Raxiim, maxaa kugu dhacay" ayey tidhi inta ay labada garab soo qabatay iyada oo dhulka ka hinjinaysa.

Waxa ay aragtay afkii oo ay abur (xumbo) ka sii daynayso iyo indhihii oo dhinaca cad isu rogay. "Bisinka Bisinka, kaalay hooyo Ay-Daawo iigu yeer" iyada oo weli kor u haysa ayey ku tidhi Samaan. Samaan ayaa orod isa sii daayey oo Ay-Daawo oo farmasi ka shaqaysa oo deriskooda ah u yeedhay.

Iyada oo dhulka jiifisay oo mataggii ka tirtiraysa ayey timi Ay-Daawo. "Maxa cunugta ku dhacay" ayey weydiisay. "Abaayo mar keliya ay intay matag bilowday ka dibna suuxday" ayey ugu jawaabtay. "Ma neefsanaysaa" ayey weydiisay. "Abaayo u malayn maayo, ma u jeedid in ay indhaheeda xagga kale u gedisan yihiin?" ayey ugu jawaabtay. "Biyo ii keen" ayey Madiina ku tidhi. Madiina oo argagax ka muuqdo ayaa xaggii Jikada u oroday oo markiiba la soo boodday madiibad (baaquli) biyo ah. Ay-Daawo ayaa biyihii dusha kaga shubtay Saxarla inta ay bisinka u qabatay. "Naa hawada uga leexda oo dib uga durka" Ay-Daawo ayaa ku tidhi dumar badan oo deriska ah oo ku soo ururay markay maqleen dhibaatada deriska ka dhacday.

Xoogaa markii ay dul taagnaayeen oo sugayeen ayey indhaha kala qaadday. "Ma ii jeedaa eeddo?" Ay-Daawo oo madaxa (Saxarla) kor u haysa ayaa weydiisay. Madaxa ayey hal mar gundhisay iyada oo haa ka wadda. "Inshaa Allah waad fiicnaanaysaa aniga ayaa daawo kuu keenaya" ayey ku tidhi. "Madiina, kaxay oo qolka jiifi daawo ayaan u doonayaaye" Ay-Daawo ayaa tidhi.

"Haa cunugtu waa reer waqooyi, yaa wadey, maxay soo raacday, cid ma leh miyaa" Madiina ayaa qolkii ka soo baxday (markay Saxarla soo jiifisay) dumarkii deriska ahaa oo su'aalahaas is weydiinaaya. "Bismilaahi raxmaani raxiim, dadka ma shaydaan baa wax u sheega, sidaad ku ogaateen cunugta xalay timi arrimaheeda iyo meesha ay ka timi" Madiina oo doodii dumarku isdhaafsanayey ka xanaaqday ayaa tidhi. "Naa orda guryihiinna aada shaqo la'aan baa idinka badantaye" ayey sii raacisay. "Areey baqbaqdaada ma kasaayee, ilmaha dadow ee aadan garanayn guriga intaad soo gashato ha kugu dhintaan" haweenay da'weyn oo ul ku tukubaysa oo ay Madiina qaraabo yihiin, ayaa tidhi inta ay xaggii gurigeeda u dhaqaaqday.

Ay-Daawo oo kiniini sidda ayaa soo laabatay. "Madiina hadda laba xabbo sii, qadada ka dibna laba kale sii, caawa inta aanay seexan ka horna laba sii" ayey ku tidhi Madiina. "Inshaa Allaah way ku ladnaanaysaa" ayey sii raacisay. Madiinana markiiba laba xabbo oo kiniin ah ayey siisay, ka dibna Saxarla ku tidhi "ku seexo waad ku ladnaanaysaa Insha Allah."

Waxa tegay maalinta inteedii badnayd, Muxubo iyo Samaanna iskuulkii ayey ka soo laabteen. "Hooyo aaway gabartii" Muxubo oo dharkii iskuulka iska soo bedeshay oo qolka ka soo baxday ayaa tidhi. "Gabartii way xanuunsatay oo qolkayga ayey jiiftaa" ayey ugu jawaabtay. "Maxaa ku dhacay" inta ay tidhi ayey u dhaqaaqday dhinaca qolkii ay Saxarla jiiftay. "Naa ka soo noqo gabartu ha kaa jiiftee" Madiina ayaa tidhi. "Hooyo daawo ma siisay" Samaan oo ay naxdini ka muuqato ayaa yidhi. "Haa Ay-Daawo ayaa kiniin u keentay, hadda way ladan tahay ee daalkii ayaa ku soo baxay oo way hurudaa" ayey ugu jawaabtay.

Muxubo iyo Samaan waxa ay xiisaynayeen in ay la sheekaystaan Saxarla nolosheedana wax ka ogaadaan, aad bayna uga xumaadeen in ay xanuusan tahay oo

65

aanay banaanka u soo bixi karin.

Waxa dhacay gabalkii waxana sidii caadadu ahayd yimi Oday Cabdulle oo shaqadii ka soo laabtay. Waxa wejigiisa ka muuqday daal iyo rafaad qoraxdii iyo dabayshii ku dhacayey maalintii oo dhan dartood. "Nabad ma lagu soo hoyday" Cabdulle ayaa yidhi inta uu dambiil khudaar iyo adeeg kale ku jiro Madiina ag-dhigay. "Gabartii martida ahayd ayaa saaka aad u xanuunsatay, laakiin hadda way roontahay" ayey ugu jawaabtey. "Xaggay jirtaa hadda" ayuu weydiiyey. "Qolka ayey jiiftaa, wayse ladan tahay oo Ay-Daawo ayaa kiniin u keentay" ayey ugu jawaabtay. "Cunto ma cuntay" ayuu weydiiyey. "Hurdo waxa ay ku jirtaa cajiib ah, marka waan iska dhaafay in aan kiciyo" ayey tiri. "Daalkii iyo hurdo la'aantii ayaa ku soo baxay miskiinta, laakiin soo kici wax ha cuntee" ayuu yidhi.

"Muxubo kac hooyo abaayo soo kici" Madiina ayaa tiri. Samaan ayaa isaguna ka daba booday markii Muxubo kacday. "War fariiso adigu waxwalba waa isku qaadi jirteye" Madiina ayaa ku tidhi Samaan. Ka dibna isaga oo xanaaqsan oo afka buuraya ayuu dermadii uu ku fadhiyey ku laabtay.

Waxaa aqalkii ka soo baxay Muxubo iyo Saxarla oo dhelalowsan oo isdaba socda. "Adeer kaalay halkan fariiso" Cabdulle ayaa Saxarla ku yidhi inta uu meel dhinaciisa ah gacanta ku taabtay. "Maxay cunaysaa?" ayuu weydiiyey Madiina. "Waxa aan u sameeyey Bariis cad" ayey tiri. "Sax waaye, isaga ayaa caloosha u fiican" ayuu yidhi. "Samaan ayaa soo kacay oo dhinaceeda fariistay. "War maxaa gabarta ku daba dhigay, ha kaa nasatee ka dheeroow" Madiina ayaa tidhi. Mar labaad ayuu isaga oo xanaaqsan oo afka buuraya meeshuu fadhiyey ku laabtay.

Ilaa intii ay magaalada timi bariis cad iyo caano oo ahaa labada shay oo ay nolosheeda tiqiinay midna ma ay cunin. Markii Neero gurigeeda geysay waxa ay u iibisay Saxarla toob iyo kaba dacas ah. Waxa ay iyada iyo saddex gabdhood (Muraayo, Suleekha iyo Saciido) ee ay isku da'da dhowaayeen seexan jireen qol yar oo ku dheggan jikada (madbakha). Saddexda gabdhoodba waa ay ka waaweynaayeen Saxarla, waxana loo diyaarinayey in ay "shaqo" bilaabaan."

Saxarla maadaama ay miyi ka timi waxyaabo badan oo magaalada laga isticmaalo ma ay aqoon. Maalmihii ugu horaysay ee ay guriga Neero timi waxa la isu sheegay badownimadeeda, waxa ayna gabdhihii yar yaraa iyo dumarkii bilaabeen in ay ka riwaayadaysataan. Maalintii ugu darnayd waxa ay ahayd markii ay aragtay baasto la karinayo. Waxa ay u kala garan weyday in ay yihiin xiidmo iyo masas la isu soo aruuriyey. Waxase tii ugu darayd dhacday markii saxan loogu riday ee la yidhi cun! Inta ay istaagtay ayey saxankii baastadu ku jirtey saddex talaabo dib uga dhaqaaqday. Waxase ay sii yaabtay markii ay aragtay inta suugo lagu daray qof walbaaba cunaayo.

67

Wax kasta oo ay la yaabtaba shantii bilood ee ay guriga Neero joogtay waxa ay kala baratay cuntooyinka, waxa ay baratay sida weelka iyo dharka loo maydho iyo weliba in ay dukaanka ka soo iibiso waxyaabaha yar yar ee ragga qayilayaa iyo habluhu u baahan yihiin sida sigaarka, kookakoolaha, saabuunaha, cillaanka, huruudda iyo wixii la mid ah (I.W.M.).

Markii ay bariiskii caanaha lahaa dhammaysay Cabdullena salaaddii cishaha tukaday ayuu caruurtiisii u sheegay in ay seexdaan maadaama ay berrito iskuul leeyihiin. "Saxarla ma seexanayso?" Samaan oo qolka xaggiisa u sii socda ayaa aabihii weydiiyey. "War shaqadaada ma-ahee soco oo seexo" Madiina ayaa Samaan ku tidhi intaan aabihiis u jawaabin.

"Cabdulle gabarta Habaryarteed iyo awoowgeed ma u soo heshay" Madiina ayaa weydiisay, markii ciyaalkii kala seexdeen. Inkasta oo ay ahaayeen reer sabool ah oo aad u iimaan badan, caanna ku ahaa soo dhoweynta iyo marti kafaala qaadka, haddana waxa werwer ku hayey gabarta aan ciddeeda la garayn ee guriga u joogtay marna ku xanuusatay. "Madiina niman reer waqooyi ah oo aan kasaayo ayaan weydiiyey gabarta habyarteed iyo awoowgeed, waxana ay ii ballan qaadeen in ay soo raadinayaan" Cabdulle ayaa yiri. Waxa kale oo aan fariin u diray Jaamac Dirir in uu igu soo war celiyo, ayuu sii raaciyey.

"Cabdulle maan gabarta duqda Sareedo Kurbo ee

reer waqooyiga ah ee Suuqa Kaaraan agtiisa deggan u geyno, waxa laga yaabaa in ay ciddooda garatee," Madiina oo weli Saxarla xaaladdeeda aad uga werwersan ayaa Cabdulle ku tidhi. "Madiina gabarta xaaladdeeda aniga igu dhaaf aniga ayaa habaryarteed iyo awoowgeed u soo helayee, duqdan waalan ee qaadka gadda u geyn maayee," Cabdulle oo hadalkii Madiina dhibsaday ayaa ugu jawaabay.

9

Habeenkaas Saxarla iska seexatay oo Cabdulle iyo Madiina oo weli sheekadeedii wada ayey hurdo la dhacday. Subaxdii markii la quraacday ee ciyaalkii iskuuladii kala aadeen ayey Madiina u yeedhay oo ku tidhi "eeddo diyaar garow Suuqa Xamar weyne ayeynu aadaynaaye. Saxarla oo awalba hadalkii ay habeenkii Cabdulle iyo Madiina ka wada hadlayeen maqashay oo uu werwer ku abuuray ayaa wadnihii naxdin bood booday, waxana ay u malaysay in ay suuqa dhex dhigi doonto oo kaga dhaqaaqi doonto. Waxa ay markiiba soo xasuusatay dhibaatooyinkii aan tirada lahayn ee ay kala kulantahay markii ay magaalada Xamar timi iyo markii ay guriga Neero ka tagtay. Waxba ma ay odhane inta ay kacday ayey kabaheedii dacaska ahaa ee Neero u iibisay gashatay.

"Kaalay eeddo kabuhu way kaa go'an yihiine kuwa Muxubo ee halkaas yaalla gasho" Madiina ayaa ku tidhi Saxarla inta ay laba kabood oo kuwa lebiska ah oo Jikada

70

agteeda yaalley gacanta ugu fiiqday.

Waxa ay ahaayeen kabihii ugu horeeyey ee noocaas ah ee ay weligeed cagaha gelisay. Waxa ayna markiiba xasuusatay silicii, saxariirkii iyo cagaaggii ay soo martay. Waxa ay gashay riyo aad u dheer iyada oo niyadda isaga sheegaysa in aan waxaas oo dhibaato ahi soo mareen haddii ay hooyadeed noolaan lahayd. "Haddii ay hooyaday gacaliso noolaan lahayd, sida Muxubo ayaan nolol wanaagsan ku noolaaan lahaa, "Saxarla ayaa niyadda iska tidhi.

"Eeddo maxaa kugu dhacay soo bax" Madiina ayaa tidhi markii ay aragtay Saxarla oo aan wax ficil ah samaynay ee dhulka iska fadhida. Sidii wax hurdo laga kiciyey oo dhelalowsan ayey markiiba kor u boodday. Cagaheedu kuwo kabo noocaas ah u bartay ma ay ahayne waxa ay bilawday in ay dheeldheelido markii ay socodkii bilowday.

Waxay Madiina sii daba dhac-dhacdoba waxa ay aakhirkii gaadheen meeshii (istaankii) basaska ee Suuqa Kaaraan. Waxa baska ka dhinac qaylinayey mid (daba-ka fuul) u eeg kii la socday baskii hore ee ay iyada iyo Cabdulle Suuqa weyn ee magaalada ka soo raaceen. "Ceel Gaab, Ceel Gaab, Ceel Gaab isaga oo ku celcelinaya. "Yareey ama baska raac ama dadka dhinac uga leexo" daba-ka fuulkii ayaa yidhi inta uu Saxarla oo albaabkii baska laga gelayey taagan dhinac u kala tuuray.

"Waar gabarta yar ha kala tuurin edeb ma qabtide,"

71

Madiina oo wejigeeda xanaaq weyni ka muuqdo ayaa ku
tidhi daba-ka fuulkii iyada oo gacanta xaggiisa u
saydhaysa. Ka dibna inta ay Saxarla gacanta qabatay
ayey baskii xoog kula gashay.

Markii baskii wax yar socday ayey Madiina farta
banaanka ku fiiqday oo Saxarla oo dhinaca daaqadda
xigtay ku tidhi "waa kaas iskuulka Muxubo dhigato."
Saxarla ayaa markiiba dhinacii Madiina u tilmaantay
jaleecday. Waxa ay aragtay boqolaal ciyaal ah oo
korkana ka gashan *shaati caddaan* ah, xagga hoosena ka
gashan maro buluug ah oo barxadda iskuulka is-dhex
yaacaya. "Hadda biririftii (break) ayey ku jiraan"
Madiina ayaa ku tidhi Saxarla. Indhaha ayey la sii
raacday bal in ay Muxubo ka dhex aragto, laakiin
markiiba baskii ayaa xoog ku dhaafay.

Saxarla ayaa waxa ay gashay riyo iyada oo dharka
quruxda badan ee ciyaalku gashanaayeen hooyadeed u
soo iibisay oo ciyaalka ay la ciyaarayso. Waxa ay mala-
awaashay iyada oo inta ay iskuulkii ka soo noqotay
hooyadeed ku leedahay "iska bedel hooyo dharka
iskuulka oo qadee." In kasta oo aanay weligeed iskuul
cagaha dhigin waxa ay mala-awaalkeeda ku cabiraysay
inta ay Muxubo ka aragtay marka ay iskuulka ka soo
laabato iyo hadaladda ay Madiina ku tidhaahdo.

"Lacagta isku soo dar dara" Kirishboygii oo leh ayey
ku soo baraarugtay. "Waa aniga iyo cunugtan" Madiina
ayaa tidhi inta ay lacag u dhiibtay. "Subxaana

Laah...amar Allee maxuu ka sameeyey oo ay u dilayaan"
Madiina oo daaqadda eegaysa ayaa tidhi. Saxarla ayaa
iyaduna daaqaddii jaleecday, ka dibna waxa ay aragtay
nin laba askari oo qoryo AK47 sitaa qoorta ka hayaan oo
laad iyo qoriga dabadiisa la dhacayaan. "Meesha ay u sii
wadaan waa xero askareed" Madiina ayaa hoos u tidhi
iyada oo is leh yaan dadka kale ee baska saarani ku
maqlin.

Inkasta oo ay Saxarla la yaabtay ninka intaas le'eg ee
la garaacayo, haddana afkeeda juuq kama odhan. Waxa
ayna ahayd nolosheeda markii ugu horeysay in ay aragto
nin weyn oo la garaacayo. Waayo waxa ay arki jirtay
nimanka oo iyagu haween ama caruur ha garaaceene
wuxuun garaacaya.

Intii ay dhexda ku sii jireen Madiina waxa ay ku
dedaashay in ay Saxarla magaalada meelihii muhiimka
ahaa ay sii marayeen kala barto. "Meeshaas kubadda
ayaa lagu ciyaaraa, sartaas waxa la yiraahdaa "Fiat" waa
meelihii Saxarla ay Madiina u sheegtay inta ay ka
xasuusato.

"Ceel Gaab Ceel Gaab" daba-ka fuulkii ayaa yidhi
inta uu baskii dibadda uga booday. "Eeddo weynu
gaarnaye soo deg" Madiina ayaa tidhi. "Meeshaan
Xamar-weyne ayaa la yiraahdaa oo waa lagu kala
lumaaye, ha iga harin," Madiina ayaa Saxarla ku tidhi
inta ay gacanteeda bidix u taagtey; si ay u qabsato.

Waxa ay ahayd markii ugu horaysay ee nolosheeda

cidi daadihiso oo gacanta la qabto. Waxa ay ku noqotay
filan waa. Waxana ku soo butaacay dareenkii kal gacal
ee hooyadeed kala maqnayd. Waxa ay bilowday sidii
caadadu u ahayd in ay riyo gasho iyada oo hooyadeed la
socota oo ay gacanta hayso. Maskaxdeedaba waa ay ka
baxday in ay Madiina la socoto. "Ka joog yaanu gaarigu
ku jiirine" waxa ay ku baraarugtay hadalkii Madiina ee
gaarigii jiiri gaaray ay ka naxday.

Waxa ay galeen suuq mug weyn oo wax weliba
yaallaan. Qofkastaana wax iibinayo oo alaabta sanka la
iska gelinayo. War wax iga dhin iyo kaa dhimmi maayo
oo anigaba intaas iguma joogo---ayaa la isla dhex
jiidhaayey. Dhaarta iyo gorgortanka aan la isaga
tudhayn ayaa Saxarla ka yaabiyey.

Madiina lafteedu kolkii ay dhowr dukaan wax ka
baayacday oo ay isku xiiqeen ayey aakhiritaankii tageen
dukaan nin ay garansay iibinayey. Ka dib markii salaan
la is-dhaafsaday ayey Madiina tidhi "Jimcaale gabartaan
laba canbuur oo fiic fiican iyo kabo ii soo sii."
"Warkaaga maa la diidi karaa Madiino" inta uu yidhi
ayuu xaggii dharka ku jeestay. "Ma gabartaadiibaa"
Jimaacale ayaa Madiina weydiiyey isaga oo Saxarla
eegaya. "Gabartaan Ilaahay baa leh, ee Jimcaale dharka
soo qabo" Madiina oo su'aasha Jimcaale is-dhaafinaysa
ayaa tidhi. "Adeer bal kan isku fiiri" ayuu yidhi inta uu
u soo taagay cambuur madow oo baro baro cad cad leh.

"Jimcaale, gabarta midabka madow ka dhaaf waa

"tookafeeree" ee midab kale u soo dhiib ayey ku tidhi. "Haye, cagaarkan ka waran" Jimcaale ayaa yidhi inta uu dhinacii Saxarla cambuur cagaaran u taagay. "Jimcaale gabartu Guulwade ma ahee soo sii midabyada isku dhex jira" Madiina ayaa tidhi. "Ar heey in lagu xiro miyaad rabtaa, Guulwadaha ma iska dhaaftidoo," Jimcaale oo Madiina la kaftamaya ayaa yidhi. "Adeer kan ka waran" Jimcaale ayaa yidhi inta uu cambuur dhowr midab ka kooban xaggii Saxarla u jeediyey. "Haa kanaa fiican, maxaad maanta oo dhan naga lugooynaysey" Madiina ayaa tidhi inta ay cambuurkii ka qaaday oo inta ay dhinac kasta ka eegtay u dhiibtay Saxarla.

Saxarla oo ay farxad xad dhaaf ahi wejigeeda ka muuqato ayaa markiiba si degdeg ah damacday in ay u gashato. "Sug sug adeer, albaabkan dabadiisa iskaga soo bedel" Jimcaale ayaa yidhi. Saxarla ayaa inta shaki galay dhaqaaqi weyday. "Soo bax eeddo aniga ayaa ku raacayee" Madiina oo fahantay in ay xishootay ayaa ku tidhi. Waxa ay galeen qol yar oo dukaanka xaggiisa dambe ku yaalley oo marka dharka la isku qiyaasayo lagu bedesho.

"Iska bixi eeddo kan duuga ah oo isku eeg kan cusub, ha iga xishoonin gabartayda oo kale ayaad tahaye" Madiina ayaa ku tidhi Saxarla, ka dib markii ay aragtay Saxarla oo xishootay oo ka sakatisan (shakisan) in ay Kurdadii hore ee duugga ahayd iska saarto.

"Maashaa Allah si fiican ayuu kuu leeg yahay...waxa

la moodaa in adiga laguu tolay" Jimcaale ayaa yidhi markii ay qolkii bedelashada ka soo baxeen. "Jimcaale ma xayeysiiskaagii baa mise waa leeg yahay." Madiina ayaa tidhi, iyada oo Saxarla marba dhinac uga wareegaysa oo hubsanaysa in uu cambuurku si fiican u leeg yahay.

"Haye, waan ku aaminaye hal kalena soo qabo" Madiina ayaa tidhi. "Kan gaduudan ka waran" Jimcaale ayaa yidhi inta uu cambuur cas soo dejiyey. "Acuudu Billaah, Jimcaale gabartu ma booranay qabtaa xaad waxa gaduudan kula maagtay, raadi midab kale" Madiina ayaa tidhi. "Keen kaas liidimaha leh" Madiina ayaa tidhi inta ay cambuur meel kore surnaa farta ku fiiqday. "Boorane in ay qabto xaad ka og tahay, beryahaan dambe ragguuba ku dhacaaye" Jimcaale ayaa yidhi isaga oo cambuurkii ay u dirtay sii tiigsanaya. "Ar weligiinaad Boorane iyo wax ka xunba qabteene cambuurka soo deji" Madiina ayaa tidhi iyada oo kabo xagga hore yaallay eeg eegaysa.

"Haye, bal kanna wax ka sheeg" Jimcaale ayaa yidhi inta uu cambuurkii Madiina dhinaceeda u soo taagay. "Haa, kanaa roon, kaalay eeddo oo kanna isku fiiri" Madiina ayaa tidhi intay Saxarla xaggii qolka bedellaada u dhaqaajisay. Saxarla ayaa markiiba shuluq isku siisay oo gashatay. "Maashaa Allah, kan waxa aad moodaa in adiga lagugu cabiray" Madiina ayaa tidhi iyada oo Saxarla dhinacyada ka eegaysa.

"Kan adeer haba iska bixin waad ku qurux badan tahaye" Jimcaale ayaa ku yidhi Saxarla markay iyada oo cambuurkii gashan dibadda u soo baxday. "Ma bilowday xayeysiiskaagii, keen kabo fiican oo adkaysi badan" Madiina ayaa tidhi. "Yaa yaa, ar ma anigaa Madiina wax xun u quura" Jimcaale oo la kaftamaya ayaa yiri.

"Adeer lambarkee ayaad kabaha qaadataa?" Jimcaale ayaa Saxarla weydiiyey.

"Jimcaale gabartani lambar wax kama taqaane, kabo ay isku fiiriso u soo dhiib" Madiina ayaa tidhi.

"Adeer kuwaan isku fiiri" ayuu yidhi inta uu xagga Saxarla u taagay. "Jimcaale kuwani waa khafiif oo toban beri ma haynayaane, kabo adag gabarta u baar" Madiina ayaa tidhi iyada oo kabihii riix riixaysa.

"Garba Saartaasi meeqa waaye?" Gabadh meesha cabaar taagnayd ayaa weydiisay Jimcaale. "Meeqaad bixin kartaa?" Jimcaale ayaa gabartii dib u su'aalay. "Qofkastaaba ma inta uu bixin karo ayuu dhiibayaa?" gabartii ayaa dib u su'aashay. "Laba Xaawo Taako (200 Sh.) iska keen" Jimcaale oo aad moodid in uu gabarta hadalkeeda dhibsanayo ayaa yidhi.

"Adeer aniga wasiir ima dhaline wax iga dhin" gabartii ayaa ku tidhi. "Areey gabdhaha wasiiradu dhalaan Xamarweyne kama adeegtaane Roomaa dharka looga soo iibiyaaye, warka iska dhaafoo 180 shillin iska dhiib" Jimcaale ayaa yidhi.

"Madiina iga raalli ahow---gabdhaha waqtigan joogaa dadkay wareeriyaane, gabarta kabihii ma le-ekaadeen?" Jimcaale ayaa yidhi inta uu xaggii Saxarla Jalleecay.

"Bal ku soco eeddo, duqaan warku ka batay aan mar uun ka tagnee" Madiina ayaa Saxarla ku tidhi. Saxarla ayaa marba dhinac u laafyootay iyada oo farxad in ay qaraxdo ku dhow.

"Abshir, kuwaan haba iska bixin" Jimcaale ayaa yidhi inta uu cagahii Saxarla hoos u qooraansaday. "Waa ku leeg yihiin" Madiina ayaa tidhi inta ay cagaha Saxarla oo kabihii gashan gacanta ku riix riixday.

"Adiga duqa lacag ma rabtid miyaa?" gabartii garbasaarta baayacaysay ayaa tidhi iyada oo wejigeeda cadho ka muuqato.

"Areey duq ha i dhihin dooli ha ku cunee" Jimcaale oo is xanaajinaya ayaa gabartii ku jidhi. "Hadda warka badan iska daayee 150 shillin ma ku anfacdaa" ayey ku tidhi. "Ya 150 shillin lacag ma ahee xaad ku daraysaa..?" Jimcaale ayaa gabartii ku yidhi inta uu weliba u il-jebiyey.

"Jimcaale gabarta yar ee aad dhali kartid qashqashaadda ka dhaafee wax ka gad" Madiina ayaa ku tidhi. "Yaa yaa, ar Madiina u kaadi, ma islaantan abootaday ka weyn ayaad leedahay waad dhali kartaa?"

78

Jimcaale ayaa ugu jawaabey.

"Eeddo duqaan qac waaye iska dhaaf, gabdhaha oo dhan sidaas ayuu u qashqashaadaa" gabartii ayaa tidhi. "Adaaba iga yaqaan" Madiina ayaa inta ay gabartii si fiican eegtay tidhi.

"Mid kaa dhib badan ebidkay ma arkine, bal 150ka iska keen" Jimcaale ayaa gabadhii ku yiri. "Hoo adiga weligay duq kaa lacag jecel ma arkine" gabartii ayaa tidhi inta ay 150 shillin xaggiisa u taagtay.

"Adeer magacaa gabar fiican ayaad tahaye" Jimcaale oo lacagtii tirinaya ayaa gabadhii ku yidhi. "Magacayga duqooshinka adiga oo kale ah ma siiyee maca salaana" ayey ugu jawaabtay. "Yac, naa duq ha i dhihin weli saddex boos ayaa iga banaane" ayuu ka daba yidhi iyada oo dukaankii ka sii baxaysa. "Adiga oo kale waa ku kasaa oo saddex iska dhaafee hal naag kama bixi kartide Jaaw" inta ay tidhi ayey xoog u talaabsatay.

"Jimcaale lacagtaada isku xisaabso waanu daahnaye" Madiina ayaa tidhi. "Madiina adigu qaraabada ayaad tahaye 500 oo shillin iska keen" ayuu ku yidhi. "Allahu Akbar, Jimcaale ma la is dhacayaa maalinta cad....300 ma qaadanaysaa adiga oo ku abaal qaba" Madiina ayaa tidhi iyada oo lacagtii tirinaysa.

Waxa ay muddo is jiid jiidaan oo gorgortamaanba waxa ay markii dambe guushii raacday Madiina oo bixisay 300 ee shillin ee ay uga dhaqaaqi weyday.

"Macasalaama Jimcaale" Madiina ayaa tidhi inta ay gacanta qabatay Saxarla oo aad moodid xaragada ka muuqata in ay aroos u socoto. "Macasalaama, ciiddii kalena waa soo dhowdahaye ha i hilmaamin" Jimcaale ayaa ka daba tuuray Madiina. "Haddii aan wax ii kaa dhaama heli lahaa kuuma soo noqdeene waa inoo ciidda" ayey tidhi iyada oo luuq ka sii laabanaysa.

10

Markii ay dukaankii Jimcaale ka tageen waxa ay sii mareen dhowr dukaan oo kale oo ay Madiina alaabo ka iibsanaysay. Ka dibna waxa ay u kaceen suuqii khudaarta ee Cabdulle wax ku iibin jirey. Waxa ay sii dhex jibaaxeen suuqii dadku ka tirada batay ee jaah wareeriyey Saxarla markii ay magaalada soo gashay. Waxa ay aragtay bisadihii iyo ciyaalkii dib jirka ahaa. Waxa ay ugu darayd markii Madiina ku tidhi sartaas weyn shinoomo Banaadir ayaa la dhahaa oo filimada ayaa lagu fiirsadaa.

Waxa kale oo Madiina uga sheekaysay ciyaalkii gidaarada jiifay iyada oo ku sheegtay in ay yihiin "Caasi walideen Umburyaako ah" oo reerahoodii ka soo cararay. Waxa kale oo ay u sheegtay in ay suuqa qashinka ka gurtaan oo ay ku nool yihiin waxa la tuuro.

Waxa kale oo ay u sheegtay in qaarkood agoon yihiin oo aanay hooyo iyo aabbe daryeella midkoodna lahayn.

Waxana ay ku waanisay in ay noqoto gabar fiican oo aan sida kuwaas oo kale noqon. Waxase waanada Madiina uga daraa xasuustii xumayd iyo dhibaatadii ay soo martay oo sida webiga ugu soo burqanayey. Iyada oo cabsida ugu weyn ee haysataana ahayd in haddii aanay habaryarteed iyo awoowgeed helin ay dhici karto in xumaha ay Madiina ka waaninayso ku dhacdo.

Farxadeedii dharka iyo kabaha loo iibiyey waxa hadheeyey gocoshadii xasuustii murugada lahayd ee ay mudadii ay suuqa joogtay kala kulan tahay iyo noloshii khatarta ahayd ee gurigii Neero. Mar kaliya ayaa wejigeedii farxadda iyo rayn rayntu ka muuqdeen uu isu bedelay mugdi.

Markii ay Shinooma Banaadir ag marayeen ayey ciyaalkii derbiga jiifay isha la sii raacday in ay ku jirto saaxiibteed Batuulo iyada oo wejigeeda hoos u dhigaysa oo is leh yaanay ku garan. Madiina oo aan waxba ka dareemin ayey waxa ay gaadheen miiskii khudaarta ee Oday Cabdulle. Markiiba waxa indhaheedu ku dhaceen ciyaal derbigii ay taqaanney qaar ka mid ah oo dhulka khudrad xumaatay ee la tuuray ka aruursanaya. Ka dibna waxa ay eegtay dhinaca kale si aanay u garan.

"Maashaa Allah, adeer quruxdaadii ayaa soo baxday" Cabdulle ayaa yidhi isaga oo aad ugu farxay sida ay Saxarla u lebisan tahay. "Qurux bay u dhalatay ee in yar uun bay u baahnayd" Madiina ayaa tidhi. "Ilaahay ha kuu siyaadiyo adeer" Cabdulle ayaa yidhi.

"Madiina cabitaan ma idiin keenaa?" Cabdulle ayaa weydiinayey. "Subxaana Laah, Cabdulle ma waalatay, aniga oo qof weyn ah jidadka wax ku cabi maayee gabarta faanto u keen" ayey ugu jawaatay.

"Adeer ku fariiso gambarkaan oo faantada ku cab" Cabdulle ayaa ku yidhi Saxarla markii uu Faantadii u soo iibiyey. Iyada oo is-ururinaysa oo ka baqaysa in cambuurku dhulka ka taabto, dhinacna iska eegaysa ciyaala derbigii ay is indho garanayeen ayey gambarkii ku fadhiisatay.

Markii ay faantadii dhammaysatay ayey Oday Cabdulle is macasalaaneeyeen, waxana ay u dhaqaaqeen meeshii basaska laga raaci jirey. Waxa ay soo gaadheen Boosteejadii basaska oo Daba ka fuuladii sidii u qaylinayaan: Kaaraan, Madiina, Hawlwadaag, Hodan, Boondheere.....

"Ma taqaan baska aynu raacayno?" Madiina ayaa Saxarla weydiisay. "Haa waa Kaaraan" ayey ugu jawaabtay. "Khatar baad tahay, si fiican ayaad wax u xasuusataa" Madiina ayaa tidhi.

Sidii caadada ahayd, basaska xoog iyo muruq ayaa lagu raacayey qofkii itaal darranna jidka ayaa looga tegayey. "Soo orod baska xoog ayaa lagu gelayaaye" Madiina ayaa tidhi inta ay gacanta ka qabatay Saxarla oo xoog ula talaabsatay.

"War ka leexo cunugta yar nin weyn baad tahaye"

Madiina ayaa tidhi iyada oo nin xoog weyn oo tii yarayd (Saxarla) jiidhaya dhinac uga riixaysa. Gudaha ayey isku tuureen markii dambe, waxa ay mawjad dad ah sii dhex jiidhaanba. Kursi banaanse ma ay helin oo ilaa intay Kaaraan ka gaadhayeen wey taagnaayeen.

Ilaa intii ay dhexda ku sii jireen Saxarla waxa maskaxdeeda ka guuxayey, farxaddii iyo werwerkii isku milmay. Waxa ay ku jirtay riyo iyo mala awaal iyo sida adduunkeedu noqon doono. Waxa ay yaqiinsanayd in aanay reerkan aan dhalin dhaqaalahooduhuna iska yar yahay aanay la joogi doonin; werwerna ka hayey goorta ay Habaryarteed iyo awoowgeed heli doonto.

Inkasta oo ay ku rajo weynayd in dhibaatadu ka hadhayso haddii ay Habaryarteed iyo Awoowgee hesho, haddana waxa ay mar walba is weydiin jirtay sababta Habaryarteed iyo Awoowgeed ay marna u soo raadin waayeen. Waxaana galay werwer, shaki iyo walbahaar ay jawaabtooda weyday. Iska daa wax kale, waxa ay xataa ka fekertay in haddii ay Habaryarteed iyo Awoowgeed weydo oo reer Cabdullena iska tag ku yidhaahdaan ay ku noqoto gurigii Neero.

Inkasta oo ay cabsi weyn ka qabtay guriga Neero, haddana waxa uga darraa iyada oo inta ay suuqii ku noqoto ciyaala suuq kufsadaan amaba la dilo. Marka ay gurigii Neero xasuusatana, waxa mar walba niyaddeeda ku soo dhacaayey Muraayo iyo dhibaatadii la soo marsiiyey.

"Soo deg eeddo gurigii waynu gaarnaye" Madiina ayaa ku tidhi Saxarla inta ay gacanta ka qabatay. Saxarla ayaa indhaha xoog u kala furtay sidii wax u hurdo ka selalay. "Maxaa dhacay eeddo….ma kaa nixiyey, mise waad luloonaysay" Madiina ayaa tidhi. Madaxa ayey ruxday iyada oo aan kelmad odhan. Markiiba Madiina ayaa waxa ay dareentay in Saxarla wax si ka yihiin, waxayna dhoor goor isku dayday in ay ka soo saarto ama fahanto waxa farxaddii ka muuqatay murugada iyo tiiraanyada u bedelay. Siday u qod qodaysay ayey markii dambe u sheegtay in madaxu aad u xanuunayo. "Aniga ayaa insha Allah kiniinka madaxa ku siin doona" Madiina ayaa Saxarla ku tidhi iyada oo weli ka shakisan in waxa hayaa uu madax xanuun ka weyn yahay.

Waxa ay gaadheen gurigii. Waxa guriga banaankiisa joogay Muxubo iyo Samaan. "Naa Burjikadii ma sii shidday?" Madiina ayaa Muxubo weydiisay. "Haa hooyo" ayey ugu jawaabtay. Samaan waxa uu mashquul ku ahaa oo ku ciyaarayey gaari yar oo uu samaystay. "Waryaa, adigu intaas wax bilaa macne ah ayaad ku mashquulsan tahay, goorma ayaad wax akhrisataa?" Madiina ayaa Samaan ku tidhi inta ay gaarigii yaraa ee uu ku ciyaarayey ka dhufatay oo ka tuurtay.

Isaga oo aan kelmad odhan oo afka buuraya ayuu inta uu labada garab kor u gundhiyey xagga Saxarla oo gambar ku fadhida u dhaqaaqay. "Maxaa ku jira?" ayuu weydiiyey inta uu bac horteeda taalay oo alaabtii loo soo iibiyey ku jirto farta ku fiiqay. "War wax walba

gacmaha waad la geli jirtee alaabtaas faraha kala bax"
Madiina ayaa inta ay si kulul u eegtay ku tidhi Samaan.

"Kac eeddo oo qolka gal oo mar kale isku soo fiiri in
dharku ku leeg yahay" Madiina ayaa Saxarla ku tidhi.
Markiiba si degdeg ah ayey u booday oo xaggii qolka u
dhaqaaqday. Farxad aan la malayn karin ayaa ku
dhalatay, waxana ku dheeraaday intii ay dharka bacda
ka soo saaraysay.

Farxaddii ay isku celinaysay markii ay dukaanka
jimcaale joogtay ayaa ku soo duxatay. Waxana ay
bilowday in ay farxad darteed kor u boodboodo markii
ay cambuurkii ugu horeeyey bacda ka soo saartay. Intii
aanay gashan ayey ursatay, iyada oo weliba udgoonkiisii
cusaybka cabaar sanka ku sii haysay. Cimrigeeda ma
xasuusato maro sidaas u udgoon oo u qurux badan oo ay
xidhato.

Cabaar markii ay sanka ku haysay ayey cambuurkii
gashatay. Ka dibna waxa ay gashatay kabihii. Waxa ay
u dhaqaaqday xagga muraayad yar oo Muxubo lahayd
oo gidaarka sudhan si ay isugu eegto. Sida ay u ekaatay
iyadaaba isu qaadan weyday, waxana ay ku dhowaatay
in ay oydo farxad darteed.

"Abaay, Abaay, qurux aad ku soo baxday" Muxubo
ayaa ku tidhi inta ay Saxarla oo weli muraayaddii ku sii
jeedda xagga dambe ka soo joogsatay. Inta ay xaggii
Muxubo u soo jeesatay ayey afka labada gacmood
saartay iyada oo qajilaadi ka muuqato.

"Soo bax hooyo tus" Muxubo oo gacanta jiidaysa ayaa tidhi inta ay Saxarla banaanka u soo saartay. "Hooyo arag" Muxubo ayaa tidhi iyada oo Saxarla u tilmaamaysa. "Maashaa Allaah, qurux bay u dhalatay" Madiina oo gambar ku fadhida oo suugo walaaqaysa ayaa tidhi inta ay Saxarla kor u eegtay.

"Muxubo, kaalay hooyo suugadan ii walaaq, salaaddii Duhur ayaa iga tegi rabtee" Madiina ayaa Muxubo ku tidhi inta ay xaggii qolkeeda u dhaqaaqday.

Markiiba Muxubo iyo Samaanba waxa galay dareen masayr, waxana ay fahmi waayeen sababta gabadha yar ee martida ah alaabta quruxda badan loogu soo iibiyey iyagana aan shay keliya loogu soo gadin. Samaan ayaa intii Madiina qolka ku jirtay waxa uu bilaabay in uu huruufo Saxarla. "Aaway ciddiinii..." Muxubo oo markaas su'aashaas wediisay Saxarla ayaa waxa qolka ka soo baxday Madiina.

"Muxubo, hooyo gabar fiican baad ahayde maxaa kugu dhacay? Maxaad gabarta walaashaa ah su'aasha xun u weydiinaysaa?" Madiina oo aad uga xanaaqday su'aasha Muxubo ay Saxarla weydiinaysay ayaa tidhi. Ka dibna inta ay Muxubo iyo Samaan u yeedhay ayey qolkeedii la gashay.

Madiina waxa ay ahayd qof aragti dheer waxana ay dareentay markiiba in xaaladda dharku masayr abuuri karto, isla markaana haddii ay Saxarla dareento in la ximinaayo in xaaladeedii awalba werwerka ku sugnayd

87

ay ka sii darayso. Waxa ay caruurteedii uga sheekaysay sababta Saxarla gurigooda keentay. Waxa ay u sheegtay in hooyadeed dhimatay, waajibna ka saaran yahay xag Ilaah iyo xag bani-aadanimoba in ay dhaqaaleeyaan.

Waxa kale oo ay u sheegtay in ay reer Cabdulle ceeb ku tahay in gurigooda gabar aradani joogto. Waxana ay u ballan qaaday in labadoodaba ay ciidda soo socota dhar aad u qurux badan u iibin doonto. Waxa kale oo ay ka codsatay in aanay marna u muujin gabartaas in ay reerka u marti tahay ee ay tusaan in ay walaashood oo kale tahay.

Waxa ay qolkii ka soo baxeen Saxarla oo weli taagan. "Eeddo maxaa weli ku taagay maad fariisatid, Muxubo hooyo kaalay oo derintaas soo qaad aad ku qadayseene" Madiina ayaa tidhi. Madiina waxa aanay fahmin in Saxarla iska ilaalinayso in dharkeeda saxar ku duulo, sidaas darteedna aanay u rabin in ay fadhiisato. Waxa ay ahayd markii ugu horeysay ee dhar sidaas u qurux badan oo loo dooray ay gashato, waxa kale oo ay ka ahayd qaderin in aanay hadiyadda qaaliga ah ee Madiina u iibisay aanay tacab qasaarin oo aanay ciiddu gaadhin.

Gaadhi Toyota Land Cruiser ah ayaa duleedka guriga soo joogsaday. "Asalaanu Calaykum" oday Cabdulle ayaa intuu gaarigii ka soo degay yidhi. "Wacaleykum masalaan" Madiina oo is yara uruurinaysa ayaa tidhi. Waxa Cabdulle la socday oo gaadhiga wadey nin oday ah oo go' shaal ahi garabka u saaran yahay.

"Maxaa dhacay maanta hore ayaad u soo hoyataye?" Madiina ayaa Cabdulle weydiisay. "Ninkan ma garanaysaa?" Cabdulle ayaa Madiina weydiiyey. Madiina ayaa si fiican indhaha ugu qabatay ninkii, iyada oo ay ka muuqato in ay xusuusteeda la rafanayso.

Inta ay afka gacanta saartay ayey tidhi "ninkan wejigiisu waa igu yaalla, laakiin waan soo qaban la'ahay." Ninkii ayaa inta uu xagga Madiina eegay dhoola caddeeyey. "Alla miyaanu Jaamac Dirir ahayn" Madiina oo markuu afka furay garatay ayaa tidhi. Inta ay istaagtay ayey isa salaameen. "Madiina waad xasuus dheertahay, immisa sano ayaa isugu keen dambaysay, soo waagii Duniyo dhalatay ma ahayn?" ayuu weydiiyey. "Alla xasuus badanidaa Jaamac, wallaahi waa runtaa" ayey tidhi. "Oo ninkii reerka ugu weynaa, ee Muumin, xaggee jiraa" Jaamac ayaa Madiina weydiiyey. "Jaamac, ninkii Muumin jaamacadda lafoole ayuu rabey in uu galo, markii ay u suurtoobi weydayna waxa uu iska galay ciidamada, ka dibna xaggaas iyo waqooyi ayaa loo bedelay," ayey Madiina ugu jawaabtey. "Duniyona xaggay ku maqan tahay?" Jaamac ayaa weydiiyey Madiina. "Sanadkan ayey Dugsiga sare dhammaysay ka dibna waxa ay ku xerootay Xalane," ayey ugu jawaabtey. "Madiina waad iswaraysan doontaane qadada nooga soo rid" Oday Cabdulle ayaa yiri.

Intii la qadaynaayey ayaa waayo waayo laga sheekaystay. "Jaamacow haddii aadan na gacan qaban

89

maanta halkaas ma gaarneene, annaga ayaa dad xun oo abaal laawayaal ah noqonay" Madiina oo dareen raalli gelin ahi ka muuqdo ayaa tidhi. "Subxaana Laah, Madiina sidaas ha dhihin wax aad hallayseen majiraan, waayaha ayaa ina kala geeyeye" Jaamac oo Madiina dejinaya ayaa yidhi.

Intii aanay labada reer Kaaraan iyo Hodan u kala guurin, waxa ay deris ku ahaan jireen xaafadda Siigaale. Jaamac waxa uu u shaqaynayey Dawladda Hoose oo uu meel weyn ka haystay. Oday Cabdulle-na waxa uu suuqa Xamarweyne ku iibin jirey khudaarta. Waxa xidhiidhkoodii iyo saaxiibnimadoodii sii kobceen, kadib markii dhowr jeer qolyaha Dawladda Hoose iyo Guulwadayaal ay khudaartii iyo alaabtii uu wax ku iibinayey ay ka uruursadeen ee uu Jaamac uga soo dhiciyey. Dagaalka uu u galayna waxa uu sababay in Jaamac iyo qolyihii uu la shaqaynayey ee madaxda ahaa iska hor yimaadaan. Waxa uu ahaa waqti musuqmaasuqu xad dhaafay oo qof kasta oo taag daran la dhacaayey.

"Muxubo kaalay hooyo shaah dabka noo saar"Madiina ayaa Muxubo ku tidhi, Muxubona inta ay markiiba boodday ayey xaggii burjikada u dhaqaaqday. "War kaalay dabbaal yahow adeerkaa salaan" Madiina ayaa ku tidhi Samaan oo baabuur yar oo uu samaystay ku mashquulsan. Samaan ayaa inta uu markiiba kacay xaggii Jaamac u soo dhaqaaqay oo salaan u fidiyey.

"Adeer magacaa?" ayuu weydiiyey. "Madaxeey"
Samaan ayaa ugu jawaabay. "Waryaa dabaal, adeerkaa
magacaaga dhabta ah u sheeg, waa maxay Madaxeey"
Madiina ayaa tidhi. Inta uu isku khasoobay oo hoos
eegay ayuu hoos u yidhi "Samaan." Samaan madaxiisa
ayaa yara weynaa, marka xaafadda ay degganaayeen
waxa looga yaqaaney "Madaxeey."

"Jaamac reerkii iiga waran, maxaa dhintay maxaa
nool?" Madiina ayaa weydiisay. "Reer keliya ayaad igu
ogayd, sow maaha?" ayuu yidhi. "Haa Astur uun baan
kugu ogaa iyo saddex caruur ah, Naruuro, Nasteex iyo
Haybad, miyaan magacyadoodii khalday" ayey tidhi.
"Maya Maya waad saxsan tahay, laakiin xaas kale iyo lix
caruur ah ayaa kaa dambeeyey" ayuu yidhi. "Maashaa
Allah Jaamac reer ballaaran baad noqotay" ayey tidhi.

"Hooyo shaahii waa diyaar," Muxubo oo kildhigii
dabka ka dejinaysa ayaa tidhi. "Hooyo maxaa ku daaray,
shaaha ragga u soo shub, ma intaan kaa iraahdo soo shub
baad iga sugaysaa adiga oo naag weyn ah" Madiina ayaa
Muxubo ku tidhi. "Fariid, adeer shaah heer sare ah
ayaad karisay, waa in aan wiilashayda mid ka mid ah
kuu guuriyaa" Jaamac ayaa yidhi inta uu shaahii
Muxubo u keentay kabaday. Muxubo oo inta ay
xishootay hoos eegaysa ayaa xagga qolkeedii u carartay.

"Jaamac xaggee hadda reerku deggan yahay"
Madiina ayaa Jaamac weydiisay. "Astur, sidii aan ula
guursadayba ismana qabno ismana furin. Waxa ay

hadda la deggan tahay gabadheedii Naruuro oo lagu qabo xaafadda Hodan aniga iyo reerka kalena waxa aanu degganahay Hawlwadaag" ayuu ku yidhi. "Maashaa Allah ma Naruuraa la guursaday, ilmo ayeyba ahayde" Madiina ayaa tidhi. "Weger, Madiina caruurteedii baa dhulka ordaysa" Jaamac ayaa yidhi.

"Ya Madiino 30 sano war laga soo wareegay maalin keliya kuma kala dhammaysan kartaane, salaadda maqribka ha na dhaafsiin" Cabdulle oo weysaysanaya ayaa yidhi. "Jaamac runtiis waaye, war badan ayaa isugu keen dhimmane salaaddu yaanay idin dhaafin, mar kale ayeynu si fiican isu waraysan doonaaye" Madiina oo weel banaanka yaalley ururinaysa ayaa tidhi.

"Jaamac inta aanan hilmaamin gabartii aan kuu sheegayey waa tanaa" Cabdulle ayaa yidhi inta uu Saxarla farta ugu fiiqay. "iska warran adeer, anigu waxa aan ahay oday reer waqooyi ah oo adeerkaa ahe" Jaamac ayaa ku yidhi Saxarla oo weli cambuurkii iyo kabihii cusbaa gashan oo gambar ku fadhida. "Nabad" ayey hoos u tidhi iyada oo dhulka eegaysa.

Inkasta oo Saxarla ay dhowr jeer ka maqashay gurigii Neero gabartani waa reer Waqooyi, marna ma aanay fahmin waxa laga wado; waayo weligeed qabiil reer Waqooyi la yiraahdo ma ay maqal. "Adeer in habaryartaa iyo Awoowgaa magaalada deggan yihiin waxa ii sheegay adeer Cabdulle, anigaana kuu soo raadinaya marka aad ii sheegtid cidda ay tahay" ayuu ku yidhi. "Adeer marka aanu salaadda Maqrib ka soo laabano baynu insha Allah isa sii waraysan doonaa"ayuu yidhi Jaamac inta uu istaagay. Ka dibna waxa ay u dhaqaaqeen xaggii Masaajidka si ay salaadda u soo tukadaan.

Maadaama ay Saxarla hooyadeed dhimatay iyada oo aad u yar, cidina aanay barin qabiilada labadeeda waalideed ka soo jeedaan, waxa werwer weyn geliyey sidii ay u garan lahayd qabiilka Habaryarteed iyo Awoowgeed yihiin. Intii odayaashu masaajidka ku maqnaayeenna waxa ku abuurmay welwel ay ka cabsi qabto in Habaryarteed iyo Awoowgeed la heli waayo.

Markii ay masaajidka labadii oday ka soo laabteen ayuu Jaamac sii waraystay Saxarla bal in ay Habaryarteed iyo Awoowgeed ciddda ay yihiin garato. Waxa ay la rafatoba waxa ay u sheegtay tilmaan uu qiyaastii ku baadi doon tegi karo, laakiin wax badani ka dhiman yihiin, laakiin markii uu su'aalo sii weydiiyey ayey in awoowgeed Xaaji Duwane la yidhaahdo; markii Jaamac ayaa hadalkii la booday oo yidhi "Xaaji Duwane waa caan oo lama waayayo.

"Jaamac waa waqti dambee yaan askartu ku qafaaline meesha ka carow" Cabdulle oo Jaamac la kaftamaya ayaa yidhi. "Cabdullow adigu kaftan ayaad u leedahaye, beryahan dambe odayaasha xataa lagama dayrinayo ee waa la qafaalaa" Jaamac ayaa ugu jawaabay.

"Madiina maca salaama Insha Allah mar kale ayeynu is arki doonaaye "Jaamac baa inta uu kacay oo xaggii gaariga u dhaqaaqay yidhi. "Safar salaama Jaamac, iguna salaan dhammaan reeraha, gaar ahaan haddii aad is aragtaan saaxiibtay Astur Dacar " Madiina ayaa tidhi iyada oo gacanta ruxaysa oo salaan xaggiisa u haadinaysa.

11

Waxa laga soo wareegay saddex bilood markii Jaamac ballan qaaday in uu Saxarla Habaryarteed Cadar Duwane iyo Awoowgeed Xaaji Duwane u soo helayo. Goor casar gaab ah ayaa banaanka guriga gaari hoonkii ka yeedhay, biib, biib, biib. Markiiba waxa soo orday Samaan oo baabuurta aad u jeclaa mararka qaarkoodna ku daba dhigi jirey marka ay xaafaddiisa soo maraan, taas oo hadda ka hor sababtay dhaawac, ka dib markii uu baabuur uu ku daba dhegganaa ka dhacay; iyo weliba ficilka Samaan oo dhowr jeer dagaal iyo rabshad u soo hooyey reer Cabdulle.

Waxa gaarigii ka soo degay Oday Cabdulle iyo Jaamac oo wada socda. "Meeday gabartii aan adeerka u ahaa ee shaaha macaanayd" Jaamac ayaa yidhi, isaga oo Muxubo ka hadlaya. "Jaamac iska waran" Madiina ayaa tidhi iyada oo markaas qolkeeda ka soo baxday oo xaggooda u soo socota. "Nabad Madiina, waxa belaayo ahi majiraan" ayuu ugu jawabaawey. "Reerihii saw ma

95

iska fiicnayn" Madiina ayaa tidhi. "Maashaa Allah, Madiina wax dhibaato ahi ma jiraan" ayuu mar kale yidhi. "Samaan bax gambarka xaggaas yaalla adeerkaa u keen" Cabdulle ayaa Samaan ku yidhi. Samaan ayaa markiiba la soo booday gambar Jikada ag yaalay.

"Muxubo kaalay hooyo adeer shaah u soo kari" Madiina ayaa tidhi iyada oo Muxubo oo qolkeeda ku jirta la hadlaysa. Muxubo oo weli wejiga ka dadbaysa Jaamac oo hadalkii guurka ee uu ku yidhi xishoodkiisii ku sii jiro ayaa xaggii Jikada u dhaqaaqday. "Hooyo sonkortii way dhammaatay" Muxubo ayaa tidhi inta ay afaafkii Jikada isa soo taagtay. "Hooyo dukaanka Caliyow sonkortii miyey ka dhammaatay?" Madiina ayaa Muxubo weydiisay. "Hooyo shalay xataa ma hayn" ayey ugu jawaabtay.

"Cabdulloow waddankani maalinba maalinta ka dambaysa wuu ka sii darayaa, sonkor, saliid, bariis, baasto...wax kastaba waa la waayey, haddii la helona waa in saf dheer loo galaa; waxa aan ka baqayaa in marka dambe hawada la neefsanayo saf loo galo" Jaamac Dirir oo dawladda u duur xulaya ayaa yidhi.

"Jaamacoow annagu haddii aanu reer Banaadir nahay waxa aanu ku maahmaahnaa dawlad iyo dabba waa laga dheeraadaaye, annagga baxar ha na gelin" oday Cabdulle ayaa yidhi inta uu gacanta midig ku fiiqay Jaamac. "Cabdullow weligaaba afka i qabo, wallee maalintii tobanka wadaad la isku xiray ee banaanka

Afisyooni lagu toogtay ayaan waddankan ka quustay"
Jaamac ayaa Cabdulle ugu jawaabay.

"Haye, iska warama?" laba nin oo dhalinyarada
Guulwadayaasha ka tirsan ayaa si kediso ah guriga
dhinaciisa uga soo baxay. Cabdulle iyo Jaamac ayaa
midba midka kale inta uu eegay si naxdini ku jirto mar
wada yidhi nabad. "Gaarigan yaa watey? Mid ka mid ah
oo caatada aad qori moodid oo indho cascas ayaa yidhi.
"Adeer gaarigan ninkan oo dawladda u shaqeeya ayaa
watee, maxaa idiin darraa?" Cabdulle ayaa si degdeg ah
ugu jawaabey isaga ka hortegayey in Jaamac la hadlo
halkaasna ay dhibaato ka soo gaadho. "Wax caddayn ah
ma wataa? Guulwadihii kale ayaa yidhi inta uu xabad
sigaar ah oo uu gacanta ku haystay nuugay (jiiday).

"War ilaahay amarkiis badanaa, war in gaadhiga
G.D. (Gaadiidka Dawladda) ay ku taalo oo uu gaadhi
dawladeed yahay miyaadan arag?" Jaamac Dirir ayaa
guulwadihii weydiiyey. "Ar idinka yaa idin soo
dirsaday, gudiga laanta ayaan ku jiraa oo weligay idinma
arkine" Cabdulle ayaa weydiiyey isaga oo kala ilaalinaya
Jaamac iyo guulwadayaashu in ay sii wada doodaan.

Guulwadayaashii doodoodii halkaas kuma joogsan
ee muddo dheer ayey la murmayeen Cabdulle, waxa
ayse markii dambe u sheegeen in ay magaalada soo
galeen niman "Mahbar" la yiraado oo dawladda ka soo
horjeeda ayna waajib ku tahay qof kasta oo Soomaali ahi
in uu ka qayb qaato feejignaanta iyo ka difaaca cadow

gudaha iyo dibaddaba waddankiisa. Markii ay tageen ka
dibna Cabdulle ayaa waano u galay Jaamac Dirir oo ku
yiri "Jaamacow beryahaan idinkaaba (reer waqooyi) la
idinku daba jiraaye afkaaga ilaasho yaan xabsiga
Labaatan Jirow lagugu tuurine.

Doodoodii markii ay dhammaatay xoogaa shaah ah
oo sonkor deriska laga soo amaahdayna loo kariyey
odayaashii ayuu Cabdulle u yeedhay Saxarla oo ku yidhi
"adeer habaryartaa ayaa la soo helay meesha ay deggan
tahay, waxaana kuu geynaya adeer Jaamac marka
alaabtaada soo qaado." Waxa kale oo uu sheegay in
minanku minankeeda yahay oo markasta oo ay doonto
ku soo laaban karto. Alaab badan ma ay haysane intii
yarayd ee reer Cabdulle u iibiyey iyo intii ay gashanayd
markii ay gurigii Neero ka timi ayey Madiina shandad
yar ugu gurtay.

"Muxubo, Samaan kaalaya abaayadiin sii maca
salaaneeya" Madiina ayaa tidhi. Muxubo oo soo
horaysay ayaa inta ay salaantay gacanta ka dhunkatay
Saxarla, iyana sidaa si leeg ayey yeeshay. Samaan oo
beryahan dambeba ka masayrsanaa joogitaanka Saxarla
niyaddana ka jeclaa in ay mar uun dhaafto ayaa inta uu
is agtaagay yidhi "baay." "Waar kaalay dabaal yohow
gabarta si fiican u salaan" Madiina oo xanaaqday ayaa ku
tiri Samaan. Inta uu xaggeedii mar kale u soo dhaqaaqay
ayuu salaan qasab ah salaanay. Ugu dambayntii
Madiina ayaa inta ay soo istaagtay oo labada dhaban ka
dhunkatay ku tidhi Saxarla "Ilaahay ha ku nabad yeelo

eeddo."

"Nabad gelyo waynu iska war hayn doonaaye" Jaamac ayaa yidhi inta uu gaadhigiisii galay oo istaadhay. "Nabad gelyo "Cabdulle ayaa yidhi inta uu Saxarla oo markaa kursigii hore ee gaadhiga fadhiisatay daaqaddii u xidhay. Intaan gaadhigii dhaqaaqin ayaa Cabdulle inta uu gacanta muraayaddii daaqadda ee furnayd ka laliyey Saxarla gacanta xoogaa lacag ah ugu laabay oo inta uu dhegteeda afka u dhoweeyey hoos ugu yidhi "adeer wax kasta ayaa dhici karee isku ilaali;" Ka dibna Jaamac ayaa gaadhigii dhaqaajiyey.

Mudadii ay Saxarla guriga reer Cabdulle joogtay waxa ay dareentay sidii qof reer leh. Waxa ay u qaadan weyday naxariista iyo ixtiraamka ay reerka aanay aqoon cid alla cidday ay yihiin kala kulan tahay. Waxa ka yaabiyey naxariista aabonimo ee Cabdulle caruurtiisa kula dhaqmi jirey. Waxa ay niyadda iska weydiisay sababta naxariistaas aabaheed looga waayey. Waxa ay niyadda ka gocatay in haddii Cabdulle aabaheed uu ahaan lahaa aanay weligeed dhib la kulanteen. Waxa ay Saxarla aad u saaxiibeen Muxubo intii ay gurigooda joogtay. Waxa ay Muxubo bartay ciyaaraha iyo heesaha hablaha da'deeda ahi ku ciyaaraan, sida; nacash nacash, ka dhimeey ka dhim... Waxayna wax ka aragtay dareenkii caruurnimo ee aanay hore u arkin.

Intii ay jidka ku sii jireen waxa uu Jaamac uga sii sheekeeyey wanaagga reer Cabdulle iyo naxariistooda iyo sida xidhiidhka wanaagsan ee saaxiibtinimo uga dhexayn jirey intii aanay magaalada mugga weyn ku kala lumin. Mudadii Jaamac u sheekaynaayey Saxarla adduun kale ayey ku maqnayd, waxa ay ka fekeraysay oo falanqaynaysay wanaaggii ay kala kulantay reer Cabdulle iyo waxa ay kala kulmi doonto Habaryarteed iyo Awoowgeed oo shaki uga jirey in ay waanaag iyo gacamo furan ku qaabili doonaan.

Markii ay gurigii Jaamac gaadheen waxa uu u sheegay Saxarla in ay waqti dambe tahay oo ay ka haboon tahay in ay guriga habaryarteed berrito u tagaan, habeenkaasna waxa ay seexatay gurigii reer Jaamac oo si fiican loogu sooryeeyey. Waxa uu Jaamac Saxarla u sheegay in Awoowgii Xaaji Duwane magaalada safar kaga maqan yahay, sidaas darteed uu geyn doono guriga habaryarteed Cadar Duwane.

Goor ay abaarihii salaaddii duhur dabadeedii tahay ayaa gaadhigii Jaamac Dirir gurigii Cadar Duwane soo hor joogsaday. Markii uu hoonka garaacay, ka dib ayaa waxa albaabkii ka furay odaygii waardiyaha ahaa. "Salaanu calaykum iyo soo deg adeer ayuu mar qudha is raaciyey inta uu gaadhigii ka degay.

"Reerkii guriga lahaa ma joogaane yaad rabtey?" Odaygii waardiyaha ahaa (Aw Muuse) ayaa Jaamac weydiiyey markii uu salaantii ka qaaday ka dib. "Gabadh ay Cadar habaryar u tahay oo aan soo helay ayaan u wadaaye xaggay jirtaa?" Jaamac ayaa waardiyihii weydiiyey. "Wallaahi ma aqaan meel ay jirto, laakiin waxa laga yaabaa in ay saacad ka dib timaado" ayuu ugu jawaabay.

"Adeer hawl ayaan leeyahay oo ma sugi karo eh, gabadha soo dhoweeya una sheega in uu waday nin Jaamac Dirir la yidhaahdo, iyada ayaa garan doonta marka ay toyatee" ayuu ku yidhi inta uu gaadhigiisii galay. "Horay albaabka u soo dhaaf" Waardiyihii ayaa ku yidhi Saxarla oo weli irridii ganjeelada banaankeeda taagan.

Iyada oo shandadii yarayd laalaadsanaysa ayey daaradda is dhex taagtay. Waxaa xatabada wejigeeda ku beegan soo fadhiyey gabadha hablaha Cadar Duwane ugu weyn oo cillaan marsanaysey. Inta ay si huruuf ku jiro Saxarla u eegtay ayey cillaankeedii iska sii marsatay iyada oo aan kelmad ku odhan.

"Adeer halkaas iska fariiso" odaygii waardiyaha ahaa ayaa inta uu gambar meel Jikada u dhow yaalla farta ugu fiiqay ku yidhi Saxarla. Waxa ay markiiba dareentay farqiga gurigii reer Cabdulle iyo kan ay timid u dhexeeya waxaana ku abuurmay welwel iyo walbahaar.

Sidii odaygii waardiyaha ahaa sii qiyaasayba waxaa saacad dabadeed yimid Cadar Duwane oo koox haween ah oo saaxiibadeed ah hoggaaminaysa. Markiiba waxa indhaheedu ku dhaceen gabadha yar ee Jikada ag fadhida ee shandada yari agtaallo. "Naa maxay ahayd tan yar ee meesha soo kuududaana" Cadar Duwane ayaa tidhi iyada oo inanteeda la hadlaysa. "Weydii adigu ayey ugu jawaabtay." "Naa iga tag dabeeco anigaaba kaa waalan oo wax ku weydiiyee, Cadar Duwane ayaa gabadheedii ugu jawaabtay.

Markii ay Saxarla sii toyatay ayaa waxa ay u sheegtay in ay habaryarteed tahay oo ay walaasheed Weris Xaaji Duwane (Shan-ka-roon) dhashay. "Subxaanalaah, oo ma noolayd in aad dhimatay ayaanba moodayee" ayey tidhi iyada oo wejigeeda amakaag ka muuqdo. "Naa Cadar miyaadan ilaahay ka baqayn, naa gabarta yar warka naxdinta leh ka daa oo meel fadhiisi" haweenkii la socday mid ka mid ah ayaa ku tidhi. "Irrifsan wejigii hooyadeed way leedahay" inta ay tidhi iyada oo Saxarla ula jeedda ayey xaggii qolkeeda u dhaqaaqday. "Naa maxaad sidaas u leedahay, reerkaaga oo dhan iyadaa ka qurux badane," saaxibadeed Xamdi Gaabo ayaa ku tidhi Cadar Duwane.

Xoogaa markii ay iyada iyo saaxibadeed qolka ku jireen ayey Cadar banaanka u soo baxday. "Yareey ma taqaan sida shaaha loo sameeyo?" Cadar ayaa Saxarla weydiisay. Madaxa ayey hoos u ruxday iyada oo haa ka wadda. "Noo soo kari shaah bigays ah oo caleentu ku yar tahay ayey ku tidhi.

Inta ay istaagtay ayey xaggii Jikada u dhaqaaqday. Markii ay albaabka madbakha gaadhay ayey joogsatay. Waxay samayso ayey garanweyday, waayo cidina ma tusin meesha alaabada wax lagu karinayaa kala yaallaan. Waxaa markiiba ku abuurmay shaki iyo werwer. Waxa aad isugu ekaaday astaamaha gurigii Neero wixii ka socday iyo kan ay timi. Laga bilaabo waardiyaha albaabka taagan, gabadha cas ee cillaanka marsanaysa, habarta sidii Neero u dhaqmaysa ee dumarku daba guurayaan iyo shaaha caleentu ku yar tahay oo ah kii jaadka lagu cuni jirey shabaha.

"Naa maxaa meesha ku taagay maad shaaha noo soo karisid?" Cadar Duwane ayaa ku tidhi inta ay Saxarla oo weli fekeraysa xaggeeda dambe isa soo taagtay. "Cadar gabartu haddayba timi oo meesha ay alaabadu idiin taal ma garaynaysee maad horta tustid" Aw Muuse oo ka yaabay waallida Cadar ayaa ku yidhi.

"Aw Muuse, ma anigaa ku dhaama oo og meesha wax yaallaan; maxaase si ka ah ma sonkor, caleen iyo kildhi dabka la saaro ayey isku raadin kari weyday" ayey ugu jawaabtay Aw Muuse. "Aaway tii shaqaalaha ahayd?" ayey weydiisay waardiyihii. "Suuqa ayey adeeg ka doontay" ayuu ugu jawaabey.

Madbakha gudihiisa ayey labadoodiiba (Cadar iyo Saxarla) galeen, ka dibna waxa ay tustay Saxarla meelaha alaabtii wax lagu karinayey kala yaalliin, ka dibna inta ay ku dhakhso shaaha tidhi ayey qolkeedii oo saaxiibadeed ku sheekaysanayeen ku noqotay.

Mudadii koobnayd ee ay Saxarla joogtay guriga Neero way ku shaqo baratay, waxayna si gaar ah ugu takhakhustay shaaha khafiifka ah ee lagu qayilo. Markiiba waxa ay ka soo tuurtay shaah aad wanaaggiisa yaabtid oo dumarkii Cadar saaxiibadeed ahaa ka yaabeen. Waxayna markiiba u galeen ammaan iyo in ilaahay tan Cadar u soo diray.

"Cadareey gabdhihii shaqaalaha ahaaba kugu hakan waayee, ma laga yaabaa in aad tan yar ee aad habaryarta u tahay ee ilaahay kuu soo dirayna iska eridid?" saaxiibteed Caasha-Dheer ayaa ku tidhi. "Weger, naa tani cid iyo ciirsi kale toona garan maysee, xaggay tegi" ayey si kalsooniyi ku jirto ugu jawaabtey. "Cadareey sidaas ha u hadlin bani-aadam lama dhayalsadee" Aamina-Xayeysi ayaa ugu jawaabtay. "Naa tan yar ee shaaha wanaagsani anigayba igu fiican tahay, Xamdi-Gaabo oo kaftamaysa ayaa tidhi. " Naa ilaahay ka baqa oo iska dhiga Rajada yar" Xaliimo Daahir ayaa dumarkii ku tidhi.

"Yareey bakeeri biyo ah oo aan xinnaha ku qoysto ii keen" gabadhii Cadar Duwane dhashay Malyuun (Dabeeco) ee xatabada (jardiinka) fadhiday ayaa ku tidhi Saxarla…si amar ku jiro. Biyihii markii ay u geysay kama ay qabane inta ay si xun u eegtay ayey ku tidhi "naa halkaas ii dhig" inta ay dhulka gacanta ugu fiiqday.

Markiiba Saxarla waxa u cadaatay xaaladda ay madaxa la gashay iyo belaayada ka soo hig leh reerkan ay u timi oo aan haba yaraatee wax naxariis ah iyo dadnimotoonna ka muuqan. Markii ay jikadii ku noqotay ayey inta ay dhulka fadhiisatay oohin qabsatay. Wejiga ayey labada sacab saartay si aan oohinteeda loo maqal.

Waxa ay ka yaabtay naxariis darada habaryarteed, waxaana halkaas uga caddaatay in sababta ay u soo raadin weyday markii hooyadeed dhimatay ay ahayd iyada oo aan dan ka lahayn ama godobi iyada iyo hooyadeed ka dhexaysay. Waxa ay intii ay keligeed Jikada ku jirtay ku fekertay in ay gurigii reer Cabdulle ku noqoto, laakiin meel ay halkaas ay joogto uga dhaqaaqdo ma ay garanayn.

Waxa ay xasuusatay dhibaatadii ay suuqa iyo gurigii Neero ka soo martay, waxana ay ku tashatay in ay wax walba u dul qaadato intii suuqa lagu fara xumayn lahaa oo nolosheedu halkaas ku baabi'lahayd. Waxa ay dib u xasuusatay waanadii iyo taladii Shamso markii ay guriga Neero joogtay.

Waqtigii qadada ayaa waxa yimi caruurta intoodii iskuulka ku maqnayd iyo gabadhii shaqaalaha ahayd. Gabadhii shaqaalaha ahayd (Mako) markii ay Saxarla Jikada ugu gashay ee ay sheekaysteenna aad bay ugu faraxday, waayo waxa ay hubtay in ay Cadar aad u naxariis daran tahay ayna gabadha ay habaryarta u tahay sidii jaariyad ula dhaqmi doonto....arrintaas oo hawsha ka khafiifin doonta iyada. Markii ay Mako qadada caruurta Cadar Duwane siinaysay, waxa ay Saxarla bartay magacyadooda iyo midkastaaba waxa uu jecel

105

yahay. Waxa ay ku tidhi "Malyuun (Dabeeco) waxa ay rabto lama yaqaan, adiga oo cuntadii kariyey ayaa laga yaabaa in ay ku tidhaahdo mid kale ii kari." Waxa kale oo ay ku tidhi "Sagal iyo Sooyaal iyagu ma dhib badna, waxa aad siisona way iska cunaan." Waxa ay u sheegtay in inanka reerka ugu weyn oo Caydiid la yidhaahdaa aanu inta badan isagu guriga iman, laakiin uu yahay nin aad u wanaagsan oo naxariis badan. Waxa ay ku tidhi kan reerka ugu yar "Ciiltire" dhib ayuu la dhashay, mar walbana waxa uu rabaa in afka wax loogu guro. Waxa kale oo ay isna u sheegtay in uu jiro nin la yidhaahdo Cali-Aboor oo ay Cadar eeddo u tahay,oo isagu shaqada guriga ka caawiya, laakiin mar dhow Sacuudiga u dhoofaya.

Markii ay Mako sheekadii Saxarla u dhammaysay caruurtiina qadadii siisay, waxa ay bilowday in ay cashadii diyaar garayso (kariso) Saxarlana waxa ay Cadar u sheegtay in ay shaah kale soo kariso. Jikadii ay maalintaas Saxarla gashayna waxa ay u noqotay hoyga keliya ee ay leedahay. Markii ay Cadar aragtay hawl-karnimadeedana waxa ay eriday gabadhii shaqaalaha u ahayd.

12

Hawsha Saxarla ay qaban jirtay waxa ay ahayd mid aan dhammaanayn. Waxa ay kici jirtay hiirta waaberiga si ay u diyaariso quraacada, iyada oo dubista laxooxda hiirta waaberiga bilaabi jirtay, ka dibna shaaha ku xejin jirtay. Hawsha diyaarinta quraacda waxa u sii dheeraa iyada oo qof walba meeshiisa ugu geysa. Intaas waxa u sii dheeraa handadaada iyo ihaanada. Mararka qaarkood waxaa dhici jirtey in Dabeeco laxooxda indhaha kaga dhufato....haddii aanay ka helin.

Marka ay qofkasta quraacdiisa siisana waxa ay bilaabi jirtay in ay weelka xasho, gurigana nadiifiso, sariiraaha gogosho, ka dibna inta ay dharka uskaggga ah oo dhan daaradda isugu keento bilowdo in ay maydho. Marka ay ugu yaraato waxa ay maalintii maydhi jirtay ugu yaraan saddex baaf oo dhar ah. Marka ay dharka intiisa badan maydho ee qoraxda ku wadhona waxa ay la boodi jirtay sellad (dambiil) aad u weyn si ay suuqa uga

107

soo adeegto.

Inkasta oo suuqu aad xaafadda uga fogaa, haddana Cadar uma ay ogolayn in ay baabuur raacdo si ay culayska isaga fududayso. Culayska dambiisha iyo shaqada badan ee ay qabanaysay haaraha ay u yeeleen calaacalaheeda ciyaalka xaafadda ee da'deeda ah ee dariska iyo kuwa ay la joogtayba waxa ay ku dacaayadayn jireen "gacmo fuundi (Nijaar)."

Waayihii dambena waxa ay ka xishoon jirtay in dadku calaacalaheeda arkaan waxa ayna ka gaabsan jirtay in ay dadka salaanto si aanay gaatirta gacmaheeda ku taal aan loo dareemin. Marka ay suuqa ka soo adeegtana waxa ay bilaabi jirtay in ay qadada kariso.

Sida ay subaxdii shaqo u bilowdo madbakhana ugu jirto ayaa gabalku ugu dhici jirey. Madbakha (Jikada) ay wax ku kariso oo ahaa mid aad u kulul, waxa uu midabkeedii maariinka dhalaala ahaa isu bedelay digsi dabadiis. Dhididka korkeeda ka socdaana waxa uu qoyn jirey korkeeda iyo Kurdad ay mar walba gashanaan jirtay oo dhowr meelood ka karkarayd. Maadaama Cadar Duwane weligeed aanay shay u iibin, dhowrkii maro ee ay guriga Cabdulle kala timi korkeeda ayey ku dhammaadeen.

Madbakhu ma ahayn meel ay wax ku kariso oo ay maalintii inteeda badan ku jirto ee waxa uu ahaa hoyga keliya ee ay guriga ku lahayd. Waxa u yaalley jawaan yar oo ay ku dhacdo (seexato) marka daalku ka bato.

Guriga Cadar Duwane waxa u ahaa mid hadh iyo habeen aan laga seexan oo intaas shaqo ka socoto. Waxana deriska qaarkood ku xaman jireen ama u bixiyeen "guriga aan khoraxdu ka dhicin."

Cadar ninkeeda Cawaale Geelle waxa uu aad ugu xidhnaa xagga dawladda, waxaana mar walba gurigiisa imaan jirey rag madax sar-sare iyo maal qabeenno ah oo magaalada caan ka ahaa. Inkasta oo aan dadka xaafadda deggani waxa uu dawladda u qabto aanay aqoon waxaa waayadii dambe lagu xaman jirey in uu ka mid yahay basaasyada waaweyn ee ciidamada Nabad Sugidda ka tirsan. Inkasta oo aan wax cad lagu hayn, haddana waxa looga shakisanaa in xidhitaanka dhowr nin oo xaafadda laga qabtay iyo kuwo kale oo ay isku reer ahaayeen oo dawladda ka soo hor jeeday uu lug ku lahaa.

Cadar lafteedu ma yaraysan jirin ee waxa ay ahayd ruux aad u asxaab badan, waxana ay ahayd marwada keliya ee qorsoodi la'aan gurigeeda iyada iyo asxaabteedu ugu qayili jireen. Waxaana gurigeedu "Marfish" u noqday dumar badan oo rag magac lihi qabeen iyo kuwo iskood isu dhisay, gaar ahaan kuwo lacag lahaa oo baayacmushtar ahaa aadna ugu xidhnaa madaxda waddanka maamusha qaar ka mid ah.

Maadaama Cawaale asxaabtiisu aad u badnayd oo ay inta badan guriga ku qayili jireen, Cadar waxa ay markii dambe samaysatay albaab gaar ah oo ay dumarka asxaabteeda ahi ay qolka "Marfishka" ka soo galaan, kana baxaan marka ay qayilaadda dhammaystaan; si aanay ragga isu arkin. Arrinta albaabka gaarka ah keentayna waxa u sabab ahayd ka dib markii dhowr jeer rag iyo dumar is qaba oo aan isu war hayn ay guriga isugu soo galeen, halkaas oo ay fashilaad iyo fadeexadi ka dhacday.

Qaadka iyo bulsho kulanka ka sokoow, waxa ay labada qof ee is qabey (Cadar iyo Cawaale) caan ku ahaayeen xafladaha iyo casumaadaha kala duwan ee gurigooda meel aan lagu kala bixin ka dhigay. Maadaama uu gurigu ahaa mid aad u saxmad badan oo had iyo jeer hawlo ka socdaan, Saxarla waxa ay markasta mashquul ku ahaan jirtay madbakha oo aan isagana dabku ka baqtiyi jirin.

Marka ay haweenka Cadar saaxiibadeed ahi gurigeeda u socdaan ee ay isweydiiyaan in ay weli qadeeyeen iyo in kale, waxa ay qaarkood ku kaftami jireen "oo maxaa qadada igu wata gurigii Cadar Duwane ee aan dabku ka baqtiyi jirin ayaan u socdaaye."

Sidaas darteed ayaa Saxarla mar walba Jikada u dhex taagnaan jirtay. Marka ay qof walba casho siiso ee weelka xashona, waxaa mar walba dabka saaraan jirey kildhiga shaaha ee ay dadka qayilaya ugu talo gashay. Mararka qaarkood sida ay madbakha ugu jirto ee shaah u karinayso ayaa Eedaankii salaadda subax bilaaban jirey, ka dibna waxa ay bilaabi jirtay in ay quraacdii diyaariso.

Saxarla waxa ay hawl qabato ajar iyo abaaltoonna loogama hayn, waxa ay ku qaban jirtay khasab iyo sandulle. Waxa ay ku noolayd addoonsi iyo bahdil. Sida bani-aadanimada ka baxsan ee Cadar Duwane iyo Caruurteedu ula dhaqmi jireen iska daa deriskee xaafadaha shanaad ayaa looga sheekaysan jiray. Wax ilaahay shay abuuray, bir, kursi, birqaab, bakeeri, book, digsi, ul, kab, baaldi oo aan Cadar Duwane iyo gabadheeda weyn Malyuun (Dabeeco) aanay la dhicin Saxarla ma jirin.

Waxa ay Cadar Duwane khabiir ku noqotay tabaha ay u ciqaabto Saxarla iyo niyad ka dilka. Haaraha wejigeeda ku yaalla waxa aad moodaysay in wejigeeda ood lagu jiiday. Xagtimaha cidiyaheedu ku reebeen marka ay ceejinayso waxa aad moodaysay in shabeel cunaha ku dhegay.

Timaheedii saynaxda ahaa ee ay u dhalatay sidii loo jiidayey ayaa inta ay rifmeen oo gunta ka go'een ayaad moodaysay in middi loogu xiiray. Waxaa mar walba madaxeeda iyo dhafooradeeda ka muuqan jirey nabaradii iyo dakharaddii ay ku reebeen gidaaraddii Cadar Duwane madaxa ula dhici jirtay. Dabeeco oo aad xagga waxbarashada ugu liidatay, waxa kaliya ee ay aad ugu takhakhustay ee ay caanka ku ahayd waxa uu ahaa garaaca iyo silic dilka Saxarla.

Maadaama ay habeenkii oo dhan shaah karinayso oo aan loo oggolayn in ay seexato, ayey si aanay dhulka ugu dhicin oo hurdo ula tegin gidaarka ku tiirsan jirtay oo xoogaa indhaha ku gaduudsan jirtay, iyada oo weliba dhegtu u taagan tahay oo filaysa in markii iyo waqtigii la doono loo yeedhi karo. Madbakhu waxa uu ku yaallay albaabka hore ee guriga laga soo soo galo agtiisa, sidaas darteed marka loo yeedhayo ee la doonayo in ay dadka qayilaya wax u geyso kor ayaa loogu yeedhi (qaylin) jirey.

Mararka qaarkood buuqa iyo qaylada dadka qayilaya dartood ayaanay marka loo yeedhayo maqli jirin, sidaas darteedna waxa Cadar Duwane iyo Caruurteedu ku eedayn jireen in Saxarla dhega culus tahay amaba ay dhegaha wax weyn ka qabto. Waxayna dhowr jeer u geysay dhakhtarka dhegaha, ka dib markii ay garaacistii waxba ku maqli weyday. Sida dar xumada leh ee ay madbakha u fadhiyi jirtay darteed ayey Cadar iyo caruurteedu u bixiyeen "Fadhi Xun."

Magaca "Fadhi Xun" waxa uu dhibay qaar ka mid ah dumarkii Cadar saaxiibadeed, waxayna dhowr jeer ka codsadeen in ay inanta magaca xun ee bahdilka ah ka dayso. "Naa maxaan ka daayaa ma iyadaaba magac kale isu taqaan" ayey ugu jawaabi jirtay.

13

Ilaa iyo intii ay Saxarla guriga Cadar Duwane timid, in ay shaqayso mooyaane wax xornimo ah oo ay saaxiibo ku yeelato ama meel ugu baxdo looma oggolayn. Waxa keliya oo ay xidhidh fiican lahaayeen Keenadiid Guure oo eedadiis (aabihiis walaashiis) la joogay. Keenadiid waxa uu ku sugnaa xaalad u dhiganta tan ay Saxarla ku noolayd. Keenadiid aabihiis waxa uu ahaa nin reer miyi ah oo aan xoolo badan haysan, dhowr xaas iyo caruur aad u badanna leh. Mar ay walaashiis Cudbi Cigale miyiga ugu tagtay ayey waxa ay aragtay firfircoonida iyo fariidnimada Keenadiid, ka dibna waxa ay ku tidhi "kan yar aan kaxeeyo oo iskuul kuugu daro." Markii ay Xamar keentay Keenadiid, iska daa iskuul ay ku dartee, meesha Saxarla jaariyadda uga ahayd Cadar Duwane, ayuu Keenadiidna Cudbi Cigalle jaariyad ugu noqday.

Waxa uu Keenadiid ku noolaa nolol cadaadis iyo ciqaab ah ilaa maalintii uu guriga Cudbi yimi. Waxa uu qaban jirey shaqo kasta oo jaariyadi qaban lahayd. Waxa uu ilaalin jirey oo mas'uul ka ahaa caruurta Cudbi dhashay oo afar ahaa. Haddii loo maydhayo, loo lebisayo ama la quudinayo, isaga ayuu xilku saaraa. Cuntada ayuu karin jirey, dharka ayuu dhaqi jirey, suuqa ayuu ka soo adeegi jirey, guriga nadaafaddiisana wuu ka shaqayn jirey.

Keenadiid iyo Saxarla waxa ay markii ugu horeysay isku barteen jidka suuqa adeegga loo maro. Markii ay dariiqa dhowr jeer ku kulmeenna, markii dambe wehel ayey isu raaci jireen. Waxa ay ku saaxiibeen silica iyo saxariirka ay ku noolaayeen. Maadaama aan cidina kula sheekaysan jirin ama hadalkooda lagu qaderin jirin guryahay ku noolaaayeen, waxa ay labadoodii isu noqdeen wehel iyo walaalo is jecel. Waqtiga keliya ee wejigooda farxadi ka muuqato waxa uu ahaa waqtiga ay labadoodu keli isku yihiin.

Waxa maalin walba oo garaadkoodu sii kordhaba ay ka sheekaysan jireen oo ay wadaagi jireen taariikhda iyo dhibaatada ay soo mareen. Waxa ay iska caawin jireen xagga dhaqaalaha iyaga oo wadaagi jirey sunuudda jeebkooda ku jirta siday doontaba ha ku soo gashee. Inkasta oo Cadar Duwane inta badan ka xoogi jirtay, Saxarla waxa ay mararka qaarkood dadka guriga ku qayila oo ay wax u soo iibiso xoogaa bakhshiil ah siin jireen. Badanaaba iyada ayaa ka jeeb roonaan jirtay Keenadiid maadaama guriga Cadar aad loogu qayili jirey.

Cadar Duwane waxa ay ahayd ruux ba'an oo aad u xasarad badan. Sharkeeda iyo fadqalaladeeda deriska ayaa ka sheekaysan jirey. Hase ahaatee ceebaheeda iyo gefafka ay dadka ka gesho waxa ay ku asturi jirtay dhaqaalaheeda oo aad u wanaagsanaa oo ay dadka wixii ka soo horjeeda ku aamusiin jirtay.

Cadar waxa ay ahayd qof quwad iyo xoog u dhalatay. Waxa ay ahayd maariin casaan xiga, waxayna lahayd indho fiiq fiiqan oo hadday mar kaliya si xun kuu eegto kaa sasinaya. Iska daa dumarka xaafadda la degane, waxa lafahooda uga baqi jirey ragga qaarkiis. Ninkeeda Cawaalena waxaa lagu xaman jirey in ay ka adag tahay oo iska daa in uu waxa ay ka dalbato ama farto diidee, mararka qaarkood feedh iyo laad ayey ka badin jirtay.

Inta mar ee ay kalladhka ku dhegtay iyada oo siririn rabta islaamaha derisku ka fujiyeen tiro iyo xad malahayn. Waxa ay haweenka deriska qaarkood isweydiin jireen "naa ninka ma taawil ayaa ruuxa u qabatay misse dhakhtar ayaa u qoray in ay subax walba kalladhka ku dhegto."

Inkasta oo Cawaale deriska oo dhammi aad uga baqi jireen, oo ay aaminsanaayeen nin dawladda aad ugu xidhan oo wax yeeli kara, haddana ninka awooddaas lagu tuhmayo marka Cadar Duwane hesho ayuu bisad la qabtay ka yaraan jirey. Inta ay rag magac leh oo guriggiisa soo booqday ay ku hor ceebaysay tiro iyo

115

xaddi malahayn.

Inkasta oo Cawaale nin aad u dulqaad badan ahaa, maalintii uu u adkaysan waayey, waxa ay ahayd iyada oo rag badani oo magac lihi guriga ku qayilayeen ay Saxarla oo madbakha ku jirta oo shaah karinaysa uu bakeeri ka jabay, ka dibna markii Cadar Duwane oo daaradda u soo baxday ay bagagacdii bakeeriga jabay maqashay ay ku leexatay madbakhii oo inta ay Saxarla is dul taagtay oo inta ay labada miskood qabsatay hoos ugu foorarsatay Saxarla oo weli gambadhkii ku fadhida-- si kululna u weydiisay "Naa aabaheed wasta yahay arragga xumi maxaad jebisay?"

Saxarla oo in aanay gacan la gefayn hubtey ayaa markiiba inta ay si degdeg ah isu taagtay dhinacii gidaarka u caraartay wejigana gacmaha saartay si aanay wejiga wax ugaga dhufan. "Naa soo jeenso qaxbad yahay waad ogtahay in aadan meelna igaga baxsanayne" ayey tidhi iyada oo markiiba gacanteedii weynayd inta ay qoorta kaga qabatay dhulka xoog ugu dhufatay. Sidaas kagama hadhine inta ay markiiba dhulkii kaga daba tagtay ayey sidii caadada u ahayd cunaha ku dhegtay, ka dibna gidaarka madaxa ugu dhufatay.

Saxarla oo sirirsan oo ka baqday in naftu ka baxdo ayaa farahii Cadar mid ka mid ah inta ay afka la heshay qaniiyo qac ku siisay. Cadar oo xanuunkii qaniiyada kor u boodday ayaa dhiig ka qulqulayey Saxarla inta ay ku siibatay sibidhka dhulka xoog ugu dhacday. Saxarla oo weli sirirsan oo dhacdhacaysa ayaa albaabkii madbakha orod uga baxday, ka dibna dawakhaaddii iyo cabsidii orod ku gashay qolkii nimanku ku qayilayeen; dushana uga dhacday nimankii martida ahaa mid ka mid ah iyada oo dhiig jidhkeeda iyo kurdadii ay gashanaydba qooyey.

"Innaa Lilaahi wa Innaa Ilayhi Raajucuun, war maxaa gabadha ku dhacay" ninkii ay ku dul dhacday oo argagaxay ayaa yidhi. Intii aan cidiba u jawaabina waxaa albaabkii nimanka ka soo galay Cadar Duwane oo xiimaysa. "Naa soo bax sharmuuta yahay ragga dusha ha ka fuuline" inta ay tidhi ayey lugta ku dhegtay oo banaanka u jiidatay. "Alla adeerow iga celi…Alla adeerow iga celi…." Tii yarayd ayaa sidii neef bahal xerada kala booday daaradda ka sii qaylisay.

Cawaale oo ahaa nin aad u dul qaad badan, inta badanna iska ilaalin jirey in isaga iyo Cadar iska hor yimaaddaan shalay maahee dorraato ayey xanaaq kax ka noqotay, isla markiibana inta uu ka daba booday ayuu daaradda ku gaadhey Cadar oo inantii yarayd madbakha u sii jiidanaysa. Ka dibna inta uu garabka ku soo dhegay ayuu dhirbaaxo labada indhood ku fujiyey.

Cawaale ma ahayn nin dagaal lagu yaqaanay weligiisna Cadar gacan uu leeyahay ma saarin. Cadar oo iyada dagaalka iyo rabshadu qayb nolosheeda ka mid ahaayeen una qaadan weyday in "Cawaale" gacantiisa saaro ayaa markiiba feedh iyo laad ku bilowday.

Qacdii iyo bugtii ayaa gabadheedii Dabeeco oo

qolkeeda filin Hindi ah ku daawanaysay maqashay, markii ay banaanka u soo baxdayna waxa ay aragtay odaygii iyo islaantii hooyadeed oo feedh isku qasaya. Inta ay markiiba madbakha ku carartay ayey tibtii (kashii) hadhuudhka lagu tumi jirey la soo carartay oo aabaheed tunka kaga ballaadhisay. Odaygii oo jugtii tibta la dawakhay ayaa dhulka xoog ugu dhacay. Isaga oo dhulka jiifa ayey damacday in ay madaxa kaga dhufato, waxaase nasiib wanaag xagga dambe kaga yimi nimankii guriga ku qayilayey mid ka mid ah oo ka qabtay.

Wax alla wixii dad guriga ku jirey, caruurteedii, haweenkii saaxiibadeed, raggii guriga ku qayilayey iyo qaar ka mid ah deriska oo qayladii Cadar Duwane maqlay ayaa markiiba daaraddii guriga ku soo xoomay.

Waxa ay arkeen odaygii Cawaale oo webi dhiig ah dhex jiifa, Saxarla oo gidaarka madaxa ku haysa oo dhiig ka qulqulayo iyo Cadar Duwane oo barooranaysa oo la qabqabanayo oo ku dhawaaqaysa "Alla goblamayeey ma aniguu maanta gacantiisa ii quudhay, walaalkay Libaax-Dooxe ayaan arliga joogine maanta laba ayuu kuu kala goyn lahaa."

Waxa ay ahayd maalin reer Cawaale magac iyo maamuus xumo u soo jiidday. Dilkii iyo bahdilkii derisku tuhunsanaa ee ay Saxarla u geysan jirtay ayaa soo ifbaxay.

Markii Cawaale dingaraaradii jugta gaadhay ka soo

miiraabay (miyirsaday) ee dhulka laga kiciyey waxa la ogaaday in dhiigga qulqulayey aanu isaga ka imaane ee uu ahaa kii Saxarla ka baxay.

Markii uu kacay ka dibna xagga iyo xaggatoona ma eegine inta uu tii yarayd (Saxarla) gacanta qabtay ayuu xaggii gaadhigiisa ula dhaqaaqay, ka dibna shidhka gaadhiga ayuu fadhiisiyey. "War ganjeelada iga fur" Cawaale ayaa odaygii waardiyaha ahaa oo markaas dibadda ka soo galay ku yidhi, isaga oo aan weli cid kale la hadlin. "War xaaji bal u kaadi keligaa ma bixi kartide aan ku raacnee" odayaashii saaxiibadiis mid ka mid ah ayaa ka sii daba tuuray isaga oo inta uu gaadhigii sheelareeyey xoog dib ugu baxaya.

Cawaale oo weligiis cadho intaas leegi ka muuqato lama arag. Waxa uu ahaa nin deggan, bashaashnimo iyo dulqaad u dhashay. Markii uu albaabkii ka baxayna waxa uu gaadhigii u eryey sidii qaad-walayaasha. "Ee shaydaanka iska naar oo naftaada ha halligin" Haweenay da'weyn oo deriska ahayd oo la odhan jirey Xareedo Coljire oo ka yaabtay xoogga iyo xanaaqa uu gaadhiga u dhaqaajiyey ayaa ka sii daba tidhi. Hadalkii Xareedo oo aan afkeeda ka sii dhammaanna xabad digaag ah oo derisku lahaa ayuu taayirka midig cardaadiiqaha kaga sii dhigay (dhulka ku cajiimay).

14

Gurigii reer Cawaale waxa uu noqday mid ceeb iyo
carqaladi ka dhacday. Ka dib markii Cadar dumarkii
saaxiibadeed ee la qayilayey qolkeedii ku celiyeen, raggii
martida ahaa ee guriga ku qayilayeyna nin waliba inta
uu qaadkii intii u hadhay duubtay ayuu albaabka ka
baxay.

Dadkii deriska ahaa ee daaradda tubnaa ayaa waxa
ku soo baxay Caasha-Dheer oo qolka dumarka ku jirtay,
kuna tidhi "naa orda oo guryihiinna kala aada
caruurtiinana dhiigga ka dul dhaqaajiya. Albaabka
markii ay ka baxeenna waxa albaabkii (ganjeelada)
xidhay Aw Muuse, ka dibna handaraab qab ku siiyey.

Dumarkii guriga laga saaray meel dheer ma tegine
inta ay albaabka dibaddiisa is tubeen ayey xam-xam iyo
xan bilaabeen. Xareedo Coljire oo ushii ay ku
tukubaysay jifideeda dhulka ku garaacaysa ayaa inta ay
codkeedii kor u qaadday tidhi "waxba yaan hoos loo

120

xanshashiqin dadka xaafaddan deggan waa la rogayaaye....waa la wada ogaa in gabadhaas yari ku baxayso gacanta naagtaas cududaha waaweyn."

"Xareedooy arrinta gabadhaas yar hadda ka hor ayaad Cadar Duwane isku seegteene oo aanu idinku kala jiidnaye maad iska daysid," haweenay meel dambe taagnayd oo tusbax rogaysa ayaa tidhi.

Haweenay xaafadda ku cusub oo xaaladda Saxarla ku nooshahay muddo aan fogayn maqashay ayaa dhinac ka soo boodday oo tidhi "waxa aan idin weydiiyey miyaan gabadha yar cidi dhalin, miyaanayse lahayn ehel iyo qaraabo naagta waalan ka qabata?"

Xareedo ayaa inta ay hadalkii mar kale ku soo noqotay haweenaydii u jawaabtay oo ku tidhi "xaggay ehel iyo qaraabo ku leedahay waa rajo, tan sidaas u silcinaysa ayaa cid iyo ciirsi ugu dhow oo walaasheed dhashay, kii dhalayna cidla ayuu ku tuuray oo uga dhaqaaqaye."

"Naa waxayba dadka qaarkood sheegayeen in kii dhalay maroodi ka xoog weyn yahay oo uu dhowr dumar ah xaggaas iyo waqooyiga ku qabo" haweenay da' dhexaad ah oo meel gees ah taagan ayaa tidhi. "Anigu ma fahmin sababta inta nimanka Soomaalidu inta ay caruur dhalaan dhulka ugu daadiyaan...ka dibna uga dhaqaaqaan. Wallee maalinta la qatan yahay ee la qaawan yahay ayey ka jawaabi doonaan." Haweenay aad u da'weyn oo Xareedo Coljire dhinac taagan ayaa tidhi.

"Hooyo miyey dhimatay?" gabadh yar oo hooyadeed tafta haysata indhaheedana argagax ka muuqdo ayaa tidhi. "Ilaah baa og" ayey tidhi inta ay inanteedii gacanta qabatay oo la dhaqaaqday. "Ilaahay baa u maqan miskiinta…adduunkan dulmi iyo xaqdarro ayaa lagu rogayaa." Xareedo ayaa tidhi inta ay xagga gurigeedii u sii tukubtay.

Iyada oo markaas dadkii banaanka tubnaa sii kala dareerayaan ayaa Cadar Duwane wiilkeedii curad Caydiid Cawaale soo istaagey. Inta uu dareen galay ayuu yidhi "maxaa meesha ka dhacay?"

Cawrala Cabsiiye oo ay dhowr jeer xaaladda Saxarla ay Cadar Duwane isku af-dhaafeen ayaa inta ay xagga gurigeedii u dhaqaaqday tidhi "weydii hooyadaa." Isaga oo aan kelmad odhan ayuu ganjeeladii garaacay.

Markii albaabkii laga furayna waxa uu arkay dhiigga daaradda wadhan. "Adeer meesha maxaa ka dhacay" odaygii waardiyahaha ahaa ayuu weydiiyey. Inta aan odaygii weli u jawaabin ayaa kii caruurta Cadar ugu yaraa Ciiltire (Kiilo) oo meesha taagnaa inta uu soo booday yidhi "Waa dhiiggii Fadhi Xun."

"Waar edeb ma lihide miyaanan mar hore kugu odhan inanta magaceeda ugu yeedh, maxaa ku dhacay?" ayuu ku yidhi. "Hooyaa dishay" ayuu yidhi inta uu dhiiggii oo uu agtaagnaa hoos u eegay. "oo maxay ku dhufatay? Ayuu sii weydiiyey. "Ma aqaan Jikada dhexdeeda ayey ku dishay" ayuu ugu jawaabey isaga oo weli hoos eegaya.

"Hadda xaggay jirtaa?" ayuu weydiiyey. "Aabaa dhakhtar u kaxeeyey" ayuu ugu jawaabay isaga oo afka buuraya. Inta uu xaggii dhiigga mar kale jaleecay ayuu isaga oo aan kelmad kale odhan albaabkii uu ka soo galay dib uga noqday. Caydiid waxa uu dhiganayey Jaamacadda Caafimaadka oo marmar uun buu guriga iman jirey. Caydiid waxa kale oo ay dhowr jeer hooyadiis isku af-dhaafeen sida foosha xun ee ay Saxarla ula dhaqanto. Waxa kale oo aanu jeclayn balwadda iyo sida hooyadiis u dhaqanto. Waxa uu u arkaayey in ay reer Cawaale ceeb u soo jiidday. Sidaas darteed ayuuna mar kasta guriga uga maqnaan jirey.

Habeenkaas gurigii waxa uu noqday mugdi. Dhiiggii daaradda daadsanaana cidi kama maydhin. Laydhkii daaraddana cidi ma daarin. Dab iyo laydhtoona madbakha cidi kama shidin. Maqnaanshaha Saxarla waxa uu gurigii ka dhigay geeri go'an laga kala guuray.

Cadar Duwanena sidii saaxiibadeed qolka ugu xereeyeen kama ay soo bixin ilaa laga gaadhayey tobankii habeenimo oo ay sii dhowaynaysay mid ka mid ah haweenkii saaxiibadeed. Qaar ka mid ah haweenkii saaxiibadeed oo ka xumaaday dhibkay rajada u geysatay, waxa laga weriyey in ay yidhaahdeen "iska daa in ay

Cadar ka xumaato dhibkay geysataye, habeenkaas ayeyba ugu murqaan weynayd." Waxa keliya oo ay ka cadhaysnayd dhirbaaxadii Cawaale ku dhuftay waxayna ugu hanjebaysay in uu ka qoomamayn doono gacantii uu kula dhiiraday.

Markay saaxibadeed sii dhowaynaysay ayey Cadar waxa aragtay dhiiggii Saxarla oo weli daaradda daadsan oo qaarkiis xinjiroobay. "Naa iska ilaaliya dhiiggaas yaanu dharka idinka wasakhayne," ayey saaxiibadaheed ku tidhi.

"War Aw Muuse walaal asxaan ii samay oo la xabaasha dhiiggeeda baaldigaas biyo ku soo shub oo iiga dhaq" ayey ku tidhi odaygii waardiyaha ahaa oo gidaar ciil la kuududa, kana xun dulmiga gabadha yar ee miskiinta ah loo geystay. Inta uu sara joogsaday oo madaxa ruxay ayuu xaggii jikada u dhaqaaqay si uu baaldi uga soo qaato.

Markii ay Cadar haweenaydii ugu dambaysay kadinka ka saartay ayaa waxa ay ku leexatay qolkii Dabeeco oo weli filin Hindi ah daawanaysa. "Naayaahe, adiguna filin Hindi ah daawashadiisa kama daashid miyaa" ayey ku tidhi inta ay qolka albaabkiisii sii joogsatay. "Maxaase laga yeelayaa caruurta quraacdoodii berrito?" ayey sii raacisay. Dhinacna ma eegine inta ay filinkeedii sii daawatay ayey labada garab kor u gundhisay. "Caruurtu ma casheeyeen" ayey weydiisay. "Heedhe anigu caruurtaada war uma hayee albaabka ii dhaaf" ayey hadal kulul ugu jawaabtay. Inta ay cabaar iyada oo la yaaban sii eegtay ayey albaabka ka baxday-- iyada oo aan kelmad kale odhan.

"Aw Muuse meesha canjiinka lagu iibiyo ma taqaan?" Cadar ayaa odaygii waardiyaha ahaa weydiisay. "Cadar saacaddan meel furani ma jirto." Ayuu ugu jawaabey isaga oo la yaabban. Iyada oo aan kelmad odhan ayey labadii qol ee caruurtu huruddan u dhaqaaqday. Mid ka mid ah ayey albaabkiisa istaagtay oo gudaha sii eegtay. Waxa ay aragtay caruurtii qaar ka mid ah oo dhulka jiifa oo ku ga'may.

Guriga Cadar waxa uu caan ku ahaa qolkasta waxa yaalley TV u gaar ah leh. Caruurtuna badanaaba sida ay TV-ga iyo cajalado u daawanayaan ayey dhulka ku ga'mijireen, ka dibna waxa sariirahooda geyn jirey Saxarla oo ay masuuliyadeeda ahayd. "Garan maayo waxa aan sameeyo," Cadar oo calaacalaysa ayaa qolkii caruurta ka soo baxday. "La xabaasha Fadhi Xun haddii ay habeen keliya maqnaato sidaas ayey wax waliba isugu qasmayaan. Kuwa aan dhalayna wax rajo ah oo ay leeyihiin ma jirto" ayey tidhi iyada oo ku dhego hadlaysa Malyuun.

Inta ay labada gacmood madaxa saartay oo cabaar fekertay ayey qolkeedii dib ugu noqotay iyada oo madaxa ruxaysa, ka dibna hoosta ka xidhatay qolkeeda. Cidina isma weydiin xaaladda Saxarla iyo odaygii reerku ku sugan yihiin. Ruuxa keliya ee aad uga werweray

125

markii loo sheegay waxa uu ahaa Keenadiid.   Werwer iyo walaac ayuu seexan waayey. Waxa ay ahayd qofka keliya ee ay dad isugu dhowaayeen, waxana uu dareemay in naftiisii qaybi maqan tahay.

Goor ay abaara tobankii subaxnimo tahay ayey Cadar Duwane hurdo ka soo toostay.   Odaygii waardiyaha ahaa ayey weydiisay in ay ciyaalkii iskuulka aadeen iyo in kale. "Cadar ma arkin cid albaabka ka baxday" ayuu ugu jawaabey isaga oo hoos eegaya.

Inta ay yara salbabakhday ayey qolkii Dabeeco ku oroday. "Naa lagu xabaalye maxaad saacaddaas ku jiifiyey oo aad caruurta iskuulka ugu diriweyday?" ayay ku tidhi inta ay go'ii ay huwanayd iyada oo weli hurudda ka xayuubisay. "Naga tag caruurtaada anagu kula ma dhaline" Dabeeco ayaa inta ay tidhi naxdin circa isku shareertay. "Naa awalba waan ku ogaa in aadan caruurna iskuul iigu dirayne, maxaad adigu iskuulkaagii u tegi weyday?" ayey ku tidhi inta ay dib uga durugtay.

Malyuun waxa ay ahayd qof aad u camal xun oo Cadar lafteedu lafaheeda uga baqdo. Ka dibna inta ay go'eedii dib u huwatay ayey madaxa iyo majaha martay, iyada oo aan u jawaabin.

Subaxdaas quraac cidi ma cunin, iskuul cidi ma tegin, qado cidda karin doontana la isma weydiin. Markii ay ciyaalkii hurdadii ka soo tooseen, waxa ay arkeen in aan dabba la shidin. Waxa kale oo ay arkeen in

albaabkii hooyadood hoosta ka xidhan yahay. Kiilo ayaa
dhowr jeer hooyadiis albaabka ku garaacay si ay quraac
u siiso, ka dibna iyada oo aan albaabkii furin ayey u
sheegtay in aan quraaci jirin ee uu buuqa iyo qaylada
kala tago.

Kiilo waxa uu ahaa caruurta Cadar Duwane
dhashay wiilka ugu yar, ama sida Soomaalida qaarkeed
u taqaano "Guri-u-dambays." Markii ay Saxarla guriga
Cadar Duwane timi Kiilo waxa uu ahaa laba jir markaas
afar ilkood u soo baxeen. Quudista, u maydhista,
xambaarista, seexinta iyo xanaanaynta Kiilo waxa
markiiba masuuliyaddiisa qaadday Saxarla. Waxa uu
isku darsaday camal xumo, hunguri weyni iyo dagaal
maalinba maalinta ka dambaysa ee da'diisu sii weynaato
ka sii daraysa. Aad ayuu u cunto jeclaa, haddii waxa uu
rabo degdeg loo siin waayona cartan iyo qaylo ayuu isku
dari jirey, mana aamusi jirin ilaa waxa uu doonaayo la
siiyo.

Maadaama uu ku garaadsaday in Saxarla ay
ahayd qofka keliya ee cuntada siiyanana waxa uu ku
qaadi jirey weerar isugu jira feedh, laad iyo qaniiyo;
haddii ay cuntada hore u siin weydo. Haaraha dusheeda
ku yaallay ee uu Kiilo u geystayna way ka badnaayeen
kuwa ay Cadar Duwane u geysatay. Markii gu' u
kordhana jugta iyo nabarada uu u geysan jirey way ka
weynaayeen kuwii hore. Inta uu cunto ama caano uu
saluugay wejiga kaga shubay lama tiring karo. Waxa uu
indhaha kaga tufi jirey candhuuf. Edeb darada uu kula

dhaqmi jirey iyada oo aan la xisaabi karin, waxa shay lama ilaawaan ah noqday oo deriska xaafaddu ka sheekayn jireen maalin uu inta uu ku xanaaqay iyada oo sii jeedda oo madbakha weel ku maydhaysa dhabarka kaga kaajey.

Marka la is barbar dhigo dhibaatooyinka iyo hagardaamooyinka ay Saxarla ku hayeen Cadar, Malyuun-Dabeeco iyo Kiilo dadka u war hayey waxa ay isku raaceen in tan Kiilo ugu xumayd. In kasta oo ay lafo iyo qaro weynayd, Cadar Duwane aad ayey u qurux badnayd, Cawaalena waaba ka sii darraa. Marka laga reebo Kiilo inta kale ee ay dhashayba aad bay ugu ekaayeen waalidkood. Kiilo midab iyo qaab ahaanba wuu uga duwanaa walaalihiis, waxa ayna derisku ku xaman jireen in ay Cadar meel kale ka keentay ee aanu Cawaale dhalin. Intii ay Cadar qaadka in ay cunto bilowdayna waxa jirtay "xam-xam" hoose oo lagu xaman jirey in masayrka oo ay dumar kale ku tuhmi jirtey Cawaale ku kalifay in ay mararka qaarkood suuqa geli jirtay oo saaxiibo (rag) u qorsoon ay jireen. Inkasta oo Cawaale laftiisu dareen ka qabey in Kiilo caruurta kale ka duwan yahay, haddana kuma dhici karin in uu arrintaas Cadar uu kala hadlo, cabsi uu ka qabey darteed in uu dab huriyo aanu demin karin.

Xanta iyo hadalada cadcad ee aan dhegta looga leexin jirin ee Kiilo ku saabsani aad ayey Cadar u dhibi jireen, waxayna ku kala dhinteen oo ay isku xajareen dhowr haween ah oo ay Cadar saaxiib ahaayeen, ka dib markii ay kula kaftameen "naa Cadar ilaahay ka cabso kan madow ee caloosha weyn Cawaale ma dhaline, xagaad ka keentay." Dad badan oo Cadar aqoon weyn u lahaa waxa ay aaminsanaayeen in ay ogaan ilmaha isaga joojisay, ka dib markii hadalkii Kiilo dhammaan waayey.

Xaaladdii gurigu way isku dhalaashay, qofkastaana si weyn ayuu u tebay maqnaanshaha Saxarla, waxa la dareemay wixii ay hawl qaban jirtay oo dhan ee ay la maqnaatay. Goor ay abaara salaaddii duhur ku dhowdahay ayey Cadar Duwane inta ay albaabkii qolkeeda isa soo taagtay odaygii waardiyaha ahaa u yeedhay, oo weydiisay in uu arkay darawalkii reerka, Dalmar. Waxa uu u sheegay in uu baxay oo u sheegay in uu baabuurka baasiin ku soo shubayo. Inta ay qolkeedii dib ugu noqotay ayey ku tidhi "marka uu soo istaago si deg deg ah iigu soo sheeg." "Waayahay Cadar" ayuu ugu jawabey, isaga oo indho fajac ka muuqdo ku sii eegaaya. Markaas ka dib dhowr jeer ayey albaabka soo joogsatay oo su'aal tii hore la mid weydiisay – in darawalkii soo noqday iyo in kale.

Dulqaadkii ay ku sugaysay darawalka ayaa yaraaday. Ka dibna inta ay soo lebisatay oo shandad weyn garabka soo sudhatay ayey waardiyhii u yeedhay oo ku tidhi Aw Muuse orod oo kursi qolka cuntada iiga soo qaad. Ka dibna waxa ay fadhiisatay meel u dhow xatabadda qolkeeda hurdada.

Qiyaastii saacad in ku dhow mar ay ka soo

wareegtay ayaa darawalkii albaabka dibadda soo joogsaday oo hoonka soo yeedhiyey. Ka dibna waardiyihii oo gambadh ku fadhiyey ayaa inta uu si deg deg ah u kacay ganjeeladii dhakhso gaadhigii uga furay.

"Sug-sug, sug, halkaaga joog ku dheh aniga ayaa soo baxayee" Cadar oo waardiyihii la hadlaysa ayaa tidhi. Ka dibna Cadar oo ay wejigeeda cadho ururtay ka muuqato ayaa inta ay darawalkii isa soo dhinac taagtay ku tidhi "waar horta heedhee xaggaad maanta oo dhan ku maqnayd?" "Cadar ninkii boonada baansiinka saxeexi lahaa ayaa maqnaa, kaalinta bansiinkana fayl dheer ayaa loogu jirey ayuu ugu jawaabey. "War soco mar kasta sheeko cusub ayaad keentaaye" ayey tidhi inta ay shidhka baabuurka isku tuurtay. "Xaggee ayeynu qabanaa Cadar inta aynaan dhaqaaqin" ayuu weydiiyey. "i gee suuqa bakaaraha" ayey ugu jawaabtey iyada oo muraayadda gaadhiga isku eegaysa.

Qiyaastii casarka iyo maqribka dhexdoodii ayey Cadar iyo darawalkii oo gabadh yar oo qiyaastii ilaa 16 jir ah oo darxumo weynina ka muuqato wada albaabka ka soo galeen. Ka dibna waxa ay darawalkii iyo odaygii waardiyaha ahaa gaadhigii ka soo dejiyeen khudaar, hilib iyo adeeg badan oo ay suuqa ka soo iibiyeen.

Dabeeco oo markaas daaradda taagnayd ayaa inta ay sinaha qabsatay oo indhaha kala rogtay iyada oo gabadha Cadar la socota huruufaysa tidhi "dib jiraddana

xaggaad ka keentay." Gabadhan waxa la yiraahdaa ----
"naa magacaagii muxuu ahaa durba waan ilaawaye"
Cadar ayaa tidhi inta ay xaggii gabadha eegtay.
"Daruuro" ayey cod gaaban oo cabsiyi ka muuqato hoos
ugu tidhi. "Daruuro?"… "Daruur uma ekide ma magac
kale ayaa laguu waayey?" Dabeeco oo gabadhii ku jees
jeesaysa ayaa tidhi. "Naa gabadha hadda timi afkaaga ka
leexi, haddii aadan doonayn in aad shaqadii ay qaban
lahayd adigu qabatid." Cadar Duwane ayaa ku tidhi.
"Anigaa? haha haha, wallee cunto aan kuu kariyo
ayaadan iga sugin" ayey ugu jawaabtay.   "Oo hadda
middaan reer baadiyaha ah ma waxa aad suuqa uga soo
qabatay in ay kuu shaqayso?" Dabeeco ayaa hooyadeed
weydiisay.   "Naa waxa ay sii shaqaynaysaa inta
segageraddii "Fadhi-Xun" ka soo laabanayso," Cadar
ayaa ugu jawaabtey. Ka dibna inta ay gabadhii cusbayd
Jikadii la gashay ayey u sharaxday sidii iyo wixii ay karin
lahayd.

15

Afar iyo labaatan saacadood ka badan ayaa ka soo wareegtay ilaa iyo intii uu Cawaale albaabka ka baxay, "maxaa ku dhacay ninkii reerka?" Cadar ayaa isweydiisay inta ay saacadeedii eegtay. "Waryaa— Dalmar, kaalay i kaxay" Cadar ayaa tidhi inta ay u yeedhay darawalkii oo albaabka hore taagan oo sigaar cabaya. "Xaggee ayeynu Cadar aadnaa?" ayuu weydiiyey.

Inta ay gaadhigii shidhka u gashay iyada oo dibinta hoose qaniinaysa, cadhona ka muuqato ayey ku tidhi "ii kaxay Isbitaalka Digfeer." In ka badan afar saacadood markii ay maqnayd ayey soo noqotay iyada oo hungo ah oo odaygii soo weyday. Cidna juuq uma odhan ee qolkeedii ayey toos u gashay.

Habeenkaasi waxa uu u ahaa Cadar habeen baas, waxaana ku soo maaxday tuhunkii ay weligeed ka qabtay Cawaale ee ahaa in magaalada naag kale ugu qarsoon tahay.

Inkasta oo aanay marna indhaheeda ku arkin ama xaqiiqo la taaban karo arag, waxa ay dumarka saaxiibadeed soo gaadhsiiyeen xan kala duwan oo qaarkood u sheegeen in uu magaalada Qudbasir ku haysto, qaar kalena waxa ay u sheegeen in xaas rasmi ah oo laba caruura u lihi magaalada dhinac ka deggan tahay.

Inkasta oo Cadar sheekooyinkaas muddo badan aaminsanayd, haddana wax u xaqiijiya way weyday. Hase ahaatee Cadar oo ahayd ruux aad u kaftan badan marka ay saaxiibadeed la joogto, waxa ay mararka qaarkood kula kaftami jirtay in Dhiig-Karka ay qabto uu sabab u yahay naagaha badan ee Cawaale magaalada ku qarsanaayo.

Markii ay Isbitaaladii magaalada ugu waaweynaa ay ka soo weyday Cawaale waxa ay iska dhaadhicisay in uu u dhuuntay oo ku maqan yahay naagihii magaalada ugu qarsoonaa, gabadha yar ee uu la baxsadayna u ahaa marmarsiiyo uu weligiis raadinayey.

Ka dibna markii ay cabaar qolkii dhex taagnayd iyada oo aad u fekeraysa ayey sariirteedii isku tuurtay. Inkasta oo ay isku dayday in ay gama'do si ay isu illowsiiso ciilka iyo cadhada haya, haddana wax hurto ahi way ka soo dhici weyday. Waxa ay markii ay indhaha isku qabataba hor imaanayey Cawaale oo naag la jiifa oo aanay ka qasnayn.

Markii ay ka soo wareegtay in ka badan laba

saacadood ee ay marba dhinac isu rogaysay gam'ina wayday ayey telafoonkii qabsatay oo wacday dhowr saaxibadeed ah oo ay kalsooni ku qabtey, iskuna hallaynaysay in ay u soo gurman doonaan.

Qadar saacad ka yar ayaa waxa hoonkii ugu horeeyey albaabka ka soo yeedhiyey afartii Landcruiser ee saaxiibadeed wateen kii ugu horeeyey. Ka dibna mid mid ayey u soo joogsadeen iyaga oo waxyar kala dambeeyey. Waa Caasha-Dheer, Aamina Xayeysi, Xaliimo Daahir iyo Xamdi Gaabo. Markii waardiyihii ganjeeladii ka furayna xagga iyo xagga midna ma eegine waxa ay toos isugu shubeen qolkii Cadar Duwane.

Markii ay sariirtii ka soo sara fadhiisatayna dusha ayey isaga shubeen iyaga oo dhun dhukanaya una muujinaya in ay aad uga xun yihii dhibaatada ku dhacday. "Walaalayaal miiskaas boorsooyinka saarta" ayey ku tidhi inta ay miis sariirta agteeda yaalley gacanta ugu fiiqday. Cabaar markii ay sheekaysanayeen, Xamdi-gaabo ayaa waxa ay ka soo saartay shandadeeda 10 marduuf oo qaad ah oo inta ay dhexdooda dhigtay ku tidhi "naa arrintan in aynu u qayillo mooyaane waxba ma xallin karo." Ka dibna albaabka ayaa la isu xidhay oo la bilaabay in la falanqeeyo arrintii dhacday iyo maqnaanshaha Cawaale iyo wixii laga yeeli lahaa.

Habeenkaas oo dhan waxa la rog rogayey oo la lafa gurayey meesha ninkaasi ku maqnaan karo---waxana ugu dambayntii la guddoonsaday in waqti kastaaba ha

ku baxee ninkaas berrito la soo helo. Waxaana la kala
qaybsaday hawshii baadi doonka.

Cadar waxa loo xilsaaray in ay xafiisyadii uu tegi
jirey iyo saaxiibadii uu raaci jirey ka raadiso.
Saaxiibadeedna waxa ay ballan qaadeen in ay dhammaan
ilihii xanta iyo meelihii lagu tuhmayey ay ka raadin
doonaan.

Dhibaatada ugu weyni waxa ay ahayd Cawaale oo
aan la aqoon xafiis rasmi oo uu ka shaqeeyo. Dadka
xaafadda deggani waxa ay ku xaman jireen in uu
ciidamada wax basaasa ee NSS-ta (National security
Services) u shaqeeyo. Hase ahaatee, isagu waxa uu
sheegan jirey in uu madaxtooyada ka shaqeeyo oo
Madaxweynaha la taliye u yahay. Meeshuu doonaba ha
ka shaqeeyee, waxaa hubaal ahayd in uu meel sare oo
rag awood weyn lihi fadhiyaan ka shaqeeyo.

Caasha-Dheer oo kow ka ahayd dadka xanta
Cawaale soo gudbiya, hadda ka horna soo werisay in
naagta u qarsooni tahay gabadh da'yar aadna u qurux
badan oo shirkadda diyaaraadaha Somali Airlines u
shaqaysa (hostess), waxa ay habeenkaas saaxiibadeed ku
amreen in ay wax kasta oo ay ku qaadataba ay naagtaas
diyaaradaha raacda warkeeda oo buuxa soo hesho.

Aamina-Xayeysi lafteedu waxa ay hadda ka hor soo
werisay in naagta odayga u qarsooni tahay gabadh
Neeras (Nurse) ah oo Isbitaalka Digfeer ka shaqaysa.
Aamina-Xayeysi waxa lagu xaman jirey in ay beenta u

yara qariso, marka hadalkeeda iyo waxa ay soo sheegto midna culays weyn ma lahayn, laakiin maalintaas beentu xataa wax bay anfacaysay, waxaana loo sheegay in ay qoftaas dhakhtarka ka shaqaysa arrinteeda daba gasho.

Markii hawshii la kala qaybsaday ka dib, ayey kaftan iyo xifaalo isu galeen si ay Cadar xanuunka iyo welwelka u illow-siiyaan. Xamdi-Gaabo oo dadka aad u kaftanka badan ahayd ayaa bilowday oo tidhi "Naa waxa aan idin weydiiyey, haddii ninkii naagihii u qarsoonaa u tegay oo uu ku maqan yahay, xaggee ayuu tii yarayd ee Saxarlana ku lumiyey? Mise lafteedii ayuuba la baxsaday?"

Caasha-Dheer oo ahayd dadka hadalku sida fudud uga soo baxsado ayaa inta ay soo booday tidhi "naa iyadu ma naago ayey kala jeceshahay kollay mid uun bay u shaqayn lahayde, waxaana dhici karta in haddii ay dilkii Cadar ka raysato sooba noqon weydee." Intaasi markii ay afkeeda ka soo baxday oo ay weli rabto in ay sii hadasho ayey Xaliimo Daahir oo dhinaceeda fadhiday bawdada ka dhirbaaxday oo ku tidhi "naa naga aamus adiguna had iyo goor wax aan loo fadhiyin ayaad ka hadashaaye."

Cadar oo wejigeeda xanaaq ka muuqdo ayaa dhinaca Caasha-Dheer eegtay, intaanay Caasha-Dheer u jawaabina waxa hadalkii boobtay Aamina-Xayeysi oo tidhi iyada oo qoslaysa "Cadar, waad taqaannaa Caasha-Dheer oo way iska kaftamaysaaye, hadalkeeda waxba ha ka soo qaadin." "Alla Alla, naa waa waqti dambe, berritona hawl badan baa ina sugaysee aan meesha ku kala hoyano," Haliimo oo doonaysa in ay sheekada bedesho oo Cadar ilowsiiso ayaa tidhi.

Inkasta oo ay Cadar ahayd qof kaftan badan, haddana waxa ay caan ku ahayd madax adayg iyo xanaaq badan. "Maya maya, Xaliimo Daahir u kaadi, Caasha waxba yeynnaan sheekada hoos isugu dhigin, waynu is ognahay oo odaygaaguna kayga ka gododle badan, gabadha kuu shaqaysa ee aad eedada u tahayna ugu yaraan boqol jeer ayaa Isbitaalka loo dhigay dhaawacyadaad u geysataye, waxba aniga ha ii duur xulin waynu isgaranaynaaye" Cadar oo aad u xanaaqsan ayaa tidhi iyada oo gacanta ku taagaysa Caasha-Dheer. "Naa sallaca Nebi, naa shaydaanka iska naara oo hadalka halkaas ku joojiya." Haliimo oo ahayd qof aad miisaan u leh oo wax kala dejisa marka xaaladi xumaato ayaa tidhi iyada oo la hadlaysa Cadar iyo Caasha-Dheer.

"Naa yaadha waa dumarka, meeshan isuguma imaan in aynu innagu hoos isugu noqonno oo is rifno. Dan ayeynu isugu nimi. Horena arrimahan oo dhan waynu ka wada hadallay, waynuna wada ogsoon nahay in nimanka aynu guryaha u joognaa kulligood wada godolayaal yihiin. Annigaygan idinla hadlaya waad wada ogsoon tihiin in indhahayga oo shan iyo toban ah gabadh yar oo 15 jir ah oo uu boqol jeer dhali karo ila guursaday, joojiya nacnacda oo meesha inagu kala wada," Xamdi Gaabo oo aad u xanaaqday ayaa tidhi. Hadalkaas qiirada leh ee Xamdi-Gaabona cidi kama daba hadlin.

Markii Cadar iyo Caasha-Dheer gacanta la isu saaray ee lagu yidhi is cafiyana, waxa ay ku tashadeen in ay berrito bacdal duhurka guriga Cadar isugu yimaadaan si la isu war dhaafsado. Maca salama iyo haddii ay wax war ahi kugu soo kordhaan nala soo socodsii ayaa lagu kala tegay. Ka dibna inta Cadar labada dhaban laga wada dhunkaday ayey baabuurtoodii u baxeen.

Intii Cadar iyo saaxiibadeed ku mashquulsanaayeen meeshii Saxarla iyo Cawaale laga raadin lahaa, Keenadiidna waxa uu ka dhammaan waayey in uu gurigii Cadar Duwane ku ag wareego si uu hubiyo in Saxarla ay soo noqotay iyo in kale. Waxa ay ahayd qofka keliya ee cid, ciirsi iyo wehelba u ahayd, waxana uu ka werwer sanaa waxa ay ku sugan tahay.

Cadar tuhunka ay ka qabtay Cawaale in haweenay kale meel u joogto, waxa uu ahaa mid aan mugdi uga jirin oo ay aaminsanayd, hase ahaatee xan mooyee weligeed wax cad kuma ay qaban. Cadar waxa ay ahayd ruux aad u kulul oo aan hawlaheedu yarayn; Cawaalena waxa uu ahaa nin aad u deggan, sir badan, dadkuna ay ku xaman jireen in inta muuqata in le'egi aasan tahay!.

Maadaama Cadar aad u kululayd Cawaalena ay aad u dhibi jirtay, mararka qaarkoodna khalqiga dhexdiisa ay kuleetiga ku qabsan jirtey oo ay gaar ahaan reerka ay ka dhasheen arrintaas kula colloobeen isagana ay ku caayi jireen in naagtu ka adagtahay. Sidaas darteed, cidina uguma garaabi jirin calaacalkeeda xagga gododlaynta ku saabsan.

Maadaama Cawaale aad dhaqaalahiisu isaga wanaagsanaa, Cadar waxba kama hagran jirin oo intaas waxa ka muuqan jirey korkeeda iyo hoygeedaba dhaqaalaha soo gala. Had iyo jeer lacagtu shandadeeda kama dhamman jirin, xafladaha ay dumarka saaxiibadeed iyo asxaabta kale ay u samaysaana gurigeeda kama dhammaan jirin. Dhoofka ay Yurub iyo Carabaha ku tagtaana ma kala go'i jirin.

Dad badan oo Cadar saaxiibadeed iyo deriskaba ka tirsani waxa ay aaminsanaayeen, in laba arrimoodba Cawaale uu Cadar dhaqaale ahaan ugu roonaa 1) isaga oo dhibkeeda iyo lurkeeda iskaga jeedinayey iyo 2) isaga oo rabey in uu helo fursad uu haweenka u qarsoon ugu tago marka ay Cadar dhoofto ama ay saaxiibadeed la baashaalayso

Sida ay Cadar iyo saaxiibadeed tuhunsanaayeenba, dhaawaca Saxarla waxa uu ahaa shimbir khayr oo ilaahay u soo diray Cawaale. Wuxuuna helay fursad weyn oo aan weligiis soo marteen inta uu Cadar la joogo. Cawaale waxa uu aad caan ugu ahaa sirta iyo raad-gadashada, waana xeeladaha ka badbaadiyey in ay Cadar soo hesho hogagga wax ugu qarsoon yihiin iyo meelaha uu tago xilliga uu guriga ka maqan yahay.

Waxa uu wax badan Cadar u sheegi jirey in shaqada uu qabtaa safar u baahan tahay, mararka qaarkoodna uu wefti madaxweynuhu wato dibadda u raaco. Mar kasta oo uu yidhaahdo dibadda ayaan ka soo laabtayna isaga oo dhar cusub iyo hadiyado kala duwan Cadar u sida ayuu soo noqon jirey. Waxana Cadar ka dhaadhacsanayd in hadiyadahaasi ahaayeen "raad-gadasho" uu ku khiyaamaynaayo. Hase ahaatee, wax caddeeya maalin qudha in ninkaasi dhoofay oo dibad ka soo laabtay waa la waayey. Waxaase Cadar iyo saaxiibadeed mucjiso ku noqday, haddii ninku aanu dhoofin meesha uu dharka iyo hadiyadaha uga keeni jirey. Kuwaas oo ay weli ka muuqdeen calaamadihii in dibadda laga soo iibiyey.

Meeshii ay Cadar ka filaysay in uu Isbitaalada waaweyn ee magaalada sida Digfeer gabadha (Saxarla) geyn doono, waxa uu geeyey Dhakhtarka Xoogga Dalka oo badanaaba loo oggolaa dadka ciidamada ka tirsan iyo madaxda dawladda.

Dhakhtarka Xoogga (ciidamada) waxa ka shaqayn jirtay Saafi Kooshin oo ahayd qofta Cadar ku wareertay oo ahayd xaaska labaad ee Cawaale u qarsoon. Saafi waxa ay Neeras ka ahayd dhakhtarka, waxa ayna Cawaale isku barteen mar saaxiibkiis Bulxan oo Kelli laga qalay uu dhakhtarka ugu tegay. Saafi iyo Bulxan laftiisu aad ayey reer ahaan isugu dhowaayeen oo waxa ay u arki jirtay nin adeerkeed ah oo ay mar walba qaderiso.

Cawaale markii ugu horaysay ee uu la kulmay Saafi,

waxa uu ka yaabay, hufnaanteeda, kartideeda, kal gacalkeeda iyo hadal macaankeeda. Mar ay Bulxan isku keliyeysteen, ayuu Cawaale isaga oo Bulxan la kaftamaya ku yidhi "war Bulxan, gabadha ma la qabaa?" "Ma Saafi Kooshin?" ayuu weydiiyey. "Haa," Cawaale oo weli Saafi la yabaan ayaa tidhi. "Saafi nin labadiisa waalid u soo duceeyeen kaliya uun baa heli kara," Bulxan oo bakeeri biyo ah oo miis dhinaciisa yaalley saaraa tiigsanaya ayaa yidhi.

Markii ay sheekadii cabaar isla jiid jiideen ka dib, ayuu Bulxan u sheegay in hadda ka hor iyada oo ardayad ah aabaheed ku qasbay oday maal qabeen ah, ka dib markii uu lacag fara badan ku qarqiyey. Waxa kale oo uu sheegay in ay odaygii laba sano is qabeen oo uu laba caruur ah silic kaga dhalay. "Arrintaas aniga iyo Saafi aabaheed waanu ku kala dhimanay, oo annaga oo aan muddo toban sano ku dhowaad ah wada hadlin ayaa beri dhowayd oo uu xajka tegayey nala heshiisiiyey oo aanu is-cafinay" ayuu raaciyey.

"War Bulxan, waad ogtahay waxa guriga iga haystee, saaxiib miyaanay kula ahayn in Saafi tahay middii aan ku degi lahaa?" Cawaale oo xiisayn dheeraad ah oo uu Saafi u qabo muujinaya ayaa yidhi. Xoogaa markii ay kaftan iyo sheeko isla jiid-jiideenna Bulxan ayaa aakhirkii ku taliyey in uu isaga iyo Saafi isbaro, laakiin ay barashadaasi dhacdo marka uu dhakhtarka baxo.

Waxa kale oo Bulxan ku taliyey in isbarashadu ka dhacdo guriga Saafi Kooshin; isaguna u sheegi doono in ay maalintaas labadooda qado u kariso, si Cawaale indhihiisa ugu arko awoodda, dadnimada iyo kartida ay Saafi leedahay.

Maalintii ugu horaysay ee Cawaale qadadii Saafi ay karisay cunayna, waxa uu gaadhay go'aankii ugu dambeeyey ee uu gabadha ku dooni lahaa. Waxa uuna si weyn isugu qanciyey in ay Saafi tahay tii uu ku degi lahaa kuna nasan lahaa.

Markii ay Cawaale iyo Saafi fursad wanaagsan isu heleen si fiicanna u sheekaysteen, waxa uu uga warramay si daacad ah. Waxa uu uga sheekeeyey xaaladda guurkiisa iyo gurigiisa. Waxa kale oo uu ka codsaday in xaqiiqada uu ku nool yahay ay Saafi Kooshin ku aqbasho, isaguna uu aad u xaq dhawri doono kuna dedaali doono in uu ka maydho wixii ay lur iyo leeleel odaygii hore ka soo martay. Waxa kale oo uu u ballan qaaday in uu labadeeda hablood Hibo iyo Hoodo ula dhaqmi doono si aan ka duwanayn sida uu caruurtiisa ula dhaqmo.

Saafi waxa ay ahayd qof shaqadeeda laga jecel yahay, dhaqaalaheeduna aad isaga wanaagsan yahay, marka dad badan oo aynigeeda ah loo eego. Sababta ugu weyn ee Saafi u guursan weydayna waxa ay ahayd, iyada oo welwel weyn ka qabtay in ay labadeeda hablood oo ay aad u jeceshahay u soo hoyso nin aanay kalsooni ku qabin ama doonaya in isaga la masruufo. Waxa kale oo ay gaadhey da' dhexe oo kuwii da'deeda ahaana aanay jeclayn in ay guursadaan gabadh caruur haysata, kuwa ka weynina u arkayeen in ay mudan tahay in Qudbasir keliya laga dhigto.

Haddaba inkasta oo aanay Saafi marnaba doorbidayn, rajana ka qabin in ay nin naag iyo caruura daba jiitamayaan guursato, waxa ay aad ula dhacday sida ixtiraamka weyni ku jiro ee Cawaale caruurteeda uga hadlay iyo wanaagga uu u muujiyey intii ay wada joogeen.

Inkasta oo ay Saafi Qudbasirta iyo wixii la mid ah ay aad u necbayd, oo ay u arkaysay dhaqan qaloocan oo dumarka sharaftooda iyo dadnimadooda hoos loogu dhigayo, aad ayey talo ugu caddaatay markii uu Cawaale u sheegay in haddii ay xaaskiisu ogaato in uu la guursaday qalalaasaha iyo dhibkay geliso aanay weligood dhammaanayn. Markii uu ka codsaday in guurkoodu sir ahaado aad ayey ugu adkaatay Saafi waxa ayna ka codsatay Cawaale in uu waqti siiyo ay arrinta uga fekerto.

Arrintu si kastaba ha ahaatee, markii ay si fog oo is uur baadh ah u sii sheekaysteenna, waxa ay u sheegtay Cawaale in ninkii labada caruurta ah ka dhalay hadh cad kaga dhaqaaqay oo aanu weligiis gacan qaban. Markii ay isaga kala tageen ka dibna ay dhowr nin soo damceen, hase ahaatee ay ka door bidday in ay labadeeda caruura korsato intii ay kuwo kale u yaacin lahayd nin aan masruufkooda awoodin ama guriga waxba ku soo kordhinaynin.

Sheeko kasta oo ay Cawaale u sheegtay wuu ku raacay, wuxuuna u sheegay in ay go'aan wanaagsan qaadatay in aanay nimankaas guursan. Sidaas darteed, iyada oo aad ula dhacday, debecsanaantiisa iyo garashadiisa fog oo rag badan oo Soomaali ah ka maqan ayey go'aansatay in ay guursato. Sidaas ayaana guurkii qarsoodiga ahaa ee Saafi Kooshin iyo Cawaale ku dhacay.

16

Markii Saxarla dhakhtarka la keenay, waxa ay ku jirtey dhowr saacadood intii meeshii dilaacday laga tolaayey. Ka dibna waxa uu Cawaale geeyey gurigii Saafi. Markii aqalkii Saafi la geeyey, waxa la siiyey sariir goglan oo iyada u gaar ah. Waxa la siiyey dhar cusub oo ay ku bedelato. Waxa la siiyey casho macaan oo sariirtay ku jiiftay dusheeda loogu keenay. Waxa ay ahayd markii ugu horeysay ee weligeed cunto sariirta loogu keenay. Ilaa iyo maalintii ay u timi Cadar Duwane, in iyadu ay dad wax u geyso mooyaane weligood cidi wax uma keenin.

Cawaale dhaawacii Saxarla waxa uu u ahaa shimbir khayraad oo Ilaahay u soo diray. Waxa uu u arkay in ay ahayd fursad qaali ah oo uu waqti kula qaadan karo Saafi oo uu aad u jeclaa, laakiin cabsida uu ka qabey Cadar Duwane darteed aanu waqti ku filan siin jirin. Sida haweenka jaarku ku xaman jireen, sababta keliya ee uu Cadar Duwane kula joogay waxa ay ahayd isaga oo adeerkii Xaaji Duwane ku qaderinayey.

Cawaale waxa uu ku dhashay miyi. Hooyadiis waxa ay dhimatay isaga oo laba jir ah ka dib markii ay fooshii ku xumaatay, ka dibna iyada iyo ilmihii caloosha ku jirayba isku dhinteen. Aabihiisna waxa miyiga lagu dilay isaga oo lix jir ah, ka dib markii ay niman raaska uu ka soo jeedo u dhashay oo utuni ka dhexaysay ay cidla ka heleen.

Ka dib markii intaas oo ibtilo ay ku dhaceen ayaa Duwane oo adeer labaad u ahaa go'aansaday in uu isagu qaato oo koriyo. Cawaale iyo Cadar Duwane isku guri ayey ku soo koreen, ka dibna markii labadoodiiba qaan gaadheen ayuu Xaaji Duwane go'aansaday in uu labadooda isu aroosiyo. Inkasta oo aanu shillin haysan markii uu beledka soo galay, Xaaji Duwane markii dambe waxa uu noqday nin dhaqaale ahaan aad u ladan, laguna xaman jirey in uu ka mid yahay ragga dalka ugu lacagta badan, laakiin aanay ka muuqan.

Xaaji Duwane oo ahaa nin aad iyo aad u gacan adag, waxa lagu dacaayadayn jirey in sababta uu Cawaale iyo Cadar isugu daray ay ahayd isaga oo ka werwer qabey in haddii gabadhiisa mid qawaafa oo aan waxba haysan soo doonto in uu guursado ay khasab ku noqonaynso in uu iyada iyo caruurteedaba masruufi doono. Cawaalena in kasta oo uu Cadar dhibteeda ogaa haddana way ku adkaatay in uu maya yidhaahdo oo adeerkiisii soo koriyey ka abaal dhaco.

Todoba casho ayaa ka soo wareegtay maalintii Cawaale uu Saxarla dhakhtarka u qaaday. Cadar Duwane waxa ay ku dhowaatay in ay waalato. Wax kasta ayey samaysay, meel kasta oo ay ku tuhunsanayd ayey ka baadhay. Wax kale iska daayoo, Booliiska ayey ka dacwaysay iyada oo ku eedaysay in uu la baxsaday gabadh yar oo ay habaryar u tahay. Inkasta oo aan Cadar shaki uga jirin in Cawaale naagihii u qarsoonaa ku maqan yahay, waxa aad uga sii cadhaysiiyey sababta uu gabadhii yarayd ee u shaqayn jirtay uu ugu soo celin waayey.

Galabnimadii maalintii todobaad ayuu Cawaale telafoon Cadar u soo diray oo uu u sheegay in uu garoonka diyaaradaha joogo oo uu gabadhii Talyaaniga geynaayo si loogu soo daaweeyo. Waxa kale oo uu u sheegay in inanta arrinteedii ka sii dartay oo ay qalliin u baahan tahay.

Cadar oo markeedii horeba u dhalataty qof aad u xaruuri ah, hadalkiisii ma sii dhegaysane qaylo aan kala joogsi lahayn ayey ku sii daysay. Wixii ciil iyo cadho ku gaaxsanaa ayey oodda kaga qaadday. Waxa ay u sheegtay in ay ogtahay meesha uu joogo waxayna ku ballan qaadday in uu ka qoomamayn doono ficilka aan loo dul qaadan karin ee uu ku kacay.

Markii ay muddo 20 daqiiqo ku dhow murmayeen oo is dhegaysigoodii adkaaday ayuu Cawaale waxa uu u sheegay Cadar in wakhtigii diyaaradda la geli lahaa la gaadhay oo uu telafoonka dhigaayo. Cirka inta ay qaylo isku sii shareertay ayey waxa ay ku tidhi "waar meeshaad doontaba ka bax ee si degdeg ah gabadhayda iigu soo celi." Ka dibna iyaga oo labadoodiiba cadhaysan ayey telafoonadii isku dhigeen.

Ujeedada ugu weyn ee Cawaale u wacay Cadar waxa ay ahayd in uu dareensiiyo in aanay isku daalin raadintiisa ee ay cagaha dhulka dhigto oo iska nasato. Cadar-se ma ahayn qof sidaas ku samaraysa ama sheekooyin aan jirin si yar looga dhaadhicin karo.

Inkasta oo aanay Cawaale markii hore maskaxdiisa ku jirin, markii isaga iyo Cadar murmeen ka dib ayuu ku fekeray "in ay hadda tahay fursaddii ugu wanaagsanayd ee uu Saafi temeshle ugu kaxayn lahaa Talyaaniga" oo ay aad u jeclayd in ay maalin nolosheeda ka mid ah tagto.

Isaga oo markaas inta uu telafoonkii soo qaaday raba in uu dirsado ayaa waxa albaabka ka soo gashay Saafi oo markaas shaqo ka soo noqotay. Inta ay dhabanka ka dhunkatay ayey ku tidhi "iska warran xabiibi, yaa maanta kaa xanaajiyey?" "Xabiibi belaayo ma jirto, tii Cadar Duwane ahayd ayaanu murannay oo iga xanaajisay" ayuu ugu jawaabey.

Inta ay madaxa ruxday oo gacanta madaxa ka saartay ayey ku tidhi "xabiibi waxaad cabto ma kuu keenaa?" "Xabiibi, shaahaagii macaanaa ii soo kari" ayuu ugu jawaabay isaga oo aad moodid in wejigiisii wahab laga dul qaaday, neecaw naxariis waddaana qalbigiisa taabatay.

Markii ay dhowr tallaabo qaadday, iyada oo xagga madbakha u socota ayuu u yeedhay oo ku yidhi "xabiibi, ma u malaynaysaa in aad fasax gaaban oo degdeg ah shaqadaada ka heli kartid?" Inta ay dib u soo jiiraysay oo si yara yaab ku jiro agtiisa u soo joogsatay oo wejigiisa u eegtay ku tidhi "xabiibi, maxaa jira?" "Xabiibi, wax dhibaato ahi ma jirto ee waxa aan jeclaystay in aynu laba asbuuc magaalada ka baxno oo aynu Talyaaniga gaadhno" ayuu ugu jawaabay isaga gacanteeda midig haya oo calaacasheeda salaaxaya.

Saafi oo weligeedba ku hammiyi jirtay sidii ay mar uun Talyaaniga u tegi lahayd, ayaa kala badatay waxay ku hadashona garanweyday. Afka ayey inta ay labada gacmood saartay isagii ku dheegagtay. Markii uu arkay in hadalkiiba ka soo bixi waayey ayuu waxa uu damcay in uu u sheego in uu weligiis niyadda ku hayey in uu kaxeeyo oo Talyaaniga geeyo, laakiin waqtigu u saamixi waayey. Intii aanu hadalkii dhammaysan ayey afka gacanta ka saartay oo ku tidhi "xabiibi, ma'-daba ka daa, mar walba fasax waan helayaa."

"Xabiibi, baasaboorkaagu miyuu weli dhacay?" ayuu weydiiyey.

"Xabiibi waxa aan u malaynayaa in sannad ka dhiman yahay dhicitaankiisii" inta ay tidhi ayey waxa ay ku orodday xaggii shandada baasaboorku ugu jirey ay tiillay.

"Ma heshay" ayuu weydiiyey, ka dib markii ay muddo ku qaadatay helitaankii Baasaboorka. "Xabiibi, waa kan" ayey tidhi iyada oo xoog xaggiisii u sii talaabsanaysa. "Xabiibi adigu hubi" weli ma aan eegin goortuu dhacayee" ayey ku tidhi inta ay Baasaboorkii xaggiisa u fiiqday.

"Waa runtaa, sannad iyo dheeraad ayaa weli u hadhay" ayuu ku yidhi isaga oo inta uu Baasaboorkii kala furay eegaya.

"Xabiibi waxa aad iigu ridda shaadhka aan berrito gashanayo, waxa aan rabaa in aan Safaaradda Talyaaniga kula kallahee" ayuu ku yidhi inta uu Baasaboorkii xaggeedii u taagay.

Xilka ugu weyn ee uu dawladda u hayo ee lagu tuhunsanaa ka sokow, Cawaale waxa uu aad ugu xidhnaa, safaaradaha iyo dadka maal qabeenka ah ee badanaaba dhoof-dhoofa; isla asbuucii aakhirkiisiina waxa uu Safaaraddii Talyaaniga ka soo qaaday labadii Baasboor oo shaambaddii fiisuhu ku dhufsan yihiin.

Waxa ay ahayd fursad aad u qaali ah oo Saafi soo martay. Waayo kama ay dhalan reer dhaqaale weyn leh ama xagga dawladda aad ugu xidhan oo u suurto geliya siday waxbarasho ama temeshle dibadda ugu tegi lahayd. Waxa ayna ilaa iyo maalintii ay qaan gaadhey aad u gocan jirtay, marka ay aragto hablo faceeda ah oo intaas dibadda u baxaya ama waxbarasho dibadda ah loo diray.

Saafi waxa u shaqayn jirtay gabadh magaceeda la odhan jirey Luul Gaas, ayse ugu yeedhi jirtay in ay walaasheed tahay. Saafi weligeed lagama maqal iyada oo leh Luul waa shaqaalahayga. Inkasta oo jaarka badankiisu ogaa in ay shaqaale u tahay oo aanay walaalo ahayn, haddana sida wanaagsan ee ay ula dhaqanto Luul darteed, deriska qaarkood way isku khilaafi jireen in ay walaasheed ka yar tahay iyo in ay u shaqayso. Sida ay u wada socon jireen ama u kaftami jireen waxa aad moodi jirtay laba ruux oo saaxiib lillaahi ah. Waligeed ma ay dhicin in la arko iyada oo si xun ula dhaqmaysa ama shaqsiyadeeda dadnimo meel uga dhacaysa.

Subaxdii ay dhoofayeen habeenkii ka horeeyey ayey Saafi qolkeeda ugu yeedhay Luul una sheegtay in ay iyada iyo Cawaale safar gaaban oo degdeg ah u baxayaan. Waxa ay u sheegtay in aanay waano iyo dardaaran uga baahnayn oo ay iyadu reerka ka sii mas'uul tahay, kuna kalsoon tahay. Waxa kale oo ay u sheegtay in waxa keliya ee ay kala dardaarmaysaa tahay in ay gabadhaas dhaawacan ee martida u ah si fiican u xanaanayso; haddii ay kharash dheeraad ah u baahatona ay ka qaadato dukaanka Xaaji Garuun. Waxa kale oo ay Saafi u yeedhay labadeedii hablood ee Hibo iyo Hoodo, una sheegtay in iyada iyo Cawaale ay safar gaaban u baxayaan, sidaas darteed ay ka codsanayso in ay habaryar Luul dhegaystaan; gabadha walaashood (Saxarla) ee marida ahna ay ixtiraamaan.

Mudadii Saxarla guriga Saafi joogtay si fiican ayey u

nasatay, waxaana bogsaday dhaawicii weynaa ee Cadar Duwane madaxa ka gaadhsiisay. Waxa ay ka raysatay dilkii iyo ihaanadii loo geysan jirey. Waxa ay ogaatay in weli adduunka dad wanaagsani ku hadheen ee dadnimadeeda iyo xuquuqdeeda bani'aadanimo dhowraya. Waxa ka hadhay diiftii iyo darxumadii dusheeda ka muuqday. Waxa korkeeda ka fuqay toxobtii korkeeda ku jilfowday. Waxa ay u ekaatay dad!.

Waxa keliya oo ay werwer ka qabtay Keenadiid oo ay ogayd in uu weli ku sugan yahay xaalad adag. Waxa uu ahaa qofka keliya ee ay dhibaatada haysa ay la wadaagi jirtey. Waxa ay dhowr jeer ku fekertay in ay xaafaddii u lugayso si ay mar uun Keenadiid indhaha uga soo qaaddo, laakiin waxa ka baqday in Cadar Duwane iyo dadkeedii helaan.

Intii Saxarla nasashada iyo raaxada ku jirtay, Cadar Duwane-na waxa ay la tacaalaysay dhibaatadii ka haysatay shaqaale la'aanta. Tan iyo maalintii Saxarla guriga ka baxday, waxa ay Cadar Duwane keensatay shan hablood oo shaqaale ah mid waliba markii ay ugu badnaan laba maalmood u shaqaynaysay ayey albaabka ka boodday. Waxana ay ogaatay in Saxarla la'aanteed gurigeedu isku dhex daadanayo noloshuna ku adkaanayso.

17

Mudadii Saafi iyo Cawaale maqnaayeen Saxarla iyo Luul si wanaagsan ayey isu dabeecad barteen. Markii ay Saxarla nabarkii loo geystay ka ladnaatay, way ku adkaatay in ay qolka iska jiifto oo cunto oo cabto, sidaas darteed waxa ay Luul ka codsatay in ay u oggolaato in ay hawsha guriga ka caawiso.

In kasta oo aanay Luul doonayn in ay ballantii ay u qaaday Saafi jebiso oo miskiinta jirran ku shaqaysato, haddana markii ay Saxarla ku adkaysatay arrintaas, Luulna way ka aqbashay iyada oo weli dareemaysa in ay geftay.

Isla markiiba Luul waxa ay ka yaabtay xirfadda iyo hawl karnimada Saxarla oo aanay weligeed arag gabadh da'deeda ah oo la mid ah. Maadaama Saxarla hawl kasta oo guriga Cadar Duwane laga qabanayo ay ka mas'uul ahayd; ha ahaato cunto karin, dhar dhaqis, guri nadiifin, cillaan saar ama ciddiyo guris waxa ay khabiir ku noqotay hawl kasta oo guri laga qabto.

Wada shaqayntii Saxarla iyo Luul waxa ay u fududaysay in ay si fiican isu fahmaan. Hebeen walba Saxarla waxa ay Luul uga sheekayn jirtay nolosha ay ku nooshahay iyo sida xun ee Cadar Duwane ula dhaqanto. Waxa Luul ka dhaadhici weyday sida waxashnimada ah ee gabadha yar ee rajada ah ula dhaqanto. Markasta oo ay Saxarla qisooyinkaas dhaqan xumada ah uga sheekaysaba waxaa Luul indhaheeda ka soo hoorayey ilmo murugo xambaarsan.

Markii sida ay u ciqaabto Cadar ama u dibin daabyaysoba uga sheekayso, Luul inta ay afka gacanta saarto iyada oo yaaban ayey isweydiin jirtay "naa miyaanay ruuxu Islaam ahayn, naa miyaan dad muslim ahi u dhoweyn?" Caqligeeda ayey ka weynaatay in ay fahamto in ruux Ilaahay ka baqayaa sidaas foosha xun ula dhaqmo ilmo yar oo rajo ah. Waxa kale oo Luul ka sii yaabiyey markii Saxarla u sheegtay Luul in Cadar Duwane habaryar u tahay. Xataa waxa ay weydiisay Luul in Saxarla hooyadeed iyo walaasheed Cadar colaadi ka dhexaysay iyo in kale. Waayo waxa ay u aragtay in arrintani qayrul-caadi tahay.

Calool xanuunka sheekada tiiraanyada leh ee Saxarla uga sheekaysay Luul iyo sida Cadar Duwane ula dhaqanto, waxa uga sii darraa markii ay uga sheekaysay dhimashadii hooyadeed iyo noloshii adkayd ee ay soo martay intii aanay guriga Cadar Duwane iman. Waxa ay uga sheekaysay gurigii Neero iyo wixii ka qabsaday. Waxa ay uga sheekaysay dib-jirnimadii iyo gidaaradii ay seexan jirtay. Waxa ay sidoo kale u sheegtay in nin Cabdulle la yidhaahdo oo Kaaraan deggani ka soo badbaadiyey noloshii dirbi jiifka. Waxa ay sheeko uga sheekaysay waxa ugu murugo badnaa nolosheedii hore iyo markii hooyadeed dhimatay.

Markii Saxarla hooyadeed geeriyootay waxa ay qiyaastii jirtay lix sano. Inkasta oo aanay wax badan ka xasuusan noloshii hooyadeed, haddana jacaylka ay u qabtay dartiis mar walba waxa ay hooyadeed u arki jirtay muraayadda ay ka dheehato naxariista iyo kal gacal hooyo-nimo. Waxa ay Luul u sheegtay in aanay hooyadeed wax badan ka xasuusan, laakiin Bullo Kaahin oo ay qaraabo yihiin hooyadeedna ay aad saaxiib u ahaayeen ay hadda ka hor guriga Cadar ku soo degtay..iyada oo Xajka u socota. Bullo , waxa ay u sheegtay Saxarla in ay hooyadeed Weris Xaaji Duwane (Shan-ka roon) ay saaxiib lilaahiya ay ahaayeen. Waxa ay ku tidhi "marka dhinac kasta laga eego waxa ay ahayd ruux Ilaahay isu dhammays tiray; caqli, karti, wanaag iyo dad la dhaqan."

Waxa kale oo ay Bullo u sheegtay Saxarla in markii uu Xaaji Duwane miyiga degganaa, intaanu Xamar u soo guurin uu Saxarla adeerkeed Kaynaan Naxar dilay, ka dibna Weris oo caruurtiisa ugu weynayd oo markaas 16 jirsatay godob-reeb loo bixiyey, ka dibna Sandulle Naxar (Saxarla aabaheed) oo walaalkiisa la dilay lagu daray Weris. Ka dibna Weris waxa loo kaxaysatay degaan aad u fog oo reerka guursaday iyo

155

kooda colaad gaamurtay muddo badan ka dhexaysay. Waxa kale oo Bullo Kaahin u sheegtay Saxarla markii Sandulle Naxar guri geysatay Shan-ka-roon dumar badan oo reerka ay "u dhaxday" ka soo jeeday aad uga xanaajisay, ka dibna markii ay kartideedii badnayd arkeenna ku abuurtay xin, xasarad iyo masayr u quudhi waa ah.

Bullo waxa kale oo ay u sheegtay Saxarla in colaaddaas Shan-karoon la kulantay ay yaraatay, ka dib markii ay haween badani arkeen naxariisteeda, samirkeeda iyo dhaqan wanaagga oo cid lala barbar dhigo la waayey. Waxa ayna tusaale u noqotay hooyooyin badan oo gabdhahooda ku waaniya in ay sida Shan-karoon noqdaan. Waxa ayna qaarkood hablahooda qaan-gaadhka ah ugu ducayn jireen, in Ilaahay sida Weris Xaaji Duwane ka dhigo. Waxa ay sidoo kale tidhi Bullo "Ilaa maalintii tii Ilaahay uga imaanaysey, Weris Xaaji Duwane waxa ay ahayd ruux ku caan baxday naxariis badan iyo dad la dhaqan, wanaag; mana jirin cadow la ogyahay oo ay lahayd."

Waxa ay Bullo sidoo kale u sheegtay Saxarla in hooyadeed Weris Xaaji Duwane ay ahayd deeqsiyad faxal ah oo gacanteedu aad u furan tahay. Waxa Bullo intaas ku dartay "in ay Weris ahayd mid lagu badhaadhay oo aan iyada oo kale la rag. Wanaaggeedu waxa uu u kasbay saaxiibo badan oo u noqday garab iyo gaashaan. Wakhti kasta oo ay dumarka saaxiibadeed ah la joogto waxa wejigeeda ka muuqan jirey farxad iyo weji furnaan, weligeedna lama arag iyada oo cadhaysan ama xumaan loo geystay ka calaacalaysa.

Waxa ay Saxarla u sheegtay Luul "in markasta oo ay Bullo hooyaday iiga sheekayso indhahayga ilmo ka soo daadan jirtay." Waxa ay ku tidhi (Luul), "waxa aan aad ugu farxay in ay ahayd qof aad u wanaagsan oo dadku wada jecel yahay, waxanan ku farxay in aanay dabeecaddeedu meelna ka soo gelin tan Cadar Duwane.

Waxa kale oo ay Bullo u sheegtay Saxarla in hooyadeed ku ummul-raacday wiil yar oo walaalkeed ah, laakiin hadda nin weyn ah. Waxa ay Bullo u sheegay Saxarla in inkasta oo aanan muddo is arag reer Sandulle ay mar walaalkeed "Samaale" ay mar tuulo xoolaha lagu waraabiyo ku kulmeen oo markii uu isu sheegay ay garatay. Waxa ay ahayd markii ugu horeysay ee Saxarla loo xaqiijiyo in walaalkeed Samaale nool yahay. Waxa ay Saxarla u sheegtay Luul in ay ahayd farxaddii ugu weynayd nolosheeda maalintii Bullo u xaqiijisay in Samaale nool yahay oo weynaaday.

Waxa ay Saxarla u sheegtay Luul in inkasta oo ay yarayd ay maalintii hooyadeed dhimatay si cad u xasuusato. Waxa ay tidhi "Waxaa guriga isugu yimid dad u badan. Waxaa la qalay dhowr neef oo adhiya." "Waxa aan xasuustaa bay ku tidhi Luul, iyada oo dumarkii geerida yimid leeyihiin "naa rajada wax siiya." Waxa ay kale oo ay u sheegtay Luul in intaan hooyadeed la aasin ay habeenkii agteeda seexatay iyada

157

oo (hooyadeed) maro cad lagu duubay. Waxa ay dumarkii meesha i seexiyey yidhaahdeen "ag-seexiya waa habeenkii ugu dambeeyeye ha sii weheshatee."

Waxa kale oo ay Saxarla u sheegtay Luul in ay habeenka badhtankiisii kacday oo damacday in ay hooyadeed toosiso. Markii ay ii jawaabi weyday ayaan meel kasta ka taabatay ayey ku tidhi. Waxa ay tidhi "markii ay i maqli weyday ayaan wejigeedii marada ka qaaday, ka dibna hooyo, hooyo ku idhi." Aniga oo wejigeeda taataabanaya oo leh hooyo hooyo, ayaa haweenay ii soo gashay; ka dibna igu tidhi "naa maxaad meydka ka rabtaa?" ka dibna aqalkii ayey iga saartay. Waxa ay tidhi "waxa meydka ay haweenaydu ula jeedday ma aanan fahmin, laakiin waxa aan aad uga fekeray waxa wejiga hooyaday qaboojiyey! Waxa aan xasuustaa bay ku tidhi Luul aniga oo ooyaya oo inta la i maslaxeeyey cunto la i siiyey.

Waxa ay Saxarla u sheegtay Luul, in aanay waqtigaas meyd iyo geeritoona aanay fahamsanayn, xaqiiqadiina ku ballaadhatay markii hooyadeed la aasay ka dib. Waxa ay tidhi waxa la i tusay xabaashii hooyaday lagu aasay, waxaanan muddo aaminsanaa in ay mar uun soo noqonayso. Waxa ay u sheegtay Luul in markii ay yaqiinsatay in aanay hooyadeed soo noqonayn ay maalin maalmaha ka mid ah tagtay qabrigii oo ay damacday in ay ciidda ka faagto, si ay hooyadeed u soo saarto, ka dibna aabaheed meeshii ugu yimid oo garaacay. "Aabahay laftiisa waxa aan ka xasuustaa maalintii uu i garaaacay," ayey tidhi.

Sheekadii ay Saxarla nolosheeda kaga sheekaynaysay waxa ay noqotay mid aan dhammaanayn. Habeen walba marka ay shaqada dhammeeyaana waxa ay Luul ku odhan jirtay "kaalay sheekadii ii dhammays-tir." Habeen haabeenada ka mid ah waxa ay Luul u sheegtay in ay saaxiib la ahayd gabadh ay isku da' ahaayeen oo la odhan jirey Sugan Samatare. Waxa ay u sheegtay in ay masayri jirtey marka saaxiibteed Sugan uga sheekeeyso—sheekooyinka aabaheed u sheego iyo hadiyadaha uu u keeno; gaar ahaan ciidaha iyo maalmaha farxadda leh---xataa waxa ay Sugan uga sheekaysay Saxarla maalin uu magaalada u kaxeeyey iyo wax yaalihii ay ku soo aragtay.

Waxa ay Sugan uga sheekaysay Saxarla dukaamada dharka iyo cuntadu ka buuxaan, cadarka iyo udgoonka, nalalka iyo baabuurta badan ee is-dhaafayey iyo dadka badan ee is-dhex qaadayey iyo alaabooyinka la kala iibsanayey. Waxa kale oo ay Saxarla aad uga heshay sheekooyinkii ay Sugan uga sheekaysay, gabdhaha da'dooda ah ee ay magaalada ku aragtay. Dharka quruxda badan ee ay xidhnaayeen, bilicda dhabankooda ka muuqatay iyo dan la'aanta ay jidadka ugu ciyaarayeen.

Waxa ay Saxarla tidhi waxa aan weydiiyey Sugan in ay dadka magaalada deggani xoolo raacaan iyo in kale. Inta ay qosashay ayey, Sugan igu tidhi "magaalada

xoolo ma joogaan!" Magaalada wax xoola ahi ma
joogaan? ayaan ka daba tidhi, waxa ay igu noqotay yaab
iyo amakaag, ayey Saxarla tidhi. Waxa aan weydiiyey
"dadku sidee ayey u nool yihiin haddii aanay wax xoola
ah lahayn?" Waxa kale oo ay Sugan u sheegtay Saxarla
in intii ay magaalada joogtay in aanay arkin cid
rafaadsan , dadkuna ay wada xaragoonayeen, cuntaduna
ay meel walba buuxday.

Waxa ay Luul u sheegtay Saxarla in nolosha
cajiibka ah ee magaalada taalla ee Sugan uga sheekaysay
ay wax badan u muhatay niyadana ka doontay in ay
maruun magaalada soo aragto, haddana way ku dhici
weyday in ay aabeheed oo nin aad u kulul ahaa ay
weydiiso in ay magaalada u raacdo. Hase ahaatee, waxa
ay aad ugu kalsoonayd in aan hooyadeed marna maya
odhan doonin haddii ay ka barido in ay magaalada u
wado. Waxa ay Saxarla u sheegtay Luul in ilaa iyo
maalintii Sugan uga sheekaysay quruxda iyo bilicda
magaalada, ay marna maskaxdeeda ka bixiweyday sidii
ay mar uun magaaladaas u tegi lahayd. Xataa wax kale
iska daaye habeeno badan ayey waxa ay ku riyootay
iyada oo magaaladii Sugan uga sheekaysay dhex
mushaaxaysa oo wixii ay u sheegtay iyo wax ka badanba
indhaheeda ku soo aragtay.

Waxa ay Luul ku tidhi, "waxa aan muddo ka war
wareegtaba, ugu dambayntii waxaan hooyaday ka
codsatay in ay magaalada i geyso."

"Hooyo magaalada ayaan rabaa in aad i-geysid," ayaan subax hooyaday ka coday, ayey tidhi.

"Macaan aniguba weligay ma tegin, laakiin abahaa ayaan weydiin doonaa markuu yimaado, hadduu ku geyn karo" ayey ugu jawaabtay. "Rajadii aan ka qabey in aabahay magaalada geeyona halkaas ayey ku dhammaatay," ayey tidhi.

Waxa ay Saxarla ku tidhi Luul "markii hooyaday dhimatay ka dib, aabahay waxa uu guursaday Qorsho Qalinle oo ahayd qof xaasid ah oo dhib badan." Waxa kale oo ay Luul u sheegtay in ay hadh iyo habeen garaaci jirtay, gaajona ay ku dishay oo ay cuntadii ka xakamaysay. Waxa kale oo ay Saxarla u sheegtay Luul in inta badan aabaheed guriga ka maqnaan jirey oo aanu war u hayn xaaladda ay ku sugan tahay, Qorshona ugu hanjebi jirtay in ay cunaha qaban doonto haddii ay aabaheed u sheegto marka ay garaacdo ama cunto siin weydo.

Waxa kale oo ay Saxarla u sheegtay Luul in markii ay Qorsho dilkii iyo dibin-daabyadii ka dayn weyday oo maalinba maalinta ka dambaysa ka sii dartay, waxa niyaddayda ku soo dhacay in magaaladii quruxda badnayd ee ay saaxiibtay Sugan iiga sheekayn jirtay aan u baxsado. Waxa aan aakhirkii ku tashaday in aan baxsado oo aan magaaladaas tago. Waxa arrintaas igu soo dhiiri geliyey ayey tidhi Saxarla, ka dib markii Xaadsan oo aanu jaar ahayn maalin igu tidhi "habaryartaa Cadar Xaaji Duwane ayaa Xamar joogtee, marka aad yara weynaatid u baxso." Waxa kale oo ay Luul ku tidhi "Xamar iyo magaalada ay Sugan tagtay inta ay ii jiraan ma aanan garanayn, laakiin waan go'aansaday in aan meesha iskaga baxsado." "Waxa werwerkayga ugu weyni ahaa, inaan walaalkay Samaale cidla kaga dhaqaaqo," ayey ku tidhi Luul.

Inkasta oo aanay wax badan ka weynayn Samaale, waxa ay Saxarla aaminsanayd in ay tahay qofka keliya ee jecel ee ka werwera. Waxa kale oo ay aad uga cabsi qabtay Saxarla in Qorsho disho oo kaw kaga siiso, maadaama ay labadoodaba garaaci jirtay. Si ay walaalkeed u bad baadiso, waxa ay ku tashatay in marka ay Xamar tagto ay habaryarteed ka codsato in ay Samaale miyiga ka soo kaxayso oo uu la noolaado.

Saxarla oo sheekadeedii silsiladda ahayd u wadda Luul waxa ay ku tidhi "waxa aan ku tashaday in maalinta xoolaha la waraabinayo ee tuulada la geynaayo aan ka baxsado."

Waxa ay tidhi "iyada oo goor galab ah ay tahay oo aan ka fekerayo, baxsigayga, aadna uga werwersan in aan walaalkay Samaale ka tago, ayaan waxa aan arkay Qorsho oo ul dheer wadata oo xaggayga u soo socota."

"Waxa markii aan arkay Qorsho markiiba ogaaday in fekerkii ila tegay oo adhigii aan la joogay meeshii ka tegay oo aan meel cidla ah fadhiyo.

Waxa ay Saxarla u sheegtay Luul.. "Qorsho waxa ay ahayd qof aad u dheer oo dheeraysa, markii aan arkay iyada oo igu soo dhowna orod ayaan isku taabtay."

Waxa ay ku tidhi Luul "meeshu buur bay ahayd, buurtii ayey kor iyo hoos ii eryatay, markii ay ushii laba jeer dhabarka igala heshay ayey (Qorsho) inta ay dhagax isku taagtay uu la rogmaday oo ay dhulka ku dhacday, ka dibna fursad ayaan helay aan ku baxsado."

Waxa ay ku tidhi Luul "in kasta oo aanay Qorsho iga daba iman oo aan u maleeyey in wax gaadheen, haddana marna ma aaminin in ay iga hadhay, sidaas darteed orodkii maan kala joojin." Waxa kale oo ay tidhi "kabo maan gashanayn, sidii aan u ordayey oo marba dhagax ugu turun turoonayey ayey cagihii i wada dil dilaaceen oo dhiig qariyey."

Waxa ay tidhi "markii aan xanuunkii u adkaysan waayey ayaan fadhiistay oo Kurdadaydii qayb ka jeexday oo cagihii ku duubay, ka dibna orodkaygii halkii ka watay."

Waxa ay ku tidhi Luul "waxa aan u ordayey dhinaca qoraxdu u sii dhacayso, sidii wax qoraxda eryanaya."

Waxa ay tidhi "waxa aan ka baqayey in haddii qoraxdu dhacdo bahalo i cunaan, waxana ii muuqatay in talaabo kasta oo aan hore u qaado qoraxduna godka ku sii dhowaanaysay. Waxaa isugu kay timi cabsidii adduunka."

Waxa ay tidhi "waxa dushayda ku wareegayey Haad oo i cabsi gelisay oo aad moodaysid in ay indhaha igu hayaan." Waxa kale oo ay Luul ku tidhi "inkasta oo aan Qorsho aad uga fogaaday, haddana waxa mar walba dhegahayga ku soo dhacayey gurdan, aad moodid in la i daba socdo."

Waxa ay tidhi "waxa yaraaday tamartaydii, waxaadna moodaysay in lugihii i cuslaadeen, waxaanan kufay dhowr jeer, iyada oo ay marwalba igu adkaatay in aan koco."

Waxa ay Luul ku tidhi "inkasta oo dhowr meelood qodaxi iga mudday oo aan lugihii ka dhaqaaqi kari waayey, waxa aan go'aansaday in aanan joogsan, si aan cid u gaadho inta aan qoraxdu dhicin." Iyada oo weli sheekadii Luul u wadda ayey waxa ay tidhi "waxa aan ordoba qoraxdii ayaa ugu dambayntii godka ku libidhay. Waxaana meel walba ka bilowday cidii iyo gurxaankii balaha dhurwaagu ha ugu badnaadee. Waxa aan dareemay in ay ii dhammaatay oo bahal i cuni doono."

Sida ay Luul u sheegtay, waxa uu ahaa habeen mugdi ah oo aan dayax jirin. Markii ay marba geed qodax leh jiidhana waxa ay go'aansatay in ay qunyar talaabsato. Waxa ay tidhi "dhawr jeer oo shimbiro iga hor boodeen, naxdintaan naxay wadnaha ayaa i joogsan gaadhey."

Waxa ay tidhi "aniga oo daalan oo gaajo iyo haraad la dhaqaaqi kari la' lugihiina aad ii xanuunayaan, ayaa waxa igu soo dhowaaday cidii iyo gurxankii waraabayaasha. Inkasta oo aan xoog u tallaabsanayey waxa aan marwalba dareemayey in ay igu soo dhowaanayeen. Aniga oo xoog u tallaabsanayaa ayaan mar walba xaggayga dambe eegayey, awal gurxankooda iyo qosolkooda uun baan maqlayey waxa igu soo dhowaatay sanqadhoodii.

"Markii aan dib eegay ayaan waxa aan arkay iyaga oo aad moodid in ay i hareeraynayaan oo dhinacyada u kala baxay."

"Naf la caarigii ayaan inta aan qori dhulka ka qaatay geed weyn oo jidka dhinaciisa ku yaalay dhabarka ku qabtay. Warabayaashii oo guuxa iyo gurxanka ka socda aad ka yaabaysid ayaa dhinac walba igaga soo booday. Waxa aan is idhi haddii aad carartid way ku kala goosan doonaan, markii ay igu soo boodaanba usha ayaan ku waabiyey, aniga oo weliba dhowr jeer qaar madaxa kaga dhuftay, ayey tidh.

Waxa ay ku tidhi Luul "cabsidii markii hore luguhu ila gariirayeen way iga yaraatay, laakiin waxaa iga batay daalkii waanan tamar beelay. Dhowr jeer ayaan geedka isku celiyey inta aan dhulka ku dhici gaadhey. Waan ogaa in haddii aan dhulka ku dhaco ay waraabayaashu i kala boobi doonaan. "Waraabayaasha laftoodu waxa ay ogaadeen in aanay si fudud ii cuni karin oo aan iska celiyey, qaarkoodna waxadba moodaysay in ay daaleen," ayey Saxarla ku tidhi Luul.

Waxa ay tidhi "aniga oo sidii ushii ula hortaagan ayaa meel aan fogayn waxa ka soo yeedhay hiin-raag iyo cod culus oo aan u maleeyey in uu libaax yahay. Wax yar ka dibna afar libaax oo wada socda ayaa inta ay waraabayaashii ku dhex dhaceen la dagaalamay. Aniguna intii ay dagaalamayeen ayaan geedkii deg deg u koray." Waxa ay Luul ku tidhi "waxa aan dhirta koristeeda ku bartay marka ay Qorsho Qalinle i eryanayso ama aan dhuumanayo ayaan dhirta ka fuuli jirey. Xirfaddaas ayaana habeenkaas i badbaadisay, waxan markii aan geedkii fuulay ku fadhiistay laamaha ugu sareeya, aniga oo libaaxyada ka baqaaya."

Waxa ay tidhi markii waraabayaashii carareen waxa geedka hoostiisa ku soo noqday afartii libaax iyaga oo marna geedka isku xoqaya marna saynta widhfinaya oo reemaya." Waxa ay tidhi "laba ka mid ah ayaa dhowr jeer isku deyey in ay geedka koraan, laakiin way u suurtoobi weyday. Markii dambena geedka hoostiisii ayey iska fadhiisteen.

"Waxa kale oo ay Saxarla ku tidhi Luul " waxa aan ka baqay in aan inta aan luloodo aan geedka ka soo dhaco, marka waxa aan sameeyey in inta laantii aan ku fadhiyey beerka saaray oo labada gacmoodna labada dhinac uga qabsaday ayaan luguhiina ku laabay.

"Waxa ay tidhi "ma aanan ogayn goorta aan ga'may, waxa aan kacay goor barqo ah. Waxa aan eegay dhulkii igu dhowaa oo dhan in bahalihii joogaan iyo in kale,

166

markii aan waxba arki waayeyna geedkii ayaan ka degay, ka dibna wadadii aan hore ugu socday ayaan cagta saaray."

Sida ay Luul u sheegtay, Saxarla ma aanay garanayn meesha ay u socoto. Waxa keliya oo niyadda uga jirtay in ay tagto magaaladii Sugan uga sheekaysay. Waxa ay soconaysay maalintii oo dhan. Waxa ay la dhaqaaqi weyday gaajo iyo haraad, laakiin waxa ay ku tashatay in aanay nasan si aanay qoraxdu mar kale cidla ugu dhicin oo bahalihii hore u helay aanay u cunin. Waxa ay ugu dambayntii casar gaabkii gaadhey tuulo ceelal ku yaaliin oo xoolo laga waraabinayo. Maadaama haraadku wax walba uga daraa waxa ay u tag nin xoolo waraabsanaya oo ku tidhi "biyo ma i siin kartaa," inta uu kor iyo hoos u eegay ayuu ku yidhi "orod oo halkaas ka cab" inta uu gacanta ugu fiiqay weelkii uu adhiga biyaha ugu shubay, inta ay xaggii biyaha u dhaqaaqday ayey labada jilib dhulka dhigtay oo adhigii biyihii lacabtay. Markii ay biyihii cabtayna waxa ay u dhaqaaqday xaggii tuulada oo makhaayado iyo dukaano yar yari ku yaallaan. Waxa ay ka baqday in dadka xoolaha waraabsanayaa qaarkood gartaan oo inta ay qabtaan reerkoodii ku celiyaan. Waxa ay tidhi waxa aan galay dukaan yar oo nin dhalinyaro ahi iibinayo "wax uu i weydiiyey "adeer maxaan kaa iibiyaa?" aniga oo aan u jawaabin ayuu arkay aniga oo eegaya goosarad timir ah oo afka ka furan oo uu iibinayey. Inta uu si fiican wejigayga u eegay ayuu arkay gaajada iyo rafaadka iga muuqda. Ka dibna inta uu jawaano is kor saaran gacanta iigu fiiqay ayuu igu yidhi "halkaas fadhiiso." Markii aan fadhiistayna waxa uu i siiyey timir iyo caano ayey ku tidhi Luul.

Waxa uu ninkii dukaanka iibinayey u sheegay in magaciisa la yidhaahdo Looge, iyadana waxa uu weydiiyey magaceeda iyo meesha ay ka timi. Waxa ay u sheegtay in magaceeda la yidhaahdo Saxarla, oo ay tahay rajo aayadeed maalin walba si xun u garaacdo oo ay ka soo baxsatay rabtona in ay u tagto habaryarteed oo joogta magaalada Xamar. Looge oo isaga laftiisa hooyadiis dhimatay isaga oo yar, aad buu u dareemay dhibaatada Saxarla ku sugan tahay, waxana uu u ballan qaaday in uu ka caawin doono sidii ay Xamar ku tegi lahayd. Waxa uu u sheegay in ay tuulada yimaadaan baabuur xoolo ka qaada oo magaalada Burco taga, waxana uu u sheegay in uu isku deyi doono in uu baabuurtaas mid ka mid ah saaro, habeenkiina waxa uu siiyey meel ay seexato.

Waxa ay tidhi "sidii la filaayey waxa subaxdii yimi laba baabuur oo kuwa xoolaha qaada ah. Nasiib wanaag waxa labada baabuur mid ka mid ah kirish-boy (daba-kafuul) ka ahaa wiil ay Looge qaraabo dhow yihiin, waxana uu u sheegay xaaladdayda, waxana uu ka dhaadhiciyey in uu gaadhiga igu qariyo si aan darawalku ii arag." Waxa kale oo uu Looge ka codsaday Hurre (Kirish-boygii) in marka ay Burco tagaan, uu ku dedaalo sidii uu baabuurta Xamar u socota u saari lahaa, isaga oo la kaashanaya asxaabtiisa Kirish-boyada ah.

Sida ay Luul u sheegtay Hurre waxa uu Saxarla gaadhigii saaray marka adhigii lagu gurayey kala badh marayo. Waxa uu ku yidhi "fadhiiso rakaabka hoostiisa, laakiin iska ilaali in adhigu ku buquujiyo." Waxa kale oo uu ku yidhi waxa aan kaa soo saarayaa marka gaadhigu cabbaar socdo." Isla markii adhigii gaadhigii laga soo buuxiyey Saxarla waxa ay dareentay in adhigii gaadhiga gidaarkiisa ku caadinayo. Waxa ay kaga tunteen lugihii awalba qodax iyo dhagxantu dildilaacsheen. Waxa ay tidhi "waxa aan iska ilaaliyey in aan ooyo si aan la ii maqlin, markii gaadhigii muddo socdayna waxa hoos u soo degay Hurre si uu adhiga dhexdiisa iiga saaro." Waxa kale oo ay tidhi "markii uu Hurre adhiga dhexdiisa iga soo saaray waxa maraydaydii qooyey kaadidii adhiga, waxana iga damqaday cagihii awalba dhiiggu ka socday." Waxa ay tidhi markii uu Hurre ii soo saaray dusha kore ee rakaabku fadhiisto waxa aan dareemay sidii qof naftii ka baxday oo ku soo noqotay.

Sida ay Luul u sheegtay, gaadhigii ay Saxarla la socotay waxa uu habeenkii oo dhan socdoba waxa uu magaalada Burco soo galay waqti ku dhow waaberigii. Waxa ay tidhi "waxa aan maqlayey Eedaanka masaajidyada." Markii gaadhigii suuqii xoolaha lagu dejin jirey istaagayna, Hurre ayaa ku yidhi Saxarla "soo deg." Waxa kale oo uu u sheegay in ay sugto ilaa inta adhiga laga dejianayo, ka dibna meel aan gaadhigii ka fogayn ayey fadhiisatay. Daalkii iyo hurdo laáantii ayey dhinac u dhacday, waxa ay ku toostay Hurre oo garabka ka taabanaya oo ku leh "toos adeer." Waxa uu ku yidhi "kaalay nasiib baad leedahaye, gaadhi hadda baxaya ayaan kuu helaye." Intii aanu istaankii baabuurku ka baxayey gaadhina waxa uu sii mariyey dukaan uu rubuc timir ah uga iibiyey, ka dibna ku yidhi "jidka ku sii mar intaas wax kale ma hayee."

Markii ay ay gaadhiga Xamar u baxayey ay Hurre iyo Saxarla soo dhinac joogsadeen, waxa uu diyaar u ahaa in uu dhaqaaqo. Waxa Hurre ku yidhi Saxarla "adeer, ninkan saxiibkay, Madheedh ayaa ku qaadi doona, ilaahay ha ku nabad yeelo." Ka dibna Madheedh ayaa inta uu dhabarka ka taabtay ku yidhi "fuul gaadhiga, isaga oo badhi-taaraya si aanay u soo dhicin."

Markii ay gaadhigii fuushay meel ay ka fadhiisato ayey weday, waxaa meel walba isku ballaadhiyey islaamo safar ahaa, ka dibna Madheedh oo dumarkii la hadlaya ayaa ku yidhi "eeyaadha waa islaamaha, ilaahay ka baqa oo gabadha yar meel u banneeya." Cabaar markay juruq juruq leeyeena waxa ay u baneeyeen meel badhideeda uun qaadda oo aanay xataa lugaha ku fidin karin. Waxa ay tidhi "markii aan gaadhiga dushiisa fadhiistay ayaan magaaladii hoos u eegay, waxa aan ka yaabay waxa dad iyo baabuur is dhinac socda. Waxa aan dib u xasuustay sheekadii saaxiibtay Sugan iiga sheekaysay, inkasta oo aanan hubin in magaalada ay tagtay Burco ahayd iyo in kale.

"Sheekada dheer ee nololosheeda ku saabsan ee

Saxarla uga sheekaysay Luul, waxa ay ahayd qofka keliya ee ay si baahsan ugu sheegtay. Waxa ay Luul ahayd, qofka keliya ee weligeed si dhab ah nolosheeda uga waraystay.

Maadaama ay Saxarla khabiir ku ahayd cillaan saarka, dabidda iyo hagaajinta timaha, intii Saafi safarka ku maqnayd waxa ay timihii sifiican ugu sii dabtay labadii hablood ee ay Saafi dhashay, Hibo iyo Hoodo. Waxa ay cillaan ay ku fara yaraysatay oo farshaxanka aad ka yaabaysay u marisay Luul iyo labadii hablood ee yaryaraaba. Sidoo kale, intii Saxarla ay ka caawinaysay hawsha guriga Luul, waxa ay ka yaabtay xirfadeeda iyo hawl karnimada aan wax loo dhigo la arag. Waxa ay Luul mararka qaarkood is weydiin jirtay "meesha ay gabadha yar ee intaas leegi ku baratay cunto karinta heerka sare ah ee aad moodid in ay iskuul u gashay!.

Waxa kale oo Luul ka yaabiyey xirfadda weyn ee ay Saxarla u leedahay sida guri loo maamulo. Markasta oo Luul ay suuqa tagto waxa ay u soo laaban jirtay iyada oo markiiba dhammaystirtay shaqo Luul ku qaadan jirtay in kabadan dhowr maalmood. Waxa ay isweydiisay "naagta gabadha sidaas hawl karka u ah, ee daacadda ah haysataa sababta ay si wanaagsan ugu dhaqaalaysan weyday."

Saxarla waxa ay lahayd shakhsiyad aad u wanaagsan, hablihii Saafi dhashayna markiiba way ka heleen. Markastana waxa ay xiisayn jireen in ay la

171

ciyaarto ama u sheekayso.   Inkasta oo aanay Saxarla lafteedu soo marin nolol caruurnimo oo ay ku ciyaarto ama sheekooyin xiiso leh looga sheekeeyo, haddana aad ayey ugu dedaali jirtay in ay Hibo iyo Hoodo ka farxiso oo maaweeliso.

Sheekooyinka iyo ciyaaraha ay Saxarla la wadaagi jirtay Hibo iyo Hoodo waxa ay lafteeda u noqdeen daawo ilowsiisa xanuunkii ay soo martay iyo hagardaamooyinkii Cadar Duwane.

18

Labadii asbuuc ayaa dhammaaday, Cawaale iyo Saafina safarkii Talyaaniga ay ku tageen ayey ka soo laabteen. Waxa Saafi wejigeeda, gaar ahaan ka muuqday nasasho iyo farxad xad dhaaf ah oo aan la malayn karin. Waxa wejigeeda ka muuqday iftiin aad moodaysid qorax arooryo hore soo baxday. Hadiyadihii kala duwanaa ee ay Talyaaniga ka keeneen ayey u qaybiyeen afartii hablood. Waxa Saxarla ay hadiyaddaas ka heshay qayb Libaax. Saxarla waxa ay u dhalatay joog iyo jamaal. Waxa ay lahayd timo aad u dheer oo labada garab wax badan hoos u dhaafay, hase ahaatee daryeel xumo iyo nafaqo darro baarka ka caddaaday xoogna isugu murgay intii ay guriga Cadar Duwane joogtay.

Inkasta oo ay xariifad ku ahayd hagaajinta timaha Cadar Duwane iyo hablaheeda, waqti ay kuweeda kaga shaqayso ma ay heli jirin, haddii ay dhacdo in ay waqti yar heshona looma oggolayn in ay iyadu korkeeda ka shaqayso; waayo sharciga Cadar Duwane waxa uu ahaa

173

in ay (Saxarla) mar walba danteeda tan Cadar Duwane iyo reerkeeda ka hor mariso. Wax kale iska daaye waxa ay ka biqi jirtay in Cadar Duwane ku qabato iyada oo timaheeda saliid marinaysa. Maalin ayey Cadar Duwane ku qabatay iyada oo feedhanaysa waana la oggaa wixii ka raacay…inta ay maqas soo qaadatay ayey timihii oo dhan xoog kaga jartay.

Intii Saafi iyo Cawaale Talyaaniga ku maqnaayeen ayaa waxa si fiican timaha ugu sii hagaajisay Luul, ka dibna si fiican ugu dabtay. Markii dharkii Saafi u keentay ay gashatayna waa lagu indho daraandaray quruxdeedii. Saafi oo daaradda fadhida oo cillaan marsanaysa ayaa u yeedhay Saxarla oo ku tidhi "kaalay Saxarla ha lagu arkee in aad dharkii ku soo baxdaye." Saxarla oo xarago la tiicaysa ayaa daaraddii u soo baxday. "Maashaa Allaah, war qoftan aan garan waayey ma Saxarlaa? Cawaale oo jariirad Talyaani ah akhrisanaya oo kursi daaradda u yaallay ku fadhiya ayaa yidhi.

Waxa gashay yididiilo nololeed, waxana ay dareentay dadnimo iyo kalsooni ay isu aragto in aanay ahayn "ruuxii arragga xumaa, caqliga yaraa ee Cadar Duwane iyo hablaheedu dusha ka huwin jireen. Waxa kale oo qariib ku noqotay ammaanta xad dhaafka ah ee Saafi iyo Cawaale u soo jeediyeen. Luul oo ka yaabtay sida quruxda badan ee Saxarla dharkii loo keenay ugu soo baxday, ayaa u sheegtay in ay gudaha gasho oo muraayadda isku soo eegto. Saxarla ma ay dhaqaaqine inta ay xishootay ayey dhulka hoos u eegtay. Hibo oo dareentay xishoodka Saxarla, ayaa inta ay xaggeedii u dhaqaaqday gacanta ka qabatay Saxarla oo xagga qolka u jiidday.

Markii ay muraayaddi is-hortaagtay ayey waxa ay rumaysan weyday sida ay u qurxda badnaatay. Waxa ay khalkhal ku noqotay quruxdii iyo dhalaalkii ka muuqday oo waxa ay u malaysay in qof kale xaggeeda dambe taagan yahay. Inta ay isku qososhay ayey Hibo oo dhinaceeda midig taagnayd eegtay. Hibo ayaa inta ay gacanta ka taabatay weydiisay in (Saxarla) ay jeceshahay dharkeeda cusub. Inta ay Hibo jalleecday oo dhoola caddaysay ayey cod gaaban ku tidhi "haa." Waxa ay ahayd markii ugu horaysay ee Saxarla ay oggaatay in ay sidaas u qurux badan tahay.

Waxa Saxarla ka soo if baxay astaamihii baaluqa. Waxa Kurdadii cusbayd oo xoogaa ku dheganayd xagga hoose ka soo cadaadiyey naaso yar yar oo curdin ah. Saafi oo qolkii ka soo daba gashay ayaa Saxarla oo weli muraayaddii hortaagan ku tidhi "maashaa Allah, wax kale ayaad ku soo baxday." Saafi ayaa Hibo ka codsatay in ay dibadda u baxdo, ka dibna inta ay sariirtii gees kaga fadhiisatay ayey inta ay Saxarla u yeedhay ku tidhi "kaalay eeddo halkan fadhiiso" inta ay dhinaceeda midig ee sariirta gacant ku taabatay.

Inta ay xaggii Saafi u soo dhaqaaqday ayey haddana ka sakatiday in ay sariirta ku fadhiisato, waayo gurigii

Cadar Duwane looma oggolayn in ay sariiraha ama kuraasida ku fadhiisato. Iska daa fadhiisiye marka ay sariiraha goglayso looma oggolayn in ay ku sintaacsato. Sidaas darteed, markii ay aad u yarayd waxa ay iska dhaadhicisay in iyada wax si ka yihiin oo aanay nadiif ahayn.

Markii ay Saafi aragtay Saxarla oo sariirta in ay ku fadhiisato ka shakisan ayaa inta ay gacanta ku soo dhegtay xaggii sariirta u soo jiidday oo ku tidhi "fadhiiso eeddo." Inta ay gacanta garabka ka saartay ayey ku tidhi "eeddo xaaladda adag ee aad ku nooshahay waxa ii sheegay Cawaale, waxa kale oo ii sheegay in uu aad iyo aad uga xun yahay dhibaatada lagugu hayo iyo sida ay ugu adag tahay in aanu waxba uga qaban karin, maadaama Cadar habaryartaa tahay.

Waanadii iyo dhiiri gelintii Saafi oo muddo saacad ku dhow qaadatay, waxa ay gebogebadii u sheegtay in ay tahay fariid qiimo weyn leh, laakiin Ilaahay sidaas u qaderay xaaladeeda. Saafi oo intii ay Saxarla waaninaysay indhaheeda ilmo ka dareeraysay, waxa ay uga sheekaysay in ay dhibaatada haysata oo kale soo martay oo iyada oo shan jir ah hooyadeed xijaabatay, ka dibna guryaha dhowr naagood oo aabaheed qabey midba mar lagu tuuraayey oo ay khadaamad (adeegto) u ahayd.

Waxa kale oo ay Saafi u sheegtay Saxarla in silicii iyo saxariirkii ay soo martay ay weli maskaxdeeda ka guuxayaan, haddana ay aaminsan tahay in dhibaatada weyn ee ay soo martay ay nolosha dhabta ah ee adduunka u tababartay, kuna gaadhay nolosha horumarka leh ee maanta dad badan oo nolol wanaagsan ku soo koray iyada ku majeeranayaan. Waxa ay ugu dambayntiina ku adkaysay in ay dhibaatada haysata ay uga bixi karto, xeel, xirfad, Alle aamin iyo samir dheeraad ah

Sheekadii Saafi nolosheedii hore uga sheekaysay Saxarla, waxa ay ku abuurtay murugo aan la qiyaasi karin. Waxa ay moodday in iyada lafteeda ay Saafi ka sheekaynayso. Waxa ku soo maaxday xanuunkii, dhibkii iyo dhibaatadii loogu geystay guriga Cadar Duwane. Waxa markiiba indhaheeda ka soo daatay dhibco waaweyn oo ilmo ah.

Saafi oo ka xumaatay in ay maskiintii yarayd ka oohisay, oo ay soo xasuusisay silicii iyo dhibaatadii ay soo martay ayaa inta ay ilmadii ka dareeraysay sacabadeeda kaga tirtay ku tidhi "Alla eeddo i cafi, igana raalli ahaw in aan waxaad si xun u gocoto ku soo xasuusiyo ma ay ahayne."

Inkasta oo sheekada Saafi ay Saxarla xasuusisay waayihii xanuunka badnaa ee ay soo martay, haddana waxa yididiilo weyn geliyey in aanay keli ku ahayn dhibaatada iyo silica rajanimo ee dad kale la qabaan. Waxana ay aad ugu riyaaqday dhiiri gelintii Saafi ee ahayd in samirku sed weyn u noqon doono oo ay mar uun dhibaatadaas ka bixi doonto.

Waanada guud ka sokoow, ujeedada ugu weyn ee Saafi rabtey in ay Saxarla kala hadasho waxay ahayd, markii ay aragtay in ay ka muuqdaan calaamadihii gabadhnimo ee qaan gaadhka. Waxa ay si cilmiyeysan oo xeel dheer ugu sharaxday isbedelka dabiiciga ah ee gabdhuhu marka ay da'deeda gaadhaan ku dhaca. Sidaas darteed, waxa ay u sheegtay sidii ay ugu diyaar garoobi lahayd waqtiga isbedelka ee ku soo fool leh. Su'aalihii ay weydiisay waxa ka mid ahaa in ay caadadii heshay iyo in kale. Markii ay sheekadii dhammaysteenna waxa ay u keentay shandad ay ku jiraan alaabtii ay isku asturi lahayd maalinta ay xaaladdaasi la soo gudboonaato.

Waxa albaabkii qolka soo garaacay Cawaale, waxa uuna ku yidhi "xabiibi adiga iyo Saxarla ma sheekaa idiin socota." "Soo gal xabiibi waanu dhammaysane, ayey ugu jawaabtay." Ka dibna Saxarla ayaa albaabka ka baxday iyada oo ka xishootay markii Cawaale soo galay."

19

Waxaa ka soo wareegay bil iyo dheeraad intii Cawaale gurigii Cadar Duwane ka maqnaa. Mudadii uu temeshlaha iyo raaxada ku jirey Cadarna kabihii ayaa ka idlaaday. Intii uu maqnaa waxa ay u tagtay dhammaan xigtadii, qaraabadii iyo Cawaale saaxiibadiis intii ay garanaysay, si ay uga dhaadhiciso xumaanta iyo falalka aan loo dul qaadan karin ee uu kula kacay.

Maadaama ay Cadar dhaqaale ahaan aad isaga ladnayd, dadka qaraabada ah ee danyarta ahna ay hoos u dhigi jirtay oo aanay jeclayn in ay gurigeeda yimaadaan, xaaladdan cusub ee Cawaale ka haysata ayaa waxa ay ku kaliftay in ay albaab walba garaacdo si ay u kasbato dad u hiiliya. Waxa ay aad isugu dayday in qof kasta oo ay la kulantaba ay ka dhaadhiciso xumaanta Cawaale iyo isaga oo da'daas ah sida uu qayru mas'uulka godadlaha ah u noqday.

Inkasta oo ay Cadar isku dayday in ay sumcadda

Cawaale si fiican u baa'biiso, haddana waxa caqabad ku ahaa iyada oo aan hadda ka hor wanaag iyo dad la dhaqan wanaagsan hore looga baran; Cawaale-se khilaaf kastaa iyada iyo isaga ha ka dhexeeyeene, waxa uu ahaa nin ixtiraam badan oo bulshada inta taqaan aad u qaderiyaan. Arrinta ay ku doodi jirtay ee ahayd in ninkii naag meel kula jirana, ma ahayn markii ugu horaysay ee ay ka cabato, ee waxa ay ahayd hadal ay meel walba la taagnaan jirtay, dadkuna ku bartay.

Cawaale oo lebisan iyo Saafi oo wada socda ayaa qolkoodii hurdada ka soo baxay. Isaga oo wejigiisa tiiraanyo ka muuqato ayuu waxa uu u yeedhay Saxarla. Ka dibna inta uu Saxarla gacanta garbaha ka saaray ayuu gees ula baxay. Waxa uu u sheegay in uu gurigii Cadar dib ugu celinaayo. Dhulkii ayaa naxdin darteed la wareegay, isla markiibana waxa indhaheeda ka soo daatay ilmo aan kala go'lahayn. Inta ay dhulka hoos u eegtay ayey wejiga gacanta iska saartay si ay oohinteeda u qariso. Wax yar ka dibna dhulka ayey fadhiisatay inta ay naxdintii warka xun ee loo sheegay lugo gariir la taagnaan kari weyday.

Waxa markiiba meel aan ka fogayn Cawaale iyo Saxarla ku soo xoomay Saafi , Luul, Hibo iyo Hoodo oo dareemay warka aan farxadda lahayn ee Saxarla loo sheegay. Cawaale oo qarracanka Saxarla filanwaa ku noqday ayaa inta uu dul fadhiistay, isaga oo gacanta madaxa kaga haya bilaabay in uu waaniyo. Saafi, hablaheedii iyo Luul oo kulligood ilmo ka socoto una adkaysan waayey oohinta iyo qarracanka Saxarla ayaa xaggeedii mar qudha u soo wada dhaqaaqay.

Cawaale oo weli Saxarla sasabaya ayaa Luul oo muraara dilaacsani garabka ka taabatay oo ku tidhi "adeer iska daa ha nala joogtee. Adeerow waan ku baryayaaye ha ku celin Cadar Duwane" ayey ku celcelisay. "Adeer sidee ayaan Cadar Duwane ugu tegi karaa aniga oo aan Saxarla wadin" ayuu ugu jawaabey isaga oo ay wejigiisa ka muuqdaan murugo iyo jaah wareer.

Waxa iyaguna hareeraha ka fadhiistay Hibo iyo Hoodo oo weli ooyaya. Hoodo oo da'da yar ahayd ayaa inta ay aad ugu dhowaatay sacabadeedii yaryaraa ilmadii dhabanada Saxarla ka socday kaga tirtirtay. Waxa ay ahayd xaalad adag oo qalbigooda qarracan iyo calool xanuun ku ridday.

Cawaale oo sidii ruux isku buuqsan madaxiisa salaaxaya ayaa inta uu Saafi oo Saxarla dhinac fadhida oo weli ilmo ka socoto inta uu garabka ka taabtay ku yidhi "xabiibi alaabteeda u soo saar waanu tegaynaaye." Inta ay Saxarla oo weli ooyaysa jalleecday ayey Cawaale inta ay gadhka qabatay ku tidhi "xabiibi iska daa ha kaxayne, annaga ha nala joogtee." "Xabiibi aniga oo aan Saxarla wadin ina Duwane u tegimaayee alaabta u soo saar" ayuu ugu jawaabay inta uu xagga gaadhigiisii u dhaqaaqay.

Saafi oo shandad buuxda oo ay wax walba ugu

gurtay, dhar, cadar, cillaan iyo wax kasta oo gabar da'deeda ahi u baahnayd ku jiraan laalaadinaysa ayaa Cawaale oo shidhka gaadhiga fadhiya soo dhinac joogsatay. Waxa ay isku dayday mar kale in bal in uu ka aqbalo inaanu kaxayn Saxarla ee uu iyaga uga tago. "Xabiibi arrintaas hore ayeynu uga wada hadalaye shandada gaadhiga saar, inantana soo kor ku dheh" ayuu ku yidhi isaga oo weli madaxiisa salaaxaya, murugo darteed.

Saafi ayaa inta ay dib u noqotay Saxarla gacanta soo qabatay oo soo kicisay si ay gaadhiga u fuusho. Intii aanay gaadhigii gelin ayaa gabdhihii oo dhammi ku soo xoomeen oo kulligood dhabanada ka dhun dhunkadeen. Iyada oo aan kelmad odhan oo weli hoos eegaysa ayey kursigii dambe ee gaadhiga fadhiisatay. "Adeer kursiga hore soo fadhiiso" Cawaale oo gaadhigii istaadhaya ayaa yidhi. Albaabka banaankiisa ayey Saafi iyo labadii hablood isa soo taageen, ka dibna salaan ka daba geeyeen markii uu gaadhigii dhaqaajiyey.

Markii ay gurigii dib ugu soo noqdeen ayey Saafi iyo labadeedii hablood waxa ay oohin ka maqleen madbakha. Markii ay madbikhii galeenna waxa ay arkeen Luul oo gidaarka madaxa ku haysa oo ooyeysa. "Luul, walaal maxaa kugu dhacay?" Saafi ayaa weydiisay inta ay dhinac fadhiisatay oo garbaha gacanta ka saartay. "Waxba" ayey cod gaaban ku tidhi. Waxa iyaguna markiiba madbakhii ka soo daba galay Hibo iyo Hoodo oo markii ay arkeen Luul oo ooyeysa iyaguna oohin isku daray. "orda hooyo qolkiinna gala oo wax akhrista abaayo way soo noqonaysaaye" Saafi ayaa hablaheedii ku tidhi iyada oo isku dayeysa in ay xaaladda qaboojiso. Mar labaad ayey Luul weydiisay waxa ay sidaas ula ooyeyso. Luul ayaa mar kale cod gaaban ku tidhi "hadda ma hadli karee aniga ayaa caawa kaaga sheekayn doona." Saafina halkaas ayey sheekadii uga hadhay.

Saafi xaaladda ay Saxarla ku nooshahay wax badan kalama ay socon, inkasta oo ay dareemi kartay amaba Cawaale xoogaa uga taataabtay arxan darada Cadar Duwane. Waxa ay u qaadatay in oohinta iyo baroorta Luul iyo hablaha yar yar ay asal u tahay xiisihii iyo isbarashadii intii ay Saxarla guriga joogtay. Hase ahaatee markii ay Luul kala qabowday ayey Saafi uga sheekaysay wixii Saxarla dhibaato soo maray oo dhan, laga bilaabo markii hooyadeed dhimatay.

Intii Cawaale iyo Saxarla dhexda ku sii jireen, waxa uu kala hadlay dhibaatada ay ku nooshahay iyo sida uu uga xun yahay. Waxa kale oo u sheegay in maadaama Cadar habaryarteed tahay masuuliyadeeduna iyada saaran tahay aanu shaqsi ahaan waxba ka qaban karin amaba aanu meel kale geyn karin. Haddii uu isku dayo in uu meel kale geeyana isaga iyo Cadar isku rogmanayaan. Hase ahaatee, waxa uu ku ballan qaaday in uu ku dedaali doono sidii uu dulmiga lagu hayo uga yarayn lahaa.

Waxa kale oo uu intii ay sii socdeen u sheegay in laftiisa isaga oo yar hooyadiis dhimatay oo uu soo maray dhibaato badan iyo dulmi oo markasta oo uu arko Cadar oo si xun ula dhaqmaysa ay soo xusuusiso xanuunkii badnaa ee uu ka soo maray Aayadiis (Cadar hooyadeed, Cutiya) oo uu la noolaa ka dib markii hooyadiis iyo aabihiisba dhinteen.

Inkasta oo ay Saxarla ka xumaatay dhibaatada Cawaale soo maray, garawsatayna arrinta uu kala hadlay, haddana dareenkeeda waxba kama bedelin baqdintii iyo werwerkii ay ka qabtey ku noqoshada gurigii Cadar Duwane.

Markii uu sheekadii iyada ku saabsanayd soo gebagebeeyey, ayuu waxa uu kala hadlay arrinta isaga iyo Saafi ka dhexaysa. Waxana uu u sheegay in uu Saafi dhowr sano ka hor guursaday, ka dib markii Cadar nafta isugu keentay oo uu gurigeedii ku nasan waayey. Sidaas darteedna uu Saafi u guursaday si uu u helo guri uu ku nasto oo ku dego.

Markii uu sheekadii naftiisa ku saabsanayd dhameeyeyna waxa uu Saxarla ka codsaday in aanay Cadar arrinta isaga iyo Saafi ku saabsan u sheegin haddii ay wax kasta ku samayso. Waxa kale oo u sheegay in mudadaas isaga iyo Saafi is qabeen uu Cadar tuhun ku jirey balse ay ku fashilantay sidii ay "iigu caddayn lahayd in guurkaasi jiro." "Waan ogahay adeer in ay cadaadis weyn ku saari doonto sidii aad arrintaas u

184

sheegi lahayde, yaan lagu soo marsiin" ayuu ku adkeeyey Saxarla.

Markasta oo khilaaf dhex maro Cadar iyo Cawaale waxa uu u tegi jirey aabaheed Xaaji Duwane oo ahaa nin aad u xaruuri ah Cadarna aad uga baqdo. Dadka qaarkoodna waxa ay ku xaman jireen in Cadar kulaylka iyo karkaraanta ay aabaheed ka keentay. "Gurigii Xaaji Duwane ayeynu gaadhnaye sidaas ayaa adeer inoo ballan ah," Cawaale ayaa yidhi isaga oo sheekadaii dheerayd ee uu u wadey Saxarla soo afjaraya.

Hoonkii gaadhiga ayuu garaacay si alaabka looga furo. Markiiba gabadh yar oo reer Xaaji Duwane u shaqaynaysay ayaa albaabkii ka furtay. "Adeer Xaajigii ma joogaa?" Cawaale ayaa gabadhii weydiiyey. "Mar dhowayd ayuu masaajidka ka soo laabtaye bal sug aan Gaasira weydiiyee in uu hurdo iyo in kale" ayey tidhi inta ay xaggii qolka Xaaji Duwane u dhaqaaqday.

Gaasira waa gabadh aad u da'yar oo Xaaji Duwane guursaday dhowr sano ka hor, ka dib markii Cadar hooyadeed, Cutiya geeriyootay. "Adeer kaalay qolka fadhiga ku sug wuu soo socdaaye" Gaasira oo aad moodid in ay yara dhelalowsan tahay ayaa inta ay afaafka qolkeedii soo istaagtay Cawaaale ku tidhi.

Cawaale ayaa inta uu gaadhigii ka soo degay u dhaqaaqay xaggii qolkii fadhiga. Gaasira iyo gabadhii u shaqaynaysay ayaa waxa ay arkeen Saxarla oo kursiga hore ee gaaddhiga fadhida. "Saxarla soo deg Gaasira ayaa ku tidhi Saxarla. Gaasira si fiican ayey ula socotay xaaladda Saxarla ku nooshahay iyo weliba arrintii ugu dambaysay ee Cadar Duwane dhaawaca ugu geysatay.

Gaasira lafteeda iyada oo yar ayaa hooyadeed dhimatay, waxa ayna ku kortay nolol rajanimo. Sababta ay odayga afarta jeer dhali kara u guursatayna waxa ay ahayd in ay kaga baxdo silica iyo nolosha adag ee ay ku noolayd. Sida Saxarla oo kale, ayaa markii Gaasira hooyadeed dhimatay aabaheed haweenay da'yar guursaday, taas oo dhibaato aad u weyn iyo hagardaamooyin badan u geysan jirtay.

Xaaji Duwane oo bakooraddiisii ku tukubaya ayaa qolkiisii hurdada ka soo baxay oo dhinicii qolka fadhiga u dhaqaaqay. Muddo laba saacadood ka badan markii ay qolkii ku jireen ayuu Cawaale u yeedhay Saxarla si uu tuso Xaaji Duwane dhaawaca ay Cadar u geysatay. Ka dibna waxay Saxarla u sheegeen in ay banaanka u baxdo. Markii ay saacad kale doodayeen ayey Cawaale iyo Xaaji Duwane oo wada socdaa ka soo baxeen qolkii fadhiga. Ka dibna inta Cawaale xagga gaadhigiisii u dhaqaaqay ayuu Saxarla u sheegay in ay gaadhiga soo fuusho.

Saxarla oo madluun ah oo caga-jiidaysa ayaa kursigii dambe ee gaadhiga fadhiisatay. Gaasira iyo gabadhii shaqaalaha ahayd ayey daaqadii gaadhiga dib uga jaleecday, iyada oo wejigeeda werwer iyo murugo aad u weyni ka muuqato. Inta ay labadoodiiba gacanta u ruxeen ayey macasalaana ku yidhaahdeen.

Xaaji Duwane oo tukubaya oo wejigiisa cadho aad u weyni ka muuqato ayaa kursigii hore ee gaadhiga fadhiistay. Xaajigu waxa uu khaati ka joogsaday dhex dhexaadinta Cadar iyo Cawaale, waxaa sumcaddiisii wax u dhimay dhibaatada Cadar gabadha yar ee rajada ah ku hayso oo warkeedu meel walba ka dhacay. Jaafaa jiriqa iyo kala dudistu waxa ay ahayd arrin u caadi ah Cadar iyo Cawaale, hase ahaatee arrintani waxa ay ahayd markii ugu horaysay ee Cawaale muddo intaas le'eg guriga ka maqnaado, si uu Cadar u siiyo "cashar" lama ilaawaan ah. Markii ay Xaaji Duwane iyo martidii soo booqatay ay baxeen, Gaasira iyo gabadhii shaqaalaha u ahayd waxa ay ka sheekaysteen Saxarla iyo sida ay isu bedeshay mudadii yarayd ee ay Cadar Duwane ka maqnayd. Waxa ay rumaysan waayeen in ay gabadhu sidaas u qurux badnayd. Waxa ay isweydiiyeen meesha rifrifkii iyo darxumadii ka muuqday kaga hadheen.

Gaasira oo iyada iyo Cadar Duwane colaad weyni ka dhexaysay ilaa maalintii aabaheed Xaaji Duwane guursaday, waxa ay ku dhaaratay in haddii aanay "naagtaas waalan" (Cadar) lafaheeda uga baqayn ay iyadu gabadhaas (Saxarla) ka kaxayn lahayd. Markii Cawaale gaadhigii istaadhay ayaa Saxarla inta ay muraayadda daaqadda ka jaleecday Gaasira iyo gabadhii u shaqaynaysay gacanta midigta u haadisay, iyada oo macasalaana ka wadda. Gaasira oo ka naxsin dhibaatada tan yar ka horaysa oo ilmo indhaheeda ka soo dareertay ayaa inta foodada dacalkeeda iska marisay gacanta u haadisay.

Intii ay dhexda ku sii jireen Xaaji Duwane, Cawaale iyo Saxarla midna kelmad ma odhan. Qof kastaaba dhinaciisa ayuu u feker ugu maqnaa. Aamusnaanta ka sokoow, wax dhaqdhaqaaq ah oo ay samaynayeen ma jirin, waxa aad moodaysay in kursiga lagu xidhxidhay. Saxarla keliya ayuun baa dhowr jeer shandadii Saafi soo siisay inta ay furtay alaabtii xabad xabad u soo bixisay oo tirisay haddana dib ugu celisay. Waxa ay aad uga werwer qabtay in alaabta hadiyadda ah ee la soo siiyey ay Cadar Duwane ka qaaddo oo caruurteeda siiso.

20

Galabtaas Cadar Duwane waxa ay la ballansanyd saaxiibadeed Caasha-Dheer, Aamina-Xayeysi iyo Xaliimo Daahir oo ay isu raaci lahaayeen xaflad loo samaynayey gabadh ay Xamdi-Gaabo habaryar u tahay oo Shaash-Saar lahayd.   Cadar oo kursi daaradda yaalay ku fadhida oo cillaankii u saaraa gacmaha ka tirtiraysa ayaa baabuur hoonka ka soo yeedhiyey albaabka banaankiisa. Markiiba odaygii Aw Muuse ee waardiyaha ahaa ayaa degdeg u booday oo albaabkii gaadhiga ka furay.   Ka dibna gaadhigii ayaa gudaha soo galay.

Cadar Duwane ayaa markii ay gaadhigii iyo Cawaale garatay cadho kax-tidhi.   Inta ay indhaha ku biniinisay cidda gaadhiga gudihiisa ku jirta ayaa markii ay aragtay in aabaheed Cawaale la socdo ayey kacday oo qolkeeedii gashay.   Cadho ku biirtay darteed ayey ka baqday in ay Cawaale aabaheed hortiisa kula dagaalanto.

Xaaji Duwane ayaa inta uu gaadhigii ka soo degay, Cadar ka daba galay qolkeedii.   Cawaalena inta uu shandad weyn oo hadiyad uu Cadar Talyaaniga uga keenay gaadhigii ka soo dejiyey xaggii qolkii fadhiga u dhaqaaqay. Saxarla oo aad xaragada iyo quruxda ka muuqata aad ka yaabaysid, oo shandadii Saafi soo siisay laalaadinaysa ayaa waxa ay ka soo degtay albaabkii dambe ee gaadhiga. "Maashaa Allah," adeer waanba ku garan waayey. Odaygii Aw Muuse oo Saxarla quruxdeeda ka yaabay ayaa yidhi.

Ilaa iyo maalintii ay Cadar Duwane u timi Saxarla madbakhu waxa uu ahaa hoyga keliya ee ay leedahay. Iyada oo aan waxba u wajaabin Aw Muuse ayey xaggii madbakha u dhaqaaqday. Madbakhii oo alaabtii is dhex daadsan tahay oo aan maalintii oo dhan la maydhin ayey inta ay gashay is dhex taagtay. Ka dibna inta ay shandadii meel gees ah dhigtay ayaa waxa ay bilowday in weelkii kala nidaamiso ka dibna ay xasho.

Iyada oo weelkii xalaysa ayaa Cadar Duwane u soo gashay. Inta ay is dultaagtay Saxarla oo fadhida indhahana aad ugu gubtay ayey weydiisay meesha ay ku maqnayd. Intii aanay u jawaabin ayey inta ay dhaqaaqday ku tidhi "shaah ii kari marka aan kaa shaqeeyo ayaad ka jawaabi doontaaye." Markii ay albaabkii madbakha ka baxday ayey inta ay dib u soo eegtay Saxarla ku tidhi "naa ayaad isu dhalaalinaysaa oo dharka ku soo siiyey?" Waxba uma ay jawaabine shaqadii weelka ay xalaysay ayey halkii ka sii wadday.

Inkasta oo buuqa iyo dooda Cadar iyo Xaaji Duwane

ka dhex taagnaa banaanka laga maqlaayey, haddana wax ay xaqiiqo ahaan uga wada hadlayeen cidina si fiican uma ay maqlayn. Inkasta oo ay hubaal ahayd in ujeedada ugu weyn ee Xaaji Duwane uu Cadar qolka ula galay ay ahayd in uu xal u raadiyo dhibaatada iyada iyo Cawaale ka dhex taagan.

Inkasta oo ay Xaaji Duwane caado u ahayd in uu dhex dhexaadiyo marka ay Cadar iyo Cawaale is khilaafaan, inta badanna uu ku guulaysan jirey, khilaafkani waxa uu ahaa kii ugu adkaa ee Xaajigu wajaho. Muddo laba saacadood ku dhow markii ay Xaaji Duwane iyo Cadar qolkii ku wada jireen, ayaa Xaaji Duwane inta uu albaabkii qolka soo istaagay, wiil yar oo uu awoowe u yahay oo daaradda taagnaa ku yidhi "awoowe u yeedh aabaha."

Cawaale oo werwersan oo ka baqaya in ay Cadar dhafoorka ku dhufato ayaa qolkii jiifka ee Xaajigu ku sugayey afaafka istaagay. "Maad soo gashid," Xaaji Duwane ayaa Cawaale ku yidhi markii uu arkay isaga oo shakisan. Ka dibna isaga oo shandadii weynayd ee hadiyadda Cadar ku jirtay laalaadinaya ayuu qolkii hore u galay. Markii uu gudaha galayna Xaaji Duwane ayaa ku yidhi albaabka xidh si aan loo maqal waxa ay ku wada hadlayaan. Markii uu Cawaale albaabkii xidhay wax yar ka dib ayey Cadar albaabkii furtay oo odaygii Aw Muuse ee waardiyaha ahaa u yeedhay oo fariin u fartay dumarkii saaxiibadeed ee ay ballansanaayeen in aanay raaci karin oo ay mashquul tahay.

191

Habeenkaas qorshihii xafladdii shaash-saarka ee ay ka qayb geli lahaydna halkaas ayey Cadar kaga baaqatay. Su'aasha ugu weyn ee dad badani habeenkaas isweydiinayeenna waxa ay ahayd in haba yaraatee ay suurto gal noqon doonto in Cadar iyo Cawaale mar kale sariir ka soo wada toosi doonaan.

Cadar waxa ugu weyn ee ay rabtay ma ahayn in ay ogaato sababta ku kaliftay in Cawaale mudadaas badan maqnaado, ee waxa ay rabtay in ay ogaato meesha uu ku maqnaa. Mudadii dheerayd ee ay saddexdoodu qolkii ku wada jireenna Cawaale waa la soo marsiin waayey in uu naag kale ku maqnaa.

Markii ay ka soo wareegtay in ka badan saddex (3) saacadood ayey Xaaji Duwane iyo Cawaale oo wada socdaa qolkii ka soo baxeen. Ka dibna iyaga oo labadoodiiba aamunsan yihiin oo aan isla hadlayn ayey gaadhigii Cawaale galeen si uu Xaaji Duwane gurigiisii u geeyo. Intii ay sii wada socdeenna kelmad isma ay odhan oo labadooduba way aamusnaayeen.

Markii uu Cawaale soo hoyday waqti dambe ayey ahayd oo dadkii oo dhammi wada seexdeen marka laga reebo Saxarla oo weli madbakhii hawl ka haysa. Waagii ayaa beryey sidii caadadu ahaydna Saxarla waxa ay bilowday in ay quraacdii diyaariso. Sida lagu yaqaannay Cawaale hiirta waaberi ayuu dheelman jirey, hase ahaatee subaxdaas isaga iyo Cadar midkoodna qolka kama soo bixin ilaa laga gaadhayey 11kii aroornimo.

Markaas oo ay Cadar inta ay albaabka soo istaagtay Saxarla u sheegtay in ay quraacda u keento. Ka dib markii ay quraacdeenna Cawaale iyo Cadar magaalada ayey isu raaceen.

Cadar inkasta oo aanay ka rumaysan sheekadii Cawaale isku difaacay iyo dafiraaddii uu ku adkaystay in aan haweenay kale meel u joogin, haddana waxa ay isku qancisay in haddii ay dagaalka iyada iyo Cawaale ka dhexeeya ay sii waddo uu inta uu xanaaqo furi doono oo haweenayda u qarsoonayd si rasmi ah ugu guuri doono. Fekraddaasina waxa ay ahayd mid iyada iyo saaxiibadeed hore isula qaateen.

Sida deriska iyo haweenkii aad ugu dhowaa Cadar, markii dambe laga maqlay, waxa la sheegay in Cawaale xaal aad u fara badan siiyey Cadar si uu ugu aamusiiyo. Waxa la sheegay in xaalka ay ka mid ahaayeen lacag, dahab iyo weliba ballan qaad ahaa in uu Talyaaniga oo ay aad u jeclayd temeshle ugu kaxayn doono.

Inkasta oo Cadar xaal iyo adduunyo qaadatay, haddana waxa ay sida wedkeeda u hubtay in Cawaale haweenay kale meel u joogtay. Waxa kale oo ay xisaabta ku darsatay in mudadii Saxarla ay guriga ka maqnayd in ay gurigaas "naagta kale" lagu qabo mooyee aanay meel kale joogin. Waxa kale oo ay Cadar ogayd in ay Saxarla qof aad u calool adag tahay oo si kasta oo ay u garaacdo aanay warka ay ka raadinayso iyo meeshii ay ku maqnayd u sheegi doonin. Sidaas darteed, waxa ay

Cadar ku tashatay in ay xeeladda bedesho oo Saxarla khiyaamayso si ay warka ay ka raadinayso uga hesho.

Saddex casho markii ay ka soo wareegtay maalintii iyada iyo Cawaale la heshiisiiyey ayey Cadar qolkeeda Saxarla ugu yeedhay. Waxa ay ahayd goor galab ah oo xoogaa roob shuux ahina da'ayo. Saxarla oo gacamuhu qoyan yihiin oo weelkii ay xalaysay looga yeedhay, indhahana qiiqii ka galay dartiis ilmo ka socoto ayaa albaabka qolka isa soo taagtay.

Markii ay Saxarla qolka soo gashay, Cadar waxa ay ku dangiigtay sariirteedii weynayd iyada oo xagga dambe dhowr barkimo oo waaweyn iskaga soo tiirisay. Waxa indhaha Saxarla ka muuqatay cabsi badan, waxana ay isu diyaarisay in ay albaabka dib uga boodo haddii ay Cadar nabar ku soo tuurto.

"Habaryar, halkan fadhiiso." Cadar ayaa ku tidhi Saxarla inta ay sariirta xageeda dambe ee cagaheeda u dhoweyd gacanta ugu fiiqday. Saxarla oo toobkii ay gashanayd dhowr meelood ka qoyanaa, ayaa inta ay maradeedii hoos u dhugatay haddana Cadar xageedii jaleecday. Cadar oo fahantay in ay Saxarla sariirta qoyaanka kala xishoonayso ayaa ku tidhi "Habaryar macno ma laha eh iska fadhiiso", inta ay markale sariirtii gacanta ugu fiiqday. Inta ay si tartiib ah u soo dhuukisay ayey iyada oo is ururinaysa sariirtii dhinac uga fadhiisatay.

Saxarla waxa maskaxdeeda ka weynaatay sida

wanaagsan ee Cadar ula dhaqmayso iyo in ay weliba u oggolaato in ay sariirteeda ku fadhiisato. Inkasta oo ay Saxarla sariiraha guriga yaalla oo dhan gogli jirtay haddana weligeed mid kaliya kuma ay fadhiisay. Waxana ay ahayd markii ugu horeysay ee arrintan oo kale dhacday.

Khudbad dheer ayey Cadar u akhriday Saxarla. Waxa ay u sheegtay in ay sida naxariis darada ah ee ay ula dhaqanto ka xuntahay. Waxana ay u sheegtay in Saxarla hooyadeed (Weris) ay aad u jeclayd oo markii ay yaryaraayeen isugu ballan qaadeen in haddii midi dhimato ay tan kale caruurteeda korin doonto. Waxayna bilowday (Cadar) in ay oohin been ah iska keento iyada oo garbar-saar wejigeeda ku qarinaysa. Waxa kale oo ay u sheegtay in aanay marna ula kac iyo kas iyo maan ugu tashan in ay gabadha yar ee rajada ah (Saxarla) ee ay walaasheed dhashay silciso---ee uu shaydaan qaatay.

Waxa ay u sheegtay in marka ay xumaan ku samaysoba ay ballantii walaasheed soo xusuusato, ka dibna ay qolkeeda murugo darteed isku soo xidho iyada oo barooranaysa oo falkaas xun ka qoomamoonaysa. Waxa ay eeddii oo dhan dusha ka saartay Cawaale oo ay tidhi waa nin musuq –maasuq badan oo intaas naago kale ku dul wada. Waxa ay kale oo u sheegtay in markii Cawaale ficilkaas xun kula kacaba iyada oo aan is ogayn ay iyada (Saxarla) ku sanifto.

"Habaryar, waxa aan rabaa in maanta laga bilaabo aan Habaryar wanaagsan noqdo, kaana xaal mariyo wixii aan xumaato kugu samayn jirey, waxaanse kaa codsanayaa in aad ii sheegtid naagta aad la joogtay ee Cawaale qarsanayo magaceeda" ayey tidhi iyada oo iska oohinaysa oo hoos eegaysa.

Ka dib markii aanay Saxarla muddo shan daqiiqo ah waxba odhan oo aamusnayd ayey Cadar ku tidhi "ii sheeg habaryar waxba kugu dhici maayaane." Iyada oo hoos eegaysa oo cidiyaha fadhaysa ayey cod gaaban ku tidhi "ma aqaan." Cadar oo awalba ogayd in aanay si fudud Saxarla war uga soo saari karayn ayaa ku tidhi "Habaryar iska ilow, macno ma lah eh, mar kale ayeynu ka sheekaysan doonaaye."

Waxa ay Saxarla u sheegtay markii ay waxba ka soo saari weyday, in ay iska dhaafto weelkii ay xalaysay oo yara nasato. Saxarla oo aan mugdi ka saarayn ujeedada iyo waxa ka dambeeya hadalka Cadar ayaa iska kacday oo madbakhii ku noqotay. Saxarla oo madbakhii fadhida oo weelkii xalaysa, ayey Cadar ka daba tagtay. "Habaryar miyaanan ku odhan iska naso" ayey ku tidhi inta ay is dultaagtay. Inta ay kor u eegtay iyada oo aan kelmad odhan ayey weelkii ay xalaysay ku jeesatay. "Habaryar, miyaanan kugu odhan weelka iska daa, bal soo kac," Cadar oo cadho isku cel-celinaysa ayaa Saxarla ku tidhi. Waxa ay geysay qolalkii martida mid ka mid ah oo ay Saxarla lafteedu si fiican u soo gogoshay. Waxayna ku tidhi in maanta laga bilaabo ay qolkan

196

seexan doonto, gurigana ay gabadh shaqaale ah u qaban doonto, iyadana (Saxarla) ay iskuul ku dari doonto si ay wax u barato.

Saxarla caad kama saarayn waxa Cadar u dig iyo dam leedahay, hase ahaatee kelmad ma ay odhan oo wixii Cadar u sheegtaba way iska qaadatay; iyada oo weliba og in aanay nasashada iyo raaxada ku waarayn ee hadday Saafi sheegto iyo haddaanay sheeginba ay hawsheedii hore ku noqon doonto.

Inkasta oo ay Cadar jeclaan lahayd in Saxarla si degdeg ah ugu warranto oo haweenayda u qarsoon Cawaale u sheegto, haddana dareenkeedu waxa uu u sheegay in aanay si fudud Saxarla war uga soo saari karin oo ay u baahan tahay in ay u samirto. Waxa kale oo ay Cadar isku qancisay in ay kalsoonida Saxarla kasbato, tustona waxa ay tahay nolol aan ciqaab lahayni. Waxa ay rabtay in marka Saxarla nolosha wanaagsan la qabsato, ay mar walba ka welwesho in ay dib ugu noqoto silicii iyo saxariirkii ay ku noolayd, ka dibna warka ay qarinayso u sheegto.

Sidii ay ku ballan qaadday Cadar shaqada badankeedii way ka joojisay Saxarla. Shandadeedii yarayd ayey madbakhii ka soo qaadatay oo "qolkeedii" dhigtay. Maalintii ay shaqada ka joojisay maalintii ku xigtayna Cadar inta ay Saxarla suuqa geysay ayey dhar u soo iibisay. Maadaama aanay Saxarla iskuulka caadiga ah ee caruurtu dhigato lagu darina, waxa maamulkii

197

iskuulka ee xaafadda u dhowaa u sheegay Cadar (markii ay u geysay ka dib) in ay dhigan karto iskuulka habeenkii la dhigo ee dadka waaweyn.

Saxarla mudadii ay iskuulka dhiganaysay waxyaabo badan ayey ka faa'iidday. Qoraalka Af-Soomaaliga oo ay si fiican u baratay ka sokoow, waxa ay la kulantay hablo xaaladeeda oo kale ku sugnaa, aadse uga da'weynaa oo eheladooda iyo qaraabadooda khadaamado u ahaa. Sababta ugu weyn ee hablahaasi habeenkii wax u baranayeen waxa ay ahayd sidii ay uga xoroobi lahaayeen cabiidsiga iyo nolosha adag ee ay ku jiraan. Maadaama ay kulligood ka da'weynaayeen Saxarla waxa ay dhammaantood ku waaniyeen in ay dedaal dheeraad ah samayso si ay uga xorowdo nolosha ay ku sugan tahay, waxbarashadeedana sii wadato.

Waxa ay mudadii yarayd ee ay iskuulka dhiganaysay si fiican ula saaxiibtay Hodman Xaaji oo ay aad uga wada sheekaysan jireen noloshooda iyo waayihii ay soo mareen iyo xaaladda ay ku sugan yihiin. Hodman oo Eedadeed (aabaheed walaashiis) la joogtay waxa ay u xaqiijisay in dhibaatada Saxarla la soo markiyey ama ay ku sugan tahay; aanay iyada uun gaar u ahayn ee ay la wadaagaan hablo badan oo eheladooda ama qaraabadooda la jooga. Waxa kale oo ay Hodman u sheegtay Saxarla in inkasta oo ay eedadeed la joogto ay hablaha kale ee jaariyadadaha ah ee shisheeyaha u shaqeeya ee ay taqaan ay ka nolol wanaagsan yihiin.

21

Mudadii Cadar ay Saxarla wanaagga kula dhaqmaysay waxa ka soo wareegtay Saddex (3) bilood. Inkasta oo Cadar ay u ballan qaaday Saxarla in ay hawsha guriga ka joojin doonto, haddana Cadar way ku adkaatay in ay ka maaranto Saxarla, waayo maadaama ay Cadar ruux aad u kulul ahayd, gabadh kasta oo shaqaale ah oo ay keentaaba shan casho ka dib ayey ka carari jirtey. Sidaas darteed, Saxarla hawlaha ugu muhiimsan ee guriga laga qabto iyada ayaa samayn jirtay.

Mudadaas Saxarla hawsha laga yareeyey, caruurtii Cadar Duwane dhashay, gaar ahaan Dabeeco oo ay Saxarla khaadimadda u ahayd, markiiba masayr ayaa galay, waxayna ka muraaradilaaceen in iyaga iyo jaariyaddii (Saxarla) u shaqayn jirtay ay hooyadood isku si ula dhaqanto. Dabeeco oo iyadu Saxarla si gaar ah ugu shaqaysan jirtay ayaa markii shaqadii ay u qaban jirtay ka weyday waxa ay bilowday in ay dibin-daabyeyso;

mar ay candhuuf ku tufto, laad ku kiciso, amaba dharkeeda ka jeexjeexdo.

Inkasta oo ay Cadar iyo inanteedu (Dabeeco) maalin walba ku murmi jireen, waxa jirtay maalin ay gacan isula tageen, ka dib markii ay Saxarla oo iskuul u socota ay Dabeeco ku tidhi "ha bixin ee timaha ii feedh" markii ay Saxarla diidayna inta ay ka daba oroddey iyada oo albaabka ka sii baxaysa inta ay timaha ku soo dhegtay oo dhulka xoog ugu dhufatay, buugteediina inta ay la oroddey Burjiko dab ah oo baxaysa kaga ridday.

Markii ay Saxarla dhulka ku dhacday waxa gaadhey dhaawac madaxa ah, oo dhiig badan sababay. Ka dib markii ay Cadar aragtay dhaawicii iyo ficil xumadii ay Dabeeco geysatayna inta ay soo oroddey ayey dhirbaaxo uga soo jartay. Dabeecona kama gaabsane dhirbaaxo ayey hooyadeed uga soo goysay. Waxaana dhex maray dagaal ay cag iyo ciddiba isula tageen oo iska daa dadkii guriga joogaye xaafaddii oo dhammi isugu soo baxday.

Inkasta oo Saxarla dhaawac weyni gaadhay haddana way diiday in ay iskuulkeeda ka habsaanto, waxayna albaabka baxday iyada oo Cadar iyo gabadheedii weli la kala celcelinayo.

Cawaale laftiisu si fiican ayuu ula socday waxyaabaha meesha ka socda iyo sababta Cadar wax uga bedeshay sidii ay Saxarla ula dhaqmi jirtay. Waxa uuna bilaabay in markasta oo uu fursad u helaba uu si gaar ah ula hadlo Saxarla xusuusiyana ballantii ay hore u galeen ee ahayd in haddii wax kastaa dhacayaan aanay mar keliya afkeeda laga maqal Saafi. Waxa kale oo uu Cawaaale si fiican ula socday in hawsha Saxarla laga joojijay aanay Cadar naxariis ka ahayn ee ay doonayso in ay ku beer laxawsato oo ay khaladdo, haddii ay waxba sheegi waydona ay cadaadiskeedii halkii ka wadi doonto. Waxa ay Saxarla ku dhex dhimatay laba qof oo ay midna ixtiraamayso (Cawaale) midna lafaheeda uga baqayso (Cadar).

Arrin joogto ah ayey Cadar u noqotay in ay maalin walba Saxarla weydiiso sheekada Saafi. Markii Saxarla afkeeda waxba ka soo bixi waayeen, Cadar arrintaasi way cuslaysay. Waxayna bilowday in ay maalin walba isla hadasho iyada oo leh "ma jirto, intaas ka badan inantan yar ma sugaayo; wax kasta u sameeyey mana rabto in ay runta ii sheegto...aniga ayaa aqaane iska dhaaf" ayey isku qancisay.

Maalin ka dib markii Cadar iyo Dabeeco dagaalameen ayaa Saxarla oo markaas lebisatay oo doonaysay in ay iskuulkii tagto ayey Cadar qolkeedii ugu yeedhay. Waxa ay u gashay Cadar oo sariirteedii ku soo dangiigta, wejigeedana cadho ka muuqato. "Fadhiiso halkaas" ayey ku tidhi inta ay farta ku fiiqday sariirta xaggeedii dambe ee ay saddex (3) bilood ka hor gacanta ugu fiiqday. Iyada oo labada lugood baqdin darteed gariirayaan ayey iyada oo is ururinaysa sariirtii gees kaga fadhiisatay.

Muddo dhowr daqiiqo ah ayey wejiga Saxarla si kulul ugu gubtay, iyada oo an kelmad ku odhan. Wadnaha ayaa xoog u bood booday Saxarla cabsi darteed, waxayna xasuusatay dhibaatadii iyo dhaawicii hore ee ay u geysatay. Waxa kale oo ka sii bajiyey waxa ay gashanayd dharkii maalintii hore ee ay dishay gashanayd. Kulaylkii indhaha Cadar inta ay u adkaysan weyday ayey inta ay hoos u rundudsatay ayey waxa ay bilowday in inta ay tobankeeda farood is dhex geliso ay calaacalaha isku xoqdo.

Inta ay (Cadar) si kediso ah ugu boodday gacantii Saxarla oo xaggeeda u soo jiidday ayey ku tidhi "naa i dhegayso Fadhi-Xumeey, raaxadii iyo wanaaggii wuu kaaga daray, ixtiraam iyo sharafna ma lihid ee haddii aadan ii sheegin naagtii aad gurigeeda joogtay; kan cad iyo kan madow ayaan ku kala siibayaa….ba'ii iyo balanbalkiina waan kugu celinayaa," ayey ku tidhi iyada oo weli xaggeeda u sii jiidaysa oo wejigeeda kan Saxarla u dhoweynaysa.

Saxarla oo og in aanay si kale ku badbaadayn in ay ka baxsato mooyaane, ayaa inta ay degdeg sariirtii uga boodday xoog u gundhisay gacantii ay ka haysay si ay isugu daydo in ay ka baxsato. Waxa ay ahayd markii ugu horaysay (intii ay la joogtay) ee ay isku daydo in ay ka baxsato iyada oo garaacaysa. Ka dibna inta ay xoog u xanaaqday ayey dhirbaaxo labada indhood ku fujisay. Dhirbaaxadii xoogeedii ayaa sariirtii ka tuurtay Saxarla ka dibna dhulka oo sibidh ahaa ayey xoog ugu dhacday.

Iyada oo dhirbaaxadii iyo dingaraadii sibidhka ay ku dhacday la dawakhsan ayey isku dayday in ay cararto. Meeshii ay xagga albaabka aadi lahayd ayey waxba arki weyday, xidigo hor yaacaya mooyaane; ka dibna waxa ay u carartay dhinaca gidaarka halkaas oo ay madaxa la heshay, ka dibna dhulka ku dhacday. Iyada oo markii horeba ay dhirbaaxaddii Cadar Duwane ku dawakhday ayaa gidaarkiina uga sii daray oo miyirkii ka qaaday.

Cadar oo aan hubsan in Saxarla ay suuxsan tahay iyo in kale ayey inta ay markiiba isku sii daysay xaggeedii ayey dusha kaga habsatay oo cunaha ku dhegtay. Wax yar markii ay cunaha haysay ayey waxa ay aragtay "tii yarayd" oo labadii indhood dhinacii caddaa isu rogeen afkana abur ka sii daynaysa. Inta ay naxday oo ay moodday in ay naftii ka baxayso ayey madaxeedii kor u soo qabatay iyada oo isku deyeysa in ay indhaha meeshoodii hore ku celiso. Dhowr jeer ayey gilgishay iyada oo leh "Saxarla, Saxarla ma i-maqlaysaa."

Inkasta oo ay ka baqaysay in dhimashadeeda lagu qabsado, haddana waxa uga sii darraa oo markiiba maskaxdeeda ku soo dhacay, in ay ka welwesho in iyada oo aan warkii naagta Cawaale qarsanayo u sheegin ay warka la dhimato! Iyada oo naxsan ayey inta ay kor u boodday albaabkii handaraabka hoosta ka gelisay.

Markii ay albaabkii ka soo laabatay ayey waxa ay aragtay Saxarla oo indhaheedii meeshoodii ku soo noqdeen oo miyirsatay, laakiin weli u eeg sidii wax sirirsan. Inta ay ku dul fadhiisatay ayey calaacalaheedii waaweynaa cunihii yaraa kaga qabatay oo ku tidhi "naa ma sheegaysaa naagta mase kaw ayaan kaaga siiyaa." " i sii daa" ayey cod yar oo daciif ah ku tidhi. "Naayaa, wax ma maqlaysaa, maanta waad dhimanaysaa ama naagtii ayaad sheegaysaa" ayey ku tidhi inta ay ceejo ku qabatay.

Sidii ay marna u ceejinaysay marna uga sii daynaysay ayey Saxarla markii dambe naftii u yaabtay oo rumaysatay in ay ka dhab tahay oo ay nafta ka goynayso, waxa ay ugu dambayntii sheegtay in "naagta" Saafi magaceeda la yidhaahdo. Inkasta oo ay garan weyday meesha ay deggan tahayna waxa ay u sheegtay in ay dhakhtarka Ciidamada ka shaqayso. Ka dib markii ay u sheegtayna, inta ay ka dul kacday oo laad ku sii dhufatay ayey ku tidhi "iiga bax qolka kelbad yahay."

Saxarla oo daandaansan oo weli wareerkii ku jiro ayaa damacday in ay caraarto, ka dibna albaabkii oo xidhan ayey madaxa ku dhufatay. Gidaarka ayaa inta ay cuskatay albaabkii iska furtay, ka dibna orod isa sii daysay. Maadaama ay dawakhsanayd, markii ay albaabkii ka baxdayba waxa ay ka siibatay jaran jaradii afaafka, ka dibna iyada oo dildiloonaysa ayey badhtamaha daaradda ku dhacday.

Aw Muuse oo markii horeba tuhun ku jiray in aananay Cadar wax kale ugu yeedhin Saxarla in ay disho mooyaane ayaa inta uu booday labada garab qabtay oo isku deyey in uu istaajiyo. Hase ahaatee, muddo saacad badhkeed ah ayey ku qaadatay in uu lugaheeda ku istaajiyo; waayo mar walba marka ay wax yar taagnaato ayey dhulka ku dhacaysay.

Odaygii Aw Muuse oo Saxarla garabka haya oo xaggii madbakha u sii tukubinaya ayaa waxa albaabka ka soo galay Cawaale. Maxaa ku dhacay gabadha ayuu markiiba weydiiyey Aw Muuse. "Cadar weydii" ayuu si kooban ugu jawaabey. Cawaale oo markiiba wejigiisa cadho buuxisay ayaa xaggii qolkii Cadar ku jirtay u dhaqaaqay.

Odaygii Aw Muuse oo madbakhii ku jira oo weli Saxarla garabka haya oo gambadh ku fadhiisanaya, ayaa waxa uu maqlay sanqadh weyn oo xaggii qolkii Cadar iyo Cawaale kaga timid. Banaanka ayuu u booday, mase markiiba waxa indhahiisa ku dhacay Cawaale oo jaranjaradii albaabka geylaansan oo dhiig wejigiisa ka qulqulayo.

"Innaa Lilaahi Wa Innaa Lilaahi Raajucuun," Aw Muuse ayaa yidhi inta uu labada gacmood madaxa saaray. Saxarla ayaa iyaduna inta ay odayga qayladiisii ku soo baxday albaabkii madbakha soo joogsatay. Waxa ay aragtay Cawaale oo dhulka jiifa oo dhiig ka qulqulaayo oo Aw Muuse madaxa kor u hayo oo isku deyayo in uu dhiigga joojiyo isaga oo meeshii dhiiggu ka socday calaacasha ku cadaadinaya.

Inkasta oo Saxarla guriga Cawaale si xun loogu silcin

jirey, haddana waxa ay mar walba isaga u arki jirtay in aanu qayb ka ahayn cadowga ay hoggaamiyaha ka ahayd Cadar Duwane. Inkasta oo aanu Cawaale weligiis Saxarla aabe ku odhan, haddana waxa uu ugu jirey kaalintii aabanimo, maadaama aanu jirin aabbe kale oo nolosheeda ka warhaya. Inta ay xanuunkii hayey ilowday ayey orod isa sii daysay si ay Aw Muuse u caawiso.

Markii ay isdul taagtay ayey iyada oo naxdin gariiraysa inta ay agtiisa fadhiisatay damacday in ay gacanta madaxa ka saarto. Gacantii oo gariiraysa ayey dib ula soo noqotay, ka dib markii uu Aw Muuse ku qayliyey ee ku amray in ay dibadda u baxdo oo darawalkii u yeedho. Orod ayey dibadda isku sii daysay. Jardiinadii guriga dibaddiisa ee uu fadhiisan jiray Darawalku ayey ka weyday. Ka dibna waxa ay isku sii deysay Biibito aan guriga ka fogayn oo uu Dalmar saaxiibadiis turub kula ciyaari jirey.

Saxarla oo xishood iyo degganaan u dhalatay ayaa inta ay naxdintii is ilowday Darawalkii oo turub dhigaaya garabka inta ay ka qabatay dhowr jeer gilgishay. "Adeer waa la dilaye soo kac, adeer waa la dilaye soo kac." Isaga oo yaabsan ayuu inta u kor u eegay ku yidhi "Adeerkaad sheegaysaa waa kuma?"

"Adeer Cawaale" ayey tidhi iyada oo weli wajigeedii naxdin iyo cabsi aad u weyni ka muuqdaan. Cidda dishay inta uu weydiiyey ayuu markiiba si degdeg ah isu istaagay, isaga oo weli turubkiina gacanta ku haya.

"Waar keen ku sii qabtee," nin dheer oo dul taagnaa ayaa ku yidhi itaanu darawalkii weli dhaqaaqin. Saxarlana inta ay orod isa sii daysay ayey xaggii guriga u noqotay.

Saxarla iyo darawalkii oo waxyar kala dambeeyey ayaa albaabkii ka soo galay. Waxa ay arkeen Aw Muuse oo Cawaale inta uu meeshii dhiiggu ka socday maro kaga duubay weli madaxiisa kor u haya. "Waar odayga gaadhiga soo geli maro dhiig ma celinaysee." Darawaalkii ayaa Aw Muuse ku yidhi, inta uu Cawaale isa soo dul taagay oo gacanta qabtay isaga oo isku deyaaya in uu istaajiyo. "Dalmar, ninkan in nafi ku jirto u malayn maayee aan qaadno," Aw Muuse oo kor u hinjinaya Cawaale ayaa darawalkii ku yidhi. Inta ay markiiba la carareen ayey gaadhigii ku rideen. Ka dibna Dalmar ayaa inta uu gaadhigii kiciyey (istaadhay) xoog u eryey.

Deriskii oo dareemay in guriga dhiillo ka dhacday ayaa albaabkii banaanka ku soo xoomay. Waxaase markiiba albaabkii xidhay Saxarla oo dadkii u sheegtay in ay meesha ku kala tagaan. Saxarla oo aad u ixtiraam badnayd, weligeedna aan dadka cod kulul kula hadlin jirin ayey deriskii albaabka ku soo ururay la yaabeen. "Alla, Fadhi-Xun maxay is mooday," gabadh dhalinyaro ah oo ka xanaaqday albaabka ay ka xidhatay ayaa Saxarla ku tidhi. Markiiba dhowr dumar ah ayaa inantii hadalka tidhi afka jabsaday, iyaga oo ka xanaaqay in ay Saxarla ugu yeedho magaca xaqiraadda ah ee Cadar iyo caruurteedu ugu yeedhi jireen.

Dadkii dibadda tubnaa oo weli ka murmaaya hadalkii Saxarla lagu yidhi iyo sababta odayga (Cawaale) dhakhtarka loogu qaaday, ayaa waxa ay arkeen dhiig ka soo qulqulaaya albaabkii (ganjeelada) hoostiisa. Cawrala Cabsiiye oo mar dambe dadkii albaabka ku xoonsanaa ku soo biirtay ayaa inta ay ushii ay ku tukubaysay dhulka dhowr jeer "jug" ku siisay, iyada oo madaxana ruxaysa tidhi "wallaan cidina ii sheegayn cidda dhiiggaasi ka daatay, waa rajadii yarayd ee khamraddu u qaban jirtay haweenayda guriga leh...haa khamrad ayaa u qabata haddii aanay dhowr jeer maalintii dilin ."

"Ee Cawrala ha dembaabin aniga ayaa arkayey oo qofka la sii siday waxa uu ahaa odaygii guriga lahaa ee Cawaale eh."   Haweenay aad u da'weyn oo dadkii meesha taagnaa ka mid ahayd ayaa tidhi.

Waxa ka soo wareegtay qiyaastii saacad iyo badh markii Cawaale dhakhtarka loola cararay. Saxarla ayaa baaldi biyo ah soo qaadatay si ay u maydho dhiiggii Cawaale ka baxay ee daaradda dhex qulqulaayey. Intii lala rafanayey xaaladda dhaawaca ee Cawaale, Cadarna sariirteeda ayey inta ay madaxa iyo majaha duubtay oohin hiqda haysay; iskumana ay shiddayn in ay dibadda u soo baxdo oo ay eegto xaaladda odaygeedu ku sugan yahay. Waxa ay dhowr jeer niyadda ka tidhi "ilaahayow muu nabarkaas u dhinto."

Markii ay baaldigii biyaha ahaa ee ugu horeeyey ay dhiiggii ku dul butaacisay ayaa Cadar oo wejigeeda cadho aad u badani ka muuqato ay albaabkii qolkeeda soo joogsatay. Inkasta oo aanay Cadar dani ka hayn dhaawaca gaadhey Cawaale, ayaa haddana waxa filanwaa ku noqday, dhiigga sidaas u tirada badan ee illaa banaanka u baxay. Waxa markiiba ku abuurmay welwel waxaana shaki ka galay in uu dhintay iyo in kale. "Ha dhinto hadduu rabo," ayey tidhi iyada oo iska calool adaygaysa.

Saxarla oo markii ay aragtay Cadar oo banaanka u soo baxday xoog u baqatay ayaa inta ay maydhistii dhiigga joojisay dib u guratay; iyada oo weli baaldigii oo biyo ka buuxaan midigta ku laalaadinaysa. "Naa maydh dhiigga lagu qaniinye, maxaad u taagan tahay oo u shaqayn la'dahay." Cadar oo cadho xoog lehi wejigeeda ka muuqato ayaa ku tidhi Saxarla.

Inkasta oo Cadar calool adayg isku dayday, haddana waxa ay xejin kari weyday welwelkii ay ka qabtay xaaladda Cawaale ku sugan yahay, waxayna si aan wejigeeda looga dareemin jaahwareerka iyo murugada ayey qolkeedii dib ugu laabatay oo madaxa iyo majaha martay, iyada oo isku deyeysa in ay is ilowsiiso werwerka iyo walbahaarka.

Dalmar ayaa hoonkii gaadhiga aad u garaacay, markii uu albaabkii cisbitaalka ciidamada (Military

Hospital) isa soo hortaagay. "Waar naga jooji hoonka" askari caato ah oo qori AK47 ah la liicaya ayaa inta uu albaabkii furay darawalkii indhaha ka galay ku yidhi. Intii aan darawalkii u jawaabin ayaa askarigii gaadhiga xaggiisii dambe ka halacsaday Cawaale oo dhiig ka da'ayo oo odaygii waardiyaha ahaa madaxa kor u hayo. "War waa Cawaale, war maxaa odayga ku dhacay?" askarigii ayaa yidhi inta uu albaabkii si degdeg ah u furay ka dib markii uu Cawaale aqoonsaday.

Cawaale aad ayuu caan uga ahaa Dhakhtarka ciidamada, askarta iyo shaqaalaha kaleba; intooda badanina way ogaayeen in Cawaale iyo Saafi is qabaan, amaba wax ka dhexeeyaan. Waxa kale oo uu ahaa nin aad ugu gacan furan oo caawiya askarta danyarta ah ee meesha ka shaqeeya.

Markii qaybtii gargaarka degdegga (emergency) ee dhakhtarka la geeyeyba, waxa markiiba gartay Dr. Rooble oo banaanka sigaar ku cabaayoy. Markii darawalkii Cawaale albaabkii ka furayna Dr. Rooble ayaa sigaarkii uu cabayey inta uu dhulka ku tuuray oo baqtiiyey xaggii gaadhiga u dhaqaaqay. "War maxaa odayga ku dhacay?" Dr. Rooble ayaa yidhi.

"Iska warran Dr. Rooble?" Cawaale oo miyirkii ku soo noqday intii ay dhexda ku soo jireen ayaa cod gaaban ku yidhi. Dr. Rooble ayaa inta uu garab galay u tukubiyey albaabkii gargaarka degdegga (Emergency Room) laga gelayey.

Markii ay ka soo wareegtay qiyaastii 30 daqiiqo ayuu Dr. Rooble darawalkii ku soo laabtay oo ku yidhi "muddo dheer ayey qaadanaysaa daaweynta odaygu, waxa ay u badan tahay in dhakhtarka la jiifiyo...marka hadda iska tag oo berrito ka soo wardoona."

Muddo laba saacadood ku dhow markii ay sariirtii duubnayd, welwelkii Cawaalena ku sii batay ayey Cadar sara-fadhiisatay oo telifoonkii qabsatay oo saaxiibadeed mid mid u wacday. Markii ay u sheegtay waxa dhacay iyo mushkiladda taaganna, waxa ay saaxiibadaheed ballan qaadeen in ay kulligood u iman doonaan.

Daqiiqado yari markii ay ka soo wareegeen ayey telifoonkii dib ugu celisay Caasha-Dheer, waxana ay weydiisay sida ay ula muuqato in ay Xaaji Duwane wacdo oo la socod siiso waxa dhacay iyo meesha xaaladdu taagan tahay. Caasha-Dheer waxa ay kula talisay in aanay la hadlin Xaaji Duwane, sababta oo ah ayey tidhi "in haddii Xaajigu arrintaas maqlo in uu dhakhtarka si degdeg ah ugu cararaayo, ka dibna laga yaabo in adiga kiiska lagugu buuxiyo." Waxa kale oo ay Caasha-Dheer kula talisay in ay sugto inta ay uga imanayaan oo aanay wax ficil ah samayn.

Cawaale oo 15 qodob la tolay ayaa aakhiritaankii qolkii qalliinka laga soo saaray oo loo wareejiyey qaybta dadka xanuunsanaya (patient ward) la jiifiyo ee Saafi ka shaqaynaysay. Habeenkaas Saafi fasax ayey ahayd oo ma soo shaqo tegin. Gabadha Neerasta ah ee habeenkaas

Cawaale qaabilsanayd, shaqada way ku cusbayd weligeedna Cawaale ma aysan arag, in uu yahay ninkii Saafi qabayna ma aysan garanayn.

Markii ay subaxdii Saafi shaqadii soo gashay ayey gabadhii neerasta ahayd ee habeenkii shaqaynaysay sariirtii Cawaale farta ugu fiiqday oo ku tidhi iyada oo dhoola caddaynaysa "odayga sariirtaas jiifa oo xaaskiisii madaxa kala jeexday ayaa xalay soo galay oo inkasta oo 15 qodob la tolay wuu iska ladan yahay." Cawaale oo madaxiisa intiisa badani mara caddi ku duuban tahay ayey Saafi si fiican u sii eegtay, isla markiibana way garatay.

Si degdeg ah ayeyna xaggiisii ugu talaabsatay, ka dibna sariirtiisii inta ay is dhinac taagtay ayey hoos ugu foorarsatay si ay wejigiisa u hubiso.

"Cawaale maxaa kugu dhacay ayey tidhi inta ay gacanteedii midig qalbiga iska saartay tan bidixna laabta ka saartay Cawaale."

Cawaale oo bararkii ilaa bushmaha soo gaadhey oo hadalku dirqi uga soo baxayo ayaa inta uu gacantiisii tii Saafi dulsaaray yidhi " Xabiibi waan iska fiicanahay."

Gabadhii neerasta ahayd ee Isbitaalka ku cusbayd oo yaaban fahmina la' waxa Saafi iyo Cawaale ka dheexeeya ayaa gabadh kale oo Qaybta ka shaqaysaa inta ay soo dhinac joogsatay oo afka u soo dhoweysay ku tidhi "waa ninka qaba Saafi." "oo tan soo dakhartayna maxay ahayd?" gabadhii cusbayd oo yaaban ayaa sii weydiisay. "Waa minweyntii" gabadhii oo gacanteeda afka dhinac kaga daboolaysa si aan Caawaale iyo Saafi midkoodna u maqal ayaa tidhi. "Naagaha badan ee la guursadaana dhibkaas ayey leeyihiin," inta ay tidhi ayey nin sariir u dhow ku jiifa oo qaylkinaya xaggiisa u dhaqaaqday.

Saafi oo labada indhood ilmo ka gabax leedahay diidaysana in ay dadka bukaa oohinteeda dareemaan ayaa waxa ay u dhaqaaqday xagga qolkii shaqaaluhu ku nastaan. Isla markiiba waxa ka daba tegay labadii gabdhood ee la shaqaynayey si ay niyadda ugu dejiyaan.

Markii ay cadhadii iyo oohintii ka soo kala miirantay ayey Saafi albaabkii dibadda ee dhakhtarka laga soo gelayey tagtay. Waxa ay goonni ula baxday ninkii askarta albaabka ilaalisa madaxda u ahaa, waxayna ka codsatay in aanu u oggolaan cid Cawaale booqasho ugu timaadda; waxayna si gaar ah ugu sii adkaysay in haweenayda la yidhaahdo Cadar Duwane iyo asxaabteeda midkoodna aanay albaabka ka soo gelin. Waxa kale oo ay ka codsatay in haddii ay Cadar iyo asxaabteedu telifoon soo diraan loo sheego in aanu Cawaale dhakhtarka ku jirin.

Isla galabtaas ayaa Cadar Duwane iyo saaxiibadaheed, qoyskeedii iyo qaraabadeedii oo wada socdaa ay dhakhtarkii yimaadeen. Sidii ballantu ahaydna, ninkii ciidamada albaabka dhakhtarka joogay madaxda ka ahaa waxa uu u sheegay in aanu Cawaale dhakhtarka ku jirin. Inkasta oo aanay Saafi ogayn in guurkoodii sirta ahaa mar hore kashifmay oo ay Cadar ogtahay, haddana waxa ay dareen ka qabtay in ay kollay Cadar isbitaalka imanayso.

Markii askarigii u sheegay Cadar Duwane in aanu Cawaale dhatarka ku jirinna, kolkiiba way iska fahamtay in arrinta Saafi ka shaqaysay oo ay u baahan tahay in ay la timaaddo awood ka weyn askariga albaabka xukuma. Waxayna go'aansatay in ay meesha iskaga hoyato intii ay iyada iyo askartu albaabka isku xagxagan lahaayeen.

Habeenkaas oo dhan Cadar iyo saaxiibadeed waxa ay isla falanqaynaayeen cidda ugu haboon ee arrintan furdaamin karta, si ay Cawaale xaaladdiisa u ogaadeen. Nasiib darro intii muddo ahaydba Cadar iyo Cawaale aad ayuu xidhiidhkoodu u xumaa, raggii madaxda sarsare ahaa ee Cawaale saaxiibaddiis iyo Cadarna xidhiidhkoodu waa sii durkay; maadaama Cawaale uga sheekeeyey "dhibaatada ay ku hayso."

Intii ay marba qolo ka daba laabanaysay si ay albaabka u dhaafiyaan ayaa waxa ka soo wareegtay laba maalmood oo kale, Cawaalena dhakhtarkii waa laga saaray oo waxa uu tegay gurigii Saafi. Cadarna goor ay xeedho iyo fandhaal kala dhaceen ayey u suurto gashay in ay Isbitaalkii gasho ogaatona in Cawaale mar hore ka baxay. Inkasta oo aanay Saafi maalintaas shaqaynayn, haddana iyada oo laga cabsaday in ay rabshad samayso ayaa laba askari lagu daray oo gudaha u raaca.

Faarax Maxamuud (Sheeko Xariir)

Markii loo sheegay in Cawaale dhakhtarka ka baxayna Cadar waxa u caddaatay in aanu meel kale aadine uu gurigii Saafi tegay. Ciil iyo cadho ayaa madaxii wareeray. Kursi dadka bukaanka ah loogu talo galay oo gidaar ku tiirsanaa ayey inta ay ku fadhiisatay madaxa labada gacmood saartay oo hoos u foorarsatay. Xamdi Gaabo oo dhinac taagnayd ayaa inta ay garabka ka taabatay ku tidhi "abaayo inaka keen meesha." "i daa Xamdi," ayey ku tidhi inta ay gacanteedii xoog iskaga qaadday.

Markii ay hore u kici wayday, ayaa labadii askari ee lagu soo daray mid ka mid ahi inta uu gacanta ka qabtay oo kor u hinjiyey, yidhi "naa istaag oo dhakhtarka ka bax maantoo dhan kuu taagnaan maynee." Cadar oo ciilka hayey ay markii horeba "itaabo" ka taagnayd ayaa inta ay istaagtay askarigii dhirbaaxo uga soo goysay. Askarigii kale ayaa inta uu markiiba soo booday gacanta midig inta uu ku dhegay xoog u maroojiyey oo dhabarkeeda ku laabay; askarigii ay dhirbaaxdayna inta uu markiiba katiinad (handcuff) la soo baxay ayuu gacantii bidix inta uu ku dhegay damcay in uu jeebeeyo. Cadar qof aad u xoog weyn ayey ahayde way suurtoobi weyday in ay si fudud katiinadda ugu xidhaan. Ka dibna sidii ay isula rafanayeen ayey dhulka isula dhaceen. Kii ay markii hore dhirbaaxday ayey haddana gacanta qaniiyo kaga dhejisay, isagiina inta uu feedh qaaday ayuu daanka midig kaga gig siisyey.

Markii uu askarigii feedhay ayaa saaxiibadaheed,

215

Caasha Dheer iyo Xamdi Gaabo oo markii hore isku deyayey in ay xaaladda qaboojiyaan inta ay xanaaqeen bilaabeen in ay dagaalka dhinacooda ka galaan oo askartii kab la dhacaan. Buuqii iyo qayladii ayaa iyaguna waxa maqlay askar kale oo Isbitaalka joogtay, markiiba inta ay yimaadeen iyaga oo yaacaya ayey xoog ku jeebeeyeen saddexdoodiiba. Ka dibna iyaga oo xoog lagu wado ayaa waxa lagu tuuray qol askartu dadka ku xidho oo Dhakhtarka ku dhex yaalley. Cadar Duwane oo cid kasta oo taqaannaa isla weynideeda iyo faankeeda ka yaabi jireen ayaa si xun oo ihaano ah xabsi yar oo aan wax gogol ahi aanay ool madax madax loogu tuuray.

Markii ay 24 saacad ka soo wareegtay, oo aan cidina war u hayn meesha ay ku sugan yihiin, ayaa waxa xanuunsatay Caasha Dheer oo dhiig kar qabtay ka dibna askartii u oggolaatay in ay iska tagto. Mudadii ay xabsiga ku jireen Caasha Dheer iyo Xamdi Gaabo waxa ay ku eedeeyeen Cadar in ay iyadu mas'uul ka ahayd dhibaatada ku dhacday oo dhan. Waxa ay u sheegeen in dagaal aan loo baahnayn ay gelisay oo belaayada oo dhan iyadu abuurtay. Hase ahaatee, Caasha Dheer markii ay gaadhay gurigeedii waxa ay telifoon u dirtay Xaaji Duwane oo u sheegtay in inantiisii ay Isbitaalka Xoogga ku xidhan tahay. Waxa kale oo ay u sheegtay xaaladdu meesha ay marayso iyo in Cawaale ku maqan yahay guriga xaaskii uu qarsoonaa oo ay adag tahay sidii lagu heli lahaa.

Cawaale waxa uu u ahaa dhammaan reer Duwane

cududa ay isku halleeyaan marka arrini dawladda kaga xidhanto. Mar haddii Cawaale meesha ka baxayna Xaaji Duwane ayaa waxa ay qasab ku noqotay in uu bilaabo ka hawl galka in uu helo cid awood siyaasadeed leh oo Cadar askarta ka furdaamisa oo xabsiga ka soo daysa. Isaga oo weliba ka cabsi qaba in maadaama ay askar la dagaalantay laga yaabo in xabsi weyn loo dhaadhiciyo ka dibna maxkamad la saaro; ayuu waxa uu raadiyey raggii madaxda ahaa ee ay Cawaale wejigiisa isku barteen.

Mudadii Xaaji Duwane halganka ugu jirey sidii uu xabsiga Cadar uga soo saari lahaa, Cawaalena gurgii Saafi ayuu ku nasanayey oo ay ku baaninaysay. Waxa kale oo ay Saafi ogaatay markii ay dhakhtarkii u shaqo tagtay in Cadar Duwane iyo Saaxiibteed Xamdi Gaabo ku xidhan yihiin. Waxayna askarta oo ay aad isugu wanaagsanaayeen ku adkaysay in "naagahaas cashar lama ilaawaan ah la siiyo." Ugu dambayntiise markii ay Cadar iyo Saaxiibadeed xabsigii ku jireen todoba cisho ayaa la sii daayey, ka dib markii Xaaji Duwane rag caawiya uu soo helay.

22

Goor galab ah ayaa Cadar xabsiga laga sii daayey. Waxa ka muuqday rafaad, daal iyo hurdo la'aan. Waxa ay ahayd markii ugu horaysay ee weligeed la xidhay, waxayna dareemaysay in nolosheedii iyo sumcadeediiba baaba'een. Markii ay iyada iyo Xamdi Gaabo xabsigii ka soo baxeen waxa banaanka ku sugaayey Xaaji Duwane oo uu taksi uu soo kiraystay kursiga hore fadhiya. Waxa ay (Cadar iyo Xamdi) fadhiisteen kursigii dambe ee taksiga, iyaga oo aan midkoodna kelmad odhan. Markii uu taksigii dhaqaaqayna Xamdi ayaa waxa ay ka codsatay Cadar in marka hore iyada gurigeedii lagu dejiyo. Markii ay gurigii Xamdi Gaabo gaadheenna, wax kale iska daaye, ma ay odhan soo dega oo shaah cabba.

Markii ay Cadar gurigeedii gaadhey, iyada oo aan qofna afkaas uga juuqin ayey waxa ay gashay qolkeedii oo hoosta ka xidhatay. Habeenkaas oo dhan hurdo iyo feker ayey ku jirtay. Maalintii dambe 11kii subaxnimo ayey hurdo ka soo toostay oo inta ay albaabka soo joogtsatay Saxarla u yeedhay. Saxarla oo ay filaysay in ay Jikada ku jirto ayaa u jawaabi weyday. Inta ay hore u dhaqaaqday ayey jikada gashay, ka dibna waxa ay ka soo noqotay iyada oo ka soo weyday. Iyada oo daaradda dhex taagan oo isweydiinaysa meesha ay ka baxday (Saxarla) ayaa albaabka waxa ka soo galay Dabeeco oo cajilado video ah oo ay soo ammaanaysatatay gacanta midig ku sidata.

Waxa ay weydiisay sababta ay iskuul u tegi weyday ee ay saacaddaas cajiladaha u sidato. Iyada oo aan kelmad odhan ayey qolkeedii gashay. Cadar oo xanaaqday ayaa qolkii ka daba gashay. Markii ay cabaar murmeen ayey waxa ay u sheegtay Dabeeco in Iskuulkii shan cisho ka hor laga soo eryey ka dibna ay cid ku celisa weyday. "Naa meeday Fadhi-Xun quraac ha ii samaysee?" Cadar oo qolkii Malyuun ka sii baxaysa ayaa weydiisay.

"Afar cishoba ma arkin" ayey ka sii daba tidhi. "Afar cisho....naa miyaad waalan tahay...naa xaggay ka baxday la xabaashu" ayey tidhi inta ay qolkii Dabeeco dib ugu noqotay.

Inkasta oo aanay Dabeeco ahayn dadka warku si fudud uga soo baxo, aakhiritaankii waxa ay u sheegtay in ay dhowr jeer dagaalameen ka dibna ay baxsatay oo aanay war u ahayn meesha ay aaddey. Cadar oo aan kelmad odhan wejigeedana xanaaq weyni ka muuqdo ayaa qolkeedii ku laabatay.

Intii Cadar guriga ka maqnayd wax waliba waa isku yaaceen. Dabeeco oo caruurta guriga joogta ugu weyndna iska daa wax ay sii kala maamushee, waxa ay shaqo ka dhigatay in ay maalin walba la dagaalanto Saxarla oo ahayd qofka keliya ee hawsha guriga kala wada. Markii Dabeeco hooyadeed u sheegtay in ay Saxarla guriga ka tagtayna talo ayaa Cadar ku cadaatay. Waayo, joogitaanka Saxarla waxa ku xidhnaa wax kasta oo nolosha guriga ku saabsan, ha ahaato cunto, dhar la maydho, nadiifin, suuq ka soo adeegis iyo u maydhista caruurta. Iska daa cid kale waxa la sheegay in xataa uu Kiilo maalin dhagax u soo gurtay oo la dagaalamay Dabeeco isaga oo ka xanaaqay in ay Saxarla erido. In kasta oo Kiilo dulmiga Saxarla dhiniciisa kaga jiray oo maruu qaniino iyo maruu ku qayliyoba, haddana Saxarla mar walba waxa ay ugu jirtay kaalinta hooyadiis; waayo intii Saxarla guriga joogtay, iyada uun bay ahayd tii quudin jirtay, u maydhi jirtay ee seexin jirtay.

Cadar wax waliba way iskaga yaaceen. Jaah wareer ayaa ku dhacay. Waxa ay damacday in ay saaxiibadaheed u yeedhato si ay dhibka iyo murugada ula qaybsadaan. Waxa ay u wacday mid mid, Caasha-Dheer, Aamina Xayeysi, Xaliimo Daahir iyo Xamdi Gaabo, hase ahaatee midina kama qaban telifoonka. Sidii ay ugu cel celinaysay ayey ku daashay, waxaana u caddaatay in ay albaabka ka xidheen.

Cadar qof dhibaatada u adkaysi badan ma ahayne, markii saaxiibadaheed u jawaabi waayeen waxa ay wacday dhowr dumar ah oo ay deris ahaayeen, laakiin aan xidhiidh wanaagsani ka dhexayn. Waxa ay u arki jireen naag kibir badan oo lacagta ay haysataa wax weyn la tahay. Dumarkiina inta ay cabaar sheekadii ka dhureen ayaa mid waliba wax yar ka dib gurigeedii ku noqotay, ka dibna sheekadii iyo dhibaatadii Cadar haysatay magaalada ku faafisay.

Intii aanay habeenkii seexan ayaa waxa u yimid Aw Muuse iyo Dalmar (darawalkii), waxayna u sheegeen in ay ka tegayaan. Waxa ay u sheegeen in ay muddo saddex bilood ah mushaharkoodii ku leeyihiin oo aanay bilaash ku shaqayn karin. Aw Muuse oo ahaa nin aad u af-gaaban aadna isaga ilaalin jirey in ay Cadar isku dhacaan ayaa ku yidhi "Cadar, lacagta yar ee aad na siin jirtey caruur ayaanu ku korsanaynay, haddii aadan haynna sidaas kuma jiri karro ee shaqo ayaannu raadsanaynaa." Cadar intii ay u garaabi lahayd labada nin ee u shaqaynayey, waxa ay bilowday qaylo iyo in ay u soo tashadeen. Waxana ay ballan ku qaadday in aanay lacagta ka maqan aanay siin doonin hadday iska tagaan. Aw Muuse iyo Dalmar murankeedii iyo qayladeedii dheg uma jalaq siine, albaabka ayey ka baxeen.

Cadar oo faankeeda iyo fakhfakhdeeda xaafadda laga joogi waayey oo had iyo jeer awoodeeda dhaqaale muujin jirtay oo ku faani jirtay, waxa ay dareentay in cirkii jeex ku soo dhacay. Darawalkiina gaadhigii oo aan

221

shidaal ku jirin ayuu albaabka uga dhaqaaqay. Intii dhaqaalaha badani ku furnaa Cadar weligeed iskuma ay deyin in ay barato sida gaadhiga loo wado, waayo uma ay arkayn in ay u baahan tahay ama u baahan doonto. Inkasta oo lacag badani ay soo geli jirtay, Cadar weligeed wax lacag ah ma kaydsan. Wax kale iska daayee Cali Taakoow oo ay ducaankiisa masruuf ka qaadan jirtay ayaa u sheegay inaanu wax kale daymin karin maadaama lacag badan lagu leeyahay. Waxa ay ka yaraatay bisad, yaxyax iyo ceeb ay dareentay darteed.

Dadkii deriska ee ay ku kibri jirtay ayey indhaha siin kari weyday, waxana ay bilowday inaanay haba yaraatee guriga ka soo bixin. Iska daa cid kalee aabaheed Xaaji Duwane lama ay hadal. Albaabka ayey hoosta ka xidhatay cid kastana xidhiidhka ayey u goysay. Waxa waxaas oo dhan uga sii darraa in Cawaale inta uu telifoon u soo diray ku yidhi "waan ku furaye, ha igu daalin ee dantaada qabso."

Xaaladda ay Cadar ku sugan tahay xaafaddii oo dhan ayey si fiican ugu faaftay. Iska daa cid kalee warkeedii Xaaji Duwane ayuu gaadhay. Xaaji Duwane inkasta oo uu nin taajir ah ahaa, haddana waxa lagu xaman jirey inuu aad u gacan adag yahay oo aanu waxba bixin. Inkasta oo uu aad ugu xanaaqsanaa oo aanu la soo hadlin ilaa iyo maalintii ay xabsiga ka soo baxday ee uu gurigeeda keenay. Hase ahaatee, markii xaaladda inantiisu soo gaadhey waxa uu go'aansaday in uu u tago oo waxa ay ku sugan tahay soo xaqiijiyo.

Markii uu gurigii Xaaji Duwane yimi wuu qaracmay. Waxa uu ka yaabay xaalka Cadar iyo gurigeedu ku sugan yihiin. Waxa uu u galay iyada oo diric keliya gashan oo timaheedii oo aan muddo la feedhin isku yaacsan yihiin. Waxa ay u ekaatay sidii wax waalan ama qof dib jir ah. Suáashii ugu horeysay ee ay weydiisay waxa ay ahayd ïn uu Cawaale arkay iyo in kale. Waxa maskaxdeeda ka guuxayey ciilka iyo cadhada ay Cawaale u qabtay. Waxa uu Xaaji Duwane u sheegay in aanu arag Cawaale. Markii uu sidaas Xaaji Duwane ku yidhina waxa ay bilowday baroor iyada oo ku eedaynaysa in uu isagu dhibaatada u keenay ka dib markii uu Cawaale u guuriyey. Xaaji Duwane ma ahayn nin calool jilicsan, dhegna uma dhigin baroorteedii, wuxuuna ku yidhi "bakh-bakhda iyo qaylada dhaaf ee reerkaaga maamulo, wax kasta oo Cawaale kugu sameeyey adiga ayaa ka mas'uul ahaaye." Runta ayuu indhaha ka saaray, laakiin dheg uma ay jalaq siin, halkii ayey baroorteedii ka wadatay.

Xaaji Duwane waxa u caddaatay in gabadhiisii si xun isugu buuqsan tahay, oo aanay awoodi karin in ay reerkeeda maamusho. Waxa kale oo uu ogaa inaan xaaladdeeda waxba iska bedeli karin ilaa ay dadkii u shaqayn jiray, Saxarla, Aw Muuse iyo Dalmar (darawalkii) loo soo celiyo. Waxa uu weydiiyey inay garanayso meesha ay deggan yihiin. Iyada oo is xanaajinaysa oo muujinaysa in aanay u baahnayn ayey tidhi "ma aqaan mana rabo in aan doonto." Xaaji Duwane oo ahaa nin aan jixinjix aqoon ayaa inta uu albaabkeedii ka baxay ku yidhi "marka aad u baahato ila soo socodsii." Ka dibna isaga oo albaabka banaanka ka sii baxaya ayey ka sii daba oroddey oo ku tidhi "aabe ma sidaas ayaad igaga tegaysa?"

Cadar waxa ay ahayd qof had iyo jeer isku dayda in ay qariso dhibka haysa, muujisana awoodeeda dhaqaale, Xaaji Duwanena wuu ku ogaa dabeecaddaas, sidaas darteed isaga oo aan dheg u dhigin ayuu gaadhigiisii galay. Waxa uu ku tashaday in marka ay xaqiiqada yaqiinsato ee ay caawimaad u baahato uu markaas xaaladdeeda galo. Markii uu dhaqaaqayna inta ay daaradda fadhiisatay ayey baroor madaxa qabsatay. Qayladeeda waxa laga maqlayey guryaha deriska ah. Xaataa waxa baroorteedii ku soo baxday Dabeeco oo filin hindi ah oo ay daawanaysay ka daawan kari weyday.

Waxa ka soo wareegtay laba cisho markii aabaheed soo booqday. Xaaladeediina in ay ka sii darto mooyaane kama ay soo rayn. Iyada iyo caruurtii ayaa isku dawakhay ka dib markii ay cunto u karin weyday gurigiina isku dhex yaacay. Iska daa deriskee, tan iyo xaafadda ugu dambaysa ee Kaaraan ayaa sheekadeedii gaadhey. Maadaama dumarka xaafadda aanay badankooda isku fiicnayna cidi uma soo gurman. Waxa aakhirkii u timid Cawrala Cabsiiye oo aanay awalba isku fiicnayn, laakiin ka baqday in xaafaddu sidaas ku ceeboobayso haddii aan qoftan laga war doonin. Markii ay Cawrala gurigii soo gashay way ka yaabtay xaaladda reerku ku sugan yahay. Meel walba waxaa daadsanaa xashiish (qashin), wuxuuna gurigu u ekaa meel laga guuray. Waxa ay garaacday albaabkii Cadar. Iyada oo xoog u qaylinaysa ayey tidhi "waa ayo oo na soo doontay?" Cawralana iyada oo aan hadalkeedii dheg u dhigin ayey inta qolkii hore u sii gashay ku tidhi "naa maxaa saacaddaas qolka kugu xidhay oo aad reerkaaga u maamulan la'dahay." Cadar markii Cawrala gudaha ugu soo gashay inta ay kor u boodday ayey timaheedii oo isku dhex yaacsan garbasaar (foodad) ku duubtay.

Waxa dhex martay dood aad u dheer oo ay Cadar isku deyeyso in ay xaqiiqada haysata dafirto. Waxa ay u sheegtay Cawrala in ay khalad tahay in ay gurigeeda iska soo gasho iyada oo aan idan u haysan. Cawrala Cabsiiye hadalka ugalama nixin ee sidii Xaaji Duwane ayey runta indhaha ka saartay. Waxa ay u sheegtay in haddii aanay xaqiiqada ay ku sugan tahay yaqiinsan, gurigeedu sidaas ku baaba'ayo. Waxana ay aakhiritaankii ka dhaadhicisay in aabaheed la hadasho si uu shaqaalihii ugu soo celiyo, kana bixiyo wixii kharash ah. Waxa ay ku tidhi la hadal aabahaa inta aan kula joogo.

Cadar oo ahayd qof aad isula qab weyn, ma ay jeclaysan in ay aabaheed dad kale hortood ku barido, ka dibna waxa ay ku tidhi Cawrala "aniga ayaa hadhoow la hadli doona." Ka dibna Cawrala ayaa inta farta indhaha kaga fiiqday Cadar ku tidhi "naa weli ma waxad iska dhaadhicinaysaa inaad tahay boqorad noloshii faranjiga ku nool, naa xaaladaada ilaa Afgooye ayaa laga og yahaye yaqiinso jabkaaga." Ka dib waxay doodoodii hore iyo dib u socotoba ugu dambayntii Cadar waxa ay wacday aabaheed waxana ay u sheegtay in ay u baahan tahay in uu caawiyo shaqaalihiina u soo celiyo. Markii ay xogaa wada hadlayeena, Cawrala ayaa inta ay telifoonkii Cadar ka qabsatay ku tidhi Xaaji Duwane "si deg deg ah inantaada ugu kaalay, xaaladeedu ma fiicnee." Ka dibna inta ay Cawrala gurigeedii qabatay, ayey dhowr haweena oo deriska ah isugu yeedhay, iyada oo xaaladda Cadar uga warantay, kana codsatay in ay iska ilaawaan dhaqan xumadeedii hore oo ay caawiyaan. Waxa ay isu qaybiyeen qaar suuqa uga soo adeega, kuwo guriga u nadiifiya iyo kuwo raashin u kariya oo guriga ugu geeya.

Iyada oo shaqadii guriga ee la kala qaybsaday ay dumarkii dhammeeyeen oo weli gurigii Cadar jooga, ayaa salaaddii maqrib waxa albaabka soo garaacay, Xaaji Duwane oo wada Aw Muuse iyo Dalmar. Inkasta oo aanay muujin waxa ay ahayd farxaddii ugu weynayd ee beryahaas Cadar soo marta. Cadar oo aad moodid in ay sidii hore dhaanto oo xaqiiqadii ku soo miirantay ayaa aabaheed qolkeeda ugu yeedhay, waxana ay u sheegtay in Cawaale soo furay, oo aanay wax kale ka rabin ee uu caruurtiisa soo masruufto, una soo celiyo haddii ay la joogto gabadhii ay habaryarta u ahayd ee Saxarla. Waxa uu Xaaji Duwane ugu jawaabay "ha ka werwerin aniga ayaa biilka ku siinaya, sida aan warka ku hayona Saxarla lama joogto Cawaale." Waxa kale oo uu sii raaciyey hadalkiisii "in haddii ay rabto in ay Saxarla sidii hore ula dhaqanto aanay weligeed ku soo noqonayn, isaguna talo ku yeelan doonin soo celinta gabadha uu awoowga u yahay."

Waxa kale oo uu sheegay in Saxarla ay hadda tahay gabadh kortay oo shaqaysan karta, oo aanay jirin sabab maalin walba afka looga garaaco oo loo cabiidsado. Waxa kale oo uu u sheegay in isaga laftiisu uu dulmiga wax ku leeyahay oo ay ahayd in uu mar hore Saxarla ka kaxeeyo. Waxa ay Cadar ka yaabtay sida uu Xaajigu ula socdo arrinta Saxarla. Waxana ay dhaar ku martay in aanay gacan dambe oo ay leedahay saarayn, si xunna ula dhaqmi doonin, haddii ay mar uun u soo noqoto. Xaaji Duwane oo dhoola caddaynaya ayaa inta uu xageedii eegay ku yidhi "Cadar, jaariyadihii ayaad la heshiin weyday, haddii aad is bedelaysid horta jaariyad ka bilow oo si fiican ula dhaqan, ka dibna aynu ka hadalo Saxarla." Waxana uu kula taliyey in iyada lafteeda ay wax ka khaldan yihiin oo ay u baahan tahay in quraan la saaro. Ka dibna inta uu lacag siiyey ayuu xaafaddiisii u caraabay.

In kasta oo ay Cadar aad ugu faraxday in Aw Muuse iyo Dalmar loo soo celiyo, waxa aad ugu adkaatay si ay ugu noolaato nolol iyo guri ay Saxarla ka maqan tahay. Waxa ay bilowday in ay hablihii deriska ahaa iyo kuwii jaariyadaha ahaa ee jaarka la joogay ay weydiiso in ay arkeen iyo in kale. Dhammaan hablaha xaafadda deganaa waxa ay la socdeen sida ay ula dhaqmi jirtey

227

Saxarla, mid walbaana inta ay kor iyo hoos u eegtay iyada oo aan u jawaabin ayey ka dhaqaaqday. Waxa ay tagtay iskuulkii ay Saxarla habeenkii tegi jirtay si ay macallimiinta u weydiiso. Waxa ay macalimiintii u sheegeen in aanay in muddo ah arkin. Ugu dambayntii waxa ay u tagtay Keenadiid oo dukaankii Cudbi jooga, waxana ay weydiisay in uu Saxarla arkay iyo in kale. Keenadiid aad iyo aad ayuu u necbaa Cadar maadaama ay Saxarla si xun ula dhaqmi jirtay. Isaga oo hawshiisii iska wata oo xageediiba eegin ayaa "maya" ugu jawaabey.

Keenadiid waxa uu ahaa qofka keliya ee xaafadda oo dhan og meesha ay Saxarla deggan tahay. Waxa ay shaqo ka heshay reer ay gabadha iskuulka wada dhigan jireen u geysay. Waxa ay ka raysatay dilkii iyo dibin-daabyadii ay Cadar Duwane u geysan jirtay. Keenadiid haddii aanay maalintii Suuqa isku arkin waxa ay habeenkii ku kulmi jireen, jardiinkii ay hore ugu kulmi jireen. Inkasta oo ay weli da'doodu yarayd oo aanay guur kawada hadli jirin, haddana waxa maalinba maalinta ka dambaysa sii koraysay, kalgacalka iyo xiisaha ay isu qabaan.

Maalintii Xaaji Duwane guriga Cadar yimi waxa ka soo wareegtay saddex asbuuc. Cadar oo ay aad ugu adkaatay maamulka guriga oo Saxarla aad ugu xiistay ayaa gurigii aabaheed tagtay. Waxa ay u sheegtay in ay jaariyad fiican weyday, sababtuna aanay ahayn in ay si xun ula dhaqanto, laakiin markii ay wax yar xaafadda joogtaba ay ku diraan naaga derisku. Waxa kale oo ay Xaajiga u qiratay in aanay Saxarla la mid ahayn jaariyadaha ee ay ahayd qof guriga kala maamusha. Inkasta oo Xaaji Duwane u arkay in ay Cadar markan daacad ka tahay in ay Saxarla si fiican ula dhaqmi doonto, haddana waa ay ku adkaatay in uu aamino; waxana uu ku yidhi "Cadareey inanta yar ee aad habaryarta u tahay, hadda ka hor ayey ku sigatay in ay gacantaada ku dhimato, sidaad doonto reerkaga u maamul oo faraha ka qaad."

Markii ay baroor iyo baryo ka bixi weyday, waxa uu ku yidhi "waan kula raadinayaa, laakiin aniga ayey shaqaale ii noqonaysaa oo gurigaaga mushahar ku siinaya, haddii ay maalin keliya kaa soo cabatana, aniga ayaa noqonaya qofka ugu horeeya ee gurigaaga ka kaxeeya. Cadar ayaa inta farxaddii ka badatay inta ay kacday madaxa iyo labada dhaban ka dhunkatay aabaheed. Waxana ay ku tidhi "ballantaada si fiican ayaan u oofinayaa."

Waxa ka soo wareegtay shan casho markii uu Xaaji Duwane ballan qaaday in uu raadinayo Saxarla. Waxa uu ugu dambayntii isaga iyo Gaasira soo heleen guriga ay joogto. Waxa ay ku sugeen meel guriga u dhow ugu dambayntiina way la kulmeen. Inkasta oo Saxarla ay Cadar Duwane ay aad u necbayd haddana si weyn ayey u ixtiraami jirtay Xaaji Duwane. Markasta oo uu guriga yimaadana iyada ayey ahayd qofkii u adeegi jirey. Xaaji Duwane way ku adkaatay in uu markiiba Saxarla ku

229

yidhaahdo ama kala hadlo in ay gurigii Cadar Duwane ku laabato. Waxa uu ku yidhi awoowe waxa aan rabaa inaad gurigayga noo raacdid. Waxa ay u sheegtay in ay maalinta Jimcaha fasax tahay oo ay maalintaas raaci karto. "Maashaa Allah, oo maalin dhan baaba lagu fasaxay?" Gaasira oo ogayd xaalka Saxarla ku sugnayd gurigii Cadar ayaa tidhi.

Saxarla dhowr habeen hurdo ma ay seexan. Inkasta oo ay aad u qaderiso Xaaji Duwane, haddana waxa ay aad uga werwersanayd in uu sheeko ula yimaaddo ..uu ku leeyahay Cadar Duwane ku noqo. Waxa ay xataa dhowr jeer ku fekertay in ay odayga u goyso oo ka dhuumato; laakiin waxa ay istustay in ay arrintaas ku ceeboobayso.

Waxaa la gaadhey maalintii Jimcaha. Sidii balantu ahaydna waxa soo laabtay Xaaji Duwane iyo Gaasira. Waxa ay kula kulmeen meeshii ay Saxarla ku kulmeen hadda ka hor. Maalintii oo dhan waxba kalama hadlin. Habeeninadii ayuu qolka fadhiga ugu yeedhay kalana hadlay arrintii Cadar Duwane. Markiiba wadnaha ayaa bood booday, markii uu Cadar la soo qaaday. Wejigeeda ayaa is bedelay oo murigo hadhaysay. Waxaa dhex maray hadal dheer, waxana uu u sheegay in aanay Cadar u shaqayn ee ay isaga u shaqaynayso mushaharkeedana bixinayo. Waxa uu balan qaaday in haddii mar qudha dhibaato loo geysto aanay maalin dheeraad ah la joogayn oo ay gurigiisa ku soo noqonayso.

Arrintaasi waa ay ku adkaatay Saxarla in ay gurigii Cadar ku noqoto. Waxa ayna ugu dambayntii ku tidhi "awoowe dhibkii iyo dabkii ilaahay iga soo saaray mar kale ku noqon maayo." Xaaji Duwane waxa uu ka cabsi qabey in haddii Cadar ay Saxarla weydo gurigeedu sii baaba'ayo. Wax kasta ayuu ka fekeray markii uu arkay in Saxarla iska soo taagtay in ay gurigii Cadar Duwane ku noqoto. Waxa uu ogaa in uu jiro wiil la dhashay (Samaale) oo ay aad u jeceshahay. Waxa uu ka balan qaaday in haddii ay ka aqbasho in ay gurigii Cadar ku noqoto in uu Samaale cid raadisa u diri doono oo muddo kastaba ha ku qaadatee Xamar keeni doono.

Waxa ay Saxarla hadda ka hor nafteeda ugu ballan qaadday in wax kastaba ha ku qaadatee, ay xataa nafteeda u bixinayso in ay walaalkeed Samaale mar uun aragto. Samaale waxa uu ahaa qayb jidhkeeda ah oo ka maqan. Sidii hooyadood u dhimatayna war uma hayn waxa uu ku sugan yahay, nolol iyo geeritoonna, marka laga reebo Bullo oo u sheegtay in ay mar meel ceel ah kula kulantay. Ilaa maalintii ay shaqada heshayna, lacagta wey kaydsanaysay si ay ugu safarto si ay walaalkeed u raadiso. Inkasta oo aanay Saxarla indhaha siin karin Cadar, inta ay nooshahay weligeedna ay ku tashatay in aanay xataa aaskeeda tegin, haddana balan qaadkan Xaaji Duwane dartiis, waxa ay ka fekertay in ay ku noqoto. Xaaji Duwane oo ay muddo isku raageen Saxarla intii uu baryey ayaa inta uu sarakacay ku yidhi "awoowe salaaddii cishaha ayaan tukanayaaye, ka feker oo beri subax ha inoo ahaato."

Subaxdii markii uu soo toosay ayuu Xaaji Duwane telifoon u diray Cadar una sheegay in ay guriga ugu timaado. Xaaji Duwane uma sheegin Cadar in Saxarla la joogto. Cadar maadaama aan shaqaale u joogin hawlaheeda ayaa aad u badnaa marka waxa ay timi salaaddii maqrib ka dib. Markii ay Cadar timi waxa uu Xaajigu ugu yeedhay qolkii fadhiga oo uu joogay. Waxa uu u sheegay in uu soo helay Saxarla laakiin ay shuruud ku raacayso. Mar alaale markii uu yidhi Saxarla ayaan soo helay ayey inta ay kor u boodday madaxa iyo labada dhaban ka dhunkatay. Waxa dhex maray hadal aad u dheer, waxana uu u sheegay in Saxarla aanay habeen keliya la joogayn haddii iyada iyo caruurteedu dhibaato u geystaan.

Ka dibna Gaasira ayuu u yeedhay oo ku yidhi Saxarla iigu yeedh. Saxarla oo aad xaragada yaabtid oo gurigii Cadar iyo dhibkiisii ka raysatay ayaa albaabka ka soo gashay. Markii ay Cadar indhaheeda isku dheceen ayaa Saxarla waxa ay dareentay in wadnaha tumaatiyi ka wareentay. Cadar ayaa inta ay soo boodday damacday in ay hab siiso, Saxarla oo naxday oo moodday in ay dilayso ayaa albaabka ka boodday. "Kaalay kaalay awoowe ku dili maysee," Xaaji Duwane ayaa yidhi inta uu ka daba kacay. Cadar oo isku yaxyaxday oo kursigii ay fadhiday ku noqotay, ayaa markii Saxarla soo noqotay ku tidhi "habaryar waan dhaartay oo ilaah ballankiis ayaan maray inaanan gacan dambe ku saarin ee ha iga

232

biqin." "Ilaahow aan nolosha ku googo'aa inaanan mar dambe gacantayda ku saarayn," ayey sii raacisay.

Maadaama aanay Saxarla wax wanaag ah uga baran Cadar hadda ka horna inta ay isu bihin bihisay markay rumaysatay dhaawac iyo dhibaato u geysatay; hadalkeedii waxba kama soo qaadin. "Cadar waa waqti dambe iska sii soco, aniga iyo Saxarla weli hadal ayaa isugu kaaya dhimane, anigaana berito kula soo hadlaya," Xaaji Duwane ayaa yidhi. Markii ay Cadar baabuurkeedii gashay ayuu Xaaji Duwane ka daba tegay una sheegay in ay Saxarla qol u diyaariso oo aanay mar dambe Jikada seexan. "Taas aniga ayaa ballan qaaday" inta ay tidhi ayey dhaqaaqday.

Subaxdii markii la quraacday ka dib ayaa Xaaji Duwane mar kale u yeedhay Saxarla. Waxa uu u sheegay in isaga iyo Gaasira ay suuqa u kaxaynayaan oo ay dhar u soo iibinayaan. Waxa kale oo uu mar kale kala sii hadlay ku noqoshada guriga Cadar. Waxa uu u balan qaaday mar kale in haddii ay dhibaato yar iyada iyo gabdhaheedu u geystaan ay gurigiisa ku soo noqonayso. Ka dibna waxa ay isu raaceen suuqii Xamar weyne. Waxa ay ku maqnaayeen maalinta badankeedii, ka dibna waxa ay ka soo noqdeen Saxarla oo shandad weyn oo dhar iyo kabo ka buuxaan wadata. Saxarla dharkeedii hore ee ay Cawaale iyo Saafi u soo iibiyeen waxa ka qaaday Dabeeco, oo badankiisii gubtay markii ay la dagaalan tahay. Inkasta oo ay ku faraxsanayd dharka iyo alaabada kale ee loo soo iibiyey, waxa ay ka

233

werwersanayd in mar kale laga qaado ama laga gubo.

Wax yar salaaddii maqrib ka hor ayaa gaadhigii Xaaji Duwane albaabkii Cadar Duwane soo joogsaday. Cadar caruurteedii hore ayey ula sii hadashay waxana ay u sheegtay in qofkii dhibaato u geysta Saxarla uu guriga ka tegayo. Waxa ay si gaar ah ula hadashay Dabeeco oo iyadu shaqo ka dhigatay in ay maalin walba bilaa micne Saxarla u garaacdo. Markii Aw Muuse albaabka ka furay Cadar iyo caruurteedii oo dhammi waxa ay tubnaayeen daaradda, waxa u dhammaaday shirkii gaabnaa ee ay Cadar u qabatay. Ilaa iyo intii Cadar reer waalanka iyo qayilaadda iskaga jirtay reerkeedu wuu iska dayacmay, gaar ahaan waxa ka lumay awoodii ay caruurteeda ku xukumi lahayd, iyo ixtiraamkii ay u hayeen..hooyo ahaan. Waxana ay werwer ka qabtay in Dabeeco camal xumadeedii la soo noqoto oo Saxarla la dagaalanto. Dabeeco oo wixii Cadar u sheegaysay oo dhammi baal ka mareen ayaa Saxarla kor iyo hoos u eegtay oo huruuftay. Waxa aad u dhibayey in ay aragto xaragada iyo quruxda ka muuqata. Qofka keliya ee ku soo orday ee salaamay waxa uu ahaa Kiilo oo isagu aad ugu xiisay sida ay wax u tari jirtay.

Markii ay guriga soo galeen Xaaji Duwane iyo Saxarla waxa ay u gudbeen qolkii fadhiga. Wax yar ka dibna waxa ka daba galay Cadar oo shaah ay soo karisay sidda. Saxarla waxa ay ogayd inaanay Cadar muddo aad u dheer shaah iyo cunto toonna karin, waxa ay ka fekeraysay sida shaaheedu dhandhamayo! Markii ay

Xaaji Duwane koob shaaha u shubtayna waxa ay fadhiisatay kursi wejiga Saxarla ku aaddan. Xaaji Duwane ayaa waxa uu bilaabay hadalkii, wuxuuna Cadar u sheegay inaanu jeclayn in uu hadal uu hore u yidhi ku soo cel celiyo, oo ay hadalkoodii hore u dhammmaysteeen. Waxa uu intaas ku daray in (Cadar) ay fahamto in heshiiska ay wada galeen uu yahay mid kama dambays ah oo haddii ay (Cadar) jebiso uu Saxarla ka kaxaynayo. Inkasta oo ay Cadar aad uga xumaatay in odaygu inanta yar horteeda ugu hanjabo, haddana "waa yahay aabbe" ayey ku tidhi. In saacad ka badan markii ay wada hadlayeen, ayaa Xaaji Duwane inta uu istaagay yidhi "sidaas ayaa inoo ballan ah." Intii aanu albaabka ka bixin ayuu   Saxarla ku yidhi "bil walba aakhirkeeda ayaan mushaharkaaga kuu keenayaa, aniga iyo adiga ayey inaga dhexaysaa; mana rabo in cid kale ogaato."

Waxaa ka soo wareegtay bil ilaa iyo maalintii Saxarla guriga ku soo noqotay. Intii ay joogtay, maalin keliya ayaa Dabeeco la murantay, ka dibna waxa ay Cadar ku amartay Saxarla in aanay wax kale iska daaye koob biyo ah siin. Waxa ay u sheegtay (Saxarla) in aanay iyada (Dabeeco) u shaqayn. Markii Dabeeco hooyadeed la murantayna waxa ay ku amartay in ay guriga uga baxdo, markii ay diiday oo ay caydayna waxa ay ugu yeedhay booliis, ka dibna waa la xidhay, waxayna xabsi ku jirtay labo maalmood.   Markii Xaaji Duwane bisha dhammaadkeedii mushaharkii u keenay Saxarla waxa uu weydiiyey in wax dhibato ah loo geystay iyo in kale;

235

waxana ay u sheegtay in aan wax dhib ah loo geysan. Waxa uu u sheegay Saxarla in mar haddii ay habaryarnimadii ku tix gelin wayday, in ay (Cadar) ogaato in aad gurigeeda shaqaale ahaan u joogtid oo aan wax kale iyo waalidnimo midna idinka dhexayn.

23

Waxa ka soo wareegtay qiyaastii saddex sanadood maalintii Saxarla ay ku soo laabatay guriga Cadar Duwane. Waxa ay noqotay 18 jir aad quruxda iyo qaayaha ka yaabaysid. Inkasta oo ay dhowr jeer isku dhaceen oo Xaaji Duwane kala dhex galay, Cadar dhibaato weyn uma geysan Saxarla. Waxayna ku dedaashay Cadar in ay u tusto kal gacal habaryarnimo, in kasta oo dadka Cadar yaqaanaa ku xaman jireen in aanay dhab ka ahayn ee ay ka baqaysay in ay Saxarla ka tagto. Midda kale waxa ay Cadar yaqiinsatay in ay Saxarla qof weyn noqotay oo hadday gurigeeda ka tagto ay is deberi karto.

Waxa Sacuudiga ka soo noqday Cali Dubad Xaaji Duwane (Cali-Aboor) oo uu dhalay Cadar walaalkeed oo dhintay. Cali oo wax yar ka dib dhoofay markii ay Saxarla guriga Cadar timi, Waxa uu la joogi jirey eedadis, waxaase noolka uu Sucuudiga ku tegay ka bixisay awoowgiis Xaaji Duwane. Mudadii uu guriga joogay

Cadar Duwane ayaa waxa loo bixiyey naanaysta ah "Cali-Aboor," taas oo loogu duur xulayey gaabnaantiisa. Cali oo muddo shaqaysanayey lacag badanna haysta, waxa uu soo noqday waqti Cadar Duwane aad u baahan tahay. Cawaale markii uu furay ka dib waxa uu u qoray xoogaa masruuf ah oo ay dukaanka qaadato. Aabaheed Xaaji Duwanena waxa uu ka bixin jirey mushaharka shaqaalaha u shaqeeya iyo xoogaa uu marmar ugu daro. Hase ahaatee Cadar oo u baratay in ay had iyo jeer lacagta aad ugu ciyaarto, markasta waxa ay u dhaqmi jirtay sidii qof faqiir ah oo aan shilin soo gelin. Cadar markiiba waxa ay bilowday in ay Cali-Aboor cirka iyo dhulka ka qaaddo. Waxa ay maqashay in sababta ugu weyn ee uu waddanka ugu soo laabtay tahay in uu guursado. Ka dibna waxa ay ku fekertay sidii ay iyadu ugu guurin lahayd, hantidiisana gacanta ugu hayn lahayd.

Waxa ay maalin maalmaha ka mid ah qolka ugu gashay Dabeeco oo filin Hindiya daawanaysa. Cabaar markii ay u sheekaysay, Dabeecona ka yaaban tahay, maadaama aanay weligood sheekaysan; ayey aakhirkii ku tidhi ka waran hadaad inaabtigaa "Cali-Akhyaar" guursatid? Dabeeco ayaa inta ay yaabtay, TV-giina demisay hooyadeed ku tidhi "waa ayo Cali-Akhyaar, ma anigaad igu leedahay Cali-Aboor guurso?" Ugu dambayntiina waxa ay ku tidhi "hooyo waa ku baryayaaye qolkayga iiga bax." Cadar waxa loogu jawaabay hadal ay awalba filaysay, ka dibna inta ay indhaha xoog ugu gubtay (Dabeeco) ayey albaabka ka baxday.

Maalintii ay Dabeeco la hadashay habeenkeedii ayey waxa ay qolkeedii ugu yeedhay Saxarla, waxa ay u sheegtay in ay gaadhay waqtigii ay reer yeelan lahayd oo ay is maamuli lahayd. Waxa kale oo ay u sheegtay in raggii faraha ka baxeen oo wax qaad cuna iyo ma shaqaystayaal ah ay noqdeen. Waxa ay u sheegtay in ay muddoba ka fekeraysay sidii ay nin wanaagsan oo si fiican u dhaqan kara ay ugu heli lahayd. Saxarla ayaa labada indhood soo baxeen, waxana ay ka yaabtay meesha ay sheekadan cusub ka keentay. Cadar oo weli hadalkii guurka daldalaysa ayey Saxarla ku tidhi "habaryar ma rabo inaan waqtiga kaa qaado ee anigu guur hadda diyaar uma ahi, markii ilaahay ka dhigo ayaan sugayaa." Sheekadii Cadar way ka hadhi weyday waxayna ugu darnayd markii ay ku tidhi Cali-Aboor ayaan kugu darayaa. Saxarla waxa ay ogayd in Cadar wax kasta oo dadku ka yaabaan samayn karto, ficil kasta oo ay ku dhaqaaqdana ay iyadu dan gaar ah ka leedahay oo aanay cid u danayn. Ugu dambayntii inta ay Saxarla istaagtay ayey Cadar ku tidhi "hadda ma bixi karaa?" "Iska bax mar kale ayeynu wada hadli doonaaye," iyada oo dhoola caddaynaysa ayey ku tidhi.

Arrintaas ay Cadar ula timi Saxarla werwer iyo walbahaar ayey ku abuurtay, habeenkii oo dhanna way ka seexan waydey. Saxarla sida wedkeeda ayey u hubtay in aanay Cadar sheekadan ka hadhayn ee ay isku deyeyso in ay ku guuleysato. Qofka keliya ee ay arrintaas kala hadli kartayna waxa uu ahaa Keenadiid oo laftiisu sanad ka hor ka tegay xaafaddii Cudbi. Waxa uu la degay habrawadaagtii Kaafiya oo iyada lafteedu markay yarayd Cudbi la joogi jirtay ka dibna ka carartay markii ay dhibtay. Kaafiya waxay guursaday nin aad u ladan oo dhowr dukaan oo dharka iyo alaabada kale lagu iibiyo ku leh Xamar Weyne, Keenadiidna dukaamadii mid ka mid ah ayaa loo dhiibay. Keenadiid waxa uu ahaa wiil qurux ilaahay u dhammeeyey dhinac kasta oo laga eego. Waxa uu ahaa midabka maariin dhalaalka Soomaalidu u taqaan, aadna waa uu u dheeraa. Waxa uu lahaa qaab dhismaad isku dheeli tiran, laakiin aan hilib badan lahayn.

Quruxda Keenadiid ma aanay muuqan intii uu guriga Cudbi joogay, qofkastaana waxa uu arki jiray intiisa xun, maadama dadka dhegahooda ay ku soo dhici jireen magacyada xun xun sida "Baac" oo ay Cudbi iyo caruurteedu ugu yeedhi jireen. Keenadiid waxa uu ka weynaa Saxarla qiyaastii laba sanadood, markii Saxarla ay 18 jirsatay, isaguna waxa u noqday 20 jir. Waxa ka hadhay diiftii iyo dhibaatadii uu ku noolaa. Markii uu dhar dhalaalaya oo qurux badan xirtay, guri wanaagsanna ka soo toosay, waxa uu noqday nin quruxdiisa hablaha derisku isu sheegaan.

Inkasta oo Saxarla iyo Keenadiid aanay sidii hore aanay maalin walba is arki jirin, waxa ay ugu yaraan is arki jireen maalin asbuucii. Waxa kale oo ay Saxarla ugu tegi jirtay Xamar Weyne markasta oo ay fursad u hesho. Waxa kale oo uu Keenadiid baray Saxarla habarwadaagtii Kaafiya. Waxa uu uga sheekeeyey Keenadiid taariikhda ay isla soo mareen iyo in ay had iyo jeer isaga iyo Saxarla is gacan qaban jireen. Si fiican ayey Saxarla iyo Kaafiya isu barteen dhowr goorna gurigeeda ayey ku casuntay. Inkasta oo Kaafiya u arkaysay in ay weli aad u da' yar yihiin...in ay is guursadaan; haddana waxa ay u arkaysay in ay noqon karaan laba qof oo mustaqbal ka dhexayn karo. Waxa ay Kaafiya u sheegtay Keenadiid in waxa ay dukaanka Saxarla uga baahato uu siiyo oo aanu lacag ka qaadin.

Maalin ka dib markii Cadar ay Saxarla guurka Cali-Aboor kala hadashay ayey Saxarla waxa ay u tagtay Keenadiid si ay arrinta ugala hadasho. Waxa ay isku gaadheen habeenimadii wakhti dambe sidii ay arrintii isula jeex jeexayeen. Keenadiid habarwadaagtii Kaafiya ayaa u balan qaaday in haddii uu rabo ay Sucuudiga u dhoofin doonto, niyaddana waxaa aad uga jirey in uu mar uun dhoofo. Inkasta oo uu jeclaa Saxarla niyaddiisana ay ku soo dhacday in uu ku yidhaahdo "aan is guursanno," haddana way ku adkaatay in uu waqtiga hadda la joogo uu mas'uuliyad weyn oo aanu qaadi karin dusha iska saaro. Waxa uu ugu dambayntii ku yidhi "u sheeg habaryartaa oo guur ma rabo ku dheh." Saxarla waxa ay Keenadiid ka filaysay intaas ka badan. Waxa ay ogayd in haddii ay Cadar hadalkeeda diido aanay arrintu sahlanaan doonin. Waxa ay Cadar ku tiqiinay in ay

241

tahay qof aan ka hadhin waxa ay rabto ilaa ay hesho mooyaane.

Waxa ka soo wareegtay afar beri maalintii Cadar Saxarla kala hadashay guurka Cali-Aboor. Cadar waxa ay ogayd in aan Saxarla ka yeelayn in ay ka dhaadhiciso guurka Cali-Aboor. Ka dibna waxa ay casuntay oo qado u karisay Cawrala Cabsiiye iyo Xareedo Coljire. Waxa kale oo ay siisay hadiyado ay ka mid yihiin diricyo iyo cadaro. Inkasta oo aanay Cadar iyo labada islaamood aanay isku fiicnayn oo ay hadda ka hor arrinta Saxarla isku seegeen, ilaa iyo intii Cawaale furayba Cadar waxa ay ku dedaalaysay in ay deriska la heshiiso. Maadaama Cadar ay caan ku ahayd in ay isku daydo in ay dadka madaxa ka qabsato si waxa ay rabto uga hesho, Cawrala iyo Xareedo markiiba waa ay ka shakiyeen. Ka dibna Xareedo Coljire oo la kaftamaysa ayaa ku tidhi "naa Cadar maanta maxaa naga kaa soo galay, casumaaddan iyo hadiyadahani derisnimo ka weyne." Ugu dambayntii waxa ay u sheegtay in ay rabto in gabadha yar ee ay habaryarta u tahay (Saxarla) ay uu guuriso inanka ay eedada u tahay "Cali-Akhyaar," laakiin ay Saxarla ku yara madax adkaatay oo ay rabto in ay ka dhaadhiciyaan in ay danteeda ka shaqaynayaan. Cawrala Cabsiiye ayaa inta ay qososhay Cadar ku tidhi "naayaa Cadar diimo badanidaa, sowdigii inanka hadda ka hor u bixiyey Cali-Aboor, goormaad akhyarna u bixisay?" Waxa ay cabaar kaftankii isku cel celiyaanba, Cadar waxa ay u tustay islaamihii in ay Saxarla asxaan u samaynayso, Calina uu yahay nin akhyaar ah oo si fiican u dhaqan kara. Ugu dambayntii waxay ay Cawrala iyo Xareedo aqbaleen in ay Saxarla la kulmaan. Waxana ay ku balamiyeen guriga Cawrala Cabsiiye.

Markii ay la kulmeen albaabka ayey hoosta uga xidheen. Waxa ay ka dhaadhiciyeen in ay aanay isu arag inan yar oo aan waxba kala garanayn. Waxa ay dabada u qabteen faanin iyo inay awood weyn u leedahay in ay reer yeelato oo ay dhaqan karto. Waxa kale oo ay dib ugu noqdeen noloshii adkayd ee ay soo martay, gaar ahaan mudadii ay guriga Neero joogtay oo ay ku sigatay in hablihii jidhkooda la iibinayey ka mid noqoto. Waxa ay ku cabsi geliyeen in haddii ay Cadar taladeeda diido ay guriga ka eryeyso, ka dibna ay halis u tahay in ay noloshii adkayd dib ugu noqoto, suurto galna ay noqon karto in ay noqoto gabadh xun oo suuqa gasha. Waxa kale oo ay xasuusiyeen in ay muhiim tahay in ay guri isku asturto si camalkeeda wanaagsani hooyadeed u gaadho. Waxa kale oo ay u sheegeen in haddii ay guri yeelato ay awoodi karto in ay waleelkeed Samaale guriga keeni karto. Waxa ay ugu dambayntii kala hadleen xaalka Cali-Aboor. Maadaama Cali-Aboor aad uga weynaa Saxarla, waxa ay Cawrala Cabsiiye oo hadalka intiisa badan daadihinaysay ku tidhi "horta xasuuso nin ku dhali kara ayuun baa ku dhaqi karo." Iyada ka jawaabaysa fool xumadii Cali-Aboor lagu xaman jirey ayey Cawrala Cabsiiye ku tidhi Saxarla "ogow nin qurux laguma raacee, waxa muhiim ah in uu reerkiisa ka adag yahay."

Waxa ay labadii islaamood Saxarla ku rideen indha sarcaad, waxa ay samaysana way garan weydey. Waxa ay iska garaty in ay ahayd mu'aamarad weyn oo Cadar Duwane u soo maleegtay. Ugu dambayntiina iyada oo wax ay ugu jawaabto garan la'a ayey waxay ku tidhi "bal waan ka soo fekerayaa." Waxaa markiiba ka daba hadashay Cawrala Cabsiiye oo ku tidhi "naa waxna ha soo fekerine Ilaahay iska tawakal." Ka dibna Saxarla oo albaabka ka sii baxaysa ayey labadoodiiba ka sii daba yidhaahdeen "waanu kuu ducaynaynaaye, Ilaahay iska tawakal."

Markii ay Saxarla guriga ku noqotay, Cadar waxa ay dhex taagnayd daaradda, iyada oo la hadlaysa Cali-Aboor. "Ii waran habaryar, oo xagaad maanta ku maqnayd?" ayey ku tidhi. Waxa ay iska dhigtay inaanay la soconba sheekada Cawrala iyo Xareedo kala hadlayeen. "Bal kaalay habaryar aynu wada hadalee," ayey ku tidhi inta ay gacanta qabatay oo xaggii qolkeeda ula dhaqaaqday. Muddo saacad ka badan ayey la hadlaysay iyada oo uur baadhaysay oo eegaysay bal in ay islaamihii soo jilciyeen iyo in kale. Waxana ay ka dareentay inaanay weli diyaar ahayn, laakiin aad moodid in ay soo debecday. Waxa ay kula talisay inaanay ka boodin ee bal marmar Cali la sheekaysato.

Cali waxa uu ahaa nin aad u af-gaaban oo aad moodid in hadalku ku dirqi yahay. Cadarna waxa ay ka

welwelsanayd in uu Saxarla la hadli kari waayo. Ka dib
markii ay iyada iyo Saxarla hadalkii dhammaysteenna,
waxa ay ku tidhi bal habaryar waaka hadda qolka
fadhiga joogee shaah u gee, lana yara sheekayso. Iyada
oo aan kelmad odhan ayey jikadii gashay si ay shaah u
soo kariso, ka dibna inta ay shaahii u geysay ayey qolkii
ka soo baxday. Cadar oo daaradda taagnayd oo Saxarla
sheedda ka ilaalinaysay ayaa waxa ay aragtay in ay
qolkii Cali fadhiyey ka soo baxday. "Habaryar, maxaad
u soo carartay, bal ina keen aniga ayaa kula joogayee,"
inta ay tidhi ayey qolkii ku celisay.

Markii muddo 10 daqiiqo ah ay qolkii ku wada jireen
ayey inta Cadar istaagtay oo ku tidhi "waan yara
baxayaaye iska sii yara sheekaysta." Saxarla iyo Cali
waxa ay fadhiyeen laba kursi oo iska soo hor jeeday.
Iyada oo aan midkoodana kelmad odhan ayey is
eegayeen in muddo ah. Saxarla ayaa markii dambe inta
ay xishootay gacanteeda inta ay wejiga saartay hoos ka
eegaysay. Markii ay isku daaleen siday isu eegayeen
ayuu Cali ku yidhi "walaal waxan kaa ilaawey in aan
hadiyad aan kuu siday ku siiyo," ka dibna inta uu kacay
ayuu shandadiisii soo qaaday.

Waxa uu ka soo saaray laba quraaradood oo cadar
ah, laba diric, laba garbasaarood (foodad) iyo kabo,
markii uu u dhiibay ka dibna waxa uu ku yidhi "Insha
Allah marka labaad ee aan noqdo ayaan hadiyad
wanaagsan kuu keeni doonaa." Saxarla oo aan weli Cali
u jawaabin oo hadiyaddii uu siiyey ay dhabta u saaran

245

tahay ayaa waxa albaabka ka soo galay Cadar Duwane, kuna tidhi "haye, ma sheekaysateen?" Iyada oo aan cidi u yawaabin ayey Saxarla inta ay kacday, iyada oo albaabka ka sii baxaysa inta ay dib u soo jaleecday Cali ku tidhi "Mahadsanid."

Saxarla markii ay qolkeedii ay tagtay, waxa ay mid mid u eegtay hadiyaddii Cali u keenay. Inkasta oo Cadar Duwane iyo caruurteedu nacas badow ah ku xaman jireen, waxa ay ka yaabtay sida uu u soo doortay dharka quruxda badan iyo cadarka heerka sare ah. Inkasta oo ay Cali markii hore u arkaysay "wax aan naf lahayn" haddana intii yarayd ee qolka la joogtay iyo hadiyaddii uu siiyey waxa ay tusiyeen dhinaciisa wanaagsan ee bani-aadanimo, laakiin marna niyaddeeda kuma soo dhicin in ay guursato oo ay oori u noqoto. Hase ahaatee, waxa dhinac kasta laga saaray cadaadis. Waxa mar kale ku soo noqday Cawrala iyo Xareedo si ay u xasuusiyaan wax yaabihii ay hore uga wada hadleen, una tusaan in aanay rajo kale lahayn in ay guurtsato mooyaane.

Waxa ku dhacay jaahwareer waxa ay samaysona waa ay garan weyday. Maalintii Cawrala iyo Xareedo la hadleen habeenkeedii ayey Saxarla ugu tagtay Keenadiid dukaankiisii, waxana ay u sheegtay meesha xaaladdu marayso. Inkasta oo Keenadiid jeclaa Saxarla haddana waxa uu ku noolaa marxalad aanu xil guur qaadi karin. Waxa uu habeen iyo maalin ka fekeri jirey "haddii aad Saxarla u sheegtid ha guursan ninka ee i sug, waqtiga uu diyaar garoobi karo." Maadaama ay Saxarla aad isugu dhowaayeen, isuguna qalbi furaayeen; marna ma rabin in uu been ku maaweeliyo. Saxarla iyo Keenadiid wax ay wada hadlayeen muddo saddex saacadood ka badan, waxaana Saxarla u muuqatay in aanu Keenadiid hadda guur diyaar u ahayn. Ka dibna iyada oo xanaaqsan ayey inta ay ka dhaqaaqday ku tidhi "nabad gelyo Ilaahay ayaan iska tawakalayaaye." Inkasta oo uu Keenadiid ka daba tegay oo isku deyey in uu maslaxeeyo, haddana Saxarla uma ay arkayn in ay jirto sheeko ay ka sii wada hadlaan. Isaga oo albaabkii dukaanka taagan oo sii eegaya ayey baskii xaafadeeda u socday raacday.

Saxarla habeenkaas oo dhan hurdo ma seexan. Waxaa ku dhacay dhakafaar iyo werwer. Sida caadada ah Saxarla subax kasta hore ayey u kici jirtay si ay quraacda u diyaariso, laakiin subaxdaas qolkeedii kama ay soo bixin. Waxaa albaabka ku garaacay Kiilo oo ku yidhi quraac baan rabaa. Waxa ay ugu jawaabtay "waan xanuunsanayaaye albaabka ii xidh," ka dibna hooyadiis ayuu albaabka ku garaacay. Cadar inta ay soo baxday ayey ku tidhi aniga ayaa kuu karinayee sug. Waxa ay Cadar fahamtay in Saxarla la rafanayso wixii ay ka yeeli lahayd xaaladda guurka Cali-Aboor, mana ay rabin in ay la muranto ama ka xanaajiso. waayo, waxa ay ka cabsi qabtay in haddii ay ka xanaajiso ay ka cararto oo gurigeeda ka tagto.

Markii ay ciyaalkii quraacisay ee ay kala dirtay ayey Cadar waxa ay u tagtay Cawrala iyo Xareedo iyada oo u sheegtay in aanay Saxarla saaka qolkeedii ka soo bixin.

Waxa ay kula taliyeen in ay quraac u geyso iyaguna ka daba iman doonaan. Markii ay Cadar guriga Cawrala ka sii baxaysay ayey ka sii daba tidhi "tashi ayey ku jirtaa, marka waa in aynu tusnaa in aynu wanaageeda ka shaqaynayno." Markii ay Cadar quraacdii Saxarla u geysay oo ay wax yar wada hadlayeenna waxa albaabka soo garaacay Cawrala iyo Xareedo. Waxa ay Cadar iyo islaamihii isu salaameen sidii in aanay hore u kulmin oo kale. Ka dibna Cadar ayaa ku tidhi islaamihii "Saxarla ayaa yara xanuunsanaysa." Waxana ay sii raacisay "habaryar dhakhtarka ma ku geeyaa?" "Maya waan iska fiicnaan doonaa ayey ugu jawaabtay." Markii ay Cawrala iyo Xareedo cabaar u ducaynayeen ayey Cadar istaagtay oo tidhi, "bal u sii duceeya oo quraan ku akhriya suuqa ayaan adeeg ka doonayaaye."

Markii ay ducadii iyo quraan akhrigii dhammeeyeen, Cawrala iyo Xareedo waxa ay bilaabeen in ay Saxarla kala hadlaan arrintii ay u socdeen oo ahayd in ay ka dhaadhiciyaan sidii ay u guursan lahayd Cali-Aboor. Waxa ay aad uga dhaadhiciyeen in haddii ay Cali guursato in uu dhoofin doono oo ay ka raysan doonto dhibaatada Cadar iyo gurigeeda ay khadaamadda ka tahay. Xareedo oo la kaftamaysa ayaa ku tidhi "Saxarlay mid ogow nin qurux looma guursado, ee waxa la eegaa in uu ku dhaqan karo oo nin mas'uul ah noqon karo." Inkasta oo aanay marna Saxarla niyad u hayn Cali-Aboor, haddana waxa yididiilo gelisay arrinta islaamuhu ka dhawaajiyeen ee ah in uu dhoofin doono. Waxa ay u

248

aragtay arrin ay kaga xoroobi karto guriga Cadar Duwane ee ay mudada dheer joogtay. Ka dibna Saxarla ayaa inta ay dhinaca Xareedo eegtay ku tidhi "yaa huba in Cali i dhoofin doono, Cali waxa uu ku jiraa gacanta Cadar waxa ay u sheegto uun buu yeelayaa." Cawrala ayaa hadalkii ku soo boodday oo ku tidhi taas anaga nagu halee, naa hadda ma joogaa?" ayey raacisay inta xagga Xareedo jaleecday. Wax yar ka dibna Xareedo ayaa inta ay banaanka u baxday iyada oo Cali wadda albaabka ka soo gelisay. Haddii ay Cadar joogi lahayd waxa laga yaabaa in aanay yeesheen in Cali lagala hadlo arrinta dhoofka Saxarla, sidaas darteed waxa ay fursad u noqotay Xareedo iyo Cawrala in ay isu keenaan Saxarla iyo Cali si Saxarla ay u qanciyaan. Markii uu Cali qolkii Saxarla soo galay, Cawrala waxa ay dhinac kaga fadhiisatay sariirteeda, iyadaduna dib ayey ugu sintaacsanayd madaxa sariirta. Xareedo ayaa inta ay gacanta ugu fiiqday sariirta xageeda dambe ku tidhi "Cali halkan fadhiiso." Markii uu fadhiistay ka dibna waxa ay weydiisay in haddii uu Saxarla guursado dhoofin doono. Ka dibna inta cabaar aamusay ayuu gugu jawaabay "insha Allah marka ugu horeysa ee ay ii suurtowdo ayaan dhoofinayaa." Ka dibna Cawrala ayaa hadalkii qaadatay oo ku tidhi "Caliyoow waad ogtahay gabadhani dhibka ay soo martay, aniga iyo Xareedona wax badan ayaanu la hadalay in ay guurkaaga aqbasho, marka ballanta aad qaadday ha ka bixin." Cali oo nin aad u hadal gaaban ahaana wuxu ugu jawaabay "Insha Allah."

Iyaga oo hadalkii iska dhammaystay oo Cali su'aalo ka weydiinaaya nolosha Sucuudiga ayaa waxa albaabkii soo garaacay Cadar oo suuqa ka soo laabatay. Cadar markii ay aragtay labadii islaamood, Saxarla iyo Cali oo qolkii ku wada jira markiiba shaki ayaa galay. Inta ay qososhay ayey ku tidhi "oo waad badan tihiine." Ka dibna Cawrala ayaa u jawaabtay oo ku tidhi, "waanu iska yara sheekaysanaynay, laakiin dhammaysanay," isla markiibana inta ay Cawrala istaagtay ayey Xareedo ku tidhi "Xareedo ina keen duqdii Malayko ee xanuunsanaysay aynu soo eegnee." Markii Cawrala iyo Xareedo baxeena, waxa ka daba baxay Cali oo isaga laftiisu qolo la balansanaa. Waxaana isku hadhay Cadar iyo Saxarla. Cadar oo ka shaki qabtay in Cali lagala hadlay wax aanay iyadu ogayn ayaa Saxarla way diisay sababta uu qolka u soo galay, Saxarlana waxa ay ugu jawaabtay "waxa uu maqlay inaan xanuunsanayo oo wuu i soo salaamay." Cabaar markii ay wada hadlayeen ayey ugu dambayntii Saxarla u sheegtay in ay taladeedii qaadatay oo ay diyaar u tahay in ay Cali guursato. Ka dibna inta ay Cadar kacday oo Saxarla dhunkatay ayey mashxarad ku dhufatay, waxayna u sheegtay inaanay guurka Cali ku qasaari doonin.

24

Waxa ay Cadar bilowday qaban qaabadii arooska. Maadaama ay saaxibadeheedii Caasha-Dheer, Aamina-Xayeysi, Xamdi-Gaabo iyo Xaliimo Daahir ay hore isu seegeen, waxa ay bilowday in ay casumaad u fidiso qaraabadii, iyo haweenkii deriska oo xidhiidhkoodii yara fiicnaaday iyo dhowr dumara oo kale oo ay saaxiibo noqdeen, sida Milgo Xaad iyo Xaali Cajab. Arooska ay qaban qaabineysay iyo hawsha la qabanaayo midna kalama ay tashan Saxarla iyo Cali midkoodna. Waxa ay u arkaysay in ay iyadu Cadar ahaan labadoodaba mas'uul ka tahay. Waxa kale oo ay Cadar go'aansatay in maalinta meherka ay habeenimadeedii arooska iyo aqal galka ka dhigto.

Waxa ay ahayd khamiis maalintii meherka, habeenimadii jimcuhu soo gelayeyna waxaa ku xigay xafladdii arooska. Maadaama aanay aabe iyo walaal midna Saxarla u joogin, waxa shiikhii meherinayey laga dhaadhiciyey in uu mas'uul ka yahay awoowgeed Xaaji

251

Duwane. Saxarla oo ilaa maalintii arrintan loo sheegay ay ka muuqatay murugada adduunka ugu weyn, markii sheekhii weydiiyey in Xaaji Duwane wakiil ka yahay "haa" ayey iska tidhi. Waxa ay u muuqatay in ay niyadda ka lahayd "mar uun Cadar dhibkeedu ha i dhaafo."

Markii nikaaxii dhacayna Cadar iyo islaamihii ay soo urursatay ayaa mashxarad ku dhuftay. Saxarla oo u ekeyd maqane jooga oo meel gees ah fadhida ayey dhun dhukadeen. Cadarna dhun dhukanshada iyo qosolka indhaheeda ayaa laga garanaayey in ay qasab isaga keenayso. Cali-Aboor laftiisa wax farxad ah wejigiisa kama muuqan. Waxaa indhiisa laga dareemayey naxdin iyo xishood is huwan. Inkasta oo markii meherku dhacay rag badani u istaageen oo u tahniyadeeyeen, uma ekayn nin aad ugu faraxsan munaasabadda nikaaxa. Markii qadadii meherka la soo gebo gebayeyna waxa loo diyaar garoobay xafladdii arooska.

Cadar hore ayey uga qaadday Cali wixii kharash ahaa ee arooska lagu maamuli lahaa. Arooska ay u samaynayso labada ruux ee ay isku qasbayso dadka yaqaanay qofna ma aaminsanayn in ay iyaga asxaan u samaynayso ee waxa loo arkayey in ay iyadu dan gaar ah ka wadato.

Intii aan Cawaale furin, Cadar waxa ay ahayd qof aad xafladaha u jecel had iyo jeerna abaabul iyo alaloos ku jirta. Waxa ay soo kiraysay hoteel Curuba oo ahaa hoteelada magalada ugu qaalisan. Waxa ay rabtay in ay cid walba tusto xafladda quruxda badan ee ay isku dubba ridday. Cali-Aboor ma ahayn nin wax bartay, markii uu Sucuudiga tegayna waxa uu shaqo ku bilaabay kuulinimo (wasdaad). Lacagta uu soo shaqaystayna waxa ay ahayd mid dhiiggiisii iyo dhiicaankiisiiba ay ku dhammaadeen. Waxa ay Cadar arooskii ku soo casuntay ugu yaraan 200 oo qof oo aanay badankooda aqoon ee ay asxaabteedu soo casumeen. Mar ay hoos ula hadashay Milgo Xaad waxa ay ku tidhi "waxa aan rabaa in arooskani noqdo kii qarniga."

Waxa soo dhowaaday waqtigii xafladda. Cadar waxa ay hore iyo dib ugu socotay gurigeeda oo ay arooska iyo aroosadda ku mashquul ahayd iyo hoteelka oo ay kormeer ku samaynaysay si ay u hubiso in wax walbaaba si fiican u socdaan.

Markasta oo waqtigii xafladda aroosku soo dhowaadaba Saxarla waxa ka sii lumayey dareenka ay ku kala garato sax iyo khalad. Inkasta oo ay u jeedday cilaan loo saaray, timo loo feedhay iyo maro cad oo loo geliyey waxa aad moodaysay in aanay la soconba waxa meesha ka dhacaya. Waxa ay ahayd maqane jooga. Waxaa loo keenay oo malxiisad looga dhigay Quduro Baylah oo ay dadku ku xaman jireen in maskaxda wax uga yara dhiman yihiin. Quduro iyo Saxarla wax sheeko ahi ma ay dhex marayn in ay is ag fadhiyaan mooyaane. Cali-Aboor laftiisa waxaa loo keenay in uu malxiis u noqdo Cabdi Soogane oo ahaa dadka qaadku yare

wareeriyey oo aan wax shaqo ah magaalada ku hayn.
Inta ay Xamarweyne geysay ayey Cadar uga soo iibisay
Cali suudh aad moodid in uu wax badan ka weyn yahay.
Inkasta oo uu caato ahaan jirey intii aanu dhoofin Cali
ilaa intii uu Sucuudiga joogay waxa ka soo dhacday
calool aad u weyn. Waxana ay Cadar ku tidhi "waar
Suudhka kaa weyn baa fiicane caloosha ku qari."

Isla maalintaas xafladda arooska la qaban
qaabinayey ayuu Keenadiid habarwadaagtii Kaafiya u
sheegay in Saxarla la guursanayo oo nin Sacuudiga ka
yimi lagu qasbay. Waxa kale oo uu u sheegay in uu
gurigeedii soo agmaray si uu xaaladda u hubiyo oo uu
arkay in qaban qaabadii arooska lagu jiro. Waxa kale oo
u sheegay in ay dhowr jeer xaaladda kala hadashay.
Kaafiya oo xaaladooda iyo xidhiidhka ka dhexeeyey
ogayd aad bay uga xanaaqday Keenadiid sababta uu ugu
sheegi waayey. Waxa ay ku tidhi "haddii aanan wax kale
u qaban karin gurigayga kaalay oo joog baan ku odhan
lahaa." Waxa ay kula talisay in ay is raacaan oo ay la soo
baxsadaan.

Kaafiya waxa ay ahayd qof noloshii adkayd ee
guriga Cudbi ku soo kortay, waxana ay u dhalatay
karkar iyo karti. Waxa ay isla falanqeeyeen sidii ay u soo
kaxayn lahaayeen qof aroos u gingiman oo dad badani
ku xeeran yihiin. Deriska badankoodu way ogaayeen in
Saxarla iyo Keenadiid la isku xanto in xidhiidh ka
dhexeeyo, marka way adkayd in isaga oo socda uu
guriga iska galo. Ka dibna Kaafiya ayaa soo jeedisay in

niman Booliis ah oo ay asxaab yihiin ay kaxaysato oo Saxarla yidhaahdaan dembi ayaa loo haystaa oo Booliis istayshanka ayaa la geynayaa. Waxa ay isku raaceen in ay fikradda ugu fiican tahay.

Waxa la gaadhay waqtigii caruuska iyo caruusadda la kaxayn lahaa. Waxaana banaanka la soo dhoobay baabuurtii lagu gelbin lahaa. Waxa ay Cadar ku mashquushay kala nidaaminta baaruurta iyo sidii dadku u kala raaci lahaayeen.

Waxa qolka Cadar Duwane fadhiyey Saxarla iyo Quduro malxiisaddii Cadar u doortay. Saxarla ayaa Quduro ku tidhi "iigu yeedh Cadar Duwane," markii ay Quduro baxdayna albaabkii ayey hoosta ka xidhatay. Cadar oo qaylinaysa, xoogna u socota oo leh "naa maxay naagtu qolka ka qabanaysaa oo u soo bixi la'dahay waanu habsaanaye," ayaa albaabkii xoog u riixday. Markii ay aragtay in uu albaabku hoosta ka xidhan yahayna xoog ayey u garaacday, iyada oo qaylinaysa oo leh "naa fur lagu qaniinye maxaad meesha ka qabanaysaa oo albaabka u xidhatay. Dugsiiye oo dhalinyaradii arooska wax ka maamulayey ka mid ahaa oo daaradda taagnaa oo isagana shaki galay markii u maqlay Cadar oo leh maxaad albaabka u xidhatay, ayaa inta uu xoog u soo talaabsaday isaguna albaabkii xoog u garaacay isaga oo Saxarla ka codsanaaya in ay albaablka furto. Markii uu dhowr jeer albaabka garaacay ee ay juuq u odhan weyday ayuu albaabkii dhegta saaray si uu u dhegaysto in ay cid la hadlayso iyo in kale. Isaga oo albaabkii dhegta ku haya ayaa waxa uu maqlay sanqadh weyn sidii wax dhulka ku dhacay oo weliba albaabka xaggiisa kale ku soo dhacay.

Markii uu sanqadhii maqlayna albaabkii ayuu xoog u sii garaacay isaga oo ku celcelinaya "Saxarla, Saxarla, albaabka fur." Nin xoog leh ayuu ahaaye markiiba albaabkii ayuu xoog ku jebiyey, isla markiibana waxa uu arkay Saxarla oo albaabka hoostiisa jiifta afkana abur ka sii daynaysa, indhihiina xagga kale ka rogan yihiin. Markii uu arkay gabadhii oo afka abur ka da'ayo oo suuxsanna inta uu khalkhalay ayuu qaylo ku dhuftay isaga oo leh "war gabadha naftii ayaa ka socotee kaalaya ila qaada."

Markiiba Digaale oo ordaya ayaa qolkii soo galay, waxa uuna weydiiyey waxa ku dhacay gabadha. Intii aanu u jawaabin ayuu waxa uu arkay quraarad dhulka taalla. Dugsiiye ayaa markiiba quraaraddii la booday oo sanka saaray. "War dhii dhiitii (DDT) bay cabtaye ila qabo, u malayn mayo in aynu cusbitaalka nolol ku gaadhsiinaynee." Ka dibna inta midba dhinac qabtay ayey iyaga oo la orddaya gaadhi banaanka taagnaa ku tuureen.

Markiiba dadkii arooska ka shaqaynayey ee daaradda iyo qolalka dhoobnaa ayaa dareemay dhibaatadii dhacday. Cadar oo iyana inta ay ursatay oo hubisay in wixii ay gabadhu cabtay ahayd sun DDT ah ayaa inta ay quraaddii qarisay oo banaanka u soo baxday tidhi "wax weyni ma jiraane, mar mar bay suuxdimo leedahay oo wixii ayaa ku soo kacay oo mar dhow waa la soo celinayaaye shaqada wada." Inta dadkii is wada eegeen, iyaga oo aan aaminsanayn in waxa ay Cadar u sheegayso aanay xaqiiqo ahayn ayaa qof walbaaba hawshii uu qabanayey ku laabtay.

Cadar oo wax alla wax ay samayso garan la'a oo naxdin iyo ceeb darteed dhulkii ku yaraaday ayaa qolkeedii dib ugu noqotay. Waxa markiiba ka daba galay saaxiibadaheed Milgo Xaad iyo Xaali Cajab. Markiiba waxa ay u sheegtay xaqiiqadii iyo in ay Saxarla cabtey sun DDT ah.

Waxa ay qolkii kuwada hadlayeen muddo saacad nuskeed ah, iyaga oo isla falanqaynaayey waxa ay xaaladda ka yeelli lahaayeen. Cadar wax kasta oo dhaca, ma ay rabin in arooska lagu kala tago (kansal-gareeyo) ama dib loo dhigo. Sidaas darteed waxa ay soo jeedisay, in ilaa laba saacadood oo kale laga warsugo, oo la eego in sunta laga saari karo iyo in kale. Cadar inkasta oo ay ahayd qof aad u rabsho badan, haddana adkaysi badan uma lahayn in wax laga sheego ama xanteeda iyo ceebaheeda suuqa laga maqlo; arrintaas ayaana ku kalifaysay in ay ku adkaysato in aan arooskaasi baaqan.

Markii ay cabaar doodii isla jeex jeexayeen ayaa Xaali Cajab oo ahayd ruuxa ugu deggan saaxiibadeed, ay ku tidhi "Cadar arrintani wax la baasabaaseeyo ama la qarqariyo ka weyn, umaddii ilaahay oo dhan ayaa ku sugaysa…inantii xaaladeedana ma ogid, marka madax adayga iska dhaaf oo dadka u sheeg waxa dhacay, nimankii inanta qaadayna aan ka war sugno…Hoteelkii iyo dadkii inagu sugayeyna aan war gelino oo u sheegno waxa dhacay iyo meesha xaaladdu marayso." Inkasta oo aanay Cadar taladaas jeclaysan haddana waxa ay ahayd dariiqa keliya ee u furan.

Markii ay Cadar taladii Xaali qaadatayna inta ay kacday ayey ku tidhi "Xaali walaalay dadka guriga jooga u sheega waxa dhacay." Ka dibna waxa ay u wareegtay guri deriska ah oo Cali-Aboor fadhiyey. Cali oo suudh ku taagan oo 10 nin dhexda uga jira ayey Cadar albaabka banaanka soo joogsatay oo tidhi ha la iigu yeedho "Caruuska." Cali oo awalba baqdin uu arooska ka qabey dartii wejigiisa dhidid qariyey , ayaa inta uu dibadda u soo baxay yidhi "Eeddo ma diyaar baynu nahay." "Maya" inta ay ku tidhi oo ay gees ula dhaqaaqday ayey uga warrantay sida wax u dhaceen iyo xaaladda taagan.

Cadar oo weli Cali la joogta ayaa waxa albaabka hore ee guriga soo joogsaday gaadhi ay wataan laba nin oo Boolis ah. Waxa ay arkeen dadka badan ee meesha ku buuqsan, oo weji yadooda argagaxu ka muuqdo. Waxaa gaadhigii ka soo digay kabtan Diirshe oo Aw Muuse oo albaabka taagan ku yidhi "maxaa meesha ka dhacay." Aw Muuse oo wejigiisa murugo ka muuqato ayaa ugu jawaabey "gabadh yar oo la aroosi lahaa ayaa sun cabtay." Kabtan Diirshe oo aad u naxay ayaa weydiiyey in ay dhimatay iyo in kale, wuxuuna ugu jawaabay "waalahay ma hubo isbitaalka Digfeer ayaa loo qaaday." Kabtan Diirshe iyo askarigii la socday waxa ay ku laabteen Kaafiya iyo Keenadiid oo makhaayad aan gurigi ka fogayn ku sugayey, waxayna u sheegeen warka naxdinta leh ee ay gurigii Cadar Duwane kala kulmeen. Ka dibna waxay ay Keenadiid iyo Kaafiya markiiba u dhaqaaqeen xaggii isbitaalka Digfeer.

Cali-Aboor oo awalba ogaa in aanay Saxarla doonayn ee lagu khasbaayey ayaa Cadar weydiiyey hadda waxa la yeelaayo. Waxa ay u sheegtay in ay ku rajo weyn tahay in ay ladnaato, marka ay Dhakhtarka ka soo noqotana ay xafladda arooska halkeeda ka sii wadi doonaan. Cali oo u arkay in waxa ay Cadar u sheegayso in aanay macquul ahayn, ayaa ku yidhi "Eeddo gabadhu ima rabtee maad iga daysid…intii ay nafteeda halaagi lahayd." Markii intaasi afkiisa ka soo baxday, ayey intay kor ugu qaylisay ku tidhi "waar dhegayso wax yahow nacaska ahi, goorma ayaad Soomaaliya ku aragtay gabadh ninka ay rabto guursata…miyaadan arag inta gabadh yar oo 15 ah lagu daray nin boqol jeer dhali kara? Iyadaaba ayaan leh hadday ku heshee halkaas igu sug," ayey si kulul ugu tidhi. Ka dibna inta ay albaabka ka baxday ayey gurigeedii ku laabatay.

Intii Cadar ay Cali-Aboor ku maqnayd ayey Xaali laba wiil u dirtay Hoteel Curuuba oo dadkii la marti qaaday badankoodii ku maqan yihiin, una sheegtay in ay

259

dadka sii madadaaliyaan inta xaaladda taagani dhinac uun u dhacayso. Nimankii Cali-Aboor la fadhiyey markii uu isaguna arrintii dhacday u sheegay waxa ku dhacay fajac iyo amankaag, naxdin darteedna nin waliba "shib" ayuu yidhi inta uu wax uu ku hadlo garan waayey.

Inkasta oo ay ahayd arrin caadi ah in hablaha yar yar ee nin aanay rabin lagu qasbaa ay gaas isku shubaan oo is gubaan ama sun cabaan, haddana Cadar dhaqankeedii hore iyo siday Saxarla u silcin jirtay darteed ayey dad badani ka shakiyeen in iyadu suntan u qastay. Waxa kale oo haween badan oo habeenkaas arooska ka shaqaynaayey shaki geliyey...maadaama ay Saxarla qolka Cadar ay ku jirtay sida ay ugu suurto gashay in ay suntan cabto iyo meesha ay ka keentay. Muddo yar ka dib, markii Cadar qolkeedii ku laabatayna, dadkii waxa ay bilaabeen in ay raxan raxan u baxaan, iyaga oo isku qanciyey in aan meesha aroos ka soo socon.

Waxa dhammaatay labadii saacadood ee ay Xaali soo jeedisay in Saxarla xaalkeeda laga dhur sugo. Cadar oo markaas ku leh saaxiibadaheed "naa maxaynu yeellaa" ayaa waxa soo dhacay telafoon. Waxa uu noqday Dugsiiye oo dhakhtarkii Digfeer oo Saxarla ku sugan tahay ka soo hadlaya. Cadar oo welwel weyni wejigeeda ka muuqdo ayaa Dugsiiye weydiisay xaaladda Saxarla, ka dibna waxa uu u sheegay in ay nooshahay, laakiin xaaladeedu meel xun marayso. Waxa ay sii weydiisay in ay suurto gal tahay in ay isla habeenkaas arooska ka qayb geli garto. Dugsiiye oo Cadar caqli xumadeeda la yaaban ayaa ku yidhi "inantan, haddii ilaahay maanta tan ka kiciyo iyadaaba nasiib leh ee meesha ku kala dareera."

Habeenkaas sida ay u dawakhday iska daa wax kalee, Cadar waxa ay xataa ku fekertay in ay inan kale oo ay ku bedesho Saxarla isla habeenkaas hesho oo aanu aroosku baaqan. Inkasta oo waqtigaas la joogay ay aad u yaraayeen gabdho diida nin Sacuudiga ka yimid, haddana Cali-Aboor ma ahayn nin si sahlan gabadh degdeg loogu heli karo.

Cali-Aboor waxa uu ahaa nin aad u gaaban, madow, oo labada fool ee sare maqan yihiin. Waxa uu ahaa nin miyi ku koray oo noloshiisa inta badan miyiga ku dhammaystay, intaanu magaalada soo gelin. Labada fool ee sare ee maqan, waxa la sheegay in isaga oo dhallin yaro ah oo geel waraabininaya hali afka ka haraatiday. Cali intii aanu Sacuudiga ka soo laaban ayuu labadii illig ee ka maqnaa kuwo been ah soo gashaday. Cali-Aboor markii uu miyiga ka yimmi waxa uu ahaa nin aad caato u ah, waxaana korkiisa ka muuqday darxumo aad ugu raagtay.

Cali markii uu Sacuudiga ka soo laabtay, waxa uu noqday nin sidii uu dhammaaba is bedelay. Waxa uu noqday nin jidhkiisii kala baxay oo hilib koray, calool kuusanina ka soo dhacday. Waxa ka fuqday toxobtii miyiga oo waxa soo noqday nin jidhkiisii oo dhammi

dhalaalaayo.   Inkasta oo Cadar markasta dusha ka
ilaalin jirtay, haddana ninkii Cali-Aboor oo in uu jiro iyo
in kale aan cidiba ogayn, ayaa dadba daba yaacay si loo
shaxaado.   Inkasta oo aanu Cali nin sidaas u hadal
badan ahayn, haddana dadka Cadar si fiican
dabeecadeeda u yaqaannaa waxa ay aaminsanaayeen in
wixii uu shaqaystayba ay iyadu ka qaadday oo ay iyada
gacanteeda ku jiraan.

Arrinta fadeexadda ah ee guriga Cadar ka dhacday
markiiba magaalada ayey gees ka gees uga baxday.
Cadar oo ahayd dadka aad isula weyn ayaa markiiba
waxa ay bilowday werwer iyo in cadowgii ay is
necbaayeen ku farxaan jabkeeda. Waxa isla habeenkaas
telefoon u soo diray dhowr dumar ah oo aan xidhiidh
wanaagsani ka dhexayn, arooskana aan laga
casuumin…inkasta oo ay u sheegeen in ay ka xun yihiin
waxa dhacay, haddana waxa ay Cadar aaminsanayd in
ay ku digasho ka ahayd ee aanay daacad u soo wicin.

Marka laga reebo Cadar saaxiibadaheed oo dhowr
saacadood oo dambe la sii joogay, dadka badankoodii
markii ay ogaadeen in aan aroos jirin ayey iska kala
dareereen.   Dadkii hoteelka arooska lagu dhigi lahaa
joogayna inta ay cabaar muusik iska dhegaysteen, ka
dibna iska casheeyeen ayey guryahoodii u kala hoydeen.
Furiinkii Cawaalena arragtayoo, habeen Cadar uga xun
ma ay soo marin. Waxa ay saaxiibadaheed oo waaninaya
markii ay arkeen iyada oo isku buuqsan ugu jawaabtay"
Cawaale isaga uun baa tegaye sumcadayda ma uu

qaadan….arrintanise mid aan sugayey ma aha."

Habeenka intiisii badnaa, Cadar laba indhood isuma keenin. Sidii ay sariirtii u galgalanaysay oo u fekeraysay ayey salaaddii subax wax yar ka hor gama'day. In ka yar laba saacadood iyada oo jiifta ayaa wiil yar oo ay dhashay albaabka ku soo garaacay, oo u sheegay in laba nin oo Booliis ahi rabaan in ay la hadlaan. Iyada oo hurdo ka muuqato oo indhaha marmaraysa ayey ku tidhi "hooyo ma kici karee, duhurka ka dib igu soo noqda ku dheh." Markii askartii fariintii loo geeyeyna iyaga oo xanaaqsan ayey inta ay guriga gudihiisii soo galeen qolkii ay ku jirtay albaabkiisii xoog ugu garaaceen. Inkasta oo ay cabaar ku adkaysatay in ay soo noqdaan, markii ay aragtay in aanay sidaas ku tegayn ayey u oggolaatay in ay qolkeeda soo galaan oo la hadlaan, ka dib markii ay ugu hanjabeen in ay xidhayaan haddii ay amarkooda diido.

Markii ay askartii muddo waraysanayeen ayey Cadar fahamtay in ay Saxarla soo arkeen, wixii dhacay oo dhanna ay og yihiin. Markii ay uga warrantay sida wax u dheceen iyo in ay Saxarla DDT cabtay, ayaa labadii askari midkood weydiiyey quraaraddii DDT-du ku jirtay meesha ay dhigtay. Cadar oo aan markii horeba qorshaha ku darsan in Booliis imaan doono oo quraaradii la weydiin doono ayaa talo ku cadaatay. Waxa ay u sheegtay in nimankii arooska yimi mid ka mid ah ay u dhiibtay oo ku tidhi sunta iga soo fogee, oo aanay garanayn meesha uu ku soo tuuray isagiina uu

263

xaafaddiisii tegay.   Askarigii markii hore su'aasha weydiiyey maahee, kii kale ayaa ku yidhi "quraaraddu waa tii dembiga lagu galay, haddii aadan hayn sidee ayaad ku cadayn kartaa in aadan adigu dembiga gelin?"

Inkasta oo ay Cadar runteed ahayd in ay quraaradda nin u dhiibtay soo tuuray, askartii ma ay rumaysan waxayna ku amreen in ay Xerada Booliiska u raacdo. Maadaama Cadar had iyo jeer ku xidhnayd dad awood leh, mar kasta oo arrini la soo gudboonaatona isku deyi jirtay in ay sharciga dal daloolkiisa hesho si ay u jebiso, waxa ay isku dayday in ay labadii askari laaluushto. Inkasta oo laaluushku wax iska caadiya ahaa oo aanu ceeb ahayn, haddana askartii mid ka mid ah ayaa xanaaqay oo ku yidhi "miyaadan arkayn in ruux dhammi qabri dulsaaran yahay" isaga oo Saxarla ka wada. Ugu dambayntiina Cadar waxa ay go'aansatay in ay raacdo intii khasab lagu kaxayn lahaa.

Cadar markii Xerada Booliiska la geeyey ee baadhis lagu sameeyey, su'aalo bandanna la weydiiyey, laba arrimoodba Booliiskii way ka qancin weyday, cidda quraaradda DDT-da ah qolkeeda keentay iyo meesha ay quraaraddii ka baxday. Su'aalaha ay Cadar Booliiska ka qancin wayday ka sokoow, waxa ay nimankii baadhayey Cadar u arkeen in ay tahay qof aad u kibir badan oo aan sharciguba waxba ugu fadhiyin, iyagana (Booliiska) aanay wax ixtiraam ah u muujinayn, sidaas darteed ayey waxa ay go'aansadeen in ay xidhaan..maxkamadna u gudbiyaan hadday u suurtowdo. Hase ahaatee, markii ay Cadar xabsiga ku jirtay muddo asbuuc ah ayaa waxa soo damiintay aabaheed Xaaji Duwane.

Mudadii ay Saxarla dhakhtarka ku jirtay maalin walba Cali-Aboor waa uu u tegi jiray. Waxa uu ahaa qofka keliya oo u muujiyey naxariis iyo kal gacal. Inkasta oo aanay Saxarla wax dareen ah u ahayn isaga dartiis isu dili gaadhayna, haddana fekerkii ay ka qabtay wax weyn ayaa iska bedelay, waxayna aragtay in uu nin aad u naxariis badan yahay. Cali inkasta oo aanu hadal badnayn waxa xasuus xun ku reebtay falkii is dilka ee ay Saxarla ku kacday, taas oo uu u arkayey in isagu u sabab ahaa. Waxa uu noqday nin aad ugu furfuran kana sheekeeya noloshii uu soo maray gaar ahaan intii uu joogay guriga Cadar Duwane. Waxa kale oo uu u balan qaaday in uu dhoofinayo haddii ay guursato, dibna aanay ugu noolaanayn guriga Cadar Duwane. Dhowr goor oo Cadar ugu timid dhakhtarka isaga oo Saxarla la sheekaysanaya way ka dhaadhici wayday, waayo waxa ay u arkaysay in uu doqon aan sheekada aqoon yahay.

Inkasta oo Keenadiid dhowr jeer dhakhtarka ugu yimi Saxarla oo uu is yidhi bal kala hadal aayahooda iyo sidii ay xidhidhkooda dib ugu hagaajin lahaayeen, waxa ay u sheegtay "in markii ay u baahnayd uu gabay isaga dartiisna ay nafteeda u halligi gaadhey."

Markii Saxarla dhaktarkeedii uu sheegay in ay aad u wanaagsan tahay oo ay tegi karto, Cali oo la joogay waxa uu ka codsaday in ay guriga Cadar ku wada noqdaan.

Inkasta oo aanay aqbaltu odhan, haddana Saxarla dareenkeeda waxa ka muuqday in ay u liicayso dhinaca Cali oo ay rabto in ay iskaga nasiibsato.

Markii ay gurigii Saxarla iyo Cali ku soo noqdeen, waxa aragtay Cadar nin aad isu bedelay oo aad moodid in uu Saxarla gacanta ku dhigay oo isagu maamulaya. Cadar had iyo jeer ma aanay jeclayn in awoodeeda la dhantaalo ama hawlaha ay gacanta kula jirto la fara geliyo. Waxa ay u arkaysay ama rabtay in Saxarla iyo Cali ay iyadu (Cadar) maamulkooda iyo gacan ku hayntooda ay leedahay aad bayna uga xumaatay in ay fursad isu heleen. Mar ay Milgo ku xan qarsanaysay waxa ay ku tidhi "naa adduunyadan waa la rogayaa, naa ma anigay maanta ii heshiiyeen Fadhi-Xun iyo Cali-Aboor."

Waxa ay Cali iyo Saxarla sheekadooda hoos u wataanba waxa uu dhowr maalmood ka dib u sheegay Cadar in isaga iyo Saxarla ay go'aansadeen in ay aqal galaan. Waxa kale oo uu u sheegay in aanay aroos rabin ee ay guri kiraysanayaan. Cadar hadalkaas way ka muraara dilaacday, gaar ahaan markii uu ku yidhi in ay guurayaan. Cadar markii ay arooska qaban qaabinaysay waxa qorshaha ugu jirtay in ay Saxarla gurigeeda qol ka degto shaqadii ay u haysayna ay halkaas ka sii waddo. Waxa ay is tusisay in guri Saxarla ay ka maqan tahay uu noqonayo guri madow. Waxana ay isku dayday si kasta oo ay u joojin lahayd in aan arrintaasi dhicin; markiibana afka ayey kaga boodday Cali oo ku tidhi "waar hadda guur diyaar uma tihid, inantanina weli wey dawakhsan tahay ee ka feker marka aad soo noqoto." Inkasta oo ay si kastaba isugu dayday in ay Cadar hor joogsato aqal galka Cali iyo Saxarla, labadoodiiba waxa ay u sheegeen in ay ka go'an tahay arrintaasi.

Cadar markii ay aragtay in ay ka dhabtahay oo aanay waxba ka qaban karin ayey xarfaddii u bedeshay, waxayna u sheegtay Cali in wixii uu kharash haystayba ay arooskii dhicisoobay uu kaga baxay. Waxana ay kula talisay in Saxarla qolkeeda iska deganaato inta uu dib u soo shaqaysanayo. Waxa kale oo ay ku adkaysay in aanay Saxarla shaqo ku khasbayn mid ay iyadu kaskeeda ka maagto mooyaane. Inkasta oo labadooduba (Cali iyo Saxarla) ay si fiican u yiqiineen Cadar oo ogaayeen in ay tahay qof aan balanta ay qaaddo oofin karin, haddana way ka aqbaleen ballan qaadkeedii iyo taladii ay u soo jeedisay. Wax yar ka dibna sidii ayey Cali iyo Saxarla ku aqal galeen.

Muddo yar ka dib markii Cali iyo Saxarla aqal galeenba Cali waxa uu ku noqday Sucuudiga, halkaas oo hawshii uu hayey laga sugayey. Waqti yar markii uu maqnaa ee uu soo hadlayna waxa ay Saxarla u sheegtay in ay uur leedahay. Waxa kale oo ay u sheegtay in ay wallacii aad ugu xanuunsatay Cadarna weli ka filayso in ay shaqadii guriga sidii oo hore u waddo. Waxa ay u sheegtay Cali in aanay Madbakha geli karin oo cuntadu u soo urayso. Cali oo aad uga xumaaday sida Cadar ay ula dhaqmayso Saxarla ayaa ku yidhi "guri raadso oo ka guur." Ka dibna iyada oo saddex bilood uurkeedu yahay ayey ka guurtay.

Waxa ay Saxarla qol ka kiraysatay Asli Biixi oo ay isku barteen gabadh u shaqayn jirtay. Ilaa maalintii ay Saxarla ka guurtay guriga Cadarna waxa soo noqday jidhkeedii waxana ay ka raysatay dhibkeedii iyo shaqadii badnayd ee ay u qaban jirtay. Asli waxa ay ahayd qof naxariis badan oo aad u dar yeesha Saxarla waxana ay yeesheen xidhiidh aad u wanaagsan.

Waxa ay ahayd maalintii Saxarla nolosheeda ugu faraxadda weynayd markii uu u dhashay wiilkeedii curad Bilaal. Ilaa iyo intii ay bilihii ugu dambeeyey ee ay uurkeeda gashay waxa ay iyada iyo Cali ka sheekaysan jireen ilmaha u dhasha waxa ay u bixin lahaayeen, waxana ay ku heshiiyeen in haddii ay gabadh dhasho ay iyadu magaca u bixin doonto haddii ay wiil dhashona uu isagu magaca u bixin doono, wuxuuna doortay magaca Bilaal.

25

Ilaa iyo maalintii Cawaale guriga Saafi u soo wareegay ee uu Cadar Duwane furay noloshiisii wax weyn ayaa iska bedelay. Waxa uu helay guri uu ku nastay waxana uu ka raystay qayladii, dagaalkii iyo xasilooni la'aantii Cadar Duwane. Waxana uu dareemay in uu guur dhab ah hadda helay. Saafi lafteedu waxa ay heshay nin wehel u noqda, kana saara kelinimadii ay ku noolayd. Waxa uu Cawaale ahaa nin aad u gacan furan, dhaqaale wanaagsanina soo galo, sidaas darteed, Saafi waxa ay ka bixi weyday temeshle iyo nolol raaxo leh.

Saafi inta badan habeenkii ayey Dhakhtarka ka shaqayn jirtay, waxaana beryihii dambe adkaatay in ay Cawaale iyo Saafi is arkaan. Marka ay subaxdii shaqada ka soo baxdo, Cawaalena wuu kalihi jirey. Maadama ay guriga maamuli jirtay Luul, waxa fursad isu helay in iyada iyo Cawaale sheekaystaan marka caruurtu seexato. Inkasta oo Saafi aad ugu kalsoonayd Cawaale iyo Luul oo aan isku keliyeysigoodu dhibi jirin, waxaa muddo ka dib shaki geliyey sida Cawaale ula dhaqmi jirey Luul.

Waxa uu keenay sheekooyin ah "inanta shaqada ka yaree, way daashay," iyo in markuu Saafi wax u soo iibiyo in leeg Luul u soo iibiyo." Waxa kale oo ay Saafi dareentay in sida ay Cawaale cuntadiisa, dharkiisa iyo waxa uu xidhanayo in ka badan ay Luul uga werwerto, inta ay Saafi uga werwerto.

Waxa Saafi la soo gudboonaatay arrin adag oo aanay weligeed filayn. Jacaylkii ay Cawaale u qabtay iyo saaxiibnimadii iyada iyo Luul ka dhexeeyey labadiiba mugdi ayaa galay. Wax kasta ayey ku fekertay. Xataa waxa ay shaqada ka codsatay in maalin loo bedelo, laakiin waxa loo sheegay in xilka habeenkii loo dhiibay oo ahaa mid ay dalacaad ku heshay ay waayeyso haddii ay subax tagto. Wax kasta ayey ku fekertay. Xataa in ay Luul erido ka fekertay, laakiin haddana waxa ay ku tashatay in aanay tallaabo qaadin ilaa ay wax cad ku qabato mooyaane.

Baqdintii ay ka qabtay in Cawaale iyo Luul wax ka dhexeeyaan waxaa sii xoojiyey xantii islaamaha xaafadda oo iyaduna Saafi soo gaadhay. Waxase ay ugu darnayd maalintiii ay Filfilo oo ay adduunka ugu necbayd salaanta Islaamkana aanay ka qaadi jirin inta ay ka soo horbaxday ku tidhi "waadigii jaariyadda waa walaashay odhan jiraye maxaad ka dheeftay, sow aakhirkii ninkaagii kaagalama bixin." Saafi inta ay wax ku hadasho garanweyday ayey inta ay kor iyo hoost Filfilo u eegtay ka dhaqaaqday.

Talo ayaa ku caddaatay Saafi, waxa ay samaysona way garan weyday. Waxa ay xaafadda dadka isugu fiicnaayeen Geediyo Garabey oo deriska oo dhan si weyn looga ixtiraamo. Geediyo oo ay ilaa yaraanteedii taqaanay waxa ay u arki jirtay qof sida hooyadeed oo kale ah; marka ay xaajo adagi la soo gudboonaatana had iyo jeer way la tashan jirtay. Maalintii Filfilo suuqa ku qabsatay maalintii ku xigtay Saafi waxa ay go'aansatay in ay shaqada fasax ka qaadato is ay Geediyo ugu tagto oo ula tashato.

Markii ay Geediyo u tagtay oo ay arrintii ka wada hadleena, Geediyo waxa ay u sheegtay Saafi in ay xanta in badan suuqa ka maqlaysay, laakiin aanay dheg u dhigin, waayo waxa ay tidhi "waxa aan u qaatay markii hore dad ka xun jacaylka adiga iyo Cawaale idinka dhexeeya oo doonaaya in ay guriggiina dumiyaan." Geediyo oo hadalkii sii wadata ayaa tidhi "maalintii aan xaqiiqada yaqiinsaday waxa ay ahayd inaan maalin inta aan arkay ganjeelada guringa oo furna aan is idhi bal in ay Saafi joogto ku leexo, ka dibna aan arkay Cawaale iyo Luul oo gacanta is haysta oo qolkaaga hurdada ka soo baxay."

Saafi oo labadeeda indhood ilmo ka soo daadatay ayaa inta ay hoos u foorarsatay Geediyo ku tidhi "haddii aad arrintan ogayd maxaad iigu sheegi weyday, waad ogtahay in aad hooyaday oo kale tahay." Geediyo ayaa inta ay soo kacday oo ku soo dhowaatay Saafi gadhka inta ay qabatay oo wejigeeda eegtay ku tidhi " Saafi waxa aan maqlay wax tuhun ah, tuhunna waa xan. Inaan gurigaaga xan ku dumiyo ma rabin, laakiin hadda waxa aad mooddaa in xantii sii badatay." Markii ay muddo Geediyo isku deyeysay in Saafi dejiso, Saafi oo ay ka muuqatay qaracan xad dhaaf ahi, ayey ugu danbayntii

Geediyo ku tidhi "wax kale oo aan kuu sheego garan maayee ama naagta iska eri ama isaga runta u sheeg."

"Maxaan eryaa, mar haddii ay is xaal barteen ma meel uu ka helo ayuu waayayaa," Saafi ayaa inta ay Geediyo wejigeeda si ficiin u eegtay ku tidhi. Markii ay in ka badan laba saacadood doodii wadeen Saafina yara degtay, waxa ay markii dambe Geediyo kula talisay in ay dulqaadato oo aan Luul iyo Cawaale ka dareemin in ay wax tuhunsan tahay, sugtana mar ay isku qabato.

Inkasta oo ay Saafi taladii qaadatay Geediyo, haddana waa ay ku adkaatay in Cawaale oo ay ogtahay in uu gogol xadayo iyo Luul oo ay ogtahay in ay odaygeedii u daba martay qalbi nadiif ah kula dhaqanto. Waxana ay bilowday in ay hadalka labadoodaba ka gaabsato. Waxa kale oo ay bilowday in ay qolka hablaheeda seexato oo ay ka war wareegto in ay Cawaale sariir kula seexato. Cawaale iyo Luulba waa ay dareemeen in Saafi wax weyn qoonsatay. Dhowr jeer ayuu Cawaale isku deyey in uu Saafi maslaxeeyo kana dhaadhiciyo in ay cidla ka diday, laakiin dheg uma ay dhigin. Saafi waxa ay ahayd qof aad u deggan, laakiin haddii ay isgasho oo ay xanaaqdo aan ciriqeeda la saarin.

Waxa ay ku tashatay in ay sidii caadiga ahayd shaqadeedii habeenimada aaddo, laakiin ay soo laabato habeen badh, waqti aanay Cawaale iyo Luul midkoodna filayn, iyada oo rajaynaysa in ay isku qabato iyaga oo wada jiifa. Maalintii ay taladaas gaadhey maalintii ku xigtay ayaa Luul hunqaaco ku waaalatay. Waxana ka soo if baxay calaamadihii wallaca oo dhan. Markii Saafi xaajadaas aragtay, waxa ay isku qancisay in caddayn

272

kale oo ay raadisaa aanay jirin ee ay ka tashato wixii ay yeeli lahayd. Habeenkaasna shaqadeedii ayey iska aaddey.

Markii ay Saafi subaxnimadii dambe shaqadii ka soo laabatay Cawaale iyo Luul mid-koodna ma joogin. Sida caadada ahayd marka Luul hablaha quraacda u samayso ee ay iskuulka u dirto ka dibna waxa ay bilaabi jirtay in ay guriga ka shaqayso, barqadiina suuqa ayey adeeg u aadi jirtay. Marka inta badan Luul iyo Saafi guriga way isku soo gaadhi jireen. Waxba iskuma wareerina Saafi way iska seexatay maadaama ay habeenkii oo dhan shaqaynaysay.

Hibo iyo Haboon markii ay iskuulkii ka soo noqdeen waxa ay arkeen in aan Luul joogin, waxana ay ahayd waqtigii ay qadayn lahaayeen. Maadaama ay ogaayeen in hooyadood shaqayso habeenkii qolkeeda ma ay geli jirin ilaa ay hurdada ka soo kacdo. Maalintaas markii muddo dheer Luul ay sugayeen oo gaajo kax la noqdeen ayey Hibo inta ay qolkii gashay hooyadeed kicisay una sheegtay in ay gaajo hayso. Ka dibna Saafi waxa ay u sheegtay in ay soo kacayso ee ay wax yar sugaan.

Saafi markii ay hurdadii ka soo kacday waxa ay iyada iyo hablaheedii aadeen makhaayad. Waxa ay ilaa iyo maalintii oo dhan ka fekeraysay meesha ay labadii qof ka baxeen. Markii ay casar-gaabkii gurigii Saafi iyo hablaheedii ku soo noqdeen, weli sidii ayey Cawaale iyo Luul u maqnaayeen. Waxa Saafi u caddaatay in aan arrintu caadi ahayn oo Cawaale uu Luul meel aanay ka soo noqonayn u kaxeeyey.

Cawaale waxa uu ahaa nin aan sirtiisa la gaadhin. Sida ay u adkayd in loo ogaado waxa uu ka shaqeeyo, ayey sidoo kale u adkayd in loo ogaado meelaha uu tago iyo siraha u qarsoon. Sidaas darteed, Saafi iskuma ay mashquulin meesha uu ku maqan yahay. Habeenkaas Cawaale iyo Luul midkoodna ma soo hoyan, Saafina waxba ma ay sugin waa ay iska seexatay.

Subaxdii goor ay abaara tobankii tahay ayuu Cawaale telifoon soo diray. Waxa uu u sheegay Saafi in ay Luul aad u xanuunsatay ka dibna uu dhakhtarka ula cararay, ka dib markii ay ka so rayn weydayna uu habaryarteed oo Baraawe deggan u geeyey. Waxa kale oo uu u sheegay in uu caawa soo noqon doono. Sheekada Cawaale ma ay ahayn mid u cuntamaysa Saafi, waxana ay ugu jawaabtay "waxaas kaa akhrisan maayee aniga sheeko been ah ha igu maaweelin," ka dibna telifoonkii ayey ku dhigtay. Inkasta oo uu Cawaale dhowr jeer ku soo celiyey telifoonka Saafi marna kama ay qaban.

Todobadii sanadood ee ay la joogtay weligeed Luul kama ay maqal habaryartay ayaa Baraawe deggan. Inkasta oo aanay ka naxayn waxa lagu sameeyo, xataa haddii uu dilo, haddana waxa galay werwer aad u weyn, maadaama Luul ay u keentay Geediyo oo weliba ay gabadh Luul qaraabo yihiin ay Geediyo si fiican isu garanayeen. Waxa ay Saafi isweydiisay in haddii inantaasi sidaas ku tagto (lagu waayo) wixii ay Geediyo iyo reerkii Luul ay ka dhalatay ay u sheegi lahayd. Waxa beryahaas magaalada aad ugu soo batay in rag waaweyn oo inta ay gabdho yaryar garciyaan haddana khaarajiya si aan xaasaskoodu u ogaan. Markiiba waxa niyaddeeda ku soo batay werwer noocaas ah.

Waxaa guriga u taallay Cawaale bastoolad inta badan guriga u oolli jirtay. Bastooladu waxa ay ku jirtay shandad Cawaale lahaa oo Saafi iyo isaga keliyaa sida loo furo yiqiineen. Isla markiiba Saafi waxa ay eegtay in bastooladdii ay shandada ku jirto iyo in kale, waxana ay aragtay in aanay ku jirin. Markiiba Saafi waxa ku sii batay werwerkii ay ka qabtay in Cawaale inantii u waday si uu u dilo.

Markii uu habeenimadii Cawaale yimi su'aashii ugu horaysay ee ay Saafi weydiisay waxa ay ahayd "meeday gabadhii aad kaxaysay?" Ka dibna sidii uu telifoonka ugu sheegay ayuu ku adkaystay oo uu ku doodayey "in uu habaryarteed u geeyey." Dadka qayliya ma aanay ahayn, laakiin Cawaale waxa wejiga Saafi uga muuqday cadho aan la soo koobi karin oo aanu weligiis ku arag. Waxa wejigeedii maariinka casaanka xigaa uu u ekaaday wax qayirmay oo madoobaaday. Waxa kale oo madow siyaado ahi ka muuqday hareeraha labadeeda indhood.

Cawaale waxa uu isku deyey in uu maslaxeeyo Saafi, mar kasta oo uu u soo dhowaadana inta ay gacanta isaga riixdo ayey ku lahayd, "Ilaahay haddii aad taqaanid agtayda ha ka soo dhowaan." Ka dibna inta ay dharkeedii hurdada qaadatay ayey qolkii Hibo iyo Hoodo u guurtay oo hoosta ka xidhatay. Cawaale sidii kagama hadhine dhowr jeer ayuu albaabka ku garaacay laakiin jawaabta keliya oo uu ka helay waxa ay ahayd "caruurta ha iga toosin meel aad joogtid iman maayee."

Markii ay subaxdii soo toostay ee ay caruurtii quraacisay iskuulkiina u dirtay, waxa ay Saafi tagtay gurigii Geediyo Garabey waxana ay u sheegtay meesha arrini marayso iyo in ninkii soo laabtay isaga oo aan gabadhi wadin. waxa kale oo ay u sheegtay in tuhun ku jiro, kaas oo ah in uu inantii dilay. Waxa ay u sheegtay Geediyo in uu u sheegay sheeko maaweelo ah oo uu ku andacoonayo in uu habaryarteed oo Baraawe deggan u geeyey.

Geediyo oo sheekada Cawaale la yaabtay ayaa waxa ay ku tidhi Saafi "shaki iigama jiro in gabadhaasi xabaal ku jirto." Waxa ay sheekadii isla jiid jiidaanba waxa ay Geediyo ku talisay in ay garanayso gabadh wanaagsan oo ayaamahanba shaqo raadinaysay, marka in ay gabadhaas shaqaalaysato oo aanay shaqadeeda iska dayicin. Waxa kale oo ay u sheegtay in aan "ina rag" la isku hallayn ee ay danteeda ka raacato oo ay calool jileeca iska deyso. Arrintii Luulna waxa ay ka tidhi "bal in ay dhowr cisho sugaan in ay soo noqoto ama soo hadasho." Saafi waxa ay sida wedkeeda u hubtay in aanay Luul noolayn, waxana ay Geediyo ku tidhi "hadday doonto yaanay soo noqone, maanta ii soo hubi in gabadhii shaqada rabtay ay diyaar tahay."

Isla maalintaasba Geediyo waxa ay soo heshay gabadhii shaqada rabtay. Waxana ay ugu keentay gurigii Saafi iyada oo wadda. Waxa ay ku tidhi gabadhan waxa la yiraahdaa "Qaali, waa gabadh aad iyo aad masuul u ah, gurigana si fiican u maamuli karta." Inkasta oo aanay marnaba Saafi filayn in ay gabadh Luul la mid ahi soo marayso, haddana ma aanay joogin xilli ay hablo ku kala door doorato. Waxa u darnaa mid caruurtana sii ilaalisa inta ay shaqada ku maqan tahay cuntadana u karisa.

Saafi intii aanay shaqadii tegin ka hor ayey Xarunta Booliiska oo aan gurigeeda aad uga fogayn tagtay oo u sheegtay in gabadha Luul la yiraahdaa maqan tahay ayna ku tuhunsan tahay in ninkeedu (Cawaale) dilay oo meel aan la garanayn ku soo aasay. Markii ay magaca ninka ay uga shakisan tahay (Cawaale) la weydiiyey ay u sheegtayna, waxa loo sheegay in nin Sarkaal ah oo xafiis ku jiraa doonayo in uu la hadlo. Markii uu cabaar wax ka qor qorayna waxa uu uga digay in aanay been abuur ka samayn nin aanay hubin in uu dembi galay. Waxa kale oo uu uga sii digay in haddii ay sheekada ay waddo ay caddayn kari weydo in ay iyadu xabsi geli karto. Isla markiiba Saafi waxa galay tuhun ah in Cawaale Booliiska uga soo horeeyey ninka la hadlayeyna ay saaxiib yihiin. Ka dibna halkii ayey sheekadii ku xidhay oo inta ay kacday ku tidhi "waxa laga yaabaa in shaydaan meel khalad ah wax iga tusay."

26

Waxa ka soo wareegay asbuuc maalintii Cawaale guriga Luul ka kaxeeyey. Cawaale iyo Saafina xidhiidhkoodii murgay waxba iskama bedelin. Cawaalena markii uu arkay in Saafi degi la'dahay qolkiina diiday in ay la seexato waxa uu bilaabay in markii uu doonana baxo markii uu doonana yimaado oo aanu Saafi dan ka gelin. Waxa Saafi isugu timi cadhadii adduunka, nafteediina wey dejin kari weyday. Waxa ay aakhirkiina go'aan ku gaadhey in ay Cawaale ka takhalusto. Waxa ay ku tashatay in ay Bastooladdiisa inta ay shandada kala baxdo markii uu yimaaddo wejiga kaga dhufato. Waxa ay laba maalmood oo isku xiga shandadii ka baadhay Bastooladdii wayna ka weyday. Cawaale waxa uu ahaa nin aad u feejignaan badan, waxaana ay Saafi iska dhaadhicisay in markii uu arkay cadhadeeda xad-dhaafka ah uu lafahiisa u baqay oo Bastooladdii guriga ka qaaday. Inkasta oo ay mar ku fekertay in ay sun u qasto, haddana waxa ay go'aansatay in ay Bastoolad raadsato si ay u aragto ninkaas (Cawaale) dhiiggiisa oo qulqulaaya.

Waxa ay ka fekertay meeshii ay Bastoolad ka heli lahayd. Wax ugu dambayntii xasuusatay Cabdi "Indha-case" oo ahaa askartii dagaalkii 1977 ee Soomaalida iyo Xabashida ka qaybgashay oo xagga jidhka iyo maskaxdaba wax ka soo gaadheen oo isbitaalka si joogto ah u imaan jirey si daawooyin loo siiyo. Saafi marka ay daawooyinka siinayso Indha-case waxa uu mar walba uga sheekayn jirey in dad hub u keenan oo uu u iibiyo isna khidmad ka qaato. Saafi sheekada Indha-case dheg uma ay dhigi jirin oo waxa ay u malayn jirtay in ay qayb waalidiisa ka mid tahay hubka iyo waxa uu ka hadlayo, laakiin hadda si xoog leh ayey ugu baahatay in ay la kulanto. Waxana ku dheeraaday wakhtigii uu iman lahaa dhakhtarka.

Waxa ay sugtoba galabino Khamiis ah ayuu Indha-case dhakhtarkii yimid. Badanaaba inta aan qoraxdu dhicin wax yar ka hor ayuu iman jiray. Indha-case waxa uu ahaa nin aad caato u ah, Indha-cas oo haddii uu mar keliya ku eego aad naftaada uga baqaysid. Waxa ka maqnaa ilkaha sare badankooda, wejigiisana waxa si weyn uga muuqday haarihii dagaalkii 1977 ka soo gaadhay. Marka aad dhinac kastaba ka eegtid waxa uu ahaa nin aan wejiga la siin karin, laakiin waxa mar walba wejigiisa ka muuqan jirtay farxad oo aad malaynaysid inaan adduunka waxbaba ka maqnayn.

Galabnimadaas si xad dhaaf ah ayey Saafi u soo dhoweysay Indha-case. Iska daa wax kale inta ay hab siisay ayey ku tidhi "Cabdi, xagaad ka baxday beryahan, kuma arage?" Ka dibna inta uu qoslay ayuu ku yidhi "haddii aadan i arag macnaheedu waxa weeye in aan aad u caafimaad qabey." Markii ay daawadiisii siisayna gooni ayey ula baxday oo ku tidhi "Cabdi, aad ayaan kuugu baahanahay berito ma ku arki karaa?" Ka dibna inta uu qoslay oo wejigeeda jaleecay ayuu ku yidhi "khayr baad sheegaysaa, beryahaas gabadh qurux badan oo wax iiga baahatay ma arkine." Ugu dambayntii waxa ay ku ballameen suuqa Bakaaraha oo uu meel u dhoweyd degganaa. Waxa ay ku tidhi "marka aan shaqada ka baxo waan seexanayaa marka fiidkii ayaan kuu imanayaa."

Saafi habeenkii oo dhan inta ay shaqada ku jirtay feker ayey ka bixi weyday. Waxa ay isweydiisay in waxa ay samaynaysaa sax iyo khalad yihiin. Waxa ay ka fekertay nolosha hablaheeda waxa ay ku dambayn doonaan, haddii ay Cawaale disho oo la xidho ama la toogto. Mar kasta oo ay talooyin badan dhinac kasta iska tustoba waxa go'aankeedu ku dambeeyaa in ay Cawaale ka takhalusto. Ciilka iyo cadhada ay Cawaale u qabtay waxa ay noqotay mid ka saayid-calaysay, laakiin waxa ay ku tashatay in sida ay ula dhaqmayso Cawaale bedesho oo u muujiso wanaag si aanu guriga uga tegin.

Subaxdii markii ay shaqada ka soo baxday ee ay guriga timi ayey Cawaale albaabka ku kulmeen, ka dibna inta ay habsiisay oo dhunkatay ayey ku tidhi "xabiibi iga raalli ahow, beryahan si xun baan kuula dhaqmayeye." Inkasta oo Cawaale wejiga Saafi ka arkayey in ay farxadda khasab iskaga soo saaraysay, haddana inta uu dhoola caddeey ayuu ku yidhi "dhib ma leh xabiibi, hadda balan ayaan leeyahay laakiin caawa marka aan soo noqdo ayeynu wada hadli doonaa." Ka dibna albaabka ayuu ka baxay. Intii aanay Saafi qolkeeda gelina inantii shaqaalaha ahayd (Qaali) ayey weydiisay in ay wax u baahan tahay, markii ay "maya" ku tidhina qolkeedii ayey gashay oo hoosta ka xidhatay.

Saafi inkasta oo ay habeenkii oo dhan shaqaynaysay oo ay daal la liidatay, haddana hurdo ayaa ka soo dhici weyday. Marba dhinac ayey sariirta isu rogtaa. Waxana maskaxdeeda ka bixi waayey ficilka ay ku tashatay iyo midhaha uu dhali doono. Waxa ay galgalatoba waxa ay sariirtii ka soo toostay qiyaastii casarkii, waxana ay u diyaar garowday sidii ay Indha-case ugu tegi lahayd.

Waxa ay Indha-case kula balantay kawaanka (sariibadda) hilibka lagu iibiyo. Markii ay suuqii Bakaaraha gaadhey waxa ay sii dhex martay suuq balaadhan waxyaabo badan oo kala duwan lagu iibinayo, khudaar, cunto, dhar, maacuun, qalabka dhismaha iyo boqolaal shay oo yar yar oo kala duwan. Waxa ay sii socotoba waxa ay gaadhay kawaankii hilibka. Waxa ay isha marisay hilibka qaarkiisna miisaska saaran yahay qaarna soo laalaado ee dhiiggu ka tifiq leeyahay; iyo dadka iibinaya ee middiyaha lisanaya.

Markiiba waxa Saafi maskaxdeeda ku soo dhacday, "malaha waxa fiicnaan lahayd in aan middi la dhaco ninka." Waxa ay hilibkii isha la raacdoba waxa ay aragtay Indha-cas oo nin hilib jarjaraya dhinac taagan. Markii ay ay salaantay ka dibna waxa Indha-case ku yidhi ninkani waa walaalkay Raage, laakiin dadku waxa ay u yaqaaniin "Fara-subag." Fara-subag waxa uu ahaa nin sida walaalkiis aad u indha-case, laakiin xoog leh, waxa afka ugu jirey sigaar, wuxuna ahaa nin timuhu aad ugu baxeen. Markii uu Indha-case barayey Saafi, isaga oo aan kelmad odhan oo sankiisa qiiq ka bul leeyahay ayuu inta uu xageeda eegay madaxa kor iyo hoos u gundhiyey, ka dibna hilibkiisii sii jar jaray. Saafina inta ay dhoolacaddaysay oo xaggiisa eegtay ayey dhinicii Indha-case u dhaqaaqday.

Markii ay Saafi iyo Indha-case meel gees ah isula baxeen, waxa ay u sheegtay in uu gaadhigeeda u raaco. Intii ay suuqa sii dhex socdeen qof waliba dhinacooda ayuu eegayey, iyada oo lala yaabay gabadha quruxda badan ee xaragoonaysa ee ninka foosha xun ee dib jirka ah la socota. Gaadhigii markii ay galeenna Saafi waxa ay u sheegtay sababta ay ugu socotay. Waxa ay u sheegtay in xaafadooda ay tuugtii aad ugu soo badatay oo ay u baahan tahay Bastoolad ay iskaga difaacdo. "Dhib ma leh dhakhtar, gurigayga ina gee," ayuu ugu jawaabay.

Waxa uu soo hor joojiyey guri baraako ah oo deyr yar oo dhinac walba u dhacay ku wareegsan yahay. Waxa guriga dhex taagnaa haweenay aad u da'weyn oo muraayado waaweyn gashan ul dheerna ku tukubaysa. "War yaad maantana waddaa?" ayey weydiisay Indha-case iyada oo Saafi isha la raacaysa. "Hooyo adigu warka badan iska da'aa ee qolkaaga gal oo ku naso," ayuu ugu jawaabay, ka dibna inta uu qolkiisi gacanta ugu fiiqay Saafi ayuu ku yidhi "qolkan ina geli." Gurigu waxa uu ka koobnaa saddex qol, mid isagu deggan yahay, mid hooyadiis deggan tahay iyo mid gabadh walaashiis ah oo laba caruur ah lagu soo furay deggan tahay.

Qolkii ayey hore u gashay. Waxa uu ahaa qol yar oo mugdi ah. Waxaa meel walba daadsanaa dhar ay qaarkiis ku turun turootay. Waxa ka soo uruyey wax ay fahmi weyday oo aad moodid saliidda baabuurta laga daadiyo. Meeshii oo mugdi ah iyada oo dhex taagan oo wax ay samayso garanla' ayuu ku yidhi "sug aan feynuuska shidee." Muddo ayey ku qaadatay in uu feynuuskii shido. Waxa ay meel walba ka maqlaysay sanqadh, wax qolka dhex yaacaya oo ay u malaysay jiir is eryanaya. Baqdintii adduunka ayaa isugu timid waxana ay ka fekertay in ay dibadda u cararto. Waxa uu feynuunkii la raftaba ugu dambayntii wuu shiday.

Qolkii yaraa ayey dhinac kasta eegtay. Waxa ka yaabiyey waxa alaab ka buuxda. Iyada oo alaabtii indhaha la raacaysa oo niyadda ka leh "ninku waxan oo alaabo ah miyuu soo xaday," ayuu inta uu kor u qayliyey ku "fariiso halkan,"isaga oo saariir bir ah oo dhinac walba dhar ka saaran yahay gacanta ugu fiiqay. Ka dibna iyada oo is ururinaysa oo damacday in ay dharkii sariirta daadsanaa in ay dhinac isaga riixdo ayuu ku yidhi "waxba ha iska riixine ku dul fariiso." Iyada oo inta ay afka gacanta saartay oo meesha aad ula yaaban ayey sariirtii gees kaga fadhiisatay. Markii Saafi ay fadhiisatay ka dibna inta uu xaaggii irridda u dhaqaaqay ayuu albaakii handaraab hoosta ka geliyey.

Waxa uu u dhaqaaqay qolka xaggiisii dambe, ka dibna bustayaal wax weyn ku dedan ayuu mid mid u qaaday. Waxa meeshii ka soo baxay sanduuq weyn oo ah kan ciidamadu isticmaalaan. Inta uu sanduuqii furay ayuu ku yidhi Saafi "kaalay eeg." Markii ay u timi ee sanduuqii eegtayna waxa ay aragtay waxa hub ka buuxa. Waxa ku jirey dhowr qori oo AK47 ah, raasas iyo dhowr Baastooladood. Wakhtigaas mamnuuc ayey ahayd in dadka shacabka ahi hub haystaan, markii ay Saafi wixii oo hub ah aragtayna wadnaha ayaa bood booday. Ka dibna waxa ay ku tidhi "Cabdi, waxan oo hub ah xaggee ka keentay?" Waxa uu ugu jawaabay "meesha aan ka keenay iska dhaafe, mid ka dooro." Saafi oo gariiraysa oo ka baqaysa in meesha lagu qabto ayaa hoos u qooraansatay sanduuqii oo ku tidhi "mid uun soo qabo." Isaga oo ilka caddaynaya inta uu xageedii eegay ayuu ku yidhi "haddii aad rabtid in lagaa baqo ama qofkii aad toogataa aanu ka kicin qaado AK47ka." Iyada oo inta ay ka yaabtay afka dhinac u maroojinaysa ayaa ku tidhi "war bastooladda yar baaba dhib igu ahe kaas iga daa." Waxa uu tusay dhowr baastooladood oo kala duwan oo qaar u dhacaan otomaatik (automatic), qaarna la cabaynayo marka la ridayo. Waxay tidhi "waxan aan rabaa otomaatiga." "Ok, waxa aad u baahan Makarov", inta uu bastoolad xaggeeda u soo taagay. "Waxa kale oo ay Soomaalidu u taqaan Dhabana-cas," ayuu sii raaciyey. Waxa uu tusay sida loo cabeeyo iyo sida loo rido, wuxuuna ku yidhi "bahashan Ruushka ayaa lagu sameeyey oo qofkay ku dhacdaa kama kacayo." Ka dibna inta uu xageedii Bastooladdii u taagay ayuu ku yidhi "qabso, xabado kuma jiraane keebka qabo oo rid."

Saafi weligeed Bastoolad far ma saarin, markii uu u dhiibayna gacantii ayaa gariirtay. "Gacantaada adkee ma sidaas baad rabtaa inaad wax ku dishid," ayuu ku yidhi inta uu gacantii Saafi iyo Bastooladdii isku qabtay. "Ok, waan gartaye i sii daa," ayey ku tidhi iyada oo Bastooladdii xageeda ka fogaynaysa.

"Keebka qabo oo rid," ayuu ku yidhi. "Waar Cabdi ma hubtaa in aan xabado ku jirin?" ayey weydiisay. Markii uu xaqiijiyey in ay madhan tahayna inta ay keebka qabatay ayey "dhag, dhag" ka siisay. "Waxan u malaynayaa in aad hadda diyaar tahay, xabadaha ma kuugu guraa, mise adiga ayaa ku guranaya," ayuu weydiiyey.

"War waxba kuma guri karee iigu gur" ayey ku tidhi."
"Immisa xabadood ayey qaaddaa?" ayey weydiisay. Ka dibna waxa uu ugu jawaabey "waxa ay qaaddaa 12 xabadood, immissa ayaan kuugu ridaa?" ayuu sii raaciyey. "Waxaba ku rid" ayey ku tidhi. Markii uu 12kii xabadood ku ridayna waxa uu ku yidhi "halkani waa ammaanka, waa meesha laga xiro marka la ridayana laga furo," ka dibna xaggeedii ayuu u soo taagay. Inta ay ka qaadday oo markiiba shandadeedii ku ridday ayey ku tidhi "immisa ayaad iga rabtaa?" Waxa uu ku yidhi "shan boqol iska keen adigu dhakhtaraddaydii baad tahaye."

Saafi intii ay dhexda ku sii jirtay ee gurigeeda u sii socotay nafteeda ayey la doodaysay. Waxa ay is weyddiinaysay waxa ay ka dheefayso ninkan dilkiisa. Waxa ay is weydiisay "aniga oo oran kara gurigayga ii dhaaf, maxaan dhiiggiisa u raadsanayaa." Iyad oo sidii nafteeda ula murmaysa ayey gurigii gaadhey. Markii ay guriga gaadhey Cawaale wuu maqnaa, waxaa guriga joogay Hibo iyo Hoodo iyo gabadhii shaqaalaha ahayd (Qaali). Markii ay kulligood salaantayna waxa ay gashay qolkeedii. Shandadii Bastooladdu ugu jirtay ayey meel ku qarisay. Ka dibna sariirteedii ayey ku jiifsatay iyada oo weli fekeraysa. Waxaa wax yar ka dib albaabka ku soo garaacday Qaali oo ku tidhi "Saafi cunto ma kuu keenaa?" Waxa ay ugu jawaabtay "wax yar ii keen."

Markii ay cashaysay ka dib, Saafi waxa ay tagtay qolkii Hibo iyo Hoodo. Waxa ay weydiisay waxyaabihii ay soo dhigteen. Waxa ay eegtay indharkoodii wada nadiif yahay oo ay Qaali u diyaarisay, ka dibna labadoodiiba inta ay timihii u feedhay ayey u hagaajisay. Intii ay hablaheeda la joogtay waxa ku soo noqday fekerkii in waxa ay samaynaysaa sax iyo inuu khalad yahay. Waxa ka tan batay ciilkii ay Cawaale u qabtay oo tusaya jidka aarsiga keliya. Markii ay hawshii timaha ee Hibo iyo Hoodo dhammaysay waxa ay bilowday in ay labadoodaba ku waaniso in ay gabdho wanaagsan noqdaaan, iskuulkoodana si fiican u dhigtaan. Inkasta oo ay iyagu (Hibo iyo Hoodo) arkayeen in hadaladii ay mar walba u sheegi jirtay, Saafi waxa ay u ahayd dardaarankii ugu dambeeyey ee ay hablaheeda uga tagto. Ka dibna inta ay mid walba labada dhaban iyo wejiga ka dhunkatay ayey ku tidhi iska seexda.

Markii ay qolkii Hibo iyo Hoodo ka baxday ayey Cawaale oo markaas soo galay daaradda ku kulmeen. Inta ay xaggiisii u dhaqaaqday oo dhunkatay ayey ku tidhi "iska waran xabiibi." Ka dibna qolkii ayey wada galeen. Intii uu dharka iska bedelayey ayey weydiisay in uu casho u baahan yahay, wuxuuna ugu jawaabay "xabiibi qolo aanu asxaab nahay ayaan la soo casheeyey." Cawaale waxa uu isku deyey dhowr jeer in uu Saafi maslaxeeyo. Iyada oo nafteeda ku khasbaysa in aan wax cadho ahi niyaddeeda ku jirin ayey ku tidhi "xabiibi caadi ayaan ahay, waxba ha iga werwerin. Subaxdii ayeynu insha Allah wada hadli doonaa." Habeenkaas waxa ay ku dedaashay sidii ay Cawaale u qancin lahayd ..si aan wax shaki ahi u gelin. Hase ahaatee, hurdadii ayaa agteeda ka dheeraatay. Habeenkii oo dhan ayey marba dhinac issu gediyeysay. Xataa Cawaale ayaa dhowr jeer kacay oo ku yidhi "xabiibi, caawa sidee wax kaa yihiin?" Markastana waxa ay ugu jawaabtay "ma garanayo sida wax iga yihiin, hurdadii ayaa iyaga iman weyday."

Waxa ay ahayd subax Jimce ah oo fasax shaqaaluhu yihiin, iskuuladuna xidhan yihiin. Waxa reerka ugu hor kacday Qaali oo iyadu quraacda diyaarinaysay. Waxaa ku soo xigay Hibo iyo Haboon oo abaara tobankii subaxnimo soo toosay. Inkasta oo aanay hurding Saafi weli sariirta ayey jiiftay iyada oo fekeraysa, laakiin iska dhigaysa in ay huruddo. Cawaalese inta uu maydhay oo gadhkana iska soo xiiray ayuu qolka fadhiga tegay. Ka dibna Qaaali ayaa quraac u keentay. Inkasta oo aanay Qaali badahooda gelin oo aanay midna wax weydiin way arkaysay in xidhiidhkoodu aad u xun yahay oo wada hadalkoodu yar yahay. Goor ay kow iyo tobankii (11:30am) ku dhow dahay ayey Saafi inta ay qolkeedii ka soo baxday suuliga gashay, ka dibna qolkeedii ku noqotay. Wax yar ka dibna waxa ka daba tagtay Qaali oo weydiisay in ay quraac u keento iyo in kale. Waxa ay ugu jawaabtay "quraac hadda ma rabee Cawaale iigu yeedh."

Markii uu Cawaale qolka soo galay Saafi sariirta ayey gees kaga fadhiday iyada oo barkimo dhabta u saaran tahay. Kursi ka soo horjeeday ayey gacanta ugu fiiqday oo ku tidhi "fariiso halkaas, waxa aan rabaa in aynu wada hadallee." "Waa yahay xabiibi" inta uu yidhi ayuu kursigii ku fadhiistay. Waxa ay ku tidhi "ma rabo in aan hadalka kugu badiyo waxan rabaa in aad ii sheegtid meesha ay ka baxday inantii Luul iyo waxa aad ku samaysay." Cawaale sidii uu markii hore u dafirayba waxa uu ku yidhi "xabiibi sidii aan hore kuugu

287

sheegayba habaryarteed ayaan u geeyey, marka ay ladnaatona waan soo celin doonaa." Inta ay ku dhegagtay ayey ku tidhi "ma dhammaysatay?" "Haa" markii uu yidhina inta ay Bastooladdii barkimada hoosteeda kala soo baxday ayey is taagtay.

Markii uu Cawaale Bastooladdii halacsaday ayuu inta uu si degdeg ah isu taagay ku yidhi "xabiibi sidee wax kaa yihiin." Isla markiiba Bastooladdii oo ay ammaanka ka furtay ay xaggiisa u taagtay. Cawaale oo indhihiisa baqdin aad u weyni ka muuqato ayaa damcay in uu xaggeeda u soo dhaqaaqo oo maslaxeeyo. "Halkaaga ha soo dhaafin haddii aadan rabin in aad dhimatid," ayey ku tidhi iyada oo Bastooladdii labadeeda gacmoodba ku haysa oo xaggiisa u fiiqaysa. Waxa ay ku tidhi "fursad kale ayaan ku siinayaaye runta ii sheeg." Waxay aragtay isaga oo is raacsiiyey "xabiibi waan kuu sheegay" iyo isaga oo lugtiisa midig horey u soo durkinaya. Waxa ay faham tahay in uu doonayey in uu ku boodo. Ka dibna inta ay labo talaabo dib u qaadday ayey ku tidhi "halkaaga ha soo dhaafin, runtana ii sheeg waqti badani kuuma hadhine." "Xabiibi maxaan kuu sheegaa?" Markii ay afkiisa ka soo baxdayna xabbadii ugu horeysay ayey laabta kaga dhufatay. Inta uu meeshii xabbadu kaga dhacday labada gacmood ku qabtay ayuu hoos u foorsaday. Waxyar ka dibna iyada oo weli Bastooladdii ku haysa ayuu kor u jaleecay. Waxa ay ku ridday labo kale oo ay midna caloosha midna laabta kaga dhufatay. Ka dibna isaga oo dhulka u sii ciiraya ayey intii xabadood ee Bastooladda ku hadhayba dhabarkiisa ku dhammaysay. Ka dibna beerka ayuu dhulka ku dhuftay.

Markiiba Qaali oo Jikada ku jirta ayaa markii ay maqashay dhawaaqii xabadda iyada oo ordaysa qolkii soo gashay, ka dibna waxa ay aragtay Cawaale oo beerka u yaalla oo balli dhiig ah dhex jiifa iyo Saafi oo sariirtii gees kaga fadhida oo hoos u foorarta.

Qaali oo inta ay naxday carartay ayaa waxa ay daaradda ku kulmeen dhowr qof oo deriska ah oo inta ay sanqadhii xabadda maqleen soo gurmady. Markii ay weydiiyeen waxa guriga ka dhacayna waxa ay ugu jawaabtay iyada oo wejigeeda naxdin saa'id ahi ka muuqato "indhihiina ku soo arka oo qolka hore u gala." Markiiba Geediyo Garabey oo dadka ugu horaysay ayaa qolkii gashay, shan daqiiqo in ka yarna jaarkii oo dhan ayaa gurigii iska soo buuxiyey. Waxa ay ahayd arrintii noocaas ah eee weligeed xaafadda Hodan ka dhacda.

Geediyo ayaa inta ay go cad soo qaadday maydkii dusha ka saartay si ay u asturto, ka dibna dadkii qolka soo galay ayey u sheegtay in ay dibadda u baxaan. Muddo saacad ku dhow, ka dibna waxaa yimid Booliskii dadkii oo weli sidii gurigii ugu xoonsan oo daaradda hoganaya. Wax yar ka dibna labadii nin ee Booliska ahaa ee qolka galay ayaa waxa ay soo saareen Saafi oo jeebaysan. Saafi oo markaas albaabka banaanka Booliskii ka saarayo ayaa waxa albaabka kula kulmay Hibo iyo Hoodo oo markaas dibadda ka soo laabtay. Ka dibna inta ay xoog u ooyeen ayey hooyadood isku duubeen. Nimankii Booliiska ahaa mid ka ah oo isku deyey in xoog kaga fujiyo oo Hoodo jiidaya ayaa inta Geediyo askarigii riixday ku tidhi "war sii daa inanta yar hooyadeed ha sii macasalaamaysee." Ka dibna Saafi ayaa inta ay hablaheedii hoos ugu foorarsatay oo mid walba ladada

289

dhaban ka dhunkatay ku tidhi "hooyo waan soo noqonayaa,"

Markii ay is tidhi dhaqaaq oo gaadhiga kor ayaa waxa ku dhegtay oo sii dayn wayday Hoodo, ka dibna inta ay mar kale dib ugu soo jeensatay oo ay dhabanada ka dhunkatay ku tidhi "hooyo waan kuu soo noqonayaaye i sii daa." Hoodo oo weli hooyadeed dacalka haysata oo ooyeysa ayey Geediyo gacanta ka soo jiiday oo ku tidhi "kaalay ayeeyo aniga ayaad ila joogaysaa, hooyo way soo noqonaysaaye." Wax yar ka hor intii aan gaadhigii booliisku dhaqaaqina, waxa soo joogsaday gaadhigii Ambalaaska ahaa ee maydka Cawaale qaadi lahaa.

Geediyo oo weli dadkii daaradda tubnaa la hadlaysa oo kala dareera ku leh, ayaa kooxdii caafimaadka ka socotay meydkii Cawaale oo maro caddi dusha ka saaran tahay qolkii ka soo baxeen; ka dibna gaadhigii ambalaaska ahaa xaggiisii dambe geliyeen. Dumarkii daaradda tubnaa ayaa markii maydka lala dhaafayey afka-gacanta wada saaray, iyaga oo maydka ka naxay, maqaadiirta meesha ka dhacdayna la yaaban.

Waxa ay Geediyo dadkii ku qaylisoba, markii qofkii ugu dambeeyey irridda ka baxay ayey albaabkii hoosta ka xidhay. Ka dibna inta ay inantii shaqaalaha ahayd u yeedhay ayey ku tidhi "orod albaabka soo xir," iyada oo qolkii maydka Cawaale laga soo saaray farta ugu fiiqaysa; ka dibna waxa ay u dhaqaaqday qolkii ay Hibo iyo Hoodo ku jireen oo ay ku qarisay si aanay maydka u arkin.

Geediyo iyo hablihii oo qolkii ku jira oo ay maaweelinayso ayaa albaabkii banaanka xoog loo soo garaacay.   Markii inantii shaqaalaha ahayd furtayna waxa soo gashay Saafi walaasheed Abshiro oo barooranaysa.   Abshiro oo xaafadda Hawl-wadaag deganayd oo awalba ku socotay qorshe ah in ay walaasheed soo booqato, waxa dhacayse aan la socon ayaa dumar banaanka guriga taagnaa u sheegeen in walaasheed ninkeedii dishay iyadiina xabsiga loo taxaabay.   "Meeye, Hibo iyo Hoodo?" inta ay gabadhii waydiisay ayey dhulka isku tuurtay inantii oo aan weli u jawaabin.   Waxaa wax yar ka dib qolkii ka soo baxay Geediyo iyo hablihii oo baroorta maqlay. Markii ay Abshiro aragtay Hibo iyo Hoodo inta ay dhulkii ka kacday oo xagoodii u oroddey ka dibna isku duubtay iyada oo dhabanada ka dhundhukanaysa.

Markii ay Abshiro baroor dhammaysatay ayey Geediyo inta ay gacanta qabatay xagii qolka u jiidday. Waxa ay ku wada fadhiisteen sariirtii Hoodo. Waxa ay Geediyo uga sheekaysay xantii xaafadda mudada dheer ku jirtay ee ahayd in Cawaale iyo Luul xidhiidh ka dhexeeyey kaas oo markii dambe sababay in ay Luul markii dambe uur yeelatay. Waxa kale oo ay u sheegtay in ay Saafi xantaas muddo dheer iska dhega martay, hase ahaatee ay arrintaasi noqotay qorax cad oo aan sacabka la saari karin.   Muddo dheer markii ay wada hadlayeenna waxa ay Geediyo kula talisay Abshiro in ay hablaha guriga geeridu ka dhacday ka kaxayso oo gurigeeda gayso; kana shaqayso sidii walaasheed (Saafi) looga badbaadin lahaa in aan la toogan marka maxakamadda la geeyo ee ay haddii wax kale suurtoobi waayaan xabsi daa'in loogu bedili lahaa dilka. Markii ay sheeko dhammaysteenna Abshiro waxa ay kaxaysatay Hibo iyo Hoodo, Geediyona waxa ku laabatay gurigiidii. Waxayna gurigii uga tageen gabadhii shaqaalaha ahayd oo aan joog iyo tag cidina u sheegin.

27

Waxa ay ahayd bishii Oktoobar bilowgeedii markii Cawaale ay Saafi dishay. Waxa kale oo sida caadada ah ay Cadar Duwane masruufka ka qaadan jirtay dukaanka Cali Taakow oo uu Cawaale ku balamiyey oo ay badanaaba bisha bilowgeeda ka qaadan jirtay. Markii ay Cadar dukaankii tagtay waxa uu Cali Taakow weydiiyey "miyaadan akhbaarka maqal?" "Maya" markii ay ku tidhina waxa uu u sheegay in Cawaale qiyaastii todoba casho ka hor ay xaaskiisii dishay oo uu dhintay iyadiina ay xabsi ku jirto. Inkasta oo aanay Cadar farxad iyo naxdin midna aanay muujin, haddana waxa indhaheeda ka muuqday yaab iyo amakaag. Waxa ay mar kale waydiisay ninkii dukaanka lahaa "in uu wax lacag ah u hayo." Waxana uu ugu jawaabay "xagay lacagtu ka imanaysaa, sawta ninkii keeni lahaa la dilay."

Cadar Duwane oo madluubsan oo meesha ay caruurta masruuf uga keeni lahayd ka fekeraysa ayaa gurigeedii ku laabatay. Inkasta oo ay ku faraxday in Saafi xabsi ku jirto, waxa aad u sii dhibay in ay weli nooshahay, waxana ay ku ducaysatay in dil lagu xukumo. Waxana ay ku fekertay "si kastaba ha u dhimatee, waa inaanay naagtaasi Cawaale ka dambayn."

Waxa ka soo wareegtay todaba cisho maalintii ay Saafi dishay Cawaale iyadana xabsiga loo taxaabay. Cadar Duwane iyo caruurteedii midna kama ay qayb gelin aaskii Cawaale. Inkasta oo Cawaale nin caan ah ahaa oo had iyo goor la daba yaaci jirey , aaskiisii waxa ka soo qayb galay in aan ka badnayn 10 qof oo qaraabadiisa u badnaa oo uu Xaaji Duwane ku jiro. Aaska Cawaale waxaa Cadar uga daraa in ay Saafi weli nooshahay "naagta reerkeedii burburisay." Waxana Cadar maskaxdeeda buuxiyey fekerkii ahaa sidii ay ka yeeli lahayd Saafi. waxay boqol khidadood oo kala duwan ka fekertaba waxa ay ugu dambayntii go'aansatay in ay Saafi xabsiga ku booqato. Waxa ay karisay cunto aad u wanaagsan oo ay ku fara yaraysatay. Markii ay xabsigii soo gaadhey waxa ay ilaaladii xabsiga u sheegtay in ay Saafi habaryarteed tahay oo ay degdegsan tahay, laakiin ay doonayso in ay qadada ay u keentay ugu dhiibayso. Inkasta oo ay Saafi ka shakiday sababta ay Habaryarteed u salaami weyday oo ay isaga dhaqaaqday; haddana cuntadii way iska qaadatay. Waxa ay cuntadii ula tagtay laba gabdhoodh oo la xidhnaa oo iyagana dil loo haystay. Waxa ay ahayd cunto aad u macaan badan oo lagu soo fara yaraystay. Hase ahaatee, markii ay cuntadii, gaar ahaan bariiskii ay kala badh cuneen ayey saddexdoodiiba dawakheen, ka dibna dhulka ku daateen.

Mar ay ka soo wareegtay qiyaastii saacad markii cuntada Saafi loo keenay, ayaa waxaa xabsigii yimid Saafi Habaryarteed, Ruun oo cunto sidda. Markii ay askartii u sheegtay in ay rabto in ay Saafi aragtona, waxa ay way diiyeen in ay halkan muddo yar ka hor joogtay iyo in kale. Ruun waxa ay u sheegtay in aanay iman, ayna tahay habaryarta keliya ee Saafi magaalada u joogta. "Waxaa laga yaabaa in ay asxaabteedii kale ahayd," Ruun oo aan wax shaki ahi gelin ayaa tidhi. Markiiba waxaa baxday gabadh askartii ilaalada ahayd ka mid ah si ay Saafi ugu yeedho si ay habaryarteed u aragto cuntadana u qaadato. Markii gabadhii askariyadda ahayd ay meeshii saddexda hablood ku qadaynayeen gaadhayna, waxa ay aragtay iyaga oo dhulka daadsan. Isla markiiba iyada oo wejigeeda argagax ka muuqdo ayey dib u soo carartay si ay askarta kale ugu war geliso waxa meesha ka dhacay. Markiiba waxa meeshii ku yaacay dhowr askari si ay u hubsadaan waxa meesha ka dhacay. Markii ay taataabteen oo marba dhinac u rogeenna waxa ay ula muuqdeen in saddexdoodiiba dhinteen. Isla markiiba waxa cid loo diray gabadh Neeras (Nurse) ah oo xabsiga ka shaqaynaysay. Shan daqiiqo ka dib markii ay timidna waxa ay halkii ka xaqiijisay in ay saddexduba mayd yihiin.

Askartii iyo gabadhii Neerasta ahaa ayaa ku soo noqday meeshii Saafi habaryarteed joogtay. Waxa ay u sheegeen in ay wax yar sugto, iyaga oo aan wax faahfaahin ah siin. Hase ahaatee waxa ay wejiyadoodii ka dareentay argagax iyo war aan lagu farxin. Marnabase Ruun kama ay fekerin in gabadhii ay habaryarta u ahayd xabsiga lagu dhex dili karo. Waxa isku dhex yaacay askartii xabsiga waxayna bilaabeen in ay raadiyaan nimankii madaxda ahaa. Waxaa ka soo wareegtay muddo laba saacadood ku dhow ilaa iyo intii Ruun loo sheegay in ay sugto. Markasta oo ay askarta waydiiso waxa meesha ka socdana waxa ay ugu jawaabayeen "sug." Iyadii oo meeshii aad ugu jactaday kuna fekeraysa in ay iska tagto, ayaa waxaa u yeedhay nin askari ah waxana uu u sheegay in sarkaalkii xabsiga ugu sareeyey doonayo in uu la hadlo. Ruun oo la yabaaban waxa meesha ka socda ayaa askarigii u yeedhay iska daba gashay. Waxay marba xafiisyo sii dhex qaadaanba waxa ay ugu dambayn gaadheen xafiiskii ninka xabsiga xukumay.

Waxa uu ahaa xafiis aad u weyn oo kuraasi badani taalo. Waxaa gidaar walba sudhnaa nimankii waddanka madaxda ka ahaa. Ruun waxa ay dukaan yar ku lahayd Suuqa Bakaaraha, waxayna ahayd markii ugu horaysay ee ay nolosheeda xafiis intaas weynaan le'eg ay aragtay. Waxa kale oo ka sii yaabiyey kursiga ninka madaxda ahi ku fadhiyey oo ahaa mid aad u weyn oo uu hadba dhinac isugu wareejinayey. Waxa kale oo ahayd markii ugu horaysay ee ay aragto kursi wareegaya. Ruun oo dambiishii (selladdii) cuntadu ku jirtay gacanta midig ku laalaadinaysa oo albaabka taagan ayuu ninkii sarkaalka ahaa ku yidhi "hore u soo soco oo halkan fadhiiso" inta uu kursi weyn oo miiskiisa xagga hore ka yaalla gacanta ugu fiiqay. Ruun oo is ururinaysa xishoodna ka muuqdo ayaa kursigii si tartiib ah ugu fadhiisatay. Waxa ay ahayd markii ugu horeysay ee ay weligeed kursi noocaas ah ku fadhiisatay. Inta badanna xafiisba inta dani ka gasho ma ay tegi jirin. Waxa ay jaleecday koofiyaddiisii ciidanka ee miiska u saarayd iyo garaadadiisii dhalaalayey ee garbihiisa ku taxnaa.

"Magacaa?" ayuu weydiiyey. Iyada oo xishood xad dhaaf ahi ka muuqdo ayey ugu jawaabtay "Ruun." "Waan gartay." Ayuu yidhi. "Ruun aniga magacayga waxa la yiraahdaa Kornayl Magan, waxan ahay ninka xabsigan u sareeya," ayuu ku yidhi. Inkasta oo any Ruun garaadada ciidamada si fiican u kala aqoon haddana waxa u muuqatay in uu nin derajo sare leh yahay. "Ruun, waxan ku weydiiyey, maxaad marxuumadda isu ahaydeen?" ayuu weydiiyey. Ruun oo yaaban ayaa weydiisay "marxuumaddu waa ayo?" Inta uu warqad yar oo hortaallay eegay ayuu yidhi "Saafi baad u timid sow maaha?" ka dibna iyada oo yaaban ayey "haa" ugu jawaabtay.

Kornayl Magan oo yaqiinsaday inuu yara degdegay oo ay ahayd in uu isagu dhiilada dhacday Ruun u sheego ayaa ku yidhi Ruun "walaal aad ayaan uga xumahay, maanta arrin aan weligeed Soomaaliya hore uga dhicin ayaa xabsigan ka dhacday, oo gabadhii Saafi ee aad habaryarta u ahayd iyo laba hablood oo kale ayaa cunto sumaysan loo keenay." Ruun ayaa inta ay "amakaag dartiis" afka gacanta saartay Kornayl Magan ku dhegagtay. "Oo hadda Saafi way dhimatay?" ayey weydiisay iyada oo weli gacanta afka ku haysa. "Alla ha u naxariisto, Saafi, ciddii dilkeeda ka dambaysayna waxaanu balan qaadaynaa in si deg deg ah loo soo qabto," ayuu yidhi isaga oo faraha ku garaacaya miiska. Ruun oo weli eegaysa sarkaalkii ayaa labadeeda indhood ilmo ka soo dareertay; ka dibna dhinaca kale ayey u jeensatay iyada oo ilmada garba-saarteedii iskaga tirtiraysa. Waxa ka dhaadhici wayday sida ay u suurto gashay in dad xabsiga dawladda ku jira inta loogu soo galo lagu dilo.

Muddo 20 daqiiqo ah markii Kornayl Magan la hadlaayey Ruun, kana dhaadhicinayey in arrintan oo kale aanay xabsigiisa iska daayee aanay waddanka soo marin, ayuu waxa uu aakhirkii u sheegay in aanay arrintani iyada dhaafin; si aan loo ogaan. Waxa uu u sheegay "in ay jiraan dad badan oo war xumo-tashiil ah, oo sheekada buun buuninaya si ay dawladda wax ugu yeelaan." Waxa kale oo u sheegay in haddii arrintaas uu suuqa ka maqlo; uu ka soo qaadaayo in ay iyadu (Ruun) faafisay. Ruun oo Kornayl Magan la yaaban ayaa tidhi "geeri lama qarin karee, ka waran haddii askartaadu sheegto? " "Askartaydu sheegi maysee, haddii suuqa laga maqlo adigaa sheegay," ayuu ugu jawaabay isaga oo indhaha ku gubaaya. Waxa ka dhaadhici wayday Ruun in dilka gabadha ay habaryarta u tahay loogu hanjabo in ay qariso.

Waxa ka soo wareegay bil iyo dheeraad maalintii Saafi xabsiga lagu sumeeyey. Waxa la dhammaystiray baadhitaankii nooca sunta lagu sumeeyey Saafi iyo dumarkii kale ee cuntada la cunay; waxana la xaqiijiyey in ay cuntada sun loogu daray, inkasta oo suntu noocay ahayd aan la isku raacin. Waxaa kale oo baadhitaan dheer booliiska iyo ciidamadii sirdoonku (NSS) ay ku sameeyeen ogaadeen in Saafi ninkii ay dishay (Cawaale) uu qabi jiray Cadar Duwane oo ay aad u suurto gal tahay in ay dilka Saafi ka geysatay. Waxaase dhibaato noqotay sidii ay u caddayn lahaayeen in Cadar Duwane dilka ka dambaysay; waayo magac kale ayey u sheegatay dadkii xabsiga joogay ee cuntada ka qabtayna wax caddayn ah in ay tahay qofka ay sheegatay kama ay qaadin.

Maadaama uu dilkani fadeexad weyn ku ahaa dawladda ciidamadii dembi baadhistu waxa ay ku dedaaleen sidii ciddii dambigan gashay ay u kashifi lahaayeen. Waxaana loo xilsaaray dembi baadhista gabadh magaca "Wiilo" loo yaqaanay oo NSS-ta u shaqaynaysay aadna ugu xeel dheerayd dembiyada la xallin waayo iyo "Carrabayto," oo Booliiska u qaabilsanaa dembi baadhista. Wiilo waxa ay ahayd gabadh sida ragga u lebisata, dumarkana aan inta badan raacin; kuna xeel dheerayd is "yeel yeelka" iyo qof aan laga garan karan in ay dawlad u shaqayso. Carrabayto waxa uu ahaa nin carab la' (si fiican aan hadalka u karin" qofkii arkaana moodayo dib jir aan weligiis dawlad iska daaye dukaan ka shaqayn. Waxa ayna madaxdii dembi baadhista u xilsaartay isla garteen; in aanay jirin laba qof oo dembigan foosha xun cid kaga habooni jirin Wiilo iyo Carrabayto.

Maadaama ay dawladdu dembigan dhacay aanay faafin oo aan saaxaafadda dawladda lagu faafin (waqtigan saxaafad madax banaani ma jirin), sidoo kale reerihii gabdhaha la sumeeyey lama wargin, marka laga reebo Saafi habaryarteed Ruun oo shilkan si kama'ah ula kulantahay. Waxaa saddexdii marxuumadoodba aasay dawladda, Saafi oo habaryarteed ogaatay mooyeene labada kale reerahoodii waxa loo sheegay in xabsi kale oo fog loo dhaadhiciyey.

Waxa ay Wiilo iyo Carrabayto bilaabeen qorshayntii ay ku kashifi lahaayeen ama uga soo saari lahaayeen Cadar dembiga ay gashay. Waxa ay baadhitaankoodii ku heleen magacyadii dadka ay Cadar saaxibada ahaayeen ama ay aad isugu dhowaayeen. Waxa ay gaar ahaan aad ugu dedaaleen sidii ay u heli lahaayeen Aamina-xayeysi oo ka mid ahayd dadkii Cadar Duwane saaxiibtinimadoodu kala furatay. Wiilo markii ay Aamina-xayeysi la kulantay, waxa ay isaga dhigtay in ay magaalada ku cusub tahay oo ay Kismaayo ka soo guurtay. Waxa kale oo ay u sheegtay in ninkeedu Sucuudiga ku maqan yahay oo ay Muqdisho fiisaha ku sugayso.

Intii aanay la kulmin, Wiilo waxa ay soo ogaatay in Aamina-xayeysi ay Jaadka cunto, sidaas darteedna ay warka ay raadinayso fadhi kaga dhamaysan karto. Inkasta oo aanay Wiilo jaadka cuni jirin waxay iska yeel yeeli jirtay in ay cunto. Markii ay xoogaa calaalisoba inta ay musqusha gasho ayey iskaga soo tufi jirtay. Mararka qaarkoodna waxa ay iska dhigi jirtay in ay jaadka ku xanuunsatay oo aanay cuni karin. Markii ay dhowr asbuuc sheekaysanayeen Wiilo iyo Aamina-xayeysi ayey Wiilo waxay ku tidhi habeen iyaga oo wada fadhiya, Aamina-xayeysina murqaan cirkaas marayso "maanta naag waalan baa na kala qabtay oo gardaro igu maag tahay." Markii ay cabaar sheekadii sii wadeena waxa ay Wiilo u sheegtay in magaceeda la yidhaahdo Cadar Duwane, laakiin ay markii dambe iska heshiiyeen.

Habeen walba oo ay kulmaana sheekada ugu xiisaha badan ee ay ka sheekaystaan waxa ay ahayd Cadar Duwane. Aamina-xayeysi oo waxa ay maqasho ifka ugu necbayd Cadar Duwane, waxa ay uga sheekaysay Wiilo noloshii ay iyada iyo Cadar Duwane isla soo mareen. Waxa kale oo ay uga sheekaysay sidii fool xumada ahayd ee ay ula dhaqmi jirtay Saxarla iyo in odaygii qabay Cawaale darteed guriga uga tegay. Waxa kale oo ay u sheegtay in ay maqashay in Cawaale gabadhii Saafi ee Cadar Duwane kala baxday ay Cawaale dishay iyadiina la xidhay.

Markii ay wixii war ay u baahnayd ka dhammaysatay Aamina-xayeysi, waxa ay Wiilo bilowday sidii baadhitaanka Cadar Duwane u bilaabi lahayd. Waxa ay maalin maalmaha ka mid ah Wiilo timi xaafaddii ay deganayd Cadar Duwane, ka dibna guryihii deriska la ahaa Cadar Duwane qaar ka mid ah weydiisay in ay hayaaan qol ijaar ah. Waxa ay isugu sheegtay in ay Kismaayo ka soo guurtay oo magaalada fiise ku sugayso. Waxa reerihii mid ka mid ahi u sheegeen in laga yaabo in Cadar Duwane qol kiraynayso maadaama ay guri weyn ku jirto odaygii masruufka siin jireyna la dilay.

Maalintii koowaad Cadar guriga way ka maqnayd, laakiin Wiilo waxa ay u dhaaftay fariin in ay qol kiro ah raadinayso, waxa ayna u sheegtay in ay u soo laabanayso. Laba maalmood ka dib ayey u soo noqotay, waxa ayna la kulan tahay Cadar oo fariintii loo sheegay. Ka dibna, cabaar ayey sheekaysteen. Inkasta oo aanay Cadar qorshaha ugu jirin in ay qol kirayso haddana waxa ay aad uga heshay fur furaanta iyo dabeecad wanaagga Wiilo, waxa ayna ku tiri "maan rabin in aan qol ijaaro, laakiin adiga waan kaa kiraynayaa; waxaad tahay qof aad u wanaagsan." Dhowr maalmood ka dibna Wiilo waxa ay u soo guurtay qolkii Cadar Duwane ka kiraysay.

Wiilo iyo Cadar Duwane waxa ay noqdeen saaxiibo aad isugu wanaagsan. Sidii Wiilo ay ku kasbatay kalsoonida Aamina-xayeysi ayey waxa ay isaga dhigtay Cadar in ay jaadka cunto. Inta badanna waxa jaadka soo iibin jirtay Wiilo. Waxa ay Cadar Duwane u aragtay in Wiilo tahay khadar ilaahay u soo diray. Wixii ay dhibaato soo martay iyo saaxiibadii ka xumaaday intaba waxa murugtoodii ka maydhay saaxibadeeda cusub.

Sidii Wiilo filaysayna, Cadar habeen walba marka ay murqaanto ayey iska burqatay oo wixii caloosheeda ku jiray oo dhan banaanka u soo quftay. Waxa ay uga sheekaysay dhibaatadii uu Cawaale u gaystay, iyo naagta uu la guursaday; tii yarayd (Saxarla) ee ay korisay oo ku kibirtay iyo "naagihii" ay saaxiibada ahaayeen oo ka xadhig furtay markii xaaladeedu meeshii ugu xumayd maraysay.

Intii Wiilo baadhitaanta Cadar Duwane ku wadday, Carrabeytana waxa uu ku mashquulsanaa dabagalka iyo meesha ay Cadar ka soo iibsatay sunta. Waxa uu ku wareegay dhamman farmishiyayaasha xaafadda, in ay hayaan sun khatar ku ah in ay wax disho. Waxay badankoodu u sheegeen in aanay hayn weligoodna iibin; marka laga reebo farmashiye uu lahaa nin la yidhaahdo Cag-jar. Markii uu Cag-jar tegayna, waxa uu u sheegay in uu hadda ka hor iibin jirey sunta DDT-da, laakiin iska daayey, ka dib markii loo sheegay in gabdho dhalin yaro ahi cabeen oo isku dileen markii waalidkoodu niman aanay rabin ku khasbeen. Markii uu weydiiyey Carrabeyto ninkii farmishiyaha lahaa (Cag-jar) in beryahaas cidi weydiisay DDT waxa uu u sheegay in haweenay xaafadda deggan oo la yiraahdo Cadar Duwane hadda ka hor weydiisay. Markii uu weydiiyey sababta ay u rabtona u sheegtay in ay baran baro ku dilayso. Waxa kale oo uu sheegay in uu u tilmaamay nin farmashiye ku leh xaafadda Waaberi oo iibiya DDT-da; waxa kale oo uu raaciyey "waxa laga yaabaa in ay isaga ka iibsatay."

302

28

Waxa ka soo wareegtay saddex bilood iyo dheeraad ilaa iyo maalintii Wiilo iyo Carrabeyto ay baaritaanka ku bilaabeen Cadar Duwane. Saaxiibtinimadii iyo sheekadii dheerayd ee dhex martay Cadar iyo Wiilo waxa ay sababtay in Cadar si sir ah ugu sheegtay in ay wax badan ka fekertay in ay Saafi disho. Waxa ay u sheegtay in ay maqashay in ay ninkeedii hore Cawaale ay Saafi dishay oo xabsi-daa'in lagu xukumay; kana fekertay dhowr jeer in ay xabsiga ku soo sumayso. Waxa ay u sheegtay in sunta ugu fudud ee ay ka fekertay ay ahayd DDT, laakiin dhibkeedu ahaa in haddii cuntada lagu daro ay ka soo urayso, iyo iyada oo hadda ka hor gabadh yar oo ay habaryar u tahay inta ay cabtay ku dhiman weyday. Cadar sheekadii Wiilo halkaas u dhaafin weyday, laakiin Wiilo waxa ay Cadar ka dareentay in ay sun aan DDT ahayn ay isticmaashay.

Sidoo kale markii uu Carrabeyto la kulmay ninkii farmashiyihiisu DDT-da iibinayey, waxa uu tusay sawir ay Cadar Duwane leedahay oo ay Wiilo gurigeeda ka soo xadday. Waxa kale oo uu u sheegay ninkii farmishiyaha lahaa (Baafoow), in uu yahay Booliis dembi baadhe ah; Cadarna ay xidhan tahay una sheegtay Booliiska in ay sunta isaga ka soo iibsatay; sida keliya ee uu dembi uga badbaadi karaana ay tahay in uu iyada (Cadar Duwane) markhaatiga ku furo.

Markii ay Wiilo guriga Cadar Duwane soo degtay, alaab badan ma wadan. Waxay wadatay shandad keliya oo dhar ugu jiro iyo sariir ay soo dhigatay. Waxbana guriga kuma karsan jirin; inta badana gurigaba ma soo seexan jirin waxayna Cadar u sheegi jirtay in ay asxaabteeda la soo seexatay. Cadar weligeed marna kama shakiyin Wiilo, wax kasta oo ay u sheegtayna way rumaysatay. Maalin jimce ah ayey Wiilo shandadeedii garabka soo sudhatay, una sheegtay Cadar Duwane in safar degdeg ahi soo galay oo ay Kismaanyo gaarayso. Maalintii ku xigtay (Sabti) waxaa gurigii Cadar iska soo buuxiyey askar booliis iyo NSS isugu jira. Waxa la xidhay jidadkii guriga ku dhowaa oo dhan; wax yar ka dibna waxa albaabka laga soo saaray Cadar oo gacmaheedu xagga dambe marsan yihiin oo katiinadaysan.

Intii Cadar gurigeeda askartu ku jirtay iyo intii baabuurka booliiska la saarayeyba waxa jidadka dhinacyadooda ku soo ururay dad badan oo ciyaal iyo haween u badnaa oo kor ka daawanayey. Markii Cadar Booliiskii kaxaystay ka dibna dadkii waxa ay ku soo shamuumeen gurigii Cadar. Waxa dadkii fahmi waayeen waxa dhacay. Qofba meel ayuu malaha u saaray, xataa qaar baa soo jeediyey in ay dilkii Cawaale iyadu ka dambaysay oo loo xidhay. Iyada oo weli dadkii gurigii Cadar ku buuqsan yihiin ayaa waxa soo joogsatay Xareedo Coljire, oo weydiisay dadkii waxa meesha ka dhacay markii loo sheegay in Cadar Duwane la xidhayna inta ay xagga gurigeedii u tukubtay ayey tidhi "in cuqubadii rajadu maalin uun ka soo baxayso waan ogaa."

Waxa ka soo wareegtay asbuuc maalintii Cadar Duwane Booliisku kaxaysteen ee la xidhay, markii goor subax hore ah idaacadda dawladda laga saaray heeskii "Samo diidow dabin baa kuu dhigan lagugu dili doono." Saarista idaacadda (Raadiyaha) heesta sama-diid subaxda hore waxa ay astaan u ahayd in dawladdu qof toogasho ku xukuntay oo la dilayo. Heestii ka dib waxa idaacaddii laga sheegay in haweenay la yiraadho Cadar Duwane oo saddex dumara xabsiga ku sumaysay dil lagu xukumay, maalinta jimcahana lagu toogan doono garoonka afisyooni ee dadka lagu toogto. Waxaa aad loo xayeysiiyey waqtiga ay toogashadu dhacayso, waxaana aad idaacaddu uga sheekaysay dembiga culus ee ay Cadar Duwane gashay.

Waxaa yaab iyo amakaag ku dhacay dhammaan dadkii Cadar Duwane yiqiin. Inkasta oo xasarad badan lagu ogaa haddana waa loo qaadan waayey in ay dembi intaas le'eg u badheedhay. Waxa kale oo dadku ka yaabeen sida degdegga ah ee toogashada loogu xukumay. Dadka deriska badankoodu waa ogaayeen in la xidhay, laakiin lama ay socon goorta maxkamadda la saaray iyo marka la xukumay toona. Waxaana markiiba bilaabatay xan dadku leeyihiin maxkamadba lama geyne qol madow ayaa lagu xukumay.

Waxaa gurigii Cadar ku soo ururay dad badan oo deriska ah iyo qaraabadeeda dad ah; si ay ugu soo tacsiyeeyaan ciddii joogta; hase ahaatee albaabkii ayaa laga furi waayey. Dadkii oo weli banaanka tuban ayaa waxa soo joogsaday gaadhi tagsi (taxi) ah, waxaana ka soo degay Xaaji Duwane oo daal iyo gabow korkiisa ka muuqdaan. Dadkii albaabka taagnaa isaga oo aan juuq u odhan ayuu bakooraddii uu ku tukubayey albaabkii ganjeelada xoog ugu garaacay. Waxaa gudaha ka hadashay qof dumar ah oo tiri "yaa waaye," markii uu yiri waa Xaaji Duwane-na albaabkii furtay; ka dibna markii uu gudaha galay qab ka siisay albaabkii.

Muddo markii xayeysiiskii dilka Cadar Duwane uu idaacadda ka socday, waxa la gaadhay subaxdii maalinta jimcaha ee la toogan lahaa. Qof neceb iyo qof jecelba habeenkii oo dhan waxa dadka dhex socday dood ah in ay meesha Cadar lagu tooganayo tagaan iyo in kale. Qofkasta go'aankiisu wuxuu doono ha ahaadee, Xaaji Duwane iyo dadkiisii waxa ay isu diyaariyaan sidii ay meesha u tegi lahaayeen oo meydka u soo qaadan lahaayeen. Waxa ay soo kiraysteen gaadhi daboolan oo ay ugu talo galeen in ay meydka ku soo qaadaan.

Muddo dheer ayaa isugu dambaysay Cadar Duwane iyo Saxarla. Iyada oo qiyaastii duhurkii suuqa ka soo noqotay oo doonaysa inay Bilaal seexiso ayaa waxa u yeedhay Asli oo waydiisay "xaaladda habar yartaa ma maqashay?" Saxarla ayaa inta ay dhinicii Asli jaleecday sidii wax yaaban weydiisay "waa tee habaryartay?" "Waan ogahay in aydaan isku fiicnayn ee waxaan ka wadaa Cadar Duwane," ayey tidhi. Inta ay xagga qolkeedii u dhaqaaqday ayey tidhi, hadeerna ma rabo inaan xaalkeeda iyo warkeeda midna ogaado." "Dil ayaa lagu xukumay oo jimcaha ayaa la tooganayaa," Asli ayaa ka sii daba tidhi Saxarla oo qolkeedii sii gelaysa. Saxarla

ayaa inta ay mar kale dib u soo jaleecday Asli tidhi "belo
ha disho," ka dibna qolkeedii hore u gashay.

Intii ay qolkeeda ku jirtay, Saxarla wey ka fekertay
dilka Cadar Duwane, kamana ay nixin kumana ay farxin
dilkeeda. Waxa ka yaabiyey dembiga ay geysatay ee
kalifay in toogasho lagu xukumo. Markii ay Bilaal soo
seexisay ka dib ayey banaanka u soo baxday, ka dibna
Asli oo daaradda fadhida ayey weydiisay sababta loo
tooganayo in la sheegay. Asli waxa ay u sheegtay in ay
saddex dumar ah xabsiga ku dishay. "Oo miyaan
xabsiga askartii joogin?" Saxarla oo yaaban ayaa Asli
weydiisay. Asli oo aan weli su'aashii Saxarla ka
jawaabin ayaa waxa idaacadda ka soo galay xayeysiiskii
lagu tooganayey Cadar Duwane, iyada oo weliba
saddexdii haweenka ahaa ee ay dishay magacyadoodii la
sheegay. Saxarla ayaa indhaheeda ilmo ka soo daadatay,
ka dibna iyada oo hoos eegaysa ayey foodadeedii ilmada
iskaga masaxday.

Asli ayaa inta ay kurisigii ay ku fadhiday ka soo
kacday garabka gacanta ka saartay, kuna tidhi "Ilaahay
samir ha kaa siiyo, inkasta oo ay yaraantii kugu dhibtay,
hadana waalid uun bay ahayde." Saxarla ayaa inta ay
kur u eegtay Asli ku tidhi "iyada u ooyi maayo danina
igama hayso, ee gabadhii Saafi ee ay dishay ayaa qof aad
u wanaagsan ahayd. Ka dibna waxa ay uga sheekaysay
Asli wanaagga ay u gashay Saafi mudadii ay gurigeeda
joogtay; waxayna ku tilmaantay in ay ahayd qof aad u
dadnimo fiican.

Waxaa la gaadhay subaxnimadii jimcaha ee Cadar
Duwane la toogan lahaa. Waxa ninkii idaacadda ka

hadlaayey aad ugu guubaabiyey in ay dadku ka soo qayb galaan toogashada si ay indhahooda ugu arkaan abaal marinta ruuxa dembiga noocaas oo kale ah ku kaca. Waxa ay ahayd waqti xagaa ah oo roob shuux ahi da'ayo. Waxa dhulka hadheeyey daruuro madow oo aad moodid in ay dhulka ku soo fadhiisanayaan.. Waxaa qoryihii dhulka laga taagay ee dadka la tooganayo lagu xidhayo dushooda fadhiistay dhowr tuke oo qaylinaya. Waxa aad moodaysay in ay ogaayeen in meesha dhiig ku daadanayo.

Inkasta oo roob shuux ahi da'aayey, haddana kama baajin, dadkii dilka daawan lahaa. Waxaa raxan raxan u soo saftay dad badan oo u degdegaya si ay shaqo ka soo daaheen. Intii aan Cadar iyo askartii toogan lahayd midna imaan waxaa meeshiiba buuxiyey dadkii daawan lahaa oo da' kasta isugu jiray, dumar, caruurt, ciroole iyo dhalinyaraba. Waxa dadka badankiisa ka muuqatay samir la'aan, maadaama ay muddo dheer sugayeen in barnaamijka dilku bilowdo. Markii ay arkaan baabuur weyn oo meel fog ka soo socda dad baa u sacbinayey oo moodayey kii Cadar lagu siday.

Muddo saacad ku dhow markii dadkii meeshii tubnaayeen, ayaa waxaa gadaashooda soo joogsaday baabuur bas yar le'eg oo dusha ka daboolan, markiiba dadka qaarkiis ayaa mooday kii Cadar lagu siday oo sacbiyey; hase ahaatee waxa ka soo dagay Xaaji Duwane iyo ilaa lix qof oo raaskiisa ah. Cadar Duwane caruurteedii cidi kalama socon. Xaaji Duwane iyo dadkii la socday midkoodna may fahmin sababta dadku la sacbiyeen. Xaaji Duwane oo murugo weyni ka muuqato ayaa gaariga afkiisii hore ku tiirsaday, ka dibna waxa uu bilaabay in bakooraddii uu watay jifideeda dhulka ku garaaco.

Waxa ka soo wareegtay in ka badan laba saacadood iyo dheeraad markii dadku meesha isasa soo tubeen. Waxa dhinac ka soo muuqday dhowr gaadhi oo is daba socda. Gaadhiga ugu horeeyey waxa uu ahaa gaadhi booliisku leeyahay oo xagga dambe ka furan oo sideed askari dusha ka saaran yihiin. Waxa ku xigay gaadhi weyn oo booliisku leeyahay oo dusha ka qafilan. Waxa daba socday baabuur ciidamadu leeyihiin oo ay ku sawirantahay bisha cas (Laan qayrta cas); waxa ka sii dambeeyey laba baabuur oo waaweyn oo askar wejigoodu qarsoon yahay ka buuxdo.

Markii ay soo joogsadeenba waxa ka soo degay askartii booliiska, waxayna isku xeereen safkii hore ee dadkii meesha tubnaa; iyaga oo u xariiqay layn (line) aanay soo dhaafi karin. Wax yar ka dibna waxa gaadhigii weynaa ee qafillaa xaggiisa dambe laga soo dejiyey Cadar Duwane oo gacmaha iyo lugahaba sililado uga xidhan yihiin, madaxana uu ugu jiro waxaad jawaan moodid. Waxaa gaariga la saaraa oo hareeraha hayey afar askari oo wejigu u duuban yahay.

Markiiba waxa ay u dhaqaajiyeen dhinacii qoryaha dadka la tooganayo lagu xidho. Isla markiiba inta ay qorigii dhabarka ugu tiiriyeen ayey xadhig dheer oo ay siteen ku wareejiyeen iyaga ku adkaynaya tiirka si aanay u dhaqdhaqaaqin. Markii xadhigii si fiican loogu adkeeyey ayaa nin sarkaal ah oo askarta hoggaaminayey inta uu ul yar oo uu sitay kor u taagay dadkii ku yidhi "dhammaantiin i dhegaysta, qoftan aad arkaysaan ee hortiniina ku xidhan waxa la yidhaahdaa Cadar Duwane, waxan u malayanayaa inaad dembiga ay geysatay idaacadda ka maqasheen; haddii aydin hore u maqalla hadda ayaan idiin akhriyaa," ayuu raaciyey inta uu warqad la soo baxay; ka dibna warqaddii akhriyey isaga oo dunuubtii ay gashay taxaya.

Markii sarkaalkii qodabadii uu akhriyey dhameeyeyna waxa uu askartii ku amray in ay maradii madaxa ugu jirtay ka saaraan. Markii maradii laga saaray ayuu inta uu ushiisii kor u taagay yidhi "ma wada aragtaan? Dad baa hadhow odhan doonaa qofka la dilay Cadar Duwane ma ahayn." Waxa adar wejigeeda ka muuqday daal. Waxana la moodayey sidii wax bararay. Waxa timaha ugu xidhnaa malkhamad iyo masar. Dhowrkii daqiiqo ee sarkaalku hadlaayey Cadar waxa ay indhaha la raacday dadkii meesha hoganayey ee u yimid in ay dilkeeda daawadaan. Wax cabsi ahi haba yaratee kama ay muuqan. Waxa ay u muuqatay qof dilka la dilayo ku qanacsan. Saafi habaryarteed, Ruun ayaa mar keliya kor u qaylisay oo tidhi "cadaabta ku gubo, Ilaahayna ha kaa abaal mariyo dembiga aad gashay." Isla markiiba askari ayaa ku booday Ruun oo ku yidhi "Naa aamus." Waxyar ka dibna sarkaal kii ayaa amar ku bixiyey in maradii Cadar madaxeeda la gasaaray dib loogu celiyo.

Waxa la soo safay 24 askari oo laba saf oo kala dambeeya u taagan. Sarkaalkii ciidanka watay ayaa amar ku bixiyey in safkii hore diyaar garoobo. Jilibka ayey hoos u gaabsadeen, ka dibna mar keliya ayey xabbad kuwada fureen Cadar Duwane. Wax yar ka dibna waxaa sarkaalkii u yeedhay dhakhtar gaadhiga

Bisha Cas dhinac taagnaa. Ka dibna Cadar oo culayskeedii hoos u dhacay oo aad mooddo in ay xadhkihii ka debecday oo dhulka u dhowaatay ayaa dhakhtarkii gacanta bidix iyo qoorta ka taabtay si uu u eego in ay weli nooshahay. Ka dibna sarkaalkii ayuu la hadlay isaga oo u sheegay in ay weli nooshahay; ka dibna safkii dambe ee askarta ayaa diyaar garoobay; ka dibna inta ay jilibka laabteen rasaastii mar keliya ku wada furay. Waxa Cadar korkeeda ka baxay qiiq oo dadka qaarkood ay mooddeen in ay gubatay. Waxaana dhowr meelood ka go'ay xadhiggii ku wareegsanaa, ka dibna dhulka ayey ku dhacday. Mar labaad ayuu dhakhtarkii ku laabtay Cadar oo eegay in ay nooshahay, isla markiina waxa uu sarkaalkii u sheegay in ay dhimatay.

Sarkaalkii ayaa mar kale hadalkii ku soo laabtay, wuxuuna dadkii ku yidhi " ma i maqlaysaan, Cadar Duwane waa taas naftii ka baxday, qofkii ku xad gudba sharciga qarankana sidaas ayaa u dambaysa; waa laga abaal marinayaa." Sarkaalkii oo aan weli hadalkiisii dhammaysan ayaa dadkii waxa ka soo dhex baxay Xaaji Duwane oo rabay in uu la hadlo sarkaalka, si uu uga codsado in uu meydka qaato, hase ahaatee waxaa markiiba joojiyey askartii dadka hortaagnayd mid ka mid ah. Askarigii ayuu ka codsaday in uu la hadlo sarkaalka, isna sug ayuu ku yidhi. Askarigii ayaa inta uu sarkaalkii u tegay u sheegay in odaygu aabaheed yahay doonayana in uu meydkeeda qaato. Sarkaalkii ayaa inta uu ushii kor u taagay yidhi "i maqla, waxa la ii sheegay in odaygii haweenaydan dhalay codsaday in uu meydkeeda qaato, waxan idiin sheegayaa, in qof dembi intaas le'eg galay meydkiisa cidna la siin. Waxa la geynayaa xabaalaha dadka ay isku dembiga yihiin lagu aaso. Hadeerna meesha ku kala dhaqaaqa hawshii way dhammaataye.

Waxa gaadhigii Bisha Cas laga soo dejiyey naxash meydka lagu qaado, waxaana shaqaalihii gaadhiga la socday meydkii oo dhiig qariyey saareen naxashkii, ka dibna gaadhigii geliyeen. Markii gaadhigii meydka siday dhaqaaqayna askartii ayaa inta ay baabuurtii ay la socdeen degdeg u koreen, ka daba dhaqaaqay gaadhigii meydka siday. Dadkii daawashada u yimi badankoodiina iyaga oo koox koox dilkii uga sheekaysanaya meeshii ka dareereen. Xaaji Duwane oo isagu markii meydka gabadhiisa loo diiday dhulka fadhiistayna, ayaa inta uu soo tukubay tiirkii lagu xidhay is agtaagay, ka dibna jifidii bakooraddiisa dhiiggii dhulka yaalay ku qodqoday. Wax yar ka dibna inta uu gacmaha cirka u taagay ilaahay naxariis uga dalbay. Isaga oo weli dhiiggii dul taagan ayaa nin dhalinyaro ah oo la socday inta uu u yimid, garabka qabtay oo meeshii ka dhaqaajiyey.

29

Waxa ka soo wareegay sannad iyo saddex bilood markii Bilaal dhashay. Cali fursad uma helin intuu dhoofay in uu waddanka dib ugu soo noqdo oo uu wiilkiisa ku arko. Inkasta oo sawirkiisa ay Saxarla ugu dhiibtay nin Sucuudiga tegayey oo ay isku magaalo joogeen. Haba iska fool xumaado, caqli gaabnaanna ha lagu xantee, Saxarla waxa ay isku qancisay in aanay guurkiisii Cali-Aboor ku khasaarin, waxa kale oo ay ku ilaawi weyday dhibaatadii uu ka saaray ee ka dhigtay qof madax banaan oo aan ku noolayn cadaadiskii iyo xaqiraaddii Cadar Duwane.

In kasta oo aanu waxba baran, xirfad fiicanna lahayn, haddana xaaskiisa iyo wiilkiisa Bilaal masruufkooda si fiican ayuu uga adkaa; wiilkiisana aad ayuu u jeclaa. Saxarla lafteedu telifoon ma lahayn, waxase uu mar mar kala soo hadli jirey guriga Asli Biixi.

Saxarla oo markaas inta ay cashaysiisay oo seexisay Bilaal ayaa waxa telifoon ugu soo dhacay gurigii Asli. "Waa adeer Cali" gabar yar oo Asli dhashay ayaa ku tidhi Saxarla inta ay qolkeedii

albaabkiisa soo joogsatay. Si deg deg ah ayey ugu
dhaqaaqday qolkii telifoonku yaallay. Cali-Aboor nin
sheekeeya ma ahayn, mana ahayn nin hadal badan.
Intii yarayd ee ay isaga iyo Saxarla wada
noolaayeenna weli iyaga oo sheeko dheeri dhex
marayso lama arag, markuu telifoon u soo dirona
sheekadoodu waxa ay ku dhammaan jirtay dhowr
daqiiqo.

Habeenkaas xaaladdu sidii hore wey ka
duwanayd. Saacad ka badan ayuu Saxarla la
hadlayey, wuxuuna u sheegay in uu sawirkii Bilaal
helay aadna ugu farxay. Waxa uu u sheegay in
sawirka Bilaal ugu dhegsan yahay sariirtiisa
madaxeeda. Waxa kale oo uu sheegay in inkasta oo
sidii guurkoodii u dhacay uu nasiib darro ahaa kana
xun yahay wixii lagu sameeyey, haddana uu iyada
iyo wiilkiisa Bilaalba uu labadiisa indhood ka jecel
yahay. "Waxa aan kuugu abaal gudo garan maayo,
waayo Bilaal baadba i sii see, ma malayn kartid
farxadda iyo kalsoonida shaqsinimo ee uu ii keenay"
ayuu ku yidhi isaga oo codkiisii isbedelay oo aad
moodaysid in uu ooyaayo. Waxa kale oo uu ugu
bushaareeyey in uu asbuuc gudihiis imanaayo oo
haddii ilaahay u fududeeyo uu iyada iyo Bilaalba
dhoofin doono si ay Sucuudiga ugula noolaadaan.
"Aniga ayaa kuu soo sheegaya marka aan imanayo"
ayuu ku yidhi.

Qolkeedii ayey ku noqotay iyada oo rumaysan

weyday waxa uu kala hadlayey Cali-Aboor. Inta ay sariirta beerka ugu seexatay ayaa waxa ay bilowday in ay oydo. Waxa ka yaabiyey in ninkii ay u arkaysay segegarka ee lagu qasbayey muujiyo raganimo iyo geesinimo oo wax kale iska daayee uu ku dhiirado in uu yidhaahdo "waan ku jecelahay." Waxaa taas ka daraa oo wax walba kala qiimo weynaa kalgacalka aan la gabashada lahayn ee uu wiilkiisa u muujiyey. Bilaal nolosheeda oo dhan ayuu wax ka bedelay. Waxa uu u keenay jacayl, xasilooni, xurmo iyo rajo aanay weligeed ku riyoon. Waxa uu u noqday wehel iyo dugsi xumaha kaga xeeran.

Markii ay oohin dhammaysatay ayey Bilaal oo hurda inta ay is dul taagtay oo dhabanka ka dhunkatay ku tidhi "hooyo aabbe asbuuca soo socda ayuu imanayaa waynuna dhoofaynaa, ma faraxsan tahay?" inta ay dhabanka ka dhunkatay mar kale ayey sariirteedii ku noqotay. Habeenkaas oo dhan hurdo ayaa ka soo dhici wayday, gaar ahaan waxa dhibayey in Bilaal iska hurdo oo aanu la socon warka farxadda leh ee aabihiis soo sheegay.

Sidii ay marna Bilaal ugu tegaysay marna sariirta u galgalanaysay ayey markii dambe waxa ay go'aansatay in ay Bilaal toosiso si ay faraxadda ula qaybsato. Bilaal oo dhelalowsan ayey inta ay soo qaadday sariirteedii la timi oo dhabta ku qabatay; iyada oo indhihiisa eegaysa ku tiri "hooyo iga raalli ahow in aan hurdada kaa toosiyo....warka farxadda

leh ee aan kuu hayo ayaa iga saayid caleeyee." Waxa
ay bilowday in ay heesto:

Bilaalow waa bishaaro

Barwaaqo Allaa ina siiyey

Baxsane boqollihii ku dhalay

Berruu soo noqonayaa

Siduu ballan iigu qaaday

Dhulkii barakada lahaa

Baxrayn iyo belladka khayr

Baddaynu u guuraynaa

bellaayo allow ka hay

bariido allow ku keen

bariido allow ku keen..

Habeenkaas oo dhan sidii ay u heesaysay waagii
ayaa ugu beryey, ka dibna waxa ay hurdo la dhacday
markii ay salaaddii subaxnimo tukatay. Asli oo
habeenkaas oo dhan heestii Saxarla ka seexanweyday,
subaxdiina banaanka ku arki weyday ayaa albaabkii
ku garaacday; iyada oo u malaysay in wax ku

dhaceen. Saxarla oo hurdo labada indhood isku haysa ayaa albaabka ka furtay Asli. "Saxarla iska warran?" ayey ku tidhi. "Alxamdullilaah eeddo wax dhibaato ahi ma jirto" Saxarla ayaa ku tidhi iyada oo indhaha marmaraysa. "Xalay miyaad heesaysay?" Asli ayaa weydiisay. "Miyaad i maqlayseen?" Saxarla oo inta ay xishood dartiis afka gacanta saartay ayaa weydiisay Asli iyada oo dhoolla caddaynaysa. "Haa, laakiin aniga uun baa ku maqlayey" Asli ayaa ugu jawaabtay, iyada oo xishoodka ka jebinaysa.

Saxarla oo xishood iyo af-gaabnaan u dhalatay oo hees iska daayee aan codkeeda la maqli jirin ayaa inta ay isku yaxyaxday oo hoos eegtay tidhi "eeddo Cali ayaa imanaya, inaanu Sucuudiga u dhoofnana waa laga yaabaa." "Maashaa Allah, goorma ayuu imanayaa?" Asli ayaa iyada oo aad ugu faraxday oo weliba inta ay "hab" siisay weydiisay Saxarla. "Dhammaadka asbuuca soo socda" ayey ugu jawaabtay iyada oo ilka caddaynaysa. "Waa in aan casumaad kuu sameeyaa, waxa aan ka wadaa duco; ka waran berrito?" Asli oo si fiican ula socotay nolosha Saxarla soo martay aadna ugu faraxday dhoofitaankeeda ayaa weydiisay." "Haye" ayey tidhi cabaar markay aamusnayd ka dib.

Maalintaas sheekadii dhoofitaanka Saxarla waxa ay ku faaftay deriskii oo dhan. Maadaama ay dad badani taariikhdeeda hayeen sida loo soo dulmiyey aad ayaa loogu wada farxay. Haweenkii jaarka ee

Asli ku casuntay ducada ay u samaynaysay Saxarla ayaa gurigeedii raxan raxan u soo galay. Dumarka intooda badan oo ay ka dhaadhici weyday in Cali-Aboor oo lagu xaman jirey in uu yahay "dhaandhaan" uu nin rag ah noqday oo uu reerkiisii ka adkaaday dhoofinayana ayaa doodi ka dhex bilaabatay. Waxa ay qaarkood ku doodeen in arrintan Ilaahay wato oo uu ugu naxariistay silicii ay soo martay Saxarla; meesha ay qaarkood kaga doodeen, "in laga yaabo in Cali laftiisu yahay nin mudakar ah ee aynaan innagu waxba ka aqoon." "Iska daaya, dembiga, Saxarla way samirtay sedkeediina way heshaye" waxaa tidhi Ardo Abshir oo ahayd ruuxa ugu da'weyn haweenka meesha isugu yimi.

Maalintaasi waxa ay u noqotay mid Saxarla aad ugu qaali ah. Waxa ay ahayd markii ugu horreysay ee ay arragto dad sidaas u tira badan oo dhammaantood isugu yimi qiimaynteeda iyo qaderinteeda. Maalintaas waxa Bilaal loo dhiibay in ay hayaan hablihii deriska ee ay Asli dhashay "Saxarlana waxa lagu yidhi maanta waa ciidaada, naso oo raaxayso." Waxaa kale oo iyaduna maalintaas ducada joogtay oo ay Asli soo casuntay Mulki Abanuur oo aad caan ugu ahayd "Cillaan Saarka." Maalintaas Saxarla cagaha iyo calaacalaha ayey fidsatay oo waxa ay la mid ahayd Maxajabad cid walbaaba u shaqaynayso. "Naa arooskii hore ayaa ka xumaadaye mid kale ma u dhignaa?" haweenay ay jaar ahaayeen oo kaftamaysa ayaa tidhi. Xafladdii Saxarla loo dhigayna waxa ay socotay ilaa habeen badhkii.

Markii la gaadhey dhammaadkii asbuucii Cali-Aboor ballan qaaday in uu imanayo, ayaa waxa telifoon soo diray nin ay Cali wada degganaayeen oo Saxarla u sheegay in uu Cali mashquul yahay laakiin uu berrito galabnimadii soo baxayo habeenimadana ku soo beegan yahay Muqdisho. Saxarla oo awalba aad u sii diyaar garowday ayaa waxa ay bilowday in ay gurigii sii hagaajin ugu dhaqaaqdo. Isla markiibana waxa ay u sheegtay Asli in Cali habeen dambe imaanayo. "Waxba ha ka werwerin doonitaankiisa, Xaaji Buraale (ninkeeda) ayaa ku qaadi doonee" Asli ayaa ku tidhi inta ay Saxarla garabka ka taabatay. "Eeddo adiguna na raac" Saxarla oo ka xishoonaysa in ay keligeed odayga raacdo ayaa tidhi. "Waayahay micno ma leh, xaafad ayaan islahaa galabtaas tag; laakiin taada ayaa ka muhiimsan" ayey ugu jawaabtay.

Waxaa la gaadhay maalintii qaayaha lahayd ee la wada sugayey. Xaaji Buraalena waqti hore ayuu guriga yimi si aanu imaatinka Cali-Aboor uga habsaamin. Saxarla iyo Bilaalba waxa ay iyagu diyaar ahaayeen maalinta badhtamaheedii, bacdal casarkiina Gambar qolkeeda hortiisa yaalley ayey fadhiday iyada oo quruxda iyo xaragada ka muuqata laga yaabay; Bilaal oo si wanaagsan u lebisanna dhabta ku haysa.

"Maashaa Allaah, qurux iyo wanaag ayaa labadiinaba idinka muuqda; malaha cabaaradanba diyaar baad ahaydeen" Xaaji Buraale oo la kaftamaya Saxarla ayaa yidhi. Inta ay xishootay ayey hoos eegtay. "Adeer diyaaradda uu la socdo miyuu kuu sheegay?" ayuu weydiiyey. "Xaaji waa Somali Airlines ee meesha inaga dhaqaaji, yeynaan habsaamine" Asli ayaa inta ay Xaaji Buraale xaggiisa dambe soo joogsatay tidhi. "Somali Airlines? Taas oo weligeed waqtigii loogu talo galay timi lama arkine, waxba ha ina dedejinina" Xaaji Buraale ayaa si kaftan ah ugu yidhi Asli. Markii Xaaji Buraale gaadhigii galay waxa kursigii hore fadhiistay Asli, Saxarla oo Bilaal dhabta ku haysaana waxa ay fadhiisatay kursigii dambe.

Markii ay garoonkii diyaaradaha (Madaarka) gaadheen, diyaaraddii way soo degtay dadkiina waxa ay ku jireen Qaybta Socdaalka (Immigration) ee dadka lagu baadho. Waxa ay fadhiisteen meel u dhaw albaabkii dadku ka soo bixi lahaayeen marka la soo badho ee hawlahooda loo soo dhammeeyo. Waxa soo baxay dadka badankoodii Cali-Aboorna weli ma soo bixin. Waxa markiiba Saxarla ku abuurmay welwel iyo walbhaar. Waxa ay bilowday in ay marna kacdo marna fadhiisato; waxana wejigiida ka muuqday degganaansho la'aan iyo cabsi. Bilaal oo

320

gaajoodayna waxa uu bilaabay oohin. Buraale iyo Asli, oo laftooda shaki weyni galayna waxa ay isku dayeen sidii ay Saxarla u dejin lahaayeen, niyaddana ugu dhisi lahaayeen.

Markii ninkii ugu dambeeyey uu meeshii dadka lagu baadhayey ka soo baxay; ayaa Xaaji Buraale waxa uu weydiiyey in meesha cidi ku hadhay. Ninka oo laftiisu u ekaa nin aad loo soo rafaadiyey ayaa ku yidhi Xaaji Buraale "dhowr nin oo qol lala galay baan arkaayey." Waxa ka soo wareegtay afar saacadood ilaa iyo intii ay diyaaraddu soo degtay, Xaaji Buraalena albaab kasta ayuu garaacay, cid kastana wuu la hadlay si uu xaaladda Cali wax uga ogaado.

Waxa soo dhowaaday waqtigii Madaarka la xidhi lahaa, waxaana meeshii muddo taagnaa Saxarla, Buraale iyo Asli iyo ilaa tobaneeyo qof oo dadkoodii sugayey; laakiin waayey ayna ugu muuqatay in ay Cali isku xaalad yihiin. Buraale iyo dadkii, dadkoodu maqnaa ayaa cabaar sheekaystay iyaga oo u badinayey in dadkaas loo aanaynayo in ay taageerayaal u ahaayeen jabhaddii dawladda ka soo hor jeedday. Ugu dambayntii nin askariya ayaa u yimi una sheegay in Madaarka la xidhaayo, sidaas darteedna ay meesha ka tagaan. Ka dibna Saxarla oo madluum ah iyo Bilaal oo sidii uu u ooyayey indhihii casaadeen ayaa Xaaji Buraale gurigii ku soo celiyey.

Waxa ay gurigii gaadheen waqti dambe. Markii

ay Saxarla cunto siisay Bilaal ee seexisay ayey sariirta gees kaga fadhiisatay iyada oo hoos u foorarta oo fekeraysa. Waxa albaabka ku soo garaacay oo u yeedhay Asli, una sheegtay in Xaaji Buraale rabo in uu la hadlo inta aanay seexan. Saxarla oo labada indhood casaadeen sidii ay u ooyeysay ayaa banaanka u soo baxday. Xaaji Buraale ayaa u sheegay in ay kursi agtiisa ah fadhiisato. Waxa uu u sheegay in uu aad iyo aad uga xun yahay waxa dhacay. Waxa kale oo uu u sheegay in xaaladda waddanku marayo waxaas iyo wax ka xun dadka lagu sameeyo maalin kasta. Waxa uu u balan qaaday in uu marka waagu beryo uu ku kalihi doono Airport-ka si uu xaaladda Cali u daba galo. "Waxaas iyo wax ka daran ayaad soo martaye, iska samir," Asli oo Saxarla agteeda taagnayd ayaa ku tidhi. Ka dibna Saxarla oo aan kelmad odhan ayaa xaggii qolkeeda u dhaqaaqday. Habeenkaas laba indhood isuma keenin, waxaana waagii ku beryey iyada oo weli sariirtii dul fadhida.

Sidii ballantu ahayd Xaaji Buraale waxa uu isu diyaariyey in uu Madaarka ku kallaho, bal si uu wax uga soo ogaado xaaladda Cali ku sugan yahay. Isaga oo albaabka ka sii baxaya ayuu Asli ku yidhi "Saxarla u sheeg in aan Airport-kii aaday." Xaaji Buraale waxa uu habeenimadii la hadlay nin ay saaxiib yihiin (Hillaac-dheere) oo hadda ka hor Madaarka ka shaqayn jirey, kaas oo u ballan qaaday in uu

Madaarka u raaco. Markii ay Xaaji Buraale iyo Hillaac-dheere Airport-kii gaadheen muddo dheer kuma ay qaadan in ay ogaadaan waxa Cali iyo raggii la socday ku dhacay. Waxa loo sheegay in dhammantood la qafaalay oo la geeyey xerada ciidama lagu tabo baro ee Hiil Weyne. Xaaji Buraale warka Hiil Weyne ee loo sheegay aad ayuu uga naxay, waayo waxa uu ogaa in ay tahay meel ragga la geeyaa aanay dib uga soo noqon; ee safka hore ee jabhadaha lagula dagaalamayo la geeyo. Waxaa kaliya oo ka samata bixi jirey dadka dawladda aad ugu xidhan ee magacooda laga baqayo.

Waxa uu xaaji Buraale gurigii ku soo laabtay isaga oo war naxdin leh Saxarla u sida. Intii Xaaji Buraale maqnaa, mar ay Bilaal quraac u samaynaysay keliya ayey Saxarla qolkeeda banaanka uga soo baxday. Ka dibna sariirteedii ayey dul fadhiisatay iyada oo weli fekeraysa. Markii Xaaji Buraale gurigii soo gaadhay ayuu Asli oo daaradda taagnayd u sheegay in ay Saxarla ugu yeedho. Saxarla oo madluum ah oo aad labada indhood xinjir moodid sidii ay u ooyeysay ayaa banaanka u soo baxday. Markiiba Xaaji Buraale ayey indhihiisa ka dareentay in aanu war lagu farxo sidin. "Adeer Cali meesha Hiil Weyle la yiraahdo ayaa la geeyey, waa meel adag, laakiin Insha Allah waynu ku dedaalaynaa sidii loo soo dayn lahaa; " Xaaji Buraale ayaa markiiba Saxarla ku yidhi. Saxarla oo albaabka taagnayd ayaa xatabaddii fadhiisatay oo inta ay afka gacanta saartay hoos rundudsatay. Iyada oo weli hoos u foorarta oo fekeraysa ayaa inta Asli dhinaceeda soo joogsatay oo garabka gacanta ka saartay ku tidhi "iska samir hooyo, Insha Allah wax waliba way kuu hagaagi doonaane." Inkasta oo wax badan Asli iyo Xaaji Buraale waaniyeen qalbigana u dejiyeen Saxarla, dhewr jeerna Hiilweyne u raaceen, haddana waxa u cadayd (Saxarla) in dhibaatadani tahay mid iyada keligeed meel u taal.

Waxaa shillinkii ay haysatay kaga dhammaaday safarkii ay maalin walba ku tegi jirtey Hiil-weyne si ay mar uun Bilaal aabihiis u soo tusto inta aan meesha laga wadin. In kasta oo Xaaji Buraale dhiniciisa ka dedaali jiray raadinta Cali, haddana qofka keliya ee maalin walba xerada Hiilweyne hor fadhiyi jirtay iyada uun bay ahayd. "Adeer wax lacag ah ma haysaa, nin sarkaal ah oo xerada ka shaqeeya ayaan la hadlay oo ii ballan qaaday in uu Cali idin tuso, haddii xoogaa shaah ah (laaluush) loo dhiibo" Xaaji Buraale ayaa ku yidhi Saxarla oo markaas ka soo laabatay Hiilweyne. "Maya adeer, lacag ma hayo laakiin waxa aan la hadlayaa Asli haddii ay dayn ii raadin karto" ayey ugu jawaabtay.

Waxa ay ku ballameen in ay maalinta khamiista kulmaan, si ay jimcaha u baxaan. Hase ahaatee isla galabnimadii arbacada oo ay hore u kulmeen ayuu Xaaji Buraale dib ugu soo laabtay una sheegay

Saxarla in uu helay war lagu kalsoon yahay oo sheegaya in nimankii Hiilweyne ku xidhnaa habeenka jimcuhu soo gelayo la qaadayo oo jiidda hore ee dagaalka la geyn doono. Waxa uu kula taliyey in ay subaxnimada khamiista baxaan si ay uga gaadhaan inta aan loo diyaarin ambabaxa.

Saxarla oo jaah wareertay oo wax ay ku hadasho garan la' ayaa Asli oo markaas dhinacooda soo joogsatay ku tidhi "Xaaji Buraale maxaad u sheegtay Saxarla oo ka nixiyey?" "Waxa aan u sheegay in odaygeedii maalinta jimcaha loo qaadayo goobaha dagaalka" ayuu ku jawaabay isaga oo hoos eegaya bakoorad uu sitayna jifideeda dhulka ku garaacaya. "Innaa Lilaahi wa Innaa Ilayhi Raajucuun, oo arrintaas waad hubtaa" Asli ayaa tidhi inta ay afka gacanta saartay oo dhinacii Saxarla eegtay. "Waxba ha welwelin adeer, Inshaa Allah khamiista ayaan ku kaxaynayaa oo idin tusayaa Cali inta aan la dhoofin, nin sarkaal ah ayaa ii balan qaaday oo aanu meesha ku ballansanahay" Xaaji Buraale ayaa yidhi inta uu garabka gacanta ka saaray Saxarla oo dhiniciisa midig taagnayd. "Xaaji Buraale ayaa insha Allah idin qaadi doona, waadna arki doontaan" Asli ayaa ku tidhi Saxarla iyada oo isku deyeysa in ay niyadda u dejiso.

Sidii ballantu ahayd ayey Saxarla, Bilaal, iyo Xaaji Buraale intii aanu waagu si fiican u beryin ka ambabaxeen gurigii. Waxa kursiga hore ee gaadhiga fadhiistay Xaaji Buraale iyo saaxiibkiis Kulane oo

325

askarta uga aqoon badnaa. Waxaa xagga dambe fadhiistay Saxarla iyo Bilaal oo ay si fiican ugu soo lebistay. Waxaa Saxarla iyo Bilaalba ka muuqatay qurux iyo xarago saayid ah. Inkasta oo wejiga Saxarla uu aad uga muuqday werwer iyo walaac, haddana sida ay u soo lebisatay iyo xaragada ka muuqata waxa aad moodaysay in ay aroos u socoto.

Waxa ay sii socdaanba waxa ay aakhiritaankii gaadheen xeradii Hiilweyne. Ninkii ay la ballameen waxa uu u sii sheegay in ay gudaha xerada gaadhigooda ku soo galaan. Waxa kale oo uu Kulane u sheegay in uu askarta waardiyaha ah ee albaabka jooga ku ballamiyey oo ay soo dayn doonaan. Markii ay albaabkii xerada soo joogsadeen ayaa waxa xaggoodii u soo dhaqaaqay askari qori AK47 ah sita oo aad moodid in tuutaha uu gashan yahay ka weyn yahay oo caato ah, xabad sigaar ahina afka ugu jirto.

"Demi gaariga" ayuu ku jiri cod dheer oo hanjabaadi ka muuqato isaga oo Xaaji Buraale la hadlaaya. "Xaggaad u socotaan?" ayuu sii raaciyey isaga oo gaadhiga gudihiisa sii qooraansanaya oo eegaya inta qof ee gudaha ku jirta. "Adeer waxa aanu la ballansan nahay kornayl Kaarshe" Xaaji Buraale ayaa hadal gaaban ugu jawaabay si aanu askariga uga xanaajin. "Sug" ayuu ku yidhi inta uu dib ugu noqday xafiis yar oo albaabka xerada laga galo ku yaalley.

Waxaa qolkii ka soo baxay Saajin Buule oo askarigii hore aad uga da'weyn. Sidii kii hore inta uu gaadhigii isa soo dhinac taagay ayuu weydiiyey cidda ay u socdaan, Xaaji Buraale ayaa u sheegeen in ay la ballansan yihiin Kornayl Kaarshe. Inta uu gaadhiga gudihiisii qooraansaday si uu u hubiyo inta qof ee ku jirta ayuu inta uu xagga albaabkii weynaa ee xerada u dhaqaaqay cod dheer ku yidhi "ka fur ballan ayey leeyihiinne." Markii ay gudihii galeenna waxa kaxeeyey Saajin Buule laftiisii oo tusay meeshii ay gaadhiga dhigan lahaayeen. Waxa uu ku yidhi inta uu u dhaqaaqay xagga xafiiskii Kornayl Kaarshe; "Ha ka soo bixina gaadhiga inta la idiinka yeedhayo"

Intii ay gaadhiga ku dhex jireen waxa ay daawanayeen rag dhalin yaro u badan oo baabuurta ciidamada lagu daabulayo. Waxa kale oo meel fog uga muuqday kuwo la tababarayo oo marba dhinac loo eryaayo. Intii ay labada oday, Xaaji Buraale iyo Kulane ka sheekaysanayeen dhibaatada dadkan la soo qafaalay haysata iyo cawaaqib xumada ay keeni karto dagaalkan dawladdu abuurtay, Saxarla waxa ay indhaheedu ku maqnaayeen nimankii baabuurta lagu gurayey iyo kuwii fogaa ee la tababarayey si ay uga dhex eegto Cali.

Waxaa ka soo wareegtay laba saacadood markii ay xerada soo galeen, Bilaalna hurdo ayuu la dhacay. Waxaa aakhiritaankii u yimi Saajin Buule, waxana uu u sheegay in uu Kornayl Kaarshe la kulmay una sheegay in martiyi sugayso. Waxa kale oo uu u sheegay in Kornaylka laftiisu aad u mashquul yahay oo uu isaga ku soo balamiyey in uu arrinta xalliyo oo ninka ay raadinayeen tuso. Waxa uu weydiiyey magaca ninka ay raadinayeen, ka dibna waxa uu u dhaqaaqay xaggii ragga la soo qafaalay lagu hayey. Waxa uu Saajin Buule laftiisiina maqnaa muddo saacad ku dhow oo kale. Iyaga oo meeshii ku jactaday Bilaalna hurdadii ka kacay ayuu soo laabtay isaga oo Cali-Aboor oo laba askari oo hubaysani dhinacyada kaga jiraan wada. "Aakhirataankii way soo heleen" Xaaji Buraale oo ugu hor arkay ayaa yidhi. "Saxarla soo dega adeer aad salaanteene" Xaaji Buraale ayaa ku yidhi Saxarla isaga oo gaadhigii ka degaya.

Saxarla oo Bilaal laabta ku haysa ayaa albaabkii dambe ee gaadhiga ka soo degtay. Afka ayey gacanta saartay iyada oo la yaaban sida Cali-Aboor loo bedalay iyo sida tuutaha askarta ee loo xidhay qof aanay garanayn uga dhigay. Waxa kale oo ay ka yaabtay sida uu Sacuudiga ugu soo naaxay, waayo markii hore ee uu dhoofay xoogaa calool ah uun buu lahaaye xoog uma buurayn. Waxa ay aragtay nin aad u naaxay oo ay calool saayid ahi ka soo dhacday.

"Waxa aad haysataan shan iyo toban daqiiqo ee arrintiina si degdeg ah u kala dhammaysta, saajinkii ayaa yidhi isaga oo la hadlaya qoladii Cali-Aboor soo booqatay. "Iska warama" Cali-Aboor ayaa yidhi inta uu Saxarla is agtaagay isaga oo Bilaal wejigiisa eegaya. "Waanu iska fiicanahay" Saxarla oo indhaheeda ilmo ku soo joogsatay ayaa ugu jawaabtay. "U dhiib aabihiis ha salaamee" Xaaji Buraale ayaa ku yidhi Saxarla. "Kaalay aabbe" Cali-Aboor ayaa ku yidhi Bilaal inta uu labadiisii gacmood hore u fidiyey. Bilaal oo ka baqay ayaa hooyadiis isku dhejiyey wejigiisana dhinaca kale u jeediyey. "Wuu kaa qaloonayaa" Saxarla ayaa ku tidhi. "Inshaa Allah si fiican ayuu ii baran doonaa" Cali-Aboor ayaa yidhi inta uu Bilaal madaxa u salaaxay.

Waxa weli dhinac taagnaa labadii askari, iyaga oo aan wax badan isa sii weydiina waxa gabaabsi ku dhowaaday shan iyo tobankii daqiiqo ee loo qabtay. "Saxarla anigu sida aan ku soo noqon doono ilaahay baa oge, waxa aad raadisaa ninka la yidhaahdo Diiriye Yoonis ee Sacuudiga jooga. Xoogaa lacag ah ayuu ii hayaaye ha idiin soo diro. "Jaalle waqtigii waa kaa dhammaaday ee soo bax" mid ka mid ah askartii waddey Cali-Aboor ayaa yidhi, inta uu tuutihii uu gashanaa garabka ka jiiday. Intii aan hadalkiisii afkiisa ka soo dhammaanba waxa agtooda soo joogsaday gaadhi weyn oo milateri oo ka mid ah kuwii ragga la soo qafaalay ee dagaalka loo wado qaadayey.

Gaadhiga oo shiraaq weyni ku xidhnaa oo dadka gudaha ku jira aan la arkayn ayaa waxa ka soo degay askari hubaysan oo tuutaha milateriga gashan.

"Waar soo fuul gaadhiga waqti ma hadhine" askarigii gaadhiga ka soo degay ayaa Cali-Aboor ku yidhi. Inta uu Saxarla ku dhowaaday ayuu Bilaal dhabanka ka dhunkaday, ka dibna inta uu salaan u taagay Saxarla oo gacanta ka dhunkaday ayuu ku yidhi "Ilaahay ha idin nabad geliyo." Isla markiibana labadii askari ee ilaalinayey ayaa inta ay labada garab qabteen xaggii gaadhiga u jiiday. Ka dibna isaga oo gaadhigii sii koraya ayaa gacanta ruxay, isaga oo Saxarla, Bilaal iyo odayaashii la socday nabad gelyaynaaya.

Saxarla oo naxdin iyo qarracan adkaysan kari weyday ayaa inta ay dhulka fadhiisatay oohin bilowday. "Ina keen adeer wixii ilaahay ka dhigo ayey arrini noqon doontaaye" Xaaji Buraale ayaa ku yidhi isaga oo gacanta ka jiidaya oo isku deyaya in uu kiciyo. Xaaji Buraale oo Saxarla garabka haya ayaa albaabkii gaadhiga ka furay oo ku yidhi "iska samir adeer, samraa sed helee."

Waxa ay ahayd xaalad aad u xun, Saxarlana waxa halkaas uga muuqatay in aayihii Bilaal mugdi galay. Intii ay dhexda ku sii jireen waxa sheekaysanayey labada oday Xaaji Buraale iyo Kulane oo ka hadlayey dhibaatada iyo siyaasad xumada waddanka ka taagan. Saxarlana kelmad ma ay odhan ilaa intii ay gurigii ka gaadhayeen waxa ay hoos ula runduday oohin iyada oo wejigeeda odayaasha ka qarinaysa.

Inkasta oo Saxarla markii hore Cali-Aboor qasab iyo cadaadis loogu meheriyey oo aanay weligeedna waali iyo miyir qab midna ku guursateen, haddii ay teeda ahaan lahayd, haddana waxa ay waayihii dambe u arkaysay in uu yahay nin naxariis badan kana soo baxa xilkiisa oo wiilkiisa iyo iyadaba ugu talo jirey in ay aayatiin wanaagsan ku noolaadaan. Inkasta oo ay aad ugu dedaali jirtay in aanay u muujin wax jacayl ah Cali-Aboor, haddana waxa xaqiiqo ahayd in ay u haysey kal gacal aad u weyn.

Waxa ay beryihii dambe isweydiin jirtay in doqoniinada Cali-Aboor lagu sheegi jirey ay ahayd mid dhab ah oo uu u dhashay iyo in ay ahayd mid ay Cadar Duwane abuurtay oo ay ahayd arrin ku timi sidii ay iyada lafteedaba magacyada badan ee laga yaqyaqsoodo ugu bixisay. Waxa ay ugu dambayntiina isku qancisay in Cali-Aboor yahay nin deggan, naxariis badan, afgaaban oo dantiisa yaqaan.

Markii ay xeradii askarta ka soo noqdeen, waxa ay gurigii soo gaadheen iyada oo markaas salaaddii maqrib la tukaday. Waxa daaradda guriga fadhiyey Asli iyo dhowr dumar ah oo deriska ka soo wareegay ka dib markii xaaladda Saxarla loo sheegay. Waxa albaabka ka soo galay Xaaji Buraale, Kulane iyo Saxarla oo siday u ooyayeysay labada indhood xinjir dhiig ah u ekaadeen.

"Xaaji ma soo aragteen Cali?" Asli ayaa tidhi iyada oo

331

Xaaji Buraale la hadlaysa. "Soo aragnay laakiin ninkii la qaad" ayuu ugu jawaabey inta uu kursi Asli agteeda yaalley ku fadhiistay. "Inaa Lihaah wa Inaa Ilaahi Raajucuun, xaggee loo qaaday?" ayey weydiisay. "Asli meeshii ragga la haligayo loo qaadi jirey ayaa loo qaadaye, bal wax nagu soo qabo gaajo ayaanu kax la nahaye" ayuu ugu jawaabay. Inaa Lihaah wa "Inaa Ilaahi Raajucuun" ayey Asli iyo dumarkii la fadhiyey marqudha isla wada yidhaahdeen. "Asli raga lala qaaday ee khayrkiisa ah ayuu wax la qabaaye cunto noo keen" ayuu Xaaji Buraale mar kale yidhi.

"Xaaji wax yar suga" Asli ayaa tidhi inta ay Saxarla oo qolkeedii gashay ka daba tagtay. Ka dibna haweenkii daaradda fadhiyey ayaa mid mid uga daba galay qolkii Saxarla iyo Asli ku jireen. "Weligay ma aan arag iyada oo sidaa oo kale noqotay, waxa ay ahayd qof aad u calool adag oo adkaysi badan" Asli oo qolkii Saxarla ka soo baxday ayaa tidhi.

Waxa ay dumarkii waano u akhriyaan oo isku dayaan in ay samir ku qanciyaan Saxarla, waxa ay mid mid uga soo baxeen qolkeedii iyaga oo wejiyadooda qaracan ka muuqdo guryahoodiina u kala caraabaya. Saxarla waxa ay ahayd ruux xaafadda iyo jaarkaba aad looga jecel yahay. Waxa ay ku caanbaxday, naxariis, deeqsinimo iyo akhlaaq wanaagsan. Markii waagii beryeyna waxa warkii wada gaadhey deriskii iyo dadkii asxaabta la ahaa.

Waxaana gurigii iska soo buuxiyey dad aad u tira badan oo niyadda u dejinayey. Tira badnaanta dadka guriga ku soo qul qulayey reerihii xaafadda qaar ka mid ah ayaa u qaatay in guriga geeriyi ka dhacday oo tacsi reerka loogu tegaayo. Qofkasta oo Saxarla soo booqdaana waxa uu u ballan qaaday in wax kasta oo ay uga baahato diyaar ula yahay.

30

Waxa ka soo wareegtay saddex bilood markii la qaaday Cali-Aboor. Deriskii iyo saaxiibadii guriga Saxarla ku soo qulqulayeyna socodkoodii iyo ballan qaadyadoodii asbuucii ugu horeeyey ma ay dhaafin. Waxaana is wajahay Saxarla iyo xaqiiqadii adduunyada ee sugaysay. Waxa dad ugu dhowaa Xaaji Buraale iyo xaaskiisa Asli oo iyaguna waxa ay u ballan qaadeen in ay laba bilood oo lacag la'aan ah gurigooda ku jiri karto, haddii ay awoodi waydo in ay kirada bixisona ay meel kale doonato. Waxana masruufkii yaraa ee ay haysatay uga soo hadhay 900 oo shillin taas oo ay ku qiyaastay in ay bil kale uun haynayso. Waxa kale oo lacag la'aanta uga darraa welwelka ay ka qabtay xaaladda ninkeedii oo aanay ogayn waxa uu ku sugan yahay geeri iyo nolol.

Waxa kale oo ay isku dayday in ay raadiso ninkii Sacuudiga joogay (Diiriye Yoonis) ee Cali-Aboor kala ballamay, nasiib darrose way weyday cid taqaana oo siday ula xidhiidhi lahayd u sheegta. Waxa ku cadaatay talo adduun wax ay samaysona way garan weyday. Wax kasta ayey ku fekertay, haba ugu xumaato in ay ku fekerto in ay sun cabto oo isdisho; waxase taas ka hor joogsaday jiritaanka Bilaal. Waxa ay ahayd qof aad isula hanweyn cabsida ugu weyn ee ay qabtayna waxa ay ahayd in ay awoodi kari weydo in ay wiilkeeda bilaal nolol wanaagsan ku koriso. Waxa ay isweydiisay meesha ay tegi doonto haddii ay guriga Xaaji Buraale iyo Asli ay ka baxdo.

Jaah wareerka iyo miciin la'aantu iska daa wax kalee waxa ay mar ka fekertay in ay Bilaal guriga Xaaji Duwane ku tuurto oo ku tidhaahdo "korsada willkiinna." Haddana waxa hor yimi xumaantii iyo xaasidnimadii ay Cadar Duwane kula dhaqmi jirtay, waxa ayna dhaar ku martay in aanay wiilkeeda Bilaal wixii iyada la soo mariyey aanu marin; iska daa wax kale xataa haddii ay ku kalifto in ay jidhkeeda u iibiso oo suuqa u gasho. Habeen walba waxa waagu ugu beryi jirey iyada oo sariirta dul fadhida oo marna ooyeysa markna fekeraysa.

Iyada oo asbuuc keliya uga dhiman yahay labadii biloood ee reer Xaaji Buraale u qabteen, ayaa waxa goor fiid ah guriga ugu yimi laba oday oo ay Xaaji Buraale saaxiib yihiin iyo nin dhalin yaro ah oo la socda. Markii la is bariidayey ka dib ayey nimankii waxa ay u sheegeen Xaaji Buraale in ninka dhalinyarada ah ee odayaasha la socday uu ka soo baxsaday goobaha dagaalka, halkaas oo ay isku barteen Cali-Aboor fariinna uu u soo faray xaaskiisa intii aanu dhiman ka hor. "Dhiman ka hor? Inaa Lihaah wa Inaa Ilaahi Raajucuun, goorma ayey arrintaasi dhacday?" Asli oo aad u naxday ayaa inta ay gambar ay ku fadhiday ka soo kacday oo xaggii nimanka warameyey u dhaqaaqday tidhi. Dadkii daaradda fadhiyey oo dhan ayaa kulligood naxdin mid waliba madaxa gacmaha saaray.

"Adeer ma aanan maqale goorma ayaa la dilay?" Xaaji Buraale ayaa weydiiyey ninkii dhalinyarada ahaa.

"Adeer bilba ma aanu joogin markii gaadhigii uu la socday miinadu la kacday" ayuu ugu jawaabey. Waxa la isweydiiyey sidii Saxarla loogu sheegi lahaa.

"Adeer iga raalli ahow, Cali waxa uu igula dardaarmay in haddii aan ka nolol dambeeyo in aan anigu fariinta gaadhsiiyo Saxarla, marka waxa aan idinka codsanayaa in aan anigu la hadlo" ninkii askarta ka soo baxsaday ayaa yidhi.

"Adeer fariintaada dhibaato kama joogtee, waxa aanu isweydiinaynaa waqtiga ugu munaasabsan ee Saxarla loo sheegi lahaa geeridan naxdinta leh," Xaaji Buraale ayaa ninkii dhalinyarada ahaa ku yidhi.

"Adeer ma doonayno in ay caawa seexan weydo, marka miyaanay haboonayn in aad berrito ama mar kale oo munaasib ah u soo noqotid" Xaaji Buraale ayaa yidhi isaga isku deyaya in uu ninka dhalinyarada ah qanciyo. Ka dibna waxa la isku raacay in habeenkaas iyada oo aan waxba loo sheegin Saxarla lagu kala hoydo.

Subaxdii markii ay Asli u sheegtay, Saxarla sidii ay ka cabsi qabeen uguma qaracmin geeridii Cali-Aboor. Waxana ay u sheegtay Asli in ay hore isugu qancisay in aanu nolol ku soo noqonayn. Waxa kale oo ay u sheegtay Asli in ay aad ugu farxsan tahay in uu wiilkiisa sii arkay oo dhabanka ka sii dhunkaday intii aanu dhiman. "Waxa uu ahaa nin aad u qalbi wanaagsan oo rahxiim ah" ayey hadalkii ku soo gobo gebaysay.

Maalintii labaad ayaa waxa soo laabtay ninkii dhalinyarada ahaa si uu ula kulmo Saxarla. Waxa uu uga sheekeeyey noloshii Cali ku noolaa bishii ugu dambeysay ee ay wada joogeen. Waxa kale oo uu uga sheekeeyey sida uu jeclaa iyada iyo Bilaalba ee uu mar walba afka ugu hayn jirey. Waxa uu u sheegay in uu u sido warqad uu isagu gacanta ugu qoray, maadaama aanu Cali-Aboor waxba qori jirin. Warqaddii ayuu u dhiibay. Waxa ay bilowday in ay warqaddii akhrido. Inkasta oo ay Saxarla mudadii yarayd ee ay Iskuulka Seeraalaha (Waxbarashada Dadka Waaweyn) ku jirtey ay qoraalka ku baratay, haddana markii ay soo gaadhay qaybtii gabaygu ku qoraa ayey ku mergatay

(adkaatay), ka dibna ninkii ayaa gacanta u soo taagay
oo ku yidhi "keen abaayo kuu akhriyee."

Salaan diiran Saxarlay

Safarkaan u baxay Soofka

Saadaashii aan qaatay

sacabada in aan maalo

Iyo inaan sed kuu raadsho

Ka samraye sidaas qaado

Ragga sumucu leefaayo

Sambabada kuway goysay

Ama sahalka loo laayey

Tiro sugan haddaan sheego

Saddex boqol sare u dhaafe

Aniguna safkaan joogo

Sahal inaan ku soo laabto

Sadrigayga uma sheegin

Mar hadday sidaas gaadhey

Adna samir ha moogaanin

Rabbi ha idin samo yeelo.

Markii uu warqaddii u dhammeeyey, Saxarla indhaheedana ay ilmo ka daadanayso, iyada oo la yaabtay ninkeeda xigmaddiisa iyo aragtidiisa fog iyo sida Cadar Duwane; isaga iyo dadka intiisa kale uga dhaadhicisay in aanu waxba ahayn oo uu yahay doqon jaanjaan ah.---ayuu ninkii dhalinyarada ahaa inta uu jeebkiisa gacanta geliyey waxa uu ka soo saaray warqad yar oo dhowr jeer la isku laalaabay korkeedana dhiig qariyey.

Inta uu xagga Saxarla u taagay ayuu ku yidhi "hoo." Maxaa ku qoran?" ayey weydiisay. "Waxba kuma qorna ee fur oo eeg waxa ku jira" ayuu ugu jawaabay. Markii ay furfurtay ayaa waxa ka soo baxay laba sawir oo dhiiggii ku daatay ku kor qalalay..oo midna ay lahayd iyadu kan kale ay Bilaal ka qaaday isaga oo saddex bilood jira oo ay u dirtay markii uu Sacuudiga joogay. "Waxa aan ka soo saaray jeebkiisa markii uu dhintay ka dib" ayuu ku yidhi. "Maba xusuusto goortaan u diray labadan sawir" Saxarla oo weli ilmo indhaheeda ka shubmayso oo shalmadeeda ku masaxaysa ayaa tidhi. "Xaggee lagu aasay?" ayey weydiisay. "Meesha cidna lama aasee isaga iyo niman kale oo ilaa 100 gaadhayey oo dagaalka ku dhintay ayaa inta god weyn loo qoday mar keliya ciid lagu gembiyey. Saxarla oo ay ka dhaadhici weyday aadna uga xumaatay sida foosha xun ee ninkeeda loo aasay ayaa inta ay hoos u foorarsatay bilowday in ay ooydo.

"Walaal iska samir" ninkii dhalinyarada ahaa ayaa ku yidhi inta uu Saxarla garabka ka taabtay.

31

Dhibaatada iyo rafaadka Saxarla haystay ma ahayn mid iyada uun ku kooban. Waxa uu waddanku oo dhammi marayey xaalad aad u adag. Waxaa gobolada badankooda, gaar ahaan wixii Xamar waqooyi ka xiga ka socday dagaalo dawladda lagaga soo hor jeedo. Qabiilada badankoodiina waxa ay samaysteen jabhad dawladda la dagaalanta. Waxaa gacantii dawladda ka baxay dhammaan goboladii waqooyiga. Xabbaddii dagaalku sidii ay u soo socotayna waxa ay soo gaadhay darafyada magaala madaxda Muqdisho. Waxaa habeen walba dadka dhegahooda ku soo dhacayey rasaastii iyo hubkii cuslaa ee ciidamada dawladda iyo jabhadihii mucaaradka ahaa is dhaafsanayeen.

Waxa dadkii bilaabeen in ay magaalada ka qaxaan iyaga oo dhinaca galbeedka iyo Afgooye naftooda ula baxsanaya. Habeen keliya ayaa Saxarla uga hadhsanaa mudadii ay guriga reer Xaaji Buraale ka guuri lahayd. Waxaana soo dhowaaday madaafiicda xaafadooda ku soo dhacaysay. Waxaa isugu timi cabsidii adduunka, iyada oo weli ay maskaxdeeda ku jirto sidii xumayd ee ninkeeda loo dilay; ayaa haddana khatartii iyada iyo wiilkeedii Bilaal ku soo dhowaatay. Habeenkii laba indhood isuma ay keeni jirin, iyada oo weliba aad uga weli weli jirtay in Bilaal hubkaas la soo ridayaa ku dhaco; iyada oo markii ay dhawaaqa madaafiicda maqashoba sariirta hoosteeda la geli jirtay Bilaal; ama dusha kaga jiifan jirtay (Bilaal) si ay iyada xabbaddu ugu dhacdo.

Habeenkii ugu dambeeyey ee mudada loo qabtay ay guriga kaga bixi lahayd, ayey dharkeedii intii muhiimka ahayd iyo kii Bilaal shandad yar oo Cali hadda ka hor uga tegay ku guratay. Sariirtii, kabadhadii, kuraasidii iyo wixii wixii maacuun u yaalay waxa ay go'aansatay in ay iskaga tagto. Habeenkii intii aanay seexan ayey u sheegtay Asli in ay iyadu qaadato ama ciddii ay doonto siiso. Habeenkaas madaafiicdii iyo rasaastii la isku ridaayey way ka sii dareen. Waxana la soo weriyey in guryo badan oo dariska ah madaafiici ku dhacday dad badanina ku le'day iyo in weliba qabiil qabiil dadkii isu dilayaan oo suuqa la isku biraynaayo. Habeenkaas oo dhanna waxa ay qolkeeda ka maqlaysay baroorta iyo qaylada dadka deriska ah ee dhibaatadu soo gaadhey.

Maadaama aanay meel ay u kacdo ama cid ay miciinsato aanay garanayn waxa ay go'aansatay in ay arooryada hore iska baxdo oo dadka qaxaya iska raacdo. Cabsida jirta dadka badankoodu guryahooda kama soo bixin. Inta ay Bilaal xanjeeratay shandadeedii yaraydna gacanta ku qabsatay ayey albaabka ka baxday. Waxana ay iska daba gashay dad deriska ahaa oo qaxaya. Waxa dadka ka muuqday anfariir iyo cabsi aan la malayn karin. Caruurta gacanta la hayo ee ooyeysa mooyaane cod kale iyo cid isla hadlaysay midna ma jirin.

Intii aanay 100 talaabo socon ayey waxa ay maqashay dhawaaq xoog (madfac) oo xaggeeda dambe ka yeedhay. Markii ay dib eegtayna waxa ay aragtay gurigii reer Xaaji Buraale oo qiiq iyo olol ka baxayo. Dib ayey u oroday si ay u eegto, markii ay soo gaadhayna waxa ay aragtay gurigii oo dhulka la sinmay marka laga reebo qolkii ay iyadu deganayd iyo jikadii banaanka ku taallay. Naxdintii ayey baroor qabsatay, waxana ay ku oroday meeshii ay qolalka ku ogayd oo qiiqaya. Waxaase markiiba ka soo gaadhey oo soo qabtay, dhowr qof oo deriska ahaa oo aan iyagu weli qixin. Waxana ay u sheegeen in ay meesha isaga cararto si aanay iyaduna ugu dhiman, ka dibna waxa ay jaanta la qaadday dad qaxaya oo albaabka hortiisa maraya.

Sidii ay dadkii u sii daba socotay ayey waxa ay gaadheen meel baabuur laga raacayo. Nimanka baabuurta kiraynayaa waxa ay ku dhawaaqayeen "Afgooye" oo ahayd meeshii loo qaxayey. Maadaama ay dadku wada qaxayeen, dadka aan iyagu baabuur wadan waxa baabuurta lagaga kiraynaayey lacag aad u badan; Saxarlana lacag intaas le'eg ma ay haysan. Ka dibna waxa ay iska go'aansatay in ay iska lugayso oo nasiibkeeda jidka ka qaaddo. Keligeed ma ahayne waxa jirey dad badan oo ay isku xaalad yihiin oo aan lacag haysan oo lugaynayey; ka dibna kuwii ayey iska daba gashay. Intaas ay socotay waxa ay meel walba kula kulmaysay xabbad, dhac iyo boob. Waxa aad moodaysay dadka tiradooda yaacaya in suurkii qiyaamaha loo afuufay. Waxaa laamigii (jidkii) Afgooye tegayey buuxiyey dad iyo baabuur isku xidhmay. Dawlad dadka kala celinaysa ama wax kala hagaysaa ma jirin. Waxaa qof walba u muuqatay in dawladdii duntay, waxa awoodoodu muuqataana waxa ay u badnaayeen niman jabhad isku sheegaya iyo kuwo aan cidna metelin ee dadka dhacaya.

Waxa Saxarla ku ooyey oo ay isku dhibtoodeen Bilaal, oo weliba nin culus noqday oo sida ay ula ordaysay garbaha jebiyey. Waxa ay sii rafaadoba waxa ay ugu dambayntii goor casarkii ku dhow ay gaadhay magaaladii Afgooye oo aad moodid in wixii dad Xamar deganaa oo dhammi isugu yimaadeen. Dadkaas oo qaarkood dhowr maalmood ka hor soo qaxeen waxa ka muuqday dhibaato iyo daryeel la'aan. Waxana badankoodii ka dhamaaday wixii ay sahay soo qaateen, waxaana dadka qaarkood bilaabeen in ciddii ka awood yar ay boobaan. Waxa meel kasta yaacayey dhalinyaro hubaysan oo ay ka muuqato anshax xumo iyo nidaam la'aan. Waxa ay dhammaantood sheeganayeen in ay Jabhaddii yihiin oo ay dawladdii Maxamed Siyaad Barre bedeleen, laakiin uma ay ekayn dad tabobar ciidan iyo mid dawladoodtoona qaba.

Dadka soo qaxay badankoodu waxa ay deegeen duleedka magaalada Afgooye, kuwii dhowrka casho joogayna waxa ay bilaabeen in ay buulal ay qoraxda iyo dhaxanta ka galaan dhistaan; maadaama rajadii ay magaalada Xamar ugu noqon lahaayeen ay aad u yaraatay. Waxaa maalinba maalinta ka dambaysa sii badanayey dadka soo qaxaya, meeshiina inta dadkii ka batay ayaa waxaa ku kulmay gaajo, xanuuno iyo nabad gelyo la'aan. Waxaana dad badan oo awoodi karay bilaabeen in ay u qaxaan dhulkii markaas dagaalada Xamar ka fogaa sida Kismaayo iyo waddanka Kenya. Waxaana sii yaraatay rajadii laga qabey in Muqdisho dib loogu noqdo.

Inkasta oo maalin walba xabaddu ka dhacaysay Afgooye iyo agagaarkiisa, waxa maalmo yar ka dib soo gaadhay dagaalkii weynaa ee Xamar ka socday. Waxaana dadkii qaxootiga ahaa isla dul jiidhay kooxo hubaysan oo is eryanaya. Waxayna dadkii gaadiidka haystay ama kiraysan karayey bilaabeen in ay dhinacaas iyo jidkii Kismaayo u baxayey iyo kii Baydhabo u baxayey ku kala yaacaan. Dadkii lugaynayey ee aan gaadiidka haysanina dhinac kasta ayey u yaacayeen. Waxa muuqatay in dad badan jahadii ka luntay oo ay xabaddii iyo madaafiicdii dhacaysay wareeriyeen. Waxa ay ahayd maalin aan la malayn karin rafaadka iyo dhibaatada dadka ka muuqata. Waxaa meel walba daadsanaa meydad aan cidi aasayn. Waxa muuqatay in qaarkood xayawaanku, sida eyda iyo bisaduhu dariiqyada ku cunayeeen.

Saxarla oo ka mid ahayd dadkii marba dhinac u cararayey ee gaadiid la'aantu haysay; ayaa iyada oo Bilaal xambaarsan waxa ay u orodday dhinaca jidkii Kismaayo u baxaayey. Waxa ay dhex qaadday boqolaal dad ah oo lafahooda la baxsanaya. Madaxa ayey maro ka saartay Bilaal si aanu u arkin dhiigga dhaawaca iyo maydadka jidadka daadsan. Waxaa jidka xanibay dad iyo baabuur is dhex yaacaya oo aan cid kala joojisaa jirin. Qof walbaaba naftiisa ayuu la baxsanayey, cid cid la hadlaysa ama u naxaysaana ma ay jirin. Waxaa jidka hareerihiisa fadhiyey dad socodkii gabay, kuwaas oo u badnaa caruur, haween iyo dad waaweyn oo dhaqaaqi kari waayey. Waxa ay ahayd maalin aad u kulul oo hanfigu dadka wejiga ka leefayo. Waa ay yaraayeen dad sahay iyo biyo ku soo talo galay, dadka badankoodu mar keliya ayuun bay yaaceen.

Markii muddo laba saacadood ka badan ay roorayeen, dadkii qaxayey way wada daaleen. Waxana ay u bateen kuwo jidka laamiga ah ka leexda oo hareerihiisa ama dhirta u dhow fadhiista. Waxa ay Saxarla ugu dambayntii fadhiisatay geed hoostiis si ay xoogaa caano iyo biyo ah oo ay Bilaal u sidday u siiso. Waxaa Bilaal ka dhammaatay oohintii intii ay Saxarla la ordaysay, waxaana ka muuqday daal iyo gaajo xad dhaaf ah. Bilaal markii ay quudisayna Saxarla markiiba way ka boodday. Waxa ay ka baqaysay in dadka inta socotaa cidla uga tagto oo gabalku cidla ciirsila ugu demo. Waxa meel kasta ka dhacaysay xabad, hore iyo gadaalba. Waxa dagaalamaya iyo cidda ay la dagaalamayaan dadka badankoodu ma aanay garanayn. Inkasta oo dadka badankoodu aaminsanaayeen in ciidamadii dawladda wixii ka hadhay iyo jabhaddii ay dagaalamayaan; haddana, waxa caddayd in hubkii cid walba gacanta u galay oo tuug iyo diirato kastaaba dadka dhacayeen.

Goor qoraxdii baalka sii dhigayso ayey Saxarla ku soo baxday baabuur taayir ka qarxay oo jidka dhinaciisa taagan. Gaadhigii ayey ku leexatay si ay u barido in ay qaadaan dadka wataa. Waxaa gaadhiga dhinac taagnaa haweenay dheer oo caato ah oo dadka kala amraysay. Waxa ay u sheegaysay nimankii taayirka bedelayey in ay ku dhaqsadaan inta aan gabalku sii dumin.

Saxarla ayaa haweenaydii ku soo dhowaatay oo wejigeeda eegtay. Waxa markiiba xaggii Saxarla u soo dhaqaaqay niman hubaysan oo gaadhiga ilaalinayey. Waqtigaas cidina isuma naxayn, waxayna damceen in ay eryeen. "Allah, war bal u kaadiya, miyaanay Saxarla ahayn," haweenaydii dheerayd ayaa tidhi. Saxarla oo la fajacday qofkan gartay ayaa tidhi "eeddo waa anigii," iyada oo aad moodid in neefweyni ka soo baxday. Haweenaydii ayaa inta ay garabka gacanta ka saartay ku tidhi "na ma i garanaysaa...?" Saxarla ayaa cabaar wejigeeda eegtay, markii ay hore u soo saari weyday ayey ku tidhi "naa miyaadan garanayn, waa Aamina-Xayeysi," ayey ku tidhi. Markii intaas afkeeda ka soo baxaday ayey Saxarla ku boodday oo isku duubtay. Waxa ay bilowday in ay ooydo. Isma ay lahayn cid aad garansid ama kaa naxda ayaad arki doontaa. Aamina-xayeysi lafteedii ayaa la ooyday, waxyar ka dibna inta ay dhinac ula dhaqaaqday ayey meel dadkii kale ka durugsan fadhiisteen.

Waxa ay ka sheekaysteen waayo adduunyo iyo gurigii Cadar Duwane. Waxa ay labadoodiiba ilaaween dhibaatadii lagu jirey, iyaga oo aad moodid in ay filim ay mar hore daawadeen mar kale ay dib ugu ceshadeen. Inkasta oo ay Aamina-xayeysi aad uga naxday xaaladda ay Saxarla ku sugnayd, haddana shaki kagagama jirin in ay Saxarla tahay qof nool oo ad-adayg u dhalatay. Waxa ay iyada oo

348

Saxarla la kaftamaysa ku tidhi "naa dhibtii Cadar Duwaneba haddii aad ka nooshahay, tanna waad ka baxaysaa." Iyaga oo weli sheekadii wada ayaa ninkii darawalka ahaa u yimid oo ku yidhi "Aamina gaadhigii waa diyaar." Waxa ay Aamina darawalkii ku tidhi gabartan iyo ilmaheeda meel fiican ii fariisi.

Habeenkaas oo dhan waxa ay ku sii jireen guure. Goor ay saqdii dhexe tahay ayaa waxa bilawday roob aad u xoog weyn. Waxaa jidadka burqaday biyo iyo daad rogmanaya. Waxaa meel walba taagnaa baabuur dhiiqo gashay oo dadkii lahaa u caalwaayeen in ay ka saaraan. Waxa ay ahayd habeen badhkii, maalintii labaad ee safarkooda markii gaadhigii ay wateen afartii taayirba u dhaabmeeen ee uu dhaqaaqi kari waayey. Waxaa xoog u da'aayey roob xoog leh oo aad dhibicdiisa dhagxaan moodid.

Waxa uu watay dabayl waalan oo aan hore loo arkin. Waxa ay dadkii ku dhego barjoobeen jiiqda iyo sawaxanka xayaawanka. Waxaa cabsi geliyey qosolka waraabaha iyo hiin-raagga libaaxa. Waxa ay ahayd mugdi haddii indhaha faraha lagaa gelinayo aadan waxba arkayn. Waxa dadkii korka kaga degay kaneeco malaayiin ah oo dhiig ay cabto raadinaysa.

Markii uu gaadhigii dhaqaaqi waayey ayey Aamina dhulka u soo degtay oo dadkii u sheegtay in ay dhammaantooda gaadhiga ka soo degaan si culaysku uga yaraado oo loo riixi karo. Waxaa gaadhigii ka soo degay dad aad u daalan korkoodii iyo dharkoodiina dhibicdii roobku qoysay. Waxa la soo dejiyey caruurtii oo wada ooyeysa, oo gaajo iyo dhaxan la liita. Waxa ay Aamina-xayeysi raggii u sheegtay in aanay gaadhiga agtiisa ka fogaan si aan libaaxa hilbihii dadka ku mamay u qaadan. Waxa ay dadkii dhalinyarada ahaa iyo darawalkii dhirtii gaadhiga u dhowayd ka soo jareen laamo si ay taayirada hoostooda u dhigaan si gaadhigu dhoobada uga baxo.

Waxa dhalinyaradii xoog u shaqaynaysay ka mid ahaa Abyan oo ku caan baxay dulqaad, jajabnaan iyo naxariis. Markii raggii kale dib isu adkaynayeen waxa uu ahaa ninkii laamaha badankooda soo gooyey. Waxa mar walba ku qaylinayey dumarkii gaadhiga la socday oo lahaa war ha fogaan yaanu libaaxu ku qaadane. Waxa adkaatay sidii gaadhigii meesha looga saari lahaa Abyanna waxa uu marwalba dib ugu noqonayey ayda si uu laamo u soo gooyo. Waxaa mar keliya qaylo ka yeedhay meeshii Abyan geedaha ka soo jarayey. Markiiba waxa ku orday laba nin oo qoryo haystay. Xabado ayey kor u rideen. Markii ay gaadheen meeshii Abyan geedaha ka jarayeyna araggiisii iyo dhawaaqiisii labadiiba way waayeen. Waxa ay toojkii (karbuunadii) ay wateen ku ifiyeen meeshii Abyan geedaha ka jarayey. Waxa ay ugu dambayntii arkeen dhiig, kaas oo u xaqiijiyey in ninkii Abyan libaax qaatay. Xabadihii ayey dhinac kasta u rideen, markii ay waxba arki waayeenna naftoodii ayey u baqeen, ka dibna way soo laabteen.

Waxa ay ahayd naxdintii iyo niyad jabkii ugu weynaa ee ay la kulmaan dadkan Xamar ka soo qaxay. Waxa uu Abyan ahaa nin qof kasta qaracan ku riday.

Waxa dhimashadiisii si gaar ah u taabatay Saxarla oo uu mar walba si xad-dhaaf ah u caawinayey.

Waxa ay Saxarla u qaracantay sida walaalkeed dhintay. Waxa dumarkii gaadhiga la socday eeddii saareen raggii qoryaha haystay ee Abyan raaci waayey, waxana ay ku eedeeyeen in ay caajis iyo wax aan meyd dhaamin yihiin. Waxana ugu dambayntii lagu amray raggii qoryaha sitay in ay ninkasta oo geedo soo jaraya raacaan.

Waxa ay gaadhigii la rafaadaanba waxa ay dhooqadii ka saareen markii waagii beryey. Markii qoraxdii soo baxday ayey dhowr nin meeshii lagu tuhmayey in Abyan libaaxu u qaatay ku noqdeen Maadaama roob xoog lihi da'ayey waxa uu maydhay dhiigii, waxase ay arkeen dhir jajaban oo libaaxu markii uu maydkiisa jiidaayey sii maray. Ugu dambayntiina waxa ay ku soo baxeen lafihiisii oo lafeentay.

Markii nimankii ay dadkii rakaabka ahaa ku soo noqdeenna waxa ay weydiiyeen in uu jiro qof maro cad haya. Goortii la su'aalay waxa ay ku falayaana waxa ay u sheegeen in ay lafihii Abyan ay soo heleen oo ay rabaan in ay ku soo uruuriyaan si ay u aasaan. "Inaa lilaahi wa inaa lilaahi raajicuun" ayaa mar keliya la wada yidhi. Markii dhowr jeer dadkii is weydiiyeen yaa maro haya iyo yaa haya ayey Saxarla tidhi aniga ayaa haya maro cad oo dheeraad ah oo aan Bilaal u siday.

Inkasta oo dhibaatada dhacday aan cidina cid u naxay oo meel kasta meydka jidadka lagu dhaafayey. Waa ay ku adkaatay dadkii baabuurka la socday in ay

Abyan meel cidla ah meydkiisa kaga tagaan. Waxa uu ahaa nin geesiya oo aad u qaayo badan. Markii ay ciidda ku rogeenna inta ay faataxada u akhriyeen ayey wadadii Kismaayo cagta saareen. Saxarla oo ahayd qofkii ugu dambeeyey oo xabaasha ka dul dhaqaaqa ayaa inta ay celeen qoyan geed ka soo goysay xabaashii Abyan dusha ka saartay. Waxa ay ku qaadatay sidii ay u sii rafanayeen maalin kale in ay Kismaayo gaadhaan

32

Magaalada Kismaayo waxaa isugu yimid dadkii ugu badnaa ee Xamar ka soo qaxay. Waxaa ka jirtay cabsi aad u badan waxaana ka jirey nacayb qabyaaladeed oo cidina cid aamini weyday. Inkasta oo aanay indhahooda ku arag waxa loo sheegay in habeen walba dad magaalada lagu laayo iyada oo looga aarsanayo dagaaladii Xamar ka dhacay. Markii ay magaalada soo galeen waxa ay Aamina-Xayeysi u geysay Saxarla iyo Bilaal reer ay qaraabo yihiin oo magaalada deggan. Waxa ay u sheegtay in ay dhowr habeen la joogayaan ka dibna ay meel wada raadsan doonaan. Magaalada dadkii Xamar ka soo qaxay ayaa ka batay oo waa ay adkayd sida guri kiro ah looga helo. Muddo asbuuc ka badan ka dib ayey guri heleen. Guriga waxa ay kiraysteen bil maadaama aanay hubin xaalkoodu waxa uu noqon doono, lacagta Aamina-xayeysi haysatayna kama badnayn wax hayn kara bil ka badan. Saxarla iyadu shilin ma ay haysan, waxa iyada iyo Bilaal ku noolaayeen wixii gacanta Aamina ku jirey.

Magaalada waa ay adkayd sida shaqo looga helo. Intii aan dowladdii dhexo burburin dad aad u badan ayaa dawladda u shaqayn jirey. Markii ay dawladdii burburtayna wax waliba waa ay isku dhex daateen. Xafiisyadii dawladda wixii yaalay waa la bililiqaystay, qaarkoodna dadkii soo bara-kacay ayaa hoy ka dhigtay.

Aamina-xayeysi waxa ay ahayd qof aad u galaangal badan. Maalin walba suuqa ayey u dhaadhici jirtay si ay wax ay meherad ka dhigato u soo indha-indhayso. Waxa ay maalin la kulan tahay nin ay qaraabo fog yihiin oo dekedda shidaal (batrool) ku iibiya. Waxa ay ka codsatay in uu maalintii dhowr foosto deymiyo ka dibna ay lacagtiisa u soo celiso..ka dib marka ay xoogaa macaash ah ka hesho. Markii uu ka yeelayna waxa ay xarun ka dhigatay suuqa shidaalk ee Umbultooriyo. Waxa ay soo iibsatay tuubo dheer oo ay foostada batrooka kaga soo nuugto si ay ugu shubto baabuurta ama caagadaha dadka baabuurta lihi ula yimaadaan. Aamina maalinmihii ugu horeeyey ee ay shaqada bilowday aad ayey ugu xanuunsatay batroolkii ay soo nuugaysay naqaskiisii oo dhuunta ka gelayey darteed. Waxa ay noqotay sidii wax sakhraamay oo kale .

Aamina-xayeysi waxa ay ahayd qof dhaqaale ahaan iska ladan markii ay Xamar joogtay umana ay baran shaqo sidaan u adag. Iska daa batrool ay soo nuugtee iyada ayaa loo shaqayn jiray. Markii dagaaladii Xamar ka dhaceen Aamina ninkeedii waxa lagu dilay Xamar. Waxa ay wadatay laba hablood oo ay u baqaysay in laga kufsado oo had iyo goor guriga joogi jiray. Waxa ay go'aansatay in ay iyadu rafaaddo intii hablaheeda wax ku dhici lahaayeen. Ka dib markii Aamina dhowr goor xanuusatay, waxa ay Saxarla u soo jeedisay ay in ay la shaqayso. Waxa ay dareentay in aanay cadaalad ahayn in ay Aamina keligeed rafaaddo. Inkasta oo ay markii hore Aamina ka diiday Saxarla in ay suuqa tagto, iyada oo u baqaysa darteed, haddana markii dambe way ka yeeshay; baahi ay u qabtay cid caawisa darteed.

Saxarla waxa ay u guntatay sidii ay shidaalka u iibin lahayd. Bilaalna waxa ay kaga tegi jirtay Cawo iyo Ceebla (hablihii Aamina dhashay). Saxarla weligeed ma ay qaban shaqo noocan ah sidii Aamina ku dhacdayna mar walba waxa ay ku xanuunsan jirtay soo nuugista batroolka (Bansiinka) iyada oo dareemi jirtay sidii wax sakhraamay, mar walbana ku matagi jirtay. Waxa ugu darraa maalmihii ugu horeeyey oo ay hunqaaco ku waalatay. Waxa ay markii dambe iska yaraysay cuntadii ay cuni jirtay si ay caloosheedu u madhnaato marka hunqaacadu qabato. Inkasta oo ay aad ugu dhibaatootay bansiinka, hadana waxa ay cudud u noqotay Aamina-xayeysi, oo abaal weyn ku lahayd. Aamina lafteeduna way ku liibaantay oo ku nasatay kaalmaynta Saxarla.

Waxaa magaalada ka jirtay cabsi aad u weyn oo laga baqayey in jabhaddii USC (United Somali Congress) ay magaalada qabsato. Dadkii Xamar ka soo qaxayey ee magaalada soo gaadhayey waxa mar walba sheegayeen in USC magaalada Kismaayo kaabiga u soo saaran tahay. Wixii la saadaalinayey in USC magaalada soo gelayso, waxaa aakhiritaankii rumoobay in ay magaalada aad ugu soo dhow yihihiin. Waxa magaaladii la hubeeyey nin kasta oo qori qaadi kara, waxaana meelkasta laga naadinayey in magaalada la difaaco. Waxaa aad u sii badatay cabsidii laga qabey in magaalada lagu dhex dagaalamo; waxayna dad badani bilaabeen in ay Kenya u qaxaan intaan dagaalku magaalada soo gaadhin. Waxa rag badan oo hubaysani u dareereen jidkii Xamar u baxayey si ay magaalada USC uga difaacaan. Waxaa markiiba xabaddu ka yeedhay tuulada Goobweyn oo qiyaastii u jirta 18 km Kismaayo. Waxaa la dareemayey in xabaddii soo dhowaanaysay marba marka ka dambaysa oo dhawaaqeedii magaalada laga dareemayey.

Intii aanay USC magaalada soo gelin, Aamina-xayeysi iyo Saxarla waxa ay ka tashadeen in ay iska joogaan iyo in ay Kenya u qaxaan. Aamina-xayeysi, waxa ay u sheegtay Saxarla in baansiinka ay iibinayso ay lacag fiicani uga soo baxdo oo aanay rabin in ay hadda xero qaxooti gasho. Waxa kale oo ay Saxarla u sheegtay in nolosha xeryaha qaxootiga laga soo dayriyey oo aan nololi ka jirin. Ilaa iyo maalintii ay Kismaayo timi Saxarla, wiilkeeda Bilaal waxa uu ka bixi waayey shuban iyo calool xanuun xaaladdiisiina way ka sii dartay; shilinkii soo galaana waxa uu uga dhammaaday dhakhtar iyo daawo. Sidaas darteed, waxa ay ka baqday in haddii ay Kismaayo sii joogto uu Bilaal halkaas kaga dhinto. Waxa kale oo ay ka sii werwertay in haddii magaalada dagaal weyni ka dhaco ay xaaladda Bilaal ka sii darto. Ugu dambayna waxa ay iska goáansatay in ay dadkii qaxayey iska raacdo; ka dibna Aamina-Xayeysi waxa ay u balan qaadday in dad ay garanayso ku darto.

Waxa ay ahayd goor barqo ah, markii raggii USC ee hubaysnaa soo galeen magaalada Kismaayo. Inkasta oo xabadda habeenkii oo dhan magaalada banaankeeda laga maqlayey, lama filayn sida xoogga ah ee ay magaalada ku soo galeen. Qof baabuur raaca iyo qof lugeeyaba, dad badan oo aan tiradooda la soo koobi karin ayaa wadadii dhinaca Kenya u baxaysay cagta saaray. Waxa dadka qaxayey isugu jireen da' kasta, caruur, haween, waayeel iyo dhalinyaroba. Saxarla waxa ay ka mid ahayd, dadkii nasiibka u helay in ay gaadiid raacaan. Sidii ay ballantu ahayd, Aamina-xayeysi ayaa ku dartay reer ay kala hadashay. Sidii markii Xamar laga qaxayey oo kale, ayaa dadkii iyo baabuurtii isku xidhmeen.

Markii dadkii muddo aan badnayn jidka ku sii jireen ayaa waxa soo gaadhay akhbaar sheegaya in rag hubaysan oo USC ka tirsani daba socdaan. Ka dibna, waxa dad badan oo lugaynayey ay bilaabeen in ay wadada ka leexdaan oo duurka dhex jeexaan. Dhulka u dhexeeya Kismaayo iyo Kenya, waxa uu ahaa dhul qarax ah, qorraxdiina aad moodid in dhulka lagu soo dhoweeyey oo ay dadka madaxa ka saaran tahay. Wadaduna waxa ay ahayd mid aad u jajaban oo socodka gaadiidka aad u xanimay. Waxa uu ahaa jid aad u dhib badan oo dadku ku magcaabeen "habaar waalid," taas oo loola jeeday in ruux waalidkii habaaray uun wadadaas maro.

Inkasta oo Saxarla ka mid ahayd dadkii nasiibka lahaa ee gaadiidka raacay, haddana waxa ay aad ugu dhibtootay Bilaal oo aad ugu xanuunsaday oo matag iyo shuban ka bixi waayey. Waxa kale oo dhibaato ku noqday baabuurkii ay la socdeen oo dhowr jeer jidka kaga jabay. Ugu dambayntiina iyaga oo aan waxba la noolayn ayey labo casho ka dib xuduudkii Kenya ka

357

gudbeen oo ay xeradii qaxootiga ee Dhadhaab gaadheen. Waxa ay ahayd meel aad moodaysid kulaylka in cadaabtii ifka loo soo saaray. Waxa ay ahayd xagi banaan oo dadkii ka batay oo nolol adduunyo ka fog. Dadka soo qaxay oo caruur iyo haween u badnaa waxaa qaar badan oo ka mid ah ka muuqday macaluul iyo darxumo. Waxa caruurta qaarkood aad moodaysay lafo isa sudh sudhan. Waxaa ka dhamaaday wixii ilaahay dux iyo hilib jidhkooda ku abuuray. Dadka dhibaatada ugu weyni ka muuqatay oo ahaa dad ka soo qaxay gobolka Bay ka dib markii wixii ay hanti haysteen la dhacay; waxa ay Saxarla indhaheeda siin kari weyday darxumada iyo silica ka muuqda, gaar ahaan markii ay aragtay hooyooyin jidhkoodii dhamaaday, oo caruur qalashay weli naaskooda jaqayaan.

Inkasta oo hay'adaha Qaranimada Midoobay qaar ka mid ahi joogeen oo ku dedaalayeen in ay dadka caawiyaan, haddana awoodooda ayey ka badatay qaxootiga iska soo daba dhacayey ee hoyga, wax ay quutaan iyo daryeel caafimaad u baahnaa. Saxarla maadaama Bilaal aad uga xanuunsaday, way awoodi kari wayday in ay soo gurato Ood iyo caws ay buul yar ka dhisato. Waxa ay laba casho meel gegi banaan ah fadhiday ee subax walba meel dadka lagu daaweynaayey kula kalahaysay Bilaal, Xaanuunkiisii wuu ka soo rayn waayey, dhakhaatiirtiina waa garan waayeen waxa haya.

Waxa ka soo wareegtay laba sanadood ilaa iyo intii ay xerada qaxootiga Saxarla timi, Bilaalna waxa uu noqday qori indho iyo dhego leh caato darteed, ugu dambayntiina dhakhtar ay la kulantay ayaa u sheegay in ay aad u adag tahay in willkeedu ka kaco xanuunka haya; maalin ka dibna iyada oo dhabta ku haysa ayaa naftii ka baxday.

Markii ay wax dhaqdhaqaaq ah iyo neef ah ka weyday ayey baroor qabsatay, iyada oo dhabanada ka dhundhunkanaysa. Dadka qof walba tiisa ayaa cuslaysay, dhimashaduna caadi ayey iska noqotay. Muddo saacad ku dhow, ka dib ayaa oday dhakhtar ahaan jirey oo ka mid ahaa dadkii meesha dantu ku qabsatay, soo kor joogsaday Saxarla, ka dibna markii uu Bilaal taataabtay u xaqiijiyey in uu dhintay; ka dibna dhowr nin oo rag da' weyn u badan ayuu ugu yeedhay si ay meydka u aasaan.

In muddo ah ayey nimankii ku qaadatay in Saxarla meydkii laga furfuro, si loo aaso. Ka dibna sidii loo waaninayey ayey ogolaatay in ay meydka u dhiibto odayaasha; inta ay labada dhaban iyo dhafoorka ka dhunkatay ayey u dhiibtay oday aad u weyn oo gadhka xinne casi u marsan yahay. Dad iyo duunyoba waxa ay haysatay waxa uu ahaa Bilaal. Cid ay garanaysay oo ay ciirsataana ma jirin. Waxa ay nolosheedii u aragtay mid gabal madoobi u dumay oo aan rajo lahayn. Waxa ay niyadda ka jeclaatay in iyadana Ilaahay nafta ka qaado.

Markii nimankii Bilaal aasay qabuurihii ka tageen, waxa ay Saxarla xabaashii dul fadhiday iyada oo weli ooyeysa muddo ka badan laba saacadood. Iyada oo weli qabrigii dul fadhida ayaa waxa meeshii soo maray niman Qaramada Midoobay ka socda oo xerada qaxootiga u yimi in ay tirakoobaan inta qof ee xerada qaxootiga ku dhimatay. Nimankii oo qabrigii Bilaal dhinac maraya ayaa nin dhalinyaro ah oo raggii la socday xaggii Saxarla jaleecay, ka dibna inta uu joogsaday ayuu yidhi "ma Saxarlaa?," Saxarla oo geedo yar yar ku beeraysay hareeraha xabaashii Bilaal oo calaacalaha ciidi qarisay ayaa inta ay kor u booday tidhi "Alla waa Keenadiid." Inta ay is ilowday ayey inta ay kor u booday isku duubtay Keenadiid.

Mar kale ayaa ilmadii indhaheeda ka qalashay dib dhabanadeeda uga soo hoortay. Waxa ay ku dheganayd Keenadiid muddo 10 daqiiqo ku dhow oo ay sii dayn weyday. Waxa ay dareentay in ay heshay qofkii ay naqaska murugada iskaga sii dayn lahayd, ugana miciini lahaa cid iyo ciirsi laáanta ku keliyeysatay. Nimankii Keenadiid la socday markii ay cabaar sugayeen Keenadiid, laakiin ay arkeen in uu xaalad adag la kulmay ayey inta ay dhaqaaqeen ku yidheehdeen "naga daba imow." Saxarla waxa ay ahayd qof aad u xishood badan, laakiin waxa ay ku sugnayd xaalad ay xil iyo xeerba ilowday. Markii ay dareentay in ay Keenadiid ku dhegan tahay, ayey isku naxday oo markiiba dib uga boodday.

Markii ay sii daysay Keenadiid, waxa ay uga sheekaysay waxa ku dhacay, iyo dhibaatada ay soo martay. Nolosha adag ee uu soo maray darteed, Keenadiid ma ahayn nin caloll jilicsan, waxa uu naftiisa baray inuu adkaysto oo aan laga dareeming calool jileec iyo oohin, marka xumaan lagu sameeyo. Waxa ay ahayd markii ugu horaysay ee ay Saxarla aragto Keenadiid oo indhihiisa ilmo ka hoorayso. Markii ay qabrigii Bilaal muddo saacad ku dhow ay dul taagnaayeen, ayuu Keenadiid inta uu Saxarla garabka qabtay ka dhaqaajiyey xaggii qabriga. Intii ay sii socdeen Saxarla waxa ay dib u sii jaleecaysay xabaashii Bilaal; iyada oo ay ilmo indhaheeda ka dareerayso.

Intii ay dhexda sii socdeen waxa uu Keenadiid u sheegay Saxarla in uu la socday shaqaalaha Qaramada Midoobay (UN) oo hore shaqo uga helay hayádda Qaxootiga ee deganayd xerada Ifo. Waxa kale oo uu u sheegay in uu dhoof dibadda ah qalqaalsaday oo uu Norway u dhoofayo muddo aan bil ka badnayn. Waxa kale oo uu ku wargeliyey in uu isla galabtaas ku laabanayo Nairobi oo uu ka shaqeeyo. Waxa uu weydiiyey meesha ay deggan tahay, waxana ay u sheegtay in ay awoodi kari wayday in ay hoy fiican dhisato, maadaama uu Bilaal aad uga xanuunsanaa. Waxa ay farta ugu fiiqay geed yar oo dhowr maro dusha ka saaran tahay kuna tidhi "kaas ayaan dhaxanta ka dugsadaa." Isla markiiba waxa uu u geeyey nimankii hayádda qaxootiga u shaqeenayey oo ay is garanayeen, waxana uu uga qaaday Taanbuug (Teendho). Waxa uu la dhisay Teendhadii, weel ay wax ku karsatona waa uu u soo qaaday; waxana uu u ballan qaaday in uu sida ugu dhaqsaha badan ugu soo noqon doono.

Inkasta oo aanay dareen iyo iyo niyad ay ku seexato aanay hayn, waxa ay la dalan baabiday daalkii iyo hurdo laáantii ku raagtay. Laba buste oo la siiyey ayey midna dhulka dhigatay kii kalena isku duubtay. Waxa ay noqotay sidii wax la suuliyey oo kale, waxayna hurdadii ay fiidkii seexatay ka soo toostay maalintii labaad galabnimadeedii; ka dib markii ay toosiyeen dumar deris la ahaa oo u maleeyey in ay dhimatay.

Inkasta oo Soomaalidu aad isugu naxariisato, silica iyo saxariirka Saxarla haystana qof kasta oo damiir lahaa, dareemayey kana xumaaday; haddana qof kastaba tiisii ayaa cuslaysay. Waxana jirtay iska aamin bax ay dadkii qabiil qabiil isu naceen. Waxa ay ahayd xaalad murugo leh oo dadka ku habsatay. Markii ay dumarkii deriska ee qaxootiga ahaa Saxarla is waraysteen, waxa ay is weydaarsadeen dhibaatooyinka ay soo mareen, waxase ay dhammaantood aad uga xumaadeen dhibaatada aan qiyaasta lahayn ee Saxarla ku keliyeysatay, iyo ehel laáanta.

Waxa ay hadh iyo habeen ku noqon noqonaysay qabrigii Bilaal, iyada oo samirkii ku yaraaday. Waxa ay mararka qaarkood dul fadhiyi jirtey saacado; iyada oo caleemo qoyan ku beeraysa xabaasha hareeraheeda, isla markaasna waraabinaysa. Inkasta oo haweenkii ay is barteen wax badan ku waaniyeen in ay samirto, haddana

362

qalbigeeda way ka masaxmi weyday xasuusta adag ee
Bilaal ee sida joogtada ah ugu soo noq noqonaysay.
Waxa kale oo ay dhimashada Bilaal soo xasuusisay
geeridii aabihiis.

33

Markii ay ka soo wareegtay laba asbuuc ilaa iyo maalintii Keenadiid ka tegay Saxarla, ayaa waxa u yimi laba nin oo hayádda Qaxootiga u shaqeeya, waxana ay u sheegeen Saxarla in Keenadiid waqti u waayey in uu soo baxo, ka dibna uu iyaga ka codsaday in ay soo kaxeeyaan. Aad iyo aad ayey ugu faraxday, waxana shadad yar oo ay haysatay ku guratay xoogaa dhar ah oo ay haysatay iyo dharkii Bilaal. Waxa ay subaxdii ay baxaysay isugu yeedhay dumarkii ay deriska ahaayeen iyada oo uga mahad naqday sidii kal gacalku ku dheehnaa ee ay u caawiyeen; ka dibna waxa ay ku wareejisay alaabteedii wixii ay ka tagtay iyo Teendhadii. Haweenay da'weyn oo dadkii u yimi si ay u nabad gelyeeyaan ka mid ahayd, ayaa waxa ay aragtay Saxarla oo shandadeedii dharkii Bilaal ku guratay, ka dibna waxa ay ku tidhi "Eeddo, Bilaal ku soo noqon maayee maad dharkiisa sadaqad u bixisid," intii aanay u jawaabin ayaa Islaan kale oo dhinac taagnayd ugu jawaabtay "naa iska daa, ha ku xasuusato wiilkeedee." Ka dibna, inta ay dharkii Bilaal shandadii dib uga soo gurtay ayey haweenaydii da'da weynayd u dhiibtay oo ku tidhi "eeddo adigu sadaqo iigu bixi." Markii ay ay dharkii Islaantii ka qadday ayey shaadh iyo surwaal dib ugu celisay Saxarla oo ku tidhi "labadan ku xasuuso." Ka dibna inta ay dhabanada ka dhun dhunkadeen haweenkii soo booqday ayey duco ku sii sagootiyeen.

Qaxootiga xeryaha jooga looma ogolayn in ay u gudbaan Nairobi ama magaalooyinka waaweyn, fasax laáan. Sidaas darteed waxa ay nimankii u yimid Saxarla u keeneen warqad u oggolaanaysa in ay dhakhtar Nairobi u tegayso. Waxa kale oo ay haysatay warqad looga sameeyey xerada Qaxootiga oo caddaynaysa in ay Qaxooti tahay. Intii ay dhexda sii socdeen dhowr jeer ayaa jidka askari ku joojisay si ay u xaqiijiso ujeedada safarkeeda.

Waxa ay Nairobi soo galeen wax yar ka hor salaadii maqribka. Ugu dambayntiina waxa ay gaadheen Eastleigh (Islii) oo ah xaafadda Soomaalidu ugu badan tahay magaalada Nairobi; halkaas oo ay kula kulmeen Keenadiid oo sugayey. Islii waxa ay ahayd meel dadkii ka batay, intooda badanina Soomaali yihiin. Sida dadku isu dhex yaacayaan waxa aad moodaysay xeradii qaxootiga ee ay Saxarla ka timid. Dadka is dhex socdaa waxa ay isugu jireen kuwo guryahoodii u caraabaya, kuwo wax iibinaya iyo kuwo meherad laáan suuqa marba dhinac u qaadaaya. Xamarna ku dhehoo weligeed ma ay arag meel ka dad iyo saxmad badan.

Habeenkaas si ay u nasato waxa Keenadiid uu geeyey hoteel, halkaas oo ay deganayd saddex habeen. Ka dibna waxa uu u geeyey hablo uu garanayey si ay ula degto, isaguna kirada qaybteeda ka bixiyo. Gabdhaha uu Keenadiid la dejiyey Saxarla waxa ay ahaayeen kuwo sida xaaladeeda ku sugan oo qaxooti ah. Waxana ay dhammaantood rajo ka lahaayeen in ay dibadaha u dhoofaan. Kulligood Saxarla ayey isku da' dhowaayeen. Amran waxa ay ahayd dadkii Xamar ka soo qaxay. Jihaan waxa ay ka timid Baraawe iyo Farxiyo oo Kismaayo ka timid.

Habeenkii ugu horeeyey ee ay hablaha Saxarla la degtay, sheeko badan isma waydaarsan, aad ayey u daalanayd oo markiiba way iska gataati dhacday. Waxase sheekadoodii furfurantay habeenkii labaad, oo ay mid waliba lurkii iyo leeleelkii ay soo maray wax ka taabatay. Inkasta oo ay waayihii iyo dhibaatooyinkii ay soo mareen isla wadaageen, haddana midkastaaba waayo ka warankeedu waxa uu ahaa dul ka xaadis oo kuma ay talax tegin; iyaga oo gaar ahaan yamxeerinayey xusuusihii ba'naa ee ay soo mareen. Waxa gaar ahaan Saxarla hablihii kale uga digeen inaanay Jihaan suáalo badan oo nolosheeda ku saabsan weydiin. Mar ay Farxiyo si sir ah ula hadashay Saxarla, waxa ay u sheegtay in Jihaan reerkoodii badankoodii lagu laayey magaalada Baraawe, iyadana si xun loo kufsaday. Waxa ay Jihaan u muuqatay qof aad u murugaysan hadalkeeduna yar yahay. Lahjada ay ku hadli jirtay oo af-Baraawe ahaydna waxa ay inta badan xayiri jirtay is fahanka iyada iyo hablaha kale. Waxase ay ahayd qof qiime iyo naxariis u dhalatay oo inkasta oo afku xannibayey habluhu ay wada jeclaadeen.

Intii ay Saxarla la deganayd hablihii Keenadiid u geeyey maalin walba wuu u imaan jiray. Inkasta oo uu aad mashquul u ahaa oo aanu waqti badan u heli jirin, mar kasta oo uu fursad u heloba banaanka ayuu u saari jirey. Waxana ay ka sheekaysan jireen waayihii iyo dhibaatadii walaalaysay ee ay soo wada mareen. Waxa ay Saxarla uga sheekaysay meesha Cadar Duwane ku dambaysay iyo in la toogtay. Isaguna waxa uu uga sheekeeyey waxa uu war ka hayo habaryartii Cudbi iyo meesha ay ku dambaysay. Waxa uu u sheegay in markii ay xarada qaxootiga ee Ifo timid mas qaniinay halkaasna ay ku dhimatay. Waxa kale oo uu sheegay in ninkeedii iyo wiilkii caruurta ugu weynaa ay dagaaladii Xamar ku dhinteen, Caruurta intoodii kalena ay xerada qaxootiga ee Ifo joogaan, marka laga reebo Dabeeco oo iyadu mar hore Yurub gashay. Inkasta oo aanu qofna silica iyo dhimashada waalidkiis ku farxayn, haddana Cadar iyo Cudbi waxa ay soo mariyeen Saxarla iyo Keenadiid, kumana ay farxin kamana ay naxin waxa ku dhacay.

Waxaa soo dhowaaday waqtigii uu Keenadiid dhoofi lahaa waxana uu mar kale Saxarla kula dardaarmay in ay niyadda ku hayso in uu dhoofin doono. Waxana uu u ballan qaaday in ay is guursan doonaan, isaga oo ku

adkeeyey inaanu marna ilaawi doonin waayihii adkaa
iyo kalgacalkii ay isla soo mareen yaraatoodii. Waxa ay
ahayd maalin arbaca ah, salaaddii maqribka ka dib,
markii Keenadiid iyo saaxiibadiis oo laba tagsi wataa soo
joogsadeen albaabkii gurigii Saxarla iyo hablaha kale
degganaayeen. Labada tagsi mid ka mid ah waxa uu u
soo kireeyey in Saxarla iyo hablaha kale raacaan. Ka
dibna waxa ay u dhaqaajiyeen jidkii u kacayey Jomo
Kenyatta International Airport. Intii ay dhexda ku sii
jireen hablihii saaxiibadeed waxa ay muujinayeen farxad
iyo rajo weyn oo ay ka qabeen in Saxarla ka daba tegi
doonto Keenadiid muddo aan fogayn. Hase ahaatee,
Saxarla iyada farxad weyni kama ay muuqan. Inkasta oo
ay ku faraxsanayd in Keenadiid dhoofo oo lafahiisa wax
u qabsado, haddana jacayl dheeraad ah oo ay u qabtay
ma jirin, maadaama ay muddo aad u dheer nolol kala fog
ku noolaayeen. Waxa kale oo ay aad uga werwer qabtay
in marka uu dhoofo warba laga waayo, waayo waxa jirey
rag badan oo markii ay qurbaha u dhoofeen ku wacdi
furay hablihii ay ballanta u qaadeen. Waxaa kale oo
marwalba Saxarla maskaxdeeda ku jirey, wacad furkii
Keenadiid markii Cali-Aboor lagu qasbayey.

Markii ay garoonkii diyaaradda gaadheen, waxa
Keenadiid loo sheegay in uu habsan yahay si degdeg
ahna gudaha u galo si uu diyaaradda uga gaadho.
Markii uu hablihii kale iyo saaxiibadiis nebad gelyo ku
yidhi ayuu Saxarla gaar ula baxay isaga oo
dardaarankiisii hore sii adkaynaya iyo in uu dhoofin

doono...ka dibna iyada oo fekeraysa oo hoos eegaysa ayuu inta uu hab siiyey dhabanka ka dhunkaday. Inta ay naxday oo afka gacanta saartay ayey xaggii hablihii la socday eegtay, isagiina inta uu qoslay oo shandadiisii jiitay ku yidhi (Saxarla) maca salaama. Intii ay dhexda sii socdeen hablihii Saxarla la deganaa, waxa ay kula kaftameen sababta aanay u faraxsanayn maadaama "ninkii guursan lahaa dhoofaayo." Saxarla oo aan dadka hadalka badan ahayn laakiin mararka qaarkood kaftanta waxa ay ugu jawaabtay "qalbiga ayaan ka faraxsanahay."

Markii Keenadiid uu tegay Norway, noloshu aad ayey ugu adkaakatay. Waxa **ay** noqotay in uu barto luqad cusub, dhaqan cusub iyo in uu la qabsado qabow, baraf iyo dabeecad cusub. Markii uu Norway tegay, Soomaalidii qaxootiga ahayd ee uu ugu tegay waxa ay u degganayeen ama isugu xidhnaayeen qabiil qabiil, sidaas darteed waxa uu la degay niman ay isku reer ahaayeen.

Saddexdii biloud ee ugu horeeyey ayuu Keenadiid bilwalba $50 (dollar) u soo diray Saxarla, bishii afraadna warkiisii iyo waxtarkiisiiba waa la waayey. Inkasta oo uu dhowr jeer telefoon kula hadlay Saxarla bilihii ugu horeeyey ee uu Norway tegay, isagu telefoon ay kala xidhiidho ma siin. Waxana Saxarla ku dhacay werwer iyo walbahaar aad u weyn, hadh iyo habeenna hurdo la'aan indhaha isuma keenin. Kabihii ayaa ka dhamaaday sidii ay warkiisa u raadinaysay, si ay ula hadasho dadkii Norway u dhoofay ee ay garanaysay.

Waxa ay aad uga werwersanayd in wax ku dhaceen, waayo marna cindiga ma ay gelin in Keenadiid oo nooli la soo hadli waayo.

Inkasta oo ay dhowr jeer xan ku maqashay in uu gabadh u tarjumi jirtay markii uu Norway tegay guursaday, haddana marna maskaxdeeda kama dhaadhicin, waayo waxa ay ku kalsoonayd kalgacalka ay isu hayeen iyo taariikhdii adkayd ee ay isla soo mareen yaraantoodii.

Sideed bilood ka dib, ayey gabadh ay Keenadiid qaraabo ahaayeen oo ay Nairobi isku barteen Saxarla u xaqiijisay in guurka la sheegayey ee Keenadiid uu dhab yahay oo uu guursaday gabadhii u tarjumi jirtay. Waxa kale oo ay u sheegtay in gabadha uu guursaday magaceeda la yiraahdo Malyuun Cawaale oo ay Xamar isku xaafad degganaan jireen. "Malyuun Cawaale?" Saxarla oo magacii ka shakiday ayaa weydiisay gabadhii u waramaysay. "Haa, duq dhib badnayd oo Cadar Duwane la dhihi jirey ayaa dhashay" ayey ugu jawaabtey.

Markii Saxarla warkaas naxdinta lahaa loo xaqiijiyey, cir iyo dhul meel ay joogto ayey garanweyday, dhulkii ayaa la wareegay, ka dibna inta ay dhulka xoog ugu dhacday ayey suuxday. Waxa ay ahayd meesha ay ku dhacday badhtamaha suuqa Islii, waxa markiiba ku soo ururay dadkii suuqa is-dhaafayey, gabadhii warka u sheegtay iyo laba hablood oo la socdayna waxa ku dhacay naxdin iyo argagax; waxana markiiba eeddii dusha laga saaray gabadhii Saxarla warka u sheegtay. Inkasta oo makhaayado meeshii ay ku dhacday u dhowaa dad joogay biyo kula soo carareen oo dusha kaga shubeen, haddana waxba way ka teri waayeen biyihii in miyirkeedii ku soo noqdo. Ka dibna, waxa dhakhtarka ula cararay nin baabuur watay oo ay gabdhihii baryeen, waxana la geeyey oo la jiifiyey dhakharka Kenyatta.

34

Markii ay suuxdintii ka soo kacday ka dib, ayaa waxa Saxarla indhaheeda ku dhacay haweenay waayeel ah oo dhowr sariirood u dhaxaysay meesha ay jiiftay oo dhowr qof hareeraha ka fadhiyaan. Haweeynada oo dhowr barkimo barkanayd oo madaxeedu kor u soo kacsanaa ayaa indhaheedu waxa ay qabteen Saxarla oo xagooda eegaysa. Haweenaydii da'da ahayd ayaa nin dhalinyaro ah oo kursi dhinaceeda yaallay ku fadhiya oo xaggeeda u sii jeeda hoos ula hadashay oo dhegta wax ugu sheegtay. Ninkii dhalinyarada ahaa ayaa ayaa xaggii Saxarla fadhiday dib u jaleecay, ka dibna inta uu degdeg u istaagay xaggeedii u dhaqaaqay. Markii ay aragtay ninka xaggeeda u soo socdana, go'ii ay huwanayd ayey isku aruurisay si ay korkeeda u asturto.

Intii ninku ku soo socday si fiican ayey u eegaysay. Wejigiisa ayaa qof ay taqaano ula ekaaday, haddana maadaama aanay cid ay garanayso aanay meesha ka filayn shaki ayaa galay. Intii uu dhexda ku soo jiray wuu

372

dhoola caddaynayey, laakiin markii uu dhowr talaabo u soo jiray ayey garatay. Isaga oo wejigiisa farxadi ka muuqato xoogna u qoslaaya ayuu salaan u fidiyey ka dibna gacanta ka dhunkaday; iyana inta ay damacday in ay gacanta ka dhunkato ayey haddana xishootay oo gacantii dib ula noqotay. Inta ay afka gacanta saartay ayey ku dhegegtay, iyada oo u qaadan weyday sida kediska ah ee ay u kulmeen.

Iyaga oo weli isku dhegagsan oo aan kelmad is odhan ayey gabadh banaanka ka timid sariirtii Islaantu ku jiiftay soo dul joogsatay, wax yar ka dib markii ay wada hadlayeenna inantii ayaa iyada oo xoog u talaabsanaysa u soo dhaqaaqday xaggii sariirta Saxarla fiiftay. Sidii ay u soo ordaysay ayey dusha kaga dhacday Saxarla oo ay bilowday in ay dhabanada ka dhun dhunkato.

"Ii waran abaayo? inaad nooshahayba uma malaynayne," Muxubo oo indhaheeda ilmo ka dareerayso ayaa tidhi. Saxarla oo ilmada ka socota qarinaysa ayaa labada gacmood indhaha saartay.

"Muxubo, hooyo ayaa dhakhtarkii u yimi waan idiin soo noqonayaa," Samaan ayaa yidhi inta uu xaggii sariirtii hooyadiis (Madiino) jiiftay u dhaqaaqay.

"Ma hooyaa qofka meesha jiifaa?" Saxarla ayaa inta ay gacmihii indhaha ka qaaday oo kor u soo fadhiisatay Muxubo weydiisay.

"Haa abaayo" hooyo waaye ayey ugu jawaabtay. "Maxaa hooyo ku dhacay" ayey weydiisay iyada oo sariirtii ka degaysa.

"Abaayo dagaalkii Xamar ayaa dhaawac ku gaadhay oo xabad ayaa laga soo saaray...." Muxubo ayaa ugu jawaabtay Saxarla, oo iyada oo weli dagaaladii Xamar iyo wixii dhacay sii wadda ayaa Saxarla markiiba sariirtii ka boodday oo xaggii sariirtii Madiino jiiftay u dhaqaaqday.

Sidii ay u sii ordaysay ayey Madiina dusha kaga dhacday oo bilowday in ay dhabanada ka dhun dhunkato.

"Maashaa Allaah, weli quruxdaadii waxba iskama bedelin," Madiina oo ilmada Saxarla ka dareeraysa gacanta kaga tirtiraysa ayaa tidhi. Iyaga oo weli isla yaaban sida cajiibka ah ee ay ku kulmeen, ayaa dhakhtarkii Saxarla oo raadinayaa u yimi, una sheegay in caafimaadkeedu fiican yahay oo ay bixi karto. "Annaguna maanta ayaanu baxaynaaye, xaggee deggan tahay abaayo?" Muxubo ayaa Saxarla weydiisay.

"Naa meeshay doonto ha degganaatee, hadda waynu is wada raacaynaa, ma inagaa is waraysanayba," Madiina ayaa tidhi inta ay hadalkii Muxubo ka boobtay. Ka dibna Saxarla ayaa sariirtii ay ku jiiftay ku noqotay, si ay u soo lebisato oo u diyaar garawdo. Markii ay kulligood diyaar noqdeenna waxa ay raaceen baabuur dibadda ku sugaayey oo uu Samaan soo diyaariyey.

Markii ay gaadheen guriii ay degganaayeen ee xaafadda Islii oo Samaan u kireeyey markii uu Maraykanka u dhoofay ka dib, waxa ay bilaabeen in ay ka sheekaysataan xaal adduunyo iyo wixii u kala dambeeyey mudadii dheerayd ee aanay is-arag. Madiina oo xaaladdii reer Cabdulle uga waramaysay Saxarla, waxa ay u sheegtay in Oday Cabdulle, wiilkiisii curad ee Muumin iyo gabadhii ku xigtay ee Duniyo kulligoodba dagaalkii sokeeye ee Xamar lagu dilay. Saxarla ayaa haddana halkii oohin ka bilowday, waxa ay gaar ahaan ka samriwayday Oday Cabdulle oo aad ugu wanaagsanaa hiil iyo hoo badana hadda ka hor u galay. Saxarla mudadii ay guriga Cadar Duwane ka carartay, ayey dib u raadisay reer Cabdulle. Waxa ay la kulantay Muxubo iyo Samaan oo dad waaweyn noqday. Saaxiibtinimadii reer Cabdullena halkaas ayey dib uga sii kobocday. Maadama reer Cabdulle dhaqaale ahaan xaalad adag isaga noolaayeen, Saxarla way ka qarisay xaaladeeda, laakiin iyada ayaa mar walba booqan jirtay. Hase ahaatee, markii Cali-Aboor la dilay ee noloshii ku sii adkaatay, ayey reer Cabdulle gurigoodii ku noqotay, laakiin waxa ay deriskii u sheegeen in ay xaafadda Madiina u guureen oo aanay garanayn meesha ay deggan yihiin. Sidaas ayey mar kale ku kala lumeen reer Cabdulle iyo Saxarla.

Madiina waxa kale oo ay uga sheekaysay noloshii adkayd ee ay xerada qaxootiga ee Dhadhaab kala kulmeen intii aanu Samaan dhoofin.

"Ma Dhadhaab baad joogteen?" Saxarla oo ka yaabtay sababta ay isu arki waayeen ayaa weydiisay.

"Ma Dhadhaab baad adiguna joogtay?" Madiina ayaa weydiisay.

"Haa" ayey ugu jawaabtay inta ay hoos eegtay iyada oo ilmo ka socoto.

"Maxaa Eeddo Xasuusatay? Madiina ayaa weydiisay. "Waa meeshii wiilkaygii Bilaal ku dhintay," Saxarla ayaa tidhi iyada oo weli hoos eegaysa ilmadiina ka socoto.

"Inaa Lilaahi wa Inaa ileyhi raajucuun, miyaanba ogaa inaad wiil dhashay" Madiina ayaa tidhi inta ay labada gacmood madaxa saartay oo hoos u foorarsatay.
"Naa ma kii berigii lagugu qasbayey ayaad ilmaha u dhashay," Madiina ayaa Saxarla weydiisay.

"Haa, laakiin markii dambe wuu ii fiicnaa, laakiin dhibaatada ugu weyni waxa ay igu dhacday markii la dilay ka dib," Saxarla oo hoos eegaysa oo sacabadeeda isku xoqaysa ayaa tidhi.

"La dilay? oo yaa dilay?" Madiina oo wejigeeda naxdin iyo yaab ka muuqdo ayaa weydiisay. Ka dibna waxa ay u sheegtay in isaga oo Sucuudiga ka soo laabtay Madaarka (Airport-ka) laga qabtay, ka dibna inta la qafaashay safafkii hore ee jabhadaha mucaaradka lagula dagaalamayey la geeyey, halkaas oo uu ku dhintay. "Amar Alla, dad ma harin," Madiina ayaa tidhi inta ay tusbax gacanta midig ugu jirey hoos u eegtay oo

376

wareejisay.

Habeenkaas intiisii badnayd laba indhood isuma keenin oo waxa ay ka sheekaysanayeen dhibaatadii ay dagaaladii Soomaaliya iyo xeradii qaxootiga ee Dhadhaab ay kala soo kulmeen. Markii ay Madiina seexatayna, weli waxa sheekadoodii halkii ka sii waday Saxarla iyo Muxubo oo sheeko badani isugu laabnayd mudadii dheerayd ee ay kala maqnaayeen. Mar ay Madiina weydiisay sababta dhakhtarka loo dhigay, waxa ay Saxarla u sheegtay in madax wareer ku dhacay, ka dibna ay dhulka ku dhacday oo suuxday. Hase ahaatee, wax tafaasiil ah uma gelin. Markii ay iyada iyo Muxubo isku keliyeysteen, ayey u sheegtay waxa ku dhacay iyo xumaanta uu Keenadiid ku sameeyey. Muxubo oo horey u ogayd xidhiidhkii Saxarla iyo Keenadiid ka dhexeeyey iyo sidii ay ugu han weynayd maskaxdeeda ayey ka dhaadhici weyday. Saxarla waxa indhaheeda ka soo daadatay ilmo, markii ay sheekadii Keenadiid u gashay, iyo sababta ay u suuxday in ay isaga dartiis ahayd.

"Abaayo iska samir, kulligeen waan ognahay inaan nin Soomaaliyeed isku hallayn lahayne," Muxubo ayaa tidhi inta gacanteedii midig garbaha ka saartay Saxarla iyada oo wejigeeda eegaysa. Sidii ay labadoodii u sheekaysanayeenna waagii ayaa ku beryey. Ka dibna, Madiina oo salaaddii subax u soo kacday ayaa aragtay in ay weli soo jeedaan.

"Bisinka iyo yaasiinka, ma sidii ayaad u soo jeedaan,

Muxubo gabartu ha kaa seexatee, warka ka dhaaf," Madiina ayaa tidhi iyada oo yaabtay waqtiga dheer ee ay soo jeedeen.

Galabnimadii casarka dabadiisii ayey Madiina ugu yeedhay Saxarla qolkeedii, waxa ayna ka waraysatay xaaladeeda iyo meesha ay ku nooshahay. Waxa ay u sheegtay, in ay hablo ay Nairobi isku barteen inta badan la deggan tahay, mararka qaarkoodna ay la deggan tahay reero ay mar mar u shaqayso. Ka dibna Madiina waxa ay u sheegtay Saxarla in ay iyaga la joogto, oo wixii Ilaahay siiyo halkaas ku wada cunaan. Waxa kale oo ay u sheegtay in ilaa intii Samaan dhoofay uu masruufka u soo diro aadna isaga wanaagsan yihiin. Waxa kale oo ay u sheegtay in uu Isboonsar (sponsor) u xereeyey oo laga yaabo in ay dhoofaan.

Laba casho markii ay ka soo wareegtay markii Saxarla guriga Madiina timi, ayey galabnimadii jimcaha Muxubo u yeedhay Saxarla oo u sheegtay in ay Suuqa isu raacayaan. Inkasta oo ay dhowr shay oo nadiifa haysatay, Saxarla dhar badan oo ay ku xaragooto ma haysan. Markii ay suuqii tageen ayey Muxubo u sheegtay Saxarla in Samaan lacag ugu dhiibay si ay dhar ugu iibsato. Saxarla iyo Samaan intii ay guriga wada joogeen, hadal badani ma dhex marin oo waxaad moodaysay in ay yara kala xishoonayeen. Lacagta Muxubo uu Samaan ugu dhiibay Saxarla si ay dhar ugu iibsato, maskaxdeeda ayey ka weynaatay; badnaanteeda. "Weligay dhar intaas tiro le'eg mar keliya ma wada iibsan" ayey ku tidhi Muxubo.

Markii ay gurigii ku soo laabteena, Madiina ayaa Saxarla qolkeedii ugu yeedhay oo ku tidhi: " Eeddo kaalay, dharka isku eeg aan aniguna ku arkee." Saxarla oo dhoola caddaynaysa oo wejigeeda xishood ka muuqdo ayaa qolkii Madiina soo gashay, iyada oo ay Muxubona daba socoto. Ka dibna, Saxarla ayaa dharkii bilicda wacnaa marba mid isku eegtay. Markii ay mid bixiso oo mid kale gashotana Madiina ayaa tiraahda "bal dhankaas u dhaqaaq" si ay u eegto sida uu ugu soo baxay. Markasta oo oo ay mid cusub gashotona waxa ay tidhaahdaa "Maashaa Allah, kan haba bixin."

Saxarla ayaa si kedis ah mar keliya dhulka fadhiiisatay oo oohin bilowday. "Bismilaahi, Eeddo maxaa kugu dhacay?" Madiina ayaa tidhi inta degdeg u kacday oo xaggii Saxarla u dhaqaaqday. Kelmad ma ay odhan oohin ayey "hiqda gurtay." Muxubo iyo Madiina ayaa isugu yimi oo way aamusiin kari waayeen. Markii in saacad badhkeed ku dhow ay ka soo wareegtay, ayey Saxarla inta ay Madiina isku duubtay ku tidhi "wax aan idiinku abaal gudo garan maayo." Waxa ay xasuusatay markii iyada oo yar oo rafaadsan ay Madiina Suuqa Xamarweyne u kaxaysay oo ay u iibisay dhar aad u qurux badan. Waxa ka soo wareegtay dhowr iyo toban sanadood maalintii Madiina suuqa dharka uga iibinaysay. "Hooyo, sidaas ha oran adiga iyo caruurtaydu isugu kay mid ayaad tihiine," Madiina ayaa tidhi.

Habeenimadii ayaa xanuun loo maleeyey kaneeco ayaa waxa ku soo booday Muxubo, waxaana qabatay xumad aad u weyn. Waxa subaxdaas quraacdii samaysay Saxarla. Iyada oo markaas weelkii xalaysa ayaa gacanta waxa ka saray quraarad bakeeri jabay ka hadhay oo biyaha ku dhex jirtay. Dhiig xoog badan oo istaagi waayey ayaa ka yimi. Madiina ayaa u yeedhay Samaan oo qolkiisii ku jira oo markaas quraac ay Saxarla u geysay dhammaystay. Sidii uu u soo ordayey ayuu gacantii Saxarla ku dhegay oo meeshii dhiiggu ka socday suulkiisa ku cadaadiyey si uu dhiigga u joojiyo. Intii uu dhiigga joojintiisa la halgamayey, Saxarlana wejigiisa ayey eegaysay. Markii uu dhinaceeda soo eegayna, inta ay hoos u qososhay ayey ku tidhi "waad ku mahadsan tahay dharkii qaayaha lahaa ee aad ii iibisay." "Hooyo, dhakhtar halkan ma ka dhow yahay, aan gabarta geeyee?" Samaan ayaa Madiina weydiiyey. "Bal horta maradan ku duub oo eeg in dhiiggu istaago," Madiina ayaa ugu jawaabtay Samaan. Markii uu maradii si fiican ugu duubayna dhiiggii wuu joogsaday.

35

Todoba casho markii ay ka dhinayd, waqtigii uu Samaan dhoofi lahaa, ayey iyaga oo sheekaysanaya oo qolkoodii ku jira Muxubo ku tidhi Saxarla:

"Berito suuqa ayeynu isu raacaynaa, waxan rabaa inaan qof ku baro."

"Qof maxaya?" ayey weydiisay.

"Abaayo, wiil aanu asxaab nahay oo dusha kaa arkay...oo kaa helay ayaa igu yidhi i-bar," ayey ku tidhi. "Walaal, weligay rag ma shukaansan, hadeerna xaalkayga waad ogtahay oo ninba niyad uma hayo" ayey ugu jawaabtay, iyada oo niyad jab weyni ka muuqdo. Markii doodoodii socotay muddo saacad ka badan, waxa ay Saxarla ka aqbashay in ay is-arkaan ninka iyada oo Muxubo la socoto, shukaansina aanu meesha soo gelin ee ay isbarasho keliya noqoto. "Abaayo, ninka aad yaraantii isku tiqiineen, waxba ha iska daba tuurin rag oo dhan ayaanba isku hallayn lahayne," Muxubo ayaa ku

381

tidhi Saxarla iyada oo la kaftamaysa oo xidhiidhkii Keenadiid ka hadlaysa.

Maalintii ay arrinta ka wada hadleen habeenkeedii ayey Muxubo u sheegtay Saxarla in ay magaalada hoose (down-town) u dhaadhacayaan si ay ninkii ula kulmaan.

"Walaaleey maad inaka daysid, weligay magaalada hoose uma dhaadhicine, muxuuse ninku meeshaas fog ka qabanayaa?" Saxarla ayaa tidhi. Hase ahaatee, xogaa markii ay doodeen ka dib, waxa ay Saxarla aqbashay in ay is-raacaan. Markii ay diyaar garoobeen ka dibna, waxa banaanka soo joogsaday tagsi (taxi) ay hore u balamisay Muxubo si uu magaalada hoose u geeyo.

Ilaa iyo intii ay Saxarla magaalada Nairobi timi, weligeed Islii meelna uma dhaafin. Ilaa intii ay sii socdeen waxa ay daawanaysey quruxda magalaada iyo dadka tirada badan ee is-dhaafaya. Ugu dambayntiina waxa ay gaadheen, makhaayad qurux badan oo magaalada badhtamaheeda ku taalla. Waxa ay ahayd markii ugu horeysay ee ay weligeed Saxarla makhaayad aji-nebi cagaheeda geliso. Wixii dad ka buuxay markii ay aragtay ayey isku khasowday, waxana ay ku sigatay in ay dib u cararto, hase ahaatee hore ayey u socotay markii uu dhiiri geliyey nin dhalinyaro ah oo dadka soo dhoweeynayey. Ka dibna waxa uu fadhiisiyey miis banaan oo makhaayadda xagga ugu dambaysa yaallay.

Intii ay sii socdeen Saxarla xishood dartiis dhinacna ma eegin, markii wiilkii fadhiisiyeyna hoos ayey u foorarsatay sidii ay miiska daawanayso. "Muxubo, muxuu ninku halkan ka soo doonay, miyaanu Soomaali ahayn," Saxarla oo weli yaaban ayaa Muxubo weydiisay markii inankii soo dhoweeyey ka dhaqaaqay. Markii ay cabaar fadhiyeen oo cabitaan loo keenay, ayey Muxubo ku tidhi "abaayo, musqusha ayaan gelayaaye i sii sug." "Naa bal ha soo daahin, meel iga yaabisay baad i keentee," Saxarla ayaa ka sii daba tidhi Muxubo oo xaggii musqusha u sii socota. In ka yar shan daqiiqo markii ay Muxubo sii maqnayd, ayey Saxarla waxa ay aragtay nin Soomaaliya oo albabka ka soo galay, naxdin ayaa wadnihii boodbooday, waxay samaysona way garan weyday. Haddii ay carari lahaydna, dhinicii albaabka ayuu ka soo socdaa.

Iska daa wax kalee, xataa waxa ay ka fekertay, in ay Muxubo musqusha kaga daba tagto, intii maskaxdeedu doodaysay, ayey aragtay ninkii oo toban talaabo u soo jira. Si fiican ayey u eegtay, mise waa Samaan, dhulka uun baan la go'in naxdintii ay naxday. Sidii uu u soo socday ayuu inta uu salaamay kursigii horteeda ku beegnaa fadhiistay. Garbasaartii ay huwanayd inta ay dacalkeeda afka ku qarisay, ayey qosol gariir aanay filayn ku dhufatay, oo tidhi "maxaad meesha ka soo doontay?" Inta uu cabaar wejigeeda eegay sidii wax ku dhegagay, ayuu gacantiisa midig, Saxarla gacanteeda bidix oo miiska saaran dusha ka saaray, sidii wax miiska ku cadaadinaya oo ku yidhi "ninkii aad sugayseen waa aniga." Inta ay sidii wax sasay afka kala qaadday, ayey haddana labada gacmood saartay. Iyada oo aan kelmad odhan ayey inta ay degdeg u kacday xaggii musqusha u carartay. Muxubo oo musqusha dhex taagan oo muraayad isku eegaysa ayey iyada oo ordaysa u gashay, ka dibna inta ay dhirbaaxo la dhacday ayey ku tidhi "aabaha cune maxaad sidaas iigu gashay?' Muxubona inta ay qosol la dhacday ayey ku tidhi "waa laguu tashaday."

Wax yar ka dibna, labadoodii oo wada socda ayaa musqushii ka soo baxay oo miiskii Samaan fadhiyey ku soo laabtay. Waxa iyaduna sugaysay gabadhii dalabkooda qaadi lahayd.

"Maxaad cunaysaan, mase aniga ayaa idiin dalba?" Samaan ayaa weydiiyey markii ay fadhiisteen.

"Adigu wuxuun inoo dalab, adigaa garanayee," Saxarla ayaa tidhi inta ay Menu-gii cuntadu ku qornayd isku laabtay.

"Inaga ilaali walaal doofaar yaan la inoogu darine," Saxarla ayaa ku tidhi Samaan.

"Abaayo, halkan doofaar laguma iibiyee, ha ka werwerin" ayuu ugu jawaabey.

Cuntada intii ay sugayeen hadal badan la isma odhan, marka laga reebo dhowr kaftan oo Saxarla ay Muxubo iyo Samaan ku tuur tuureen oo ay ku yidhaahdeen xishoodka badan iska daa oo sheekay. Hase ahaatee, Saxarla xishood dartiis waa ay eegi kari weyday wejiga Samaan. Isagana waxa aad moodaysay in uu iyada daawanayo. Intii ay cuntada cunayeenna wax badan isma ay odhan, laakiin markii ay qadeeyeen oo macmacaan iyo kofee loo keenay ka dib, ayuu Samaan gacantiisa midig inta uu miiska saaray xaggii saxarla u fidiyey, Saxarla oo weli xishood xad dhaaf ahi wejigeeda ka muuqdo ayaa iyana gacanteedii soo fidisay iyada oo aad moodid in ay gariirayso...gacanteedii oo weli hawada heehaabaysa ayaa inta Muxubo ku dhegtay tii Samaan ku dulqabatay. Ka dibna saddexdoodii ayaa isku dheygagay.

"Saxarla, walaashay Muxubo waxba ka qarsan maayo, oo wax walba way la socotaa. Sidii aan hore kuugu sheegay ninkii aad sugayseen waa aniga, ninka ku rabaana waa aniga," Samaan ayaa yidhi isaga weli gacantiisii tii Saxarla dulsaaran tahay labadeeda indhoodna eegaya.

Waxa kale oo uu u sheegay, in sababta uu Kenya ugu soo noqday ahayd in uu reerka soo salaamo siina guursado haddii ilaahay u qadero, laakiin markii uu iyada (Saxarla) arkay ogaadayna in aan la qabin uu mar hore go'aan gaadhay in aanu cid kale raadin...haddii ay iyadu aqbasho. Muxubo ayaa inta ay markale labadoodii gacmood xoog isugu cadaadisay tidhi "waanu aqbalay."

"Ma labadiinuba?" Samaan oo Muxubo la kaftamaya ayaa yidhi. Iyaga oo weli gacmahoodii is dulsaaran yihiin oo weli is eegaya ayaa gabadhii u adeegaysay isa soo dul taagtay oo weydiisay in ay wax kale u baahan yihiin. Markii ay lacagtii bixiyeenna waxa ay bilaabeen in ay magaalada dhex lugeeyaan si ay u daawadaan.

Sidii ay marba dukaan qurux badan u gelayeen oo uga baxayeen ayey markii dambe waxa ay galeen dukaan dahabka iyo alaabta dumarku isku qurxiyaan lagu iibiyo. Muxubo ayaa kaatumo qurux badan midba mar isku cabirtay. Markii ay mid gashatoba Saxarla ayey weydiinaysay in uu ku qurux badan yahay gacanteeda. "Haa kani aad buu kuugu qurux badan yahay" Saxarla ayaa Muxubo ku tidhi. Inta ay farteedii ka soo saartay ayey ku tidhi Saxarla "bal adiguna isku eeg."

"Ka waran?" Muxubo ayaa weydiisay markii Saxarla farteedii gelisay. "Aad ayuu u qurux badan yahay," ayey ugu jawaabtay inta ay si fiican u eegtay.

Samaan oo hoos ka eegayey sheekada labada hablood ka dhex socota, ayaa markuu arkay in ay Saxarla kaatunkii ka heshay xaggii shaqaalaha u dhaqaaqay si uu lacagta u bixiyo. Markii uu lacagtii bixiyey ayuu ku soo noqday Saxarla iyo Muxubo oo weli Kaatunka quruxdiisii ku mashquulsan.

"Haye, ma baxaynoo?" Samaan ayaa hablihii weydiiyey. "Haa, diyaar baanu nahay," Saxarla oo isku deyeysa in ay Kaatunkii iska saarto ayaa tidhi. "Ha saarin waa la bixiyeye," Muxubo ayaa tidhi inta ay gacantii Saxarla jiiday si ay u dhaqaaqaan. Saxarla oo aan arkayn markii uu Samaan lacagta bixiyey, ayaa iyada oo yaaban weydiisay yaa bixiyey. "Yaa kale," Muxubo ayaa tidhi inta ay indhaha u gediday dhinaca Samaan. Saxarla oo fahamtay in mu'aamarad loo dhigay ayaa inta ay madaxa hoos u ruxday tidhi "waan gartay."

Markii ay dukaankii banaanka uga soo baxeenna, waxa uu Samaan u sheegay in uu magaalada ballan ku leehay, sidaas darteedna ay tagsi raacaan oo xaafaddii ku laabtaan. Ka dibna waxa uu u joojiyey tagsi, markii ay galeenna inta uu lacagtii tagsiga Muxubo u dhiibay ayuu ku yidhi "hadhow baan is arki doonaa." Intii ay dhexda ku sii jireen, Saxarla hadal badan ma odhan, waayo inkasta oo ay qadering aad u weyn u haysay Samaan iyo reerkooda, ma ay hubin marxaladda ay ku sugnayd darteed, in guur munaasib u yahay. Hase ahaatee, waxa aad ula kaftamaysay Muxubo oo rabtay in ay xishoodka iyo welwelkaba ka dejiso.

Markii ay gurigii soo gaadheen waxa daaradda taagnaa Madiina iyo haweenay deriska ah oo u soo wareegtay. "Haye, maanta waad fogaateene xaggee tagteen?" Madiina ayaa weydiisay.

"Maanta beledka ayaanu u dhaadhacnay oo waanu soo dalxiisnay," Muxubo oo xaggii qolkeeda u sii socota ayaa tidhi. Muddo 20 daqiiqo ku dhow markii ay qolkii ku jireen oo dharkii iska bedeleen, ayaa Madiina qolkii hablaha gashay.

"Haye, maxaad maanta la soo kulanteen?" ayey tidhi inta ay sariirtii Muxubo gees kaga fadhiisatay. Intii aanay u jawaabin Muxubo iyo Saxarla midkoodna ayaa

Madiina waxa ay aragtay kaatunka dhalaalaya ee gacanta Saxarla ku jira, inta ay mashxarad ku dhufatay ayey tidhi "Maashaa Allah, ma aqbashay?"

"Hooyo, ha na kashifin, Saxarla yaanay u malayn in loo tashadaye," Muxubo oo isku yaxyaxday ayaa hooyadeed ugu jawaabtey.

"Naa wax wanaagsan baa loogu tashaday, haddii loo tashadaye abshir iyo khayr dheh," Madiina oo isku kalsooni muujinaysa ayaa tidhi.

Inkasta oo ay hadalkii Muxubo ay Madiina ka dareentay in aanay arrintu weli mid dhammaatay ahayn, haddana waxa ay fahmi weyday meesha ay Saxarla fargalka (Kaatunka) cusub ka keentay. Wax yar ka dibna inta ay iska kacday ayey ku tidhi "salaaddii cishaha ayaa i dhaafaysee maca salaama. Saxarla inkasta oo aanay doodii Madiina iyo Muxubo dhex gelin, haddana way iska fahamtay in arrinta reer Cabdulle u dhammaayeen.

Markii ay salaaddii cishe tukatay ayey Madiina inta ay albaabka qolkeedii soo joogsatay Muxubo u yeedhay. Waxa ay u isu raaceen qolkii Madiina, halkaas oo ay ku sheekaysanayeen muddo saacad ka badan. Mudadii ay sheekaysanyeen waxa ay Muxubo hooyadeed u sheegtay in aaanay Saxarla weli "haye" Samaan ku oran, laakiin sida indhaheeda ka muuqatay; iyada lafteedu ay Samaan ka heshay...hase ahaatee waxa keliya ee ay la aamustay ee ay jawaabta u bixin wayday ay tahay iyada oo yara xishootanaysa iyo dhibaatadii soo gaadhey oo weli maskaxdeedu la rafanayso.

"Dhibaatadu way ina soo wada martaye in ay samirto ayey u baahan tahay," Madiina ayaa ugu jawaabtay Muxubo. "Hooyo, dhibaatada middaad mooday maaha ee waa mid dhowaan ku dhacday," Muxubo ayaa ku tidhi. Ka dibna waxa ay uga sheekaysay xidhiidhkii dheeraa ee Saxarla iyo Keenadiid ka dhexeeyey iyo sida uu ugu wacad furay. Waxa kale oo ay u sheegtay in wacad furka ka socoow, uu naagtii "Dabeeco" ee ay Saxarla adduunka ugu necbayd uu guursaday. Madiina oo taariikhda Saxarla iyo sheekooyinka guriga Cadar Duwane si fiican ula socotay, labadii indhood ayaa yaab dartii soo baxay; waxana ay rumaysan weyday falka xun ee ninkaasi ku kacay. Ka dibna inta ay tusbaxeedii labada gacmood kor ugu qabatay oo wareejisay ayey tidhi "nin Soomaaliyeed aamin ma laha."

Madiina iyo Muxubo oo weli is hor fadhiya oo aad moodid in hadalkii ka dhammaaday, ayaa gabadh jaarka ah oo ordaysaa albaabka ka soo gashay "Eeddo, Eeddo mtoto wako ameshikwa." "Naa maxay leedahay midani" Madiina ayaa Muxubo weydiisay. "Hooyo wiilkeenii ayaa la xiray..waa Msako, ayey tiri, " Muxubo ayaa inta ay boodday oo fadhigii ka kacday tidhi.

"Naa waa maxay Msakadu," Madiina ayaa tidhi inta ay fadhigii ka ruqaansatatay. "Hooyo waa Qafaal, wiilkeennii waa la kaxaystay," Muxubo ayaa tidhi iyada oo xaggii banaanka u sii ordaysa. "Waa Samaan," Muxubo ayaa tidhi iyada oo albaabka banaanka ka sii baxaysa.

Waxa iyana markii ay hadalkii xadhiga maqashay banaanka u soo baxday Saxarla oo wejigeeda naxdin weyni ka muuqato. Madiina iyo Saxarla oo weli daaradda taagan ayaa banaanka waxa ka soo noqotay Muxubo oo ku tiri "waa msako ee dibadda ha u soo bixina." Markii Madiina weydiisay Muxubo waxa ay tahay Msakaduna, waxa ay u sheegtay in ay tahay "Tarxiil" Soomaalida lagu qabqabanayo. "Naa waa markii askarta Kenyaatigu marka ay lacag la'aantu ku dhacdo dadka urursan jireene, miyaanu sharcigiisii Maraykanka qaadan," Madiina ayaa weydiisay Muxubo oo albaabka dibadda oo in yari ka furan tahay sii taagan oo banaanka sii eegaysa.

"Naa horta kaalay albaabka xir oo dharkiisa ka baar sharcigiisii,"Madiina ayaa tidhi iyada oo Muxubo la hadlaya. Muxubo oo ordaysa ayaa markiiba qolkii Samaan seexan jirey gashay, ka dibna bilowday in ay dharkiisii mid mid u baadho. "Ma ku jiraa'? Saxarla ayaa inta ay qolkii ka dabagashay Muxubo weydiisay. "Alla waa kan," Muxubo ayaa tidhi inta ay Baasaboorkii Samaan jabkiisa ka soo saartay Saxarla oo weli wejigeeda werwer ka muuqdo tustay. "Walaalo, maxaynu samaynaa?" Saxarla ayaa tidhi inta ay gacanteeda bidix afka saartay.

Muxubo iyo Saxarla oo is-daba socda ayaa u yimi Madiina oo weli daaradda taagan oo tusay baasaboorkii Samaan. "Banaanka ha u bixina idinkana yaan la idin tarxiiline...u yeera Cabdi jaamac isaga ayaa dadkan af garanayee" Madiina ayaa ku tidhi Saxarla iyo Muxubo. Ka dibna Muxubo ayaa inta ay qolkii ku laabatay telifoonkii qabsatay si ay u wacdo Cabdi Jaamac oo ay deris ahaayeen, dawladda Kenyana u shaqeeya. Markii ay la hadashay ka dibna waxa uu u sheegay in ay hadda waqti dambe tahay oo ay adag tahay in la ogaado meesha la geeyey. Waxa kale oo uu u sheegay in askartu ay dadka baabuur ku qaataan oo ay magaalada kula dhex wareegaan si ay lacag uga qaataan, inta aanay Xarunta Booliiska geyn. Inkasta oo ay Muxubo muddo ku adkaysatay in uu raaco, waxa uu Cabdi Jaamac ugu dambayntii ka dhaadhiciyey in waqtiga hadda la joogo ay aad u adag tahay in la helo walaalkeed, laakiin uu subaxdii raaci karo si ay Xarunta Booliiska uga soo baadhaan.

Habeenkaas welwel iyo walbahaar ma ay seexan. Waxa gaar ahaan Saxarla xadhigga Samaan ku noqday mid ku soo kiciyey xasuus xun oo ay muddo isku deyeysay in ay ka bogsato. Waxaa ay dib u xasuusatay xidhitaankii Cali-Aboor garoonka diyaaradaha laga qabsaday; iyo sidii dhibaatooyinkii ku dhacay nolosheeda dhaawaca weyn ugu geysteen. Inkasta oo Madiina uu Samaan u ahaa wiilka keliya ee ay markaas rag ka lahayd, Muxubona u ahaa walaalka keliya ee reer

Cabdulle ka hadhay, haddana waxa aad moodaysay naxdinta iyo hurdo la'aanta wejiga Saxarla ka muuqday in ay ka baaxad weynayd werwerka ka muuqday wejiga Muxubo iyo Madiina. Waxa ay dareentay xumad iyo xanuun hurdadii u diiday. Inkasta oo ay Madiina iyo Muxubo dhowr saacadood seexdeen intii aan waagu beryin ka hor, Saxarla sidii ay u fadhiday oo u fekeraysay ayaa qoraxdii ku soo baxday.

Waxa habeenkii ay fekeraysay isweydiisay "maxaa ninkii ku doonaba dhibaatadu ugu dhacdaa?" Shaki ayaa ka galay in nasiibkeedu xun yahay iyo in kale. Inkasta oo ay marwalba niyad wanaagsanaan jirtay oo ay isku qancin jirtay "in Ilaahay maalin uun dhibka ka saari doono," habeenkaas qalbigeedii wanaagsanaa khalkhal weyn baa galay. Xidhitaanka Samaan ka sokoow, waxa ay habeenkii qayb ka mid ah ka fekeraysay go'aankii ay ka gaadhi lahayd doonistii Samaan.

Inkasta oo ay aad ugu niyad samayd, aaminsanaydna in uu yahay ruuxa ugu haboon ee ay maanta nafteeda iyo aayaheedaba ku aamini karto, haddana waxa aan weli qalbigeeda ka dhammaan jacaylkii ay u haysay Keenadiid; waxaana shaki ka galay in warka loo sheegay (guurka) yahay mid boqolkiiba boqol lagu kalsoonaan karo. Dhaka faar ayaa ku dhacay talona way ku caddaatay.

Markii ay qiyaastii 7:30kii subaxnimo ahayd ayaa waxa albaabka soo garaacay ninkii ay jaarka ahaayeen

(Cabdi Jaamac) ee balan qaaday in uu Xarunta Booliiska u raaci doono. Waxa markiiba orodday oo albaabkii furtay Saxarla oo awalba iska soo jeedday. Waxa uu weydiiyey in ay diyaar yihiin iyo in kale, "wax yar sug" inta ay tidhi ayey xaggii qolka Madiina u dhaqaaqday.

"Eeddo ma so jeeddaa?" Saxarla ayaa inta ay albaabkii garaacday Madiina weydiisay.

"Haaye, soo gal hooyo" ayey ugu jawaabtay iyada oo markaas kabihii gashanaysa.

"Diyaar ma tahay Muxubo" ayey Madiina weydiisay Saxarla, "sug musqusha ayey ku jirtee aan eegee" ayey ugu jawaabtay inta ay xaggii musqusha u dhaqaaqday.

"Muxubo?" ayey tidhi iyada oo daaraddii dhex maraysa, ka dibna Muxubo ayaa qolkii "hee" ka dhex tiri..."ooh, waad soo baxday miyaa?" inta ay tidhi ayey xaggii qolka u dhaqaaqday. "Abaayo, adigu guriga sii ilaali, waadigii xalayna xanuunsaday ee seexan kari waayeye," Muxubo ayaa ku tiri Saxarla oo damacday in ay lebisato, si ay u diyaar garowdo, inta ay yara fekertay ayey tidhi "haye walaalo, Ilaahay khayr ha idinla soo kulansiiyo." Saxarla oo aan weli ducadii afkeeda ka dhammaan ayaa Cabdi Jaamac mar kale albaabkii soo garaacay oo yidhi "diyaar ma tihiin, shaqo ayaan tegayaaye?" Ka dibna Madiina iyo Muxubo oo degdegsan oo xoog u talaabsanaya ayaa albaabkii dibadda ka baxay.

Ilaa iyo intii ay Madiina iyo Muxubo albaabka ka

baxeen, Saxarla waxa ay ka fekeraysey jawaabtii Samaan ka sugayey, haddii Ilaahay soo nabad celiyo. Waxa ay ka werwersanayd oo ay ka cabsi qabtay in Soomaaliya oo weli dagaalo ka socdeen loo masaafuriyo oo uu halkaas ku dhinto. Waxa ku soo noqnoqday oo ka dhammaan waayey af-duubkii Cali-Aboor loo geystay iyo sidii ay naftiisa u salfatay.

Waxa ka soo wareegtay laba saacadood ilaa intii Muxubo iyo Madiina albaabka ka baxeen. Iyada oo weli meeshii fadhida oo kaatunkii farteeda ku jiray hoos u eegaysa oo salaaxaysa, ayaa albaabka lagu soo garaacay. Inta ay xoog u orodday ayey tidhi "waa ayo?" "Fur Saxarla waa Samaane." Inta ay aad u faraxday ayey albaabkii degdeg u furtay. Markii uu Samaan soo galay ayey farxad darted islowday oo isku duubtay. Samaan oo ogaa in ay Saxarla aad u xishood badan tahay, ayaa isaguna inta uu qabtay sii dayn waayey; inta ay isla yaabtay, iyaga oo weli isku dhegan ayey inta ay wejigiisa eegtay ku tidhi "i-sii daa." "Ma ku sii daynaayo ilaa iyo inta aad jawaabtii aan kaa sugayey aad iga siinaysid" ayuu ku yidhi isaga oo qosol yar muujinaya.

Saxarla oo naxdin darteed calaacalihii dhidideen ayaa hoos u tidhi "ok."

"Ok jawaab maahee, haa iyo maya mid uun i-dheh," ayuu ku yidhi isaga oo aan weli sii dayn. Saxarla oo wadnaheeda bood-boodkiisa uu Samaan laabtiisa ka dareemayey, ayaa tidhi "haa." Inta uu sii daayey ayuu ku yidhi "waad iga farxisay." "Aaway hooyo iyo Muxubo" ayuu weydiiyey Saxarla. "Adiga ayey ku raadiyeen, ma arkin miyaa," ayey weydiisay. Waxa uu ugu jawaabay in aanu arkin ee lacagta lagu sii daayey (Laaluush) ay ka bixiyeen wiilal ay saaxiib yihiin oo mar la wada qabtay. Ka dibna waqtigii yaraa ee ay firaaqada isu heleen ayey Saxarla iyo Samaan sheekaysteen, waxana ay u sheegtay; in habeenkii la qafaashay aad looga werweray oo ay weliba iyadu xanuusatay. Waxa uu isaguna u sheegay in sidaas iyo si ka badan uu uga werweri lahaa haddii iyada wax ku dhici lahaayeen. Waxa kale oo uu u sheegay in aanay (Saxarla) marna maskaxdiisa ka bixin ilaa iyo intii ay kala maqnaayeen.

Samaan oo inta badan hadlaayey, waxa uu markii dambe Saxarla weydiiyey haddii ay wax su'aal ah ka qabto dareenkiisa iyo arrinta guurka ee uu soo bandhigay. Saxarla oo ahayd dadka aad u afka gaaban ee xishoodka badan; ayaa waxa ay weydiisay " in sababta uu guurka ugu soo jeediyey ay tahay in uu xaaladda ay ku sugan tahay uu ka naxay iyo in kale." Isaga oo ay wejigiisa ka muuqato in uu hadalka Saxarla ka xumaaday, ayuu ugu jawaabay "haddii ay arrintu ahaan lahayd in aan kaa naxay keliya, walaashay Muxubo oo kale ayaad iila mid ahaan lahayd oo si kale ayaan wax kuu tari lahaa ee si dhab ah ayaan kuu jeclahay, weligayna kuu jeclaa." "Ma jiro qof aan adiga ahayn oo aan naftayda ku aamini karo," ayuu sii raaciyey. "Waad mahadsan tahay." Saxarla ayaa tidhi iyada oo wejigeeda kalsooniyi ka muuqato.

"Saxarla shaah keliya baan rabaa," Samaan ayaa ka daba yidhi Saxarla oo madbakha xaggiisa u sii socota. Saxarla oo weli jikada ku jirta ayaa albaabka dibadda la soo garaacay. "Iska joog Saxarla aniga ayaa furayee," Samaan ayaa yidhi inta uu xaggii albaabka u dhaqaaqay. Waa Madiina iyo Muxubo oo siday u raadinayeen Samaan soo hungoobay. "Waar goormaad soo noqotay?" Madiina ayaa Samaan waydiisay. Cabaar iyaga oo ka sheekaysanaya xaaladdii qafaalka, ayaa Saxarlana shaah xawaash leh oo khumkhumaya soo diyaarisay.

Muddo laba saacadood ku dhow markii ay masaakadii Nairobi ka sheekaysanayeen, shaahiina la cabbey ayaa Samaan inta uu xaggii qolkiisa u dhaqaaqay yidhi "maanta aniga iyo Saxarla qadada ha nagu darina, suuqa ayaanu tegaynaaye. "Yaa yaa, ma intaanu maqnayn baad noo sii tashateen" Madiina oo qoslaysa ayaa tidhi inta ay dhinicii Saxarla eegtay. Saxarla oo aan sheekada suuqa waxba kala socon ayaa inta ay isku qajishay (xishootay) tidhi "anigu waxba kalama socon sheekadaas." Waxa ay markiiba Madiina iyo Muxubo dareemeen in sheekadii Saxarla iyo Samaan hore u martay intii ay maqnaayeen; aadna way ugu farxeen.

36

Galabtaas, Saxarla iyo Samaan suuqa ayey u dhaadhaceen, makhaayadaha tan ugu wanaagsan ayey ka qadeeyeen; waxa ay ku wareegeen magaalada dhexdeeda iyaga oo daawanaya bilicdeeda iyo dukaamada quruxda badan ee wax walba haya. Waxa ay Saxarla dib u xusuusatay maalintii iyada oo yar oo miyi ka soo gashay ay suuqa Xamar Weyne dadka iyo waxa dhexyaala daawanaysay. Waxa ay ka fekertay "maanta iyo maalintaas farqiga u dhexeeya." Niyadda ayey Ilaahay uga mahad naqday iyada oo leh "haddii aan taas ka soo badbaaday, Ilaahay wuu ii gargaaray."

Waxa ay wareegaanba waxa ay socodkoodii ku soo khatimeen beerta caanka ah ee UHURU PARK. Waxa ay beerta marba dhinac u lugeeyaanba, waxa ay markii dambe fadhiisteen geed hadhac ah hoostiis oo ay muddo saacad iyo dheeraad ah ku sheekaysanayeen. "Inta aan qoraxdu dhicin aan sawiro iska qaadno," Samaan ayaa Saxarla ku yidhi inta uu kamarad yar oo jeebka ugu jirtay la soo baxay. Markii uu dhowr sawir oo kala duwan Saxarla ka qaaday, ayuu wiil iyo gabadh agtooda marayey weydiiyey haddii ay sawir labadooda ka qaadi karaan. Saxarla oo xishoonaysay ayaa dhinac uga durugtay Samaan. "get closer and smile (isku dhowaada oo qosla)" ninkii dhalinyarada ahaa ee sawirka ka qaadayey ayaa isaga oo qoslaya ku yidhi Samaan iyo Saxarla. Samaan ayaa inta uu xaggii Saxarla u durkay garabka qabsaday oo xaggiisii u soo riixay. Saxarla oo xishoodkii ka batay ayaa sawirkii kharibtay...iyada oo markasta oo sawir laga qaadoba ay indhaha isku haysay ama dhinac ama hoos eegaysay.

Ugu dambayntii sawirkii shanaad ee laga qaaday ayaa si fiican u soo baxay. Maalintaas gelinkeedii dambe farxad ayey ugu dhammaatay, inkasta oo ay Saxarla xishood weyn dareemaysay, werwerna ka qabtay ku dhiirashada Samaan oo dhowr jeer iyaga oo lugaynaya gacanta iyo garabka qabsaday. Inkasta oo ay muddo dheer Samaan taqaanay wax cabsiyana aanay ka qabin in uu sumcadeeda meel uga dhaco, haddana nin la bixidda iyo qabqabsashada ayaa wax cusub ku noqday. Dhowr jeerna gacantiisa ayey iska fujisay, iyada oo wejigeeda xishood weyni qayiray. Intaanay xaafaddii u caraabin ayey meel jalaatada laga cuno fadhiisteen oo cabaar ku sii sheekaysteen; ka dibna inta uu Samaan tagsi u yeedhay ayey xaafaddii u caraabeen.

Markii ay gurigii soo gaadheen Saxarla waxa ku soo baxay daalkii iyo hurdo la'aantii ku dhacday habeenkii

Samaan la qafaashay. Iyada oo weli dharkii ay banaanka kaga timid gashan ayey damacday in ay sariirta isku yara kala bixiso, ka dibna way ga'maday. Intii ay Saxarla hurudday Madiina ayaa Samaan qolkeedii ugu yeedhay, halkaaas oo ay cabaar ku sheekaysanayeen. Waxa ay dib u xasuusisay in qiimaha iyo qaayaha ay Saxarla leedahay mid ka weyn oo gabadh kale loo dhigaa aanu jirin. Waxa ay u sheegtay in dhibka, silica iyo waaya aragnimada adduunka ee ay soo martay, ay ka caawininayso dhibaato kasta oo guurka ama guriga kala soo gudboonaata. Ugu dambayntiina, markii ay Madiina waanadeedii dhammaysatay, waxa ay isku raaceen in meherkoodu (Samaan iyo Saxarla) dhaco inta aanu tegin. Waxa ay u sheegtay in waxa wanaagsan ee aadan huri doonin la hor marsado. Waxa kale oo ay u sheegtay in Saxarla ninkii hore ee ay aamintay qalbi jebiyey ka dib markii juuqba laga waayey, ka dib markii uu dhoofay welina wixii uu baday ay maskaxdeeda ka guuxayaan.

Inkasta oo Samaan u arkayey in ay adag tahay in nikaax la diyaariyo, maadaama waqtigii uu tegi lahaa soo dhowaaday, haddana taladii hooyadiis ayuu qaatay. Ka dibna markii isaga iyo hooyadii hadalkii dhammaysteenna inta uu baxay ayuu qolkii Saxarla ku jirtay ku garaacay. "Waa ayo" markii ay tidhi ee uu isu sheegayna albaabkii ayey ka furtay. Markii uu qolkii galayna sariirtii Saxarla ku fadhiday ayuu dhinac kaga fadhiistay. "Caawa yaad u tashanayseen?" Saxarla oo dhoola caddaynaysa oo weli luladii ka muuqato ayaa

Samaan waydiisay inta ay xaggiisa jaleecday. "Caawa adiga ayaa laguu tashanayey" ayuu ugu jawaabay isaga oo qoslaya oo xaggeeda eegaya. Markii ay dhowr daqiiqo kaftankii isku celcelinayeena waxa uu u sheegay "in waqtigii uu dhoofayey soo dhowaaday oo laba maalmood keliyaa ka hadhsan yihiin, sidaas darteed uu go'aansaday in ay meherka sameeyaan inta aanu dhoofin."

Inkasta oo ay Saxarla niyadeeda ka jartay Keenadiid oo ay go'aansatay in ay Samaan iskaga nasiibsato, haddana waxa ay arrintii ula muuqatay in xoogaa degdeg ahi ku jiro.

"Anigu sabtida ayaan dhoofayaa, ka waran haddii aynu Jimcaha ka dhigano nikaaxa?" Samaan ayaa weydiiyey Saxarla oo weli fekeraysa.

"Jimcaha? Oo miyaanay yara degdeg ahayn," Saxarla ayaa Samaan weydiisay iyada oo hoos u foorarta oo labadeeda calaacalood isku xoqaysa.

"Deg deg?, abaayo waqtiga aan soo noqon doono Ilaahay baa og, mana jecli in iyada oo aan xarig isugu keen xirnayn aan iska tago. Haddii shaki kale kugu jiro waad ii sheegi kartaa, laakiin aniga waa iga go'an tahay ; qof aan adiga ahayn ma rabo, niyaddaydana kuma jirto," Samaan ayaa Saxarla ku yidhi oo wejigiisa werwer ka muuqdo.

"Haye," ayey tidhi inta ay dhinaciisa jeleecday, iyada oo

weli wejigeeda feker ka muuqdo. Ka dibna inta uu gacanta labada garab ka saaray ayuu wejigeeda eegay isaga oo aad moodid inuu ku soo dhowaanayo. Iyada oo wejigeeda xishood ka muuqdo ayey gacantiisii inta ay iska qaaday ku tidhi "maxaa hadda inoo talo ah?"

"Inshaa Allah waagu ha beryo markaas ayeynu ku dhaqaaqaynaa wixii hawl ah," inta uu yidhi ayuu istaagay. Ka dibna waxa uu tegay qolkii Madiina iyo Muxubo joogeen, si ay hawsha iyo qabanqaabada meherka uga wada tashan lahaayeen.

Markii uu qolkii galay ayuu waxa uu arkay ayeydiis, Muumino oo intii muddo ahayd ku maqnayd magaalada Garissa oo gabadh ay habaryar u ahayd lagu qabo u tagtay. Markii Samaan qolka soo galay, waxa dood kululi ka dhex socotay Madiina iyo hooyadeed. Waxa ay Muumino aad uga soo horjeeday guurka Samaan iyo Saxarla; iyada oo sabab uga dhigaysay "in hadda ka hor la soo guursaday oo ay garoob tahay iyo iyada oo cidina aqoon waxa iyo cidda ay tahay." Madiinana waxa ay ku doodaysay "in Saxarla asalkeeda iyo meesha ay ka soo jeeddo la yaqaan, oo Jaamac Dirir ay isku reer yihiin." Guurkeedii horena waxa ay ka tidhi "calaf uun buu ahaaye, weli waad aragtaa in ay gabar yar oo qurux iyo qiimaba ka muuqdaan tahay."

"Naa maxaa kalifaya ninkan Ameerika ka yimi inuu naag aan isku dhammaystirnayn guursado, maanta haddii kun hablood halkaas la soo taago midda uu

401

doono ayuu kala bixi karaaye." Muumino oo doodeedii wadata ayaa ku tidhi Madiina. Qir iyo qir ayaa la isku noqday murankoodiina meel xun ayuu gaadhey. Muxubo oo dhowr jeer isku dayday in ay kala qaboojisona afka ayaa lagaga booday. Samaan oo u adkaysan waayey doodda aan micnaha lahayn ee meesha ka socota, ayaa isaga oo aan kelmad odhan xaggii qolkiisa u dhaqaaqay.

Intii doodda labada dumar ahi socotay, Saxarla waxa ay ku jirtay feker aad u dheer, waxa ay isweydiinaysay "sidee ayaa meherkeedu u dhacayaa, haddii aan cid tol iyo qaraabo ahi midna u joogin." Waxa ay dib u xasuusatay arooskii Cali-Aboor iyo silic dilkii ay Cadar Duwane ku samaysay. Waxa ay mar kale dareentay kelinimo iyo cid la'aan.

Saxarla iyo Samaan oo xanaaqsan oo qolkii dumarku joogeen ka soo baxay ayaa dhexda isku dhaafay. Saxarla oo ka shakiday waxa ka soo xanaajiyey Samaan ayaa qolkii ma ay geline, dibadda joogsatay si ay wax yar u dhegaysato waxa meesha ka socda. Waxa ay maqashay doodii Madiina iyo hooyadeed (Muumino) ka dhex socotay. Waxa ka dhaadhici waayey hadalada xaqiraadda ah ee (duqda) oo ay qof aad u wanaagsan u arkaysay ay ku hadlayso. ka dibna qolkii hore uma ay geline iyada oo xanaaqsan ayey fadhiisatay jardiino (xatabad) yar oo guriga ku dhex tiilay.

Muxubo oo dareentay sanqadhii (sanqartii) markii

Saxarla albaabka ka dhaqaaqday ayaa banaanka u soo baxday, ka dibna waxa ay aragtay Saxarla oo markaas jardiinadii fadhiisatay. Muxubo ayaa inta ay dhinac fadhiisatay oo garabka gacanta ka saartay ku tiri "abaayo miyaad maqlaysay murankii duqooshinka (Islaamaha)?" Saxarla oo ciil dartiis hadalkii ka soo bixi waayey ayaa madaxa hoos u ruxday iyada oo "haa" ka wadda.

"Abaayo, raalli ka ahow duqdaan ayeeyo, waa qof gaboobay oo weli qabiil iyo wax laga tegay aaminsane," Muxubo ayaa ku tidhi Saxarla iyada oo maslaxaynaysa. Saxarla wax ay ku hadasho ayey garan weyday. Niyad kacii iyo rajadii ay ka lahayd in ay Samaan guursatona mugdi aad u weyn ayaa galay. Dhibaatadii ay islahayd maanta ayaad ka baxaysaana mar kale ayey soo dul joogsatay.

Muxubo iyo Saxarla muddo ayey is dhinac fadhiyeen iyaga oo aan kelmad is odhan, sidoo kale Madiina iyo hooyadeedna sidii ayey isu hor fadhiyeen, iyaga oo markii murankoodii meel xun gaadhey iska kala aamusay. Samaanna qolkiisii kama soo bixin, oo isaga oo kursi ku fadhiya, hoosna u foorara oo gacmaha madaxa ku haya; kana fekeraya wixii uu yeeli lahaa. Samaan, guurka Saxarla marna shaki kagama jirin waxa uu ka fekeraayey sidii uu ayeeyadiis u qancin lahaa...guurkiisuna u noqon lahaa mid aan reerka xumaato iyo khilaaf u soo jiidin. Muxubo ayaa u yeedhay gabadhii u shaqaynaysay "Margaret" oo markaas suuqa ka soo laabatay oo khudraddii iyo hilibkii loo diray soo iibisay sidda; waxana ay u sheegtay in iyadu (Muxubo) cuntada karinayso maanta. Waxa ay rabtay in ay cunto karinta isku ilowsiiso waxa meesha ka socda.

Galabtaas cirkii ayaa daruuro madoobi soo buuxiyeen, waxa xoog loo maqlayey onkodka (gugaca) xoogga weyn, waxaana daruuraha ka dhex qarxayey hilaac iyo danab ay indhuhu kugu daraandarayaan. Muumino oo bakooradeedii ku tukubaysa ayaa banaanka u soo baxday; waxa ay aragtay cirka mugdigu soo hadheeyey iyo tuke madow oo gidaarka deyrka ku taagan. Saxarla oo weli jardiinkii fadhida inta ay eegtay oo xaggii musqusha u dhaqaaqday ayey tidhi "canugtaan waa kay-madoow (qumayo), dhib oo dhan baa daba socota; shaki ma iiga jiro." Muxubo oo hadalkii ayeeyadeed maqashay ayaa inta ay xaggeedii u dhaqaaqday ku tidhi "ayeeyo qof weyn baad tahaye, waxa aad dhahaysid u fiirso, gabartan miskiinta ahna ha u gefin."

Intii ay Muxubo iyo ayeeyadeed murmayeen ayey Saxarla albaabkii banaanka ka baxday. Wax yar ka dib ayey Muxubo dareentay in ay Saxarla tagtay, isla markiibana banaanka ayey u oroddoy si ay u soo celiso. Meelkasta ayey ka eegtay, ka dibna iyada oo soo quusatay ayey gurigii ku soo laabatay. Isla markiiba qolkiisii ayey Samaan ugu gashay, una sheegtay in ay Saxarla tagtay. Si degdeg ah ayuu kabihii u gashaday si uu uga daba tago. Markii uu albaabkii qolka soo joogsaday ayaa waxa bilowday dhibicdii roobkii onkodka, hilaaca iyo dabaysha watay. "Dalad ma taal?" ayuu Muxubo weydiiyey, markii ay "maya" ugu jawaabtayna dhibicdii roobka ayuu dhex qaaday. "Ninkaan gab gab leh yaa dhaha meel fariiso, naago adduunka waa buuxaane," Muumino ayaa tidhi iyada oo roobkii qolka ka sii gelaysa.

Laba saacadood in ka badan markii uu maqnaa ayuu Samaan soo laabtay, isaga oo wada qoyey oo biyo korkiisa iyo dharkiisaba ka dareerayaan; Saxarlana ka soo quustay. Shaadhkii uu gashanaa inta uu iska bixiyey oo biyihii ka maroojiyey ayuu xarig dharka lagu qallajiyo oo daaradda ku xidhnaa sudhay; ka dibna qolkiisii galay, isaga oo wejigiisa xanaaq weyni ka muuqdo.

Habeenkaas oo dhan roobkii ma kala qaadin, Samaanna qolkii uu galay kama soo bixin. Muxubo ayaa mar cunto u geysay, afkiisase ma saarin. Cuntadiina miiskii ay Muxubo saartay ayaa waagii ugu beryey. Isla habeenkaas mar kale ayaa muran weyni dhex maray Madiina iyo hooyadeed, iyada oo Madiina ku eedaysay Muumino in ay dhibaatadaas oo dhan iyadu sababtay. Waxa kale oo ay ogaadeen in sharcigii qaxootiga ee ay Saxarla Kenya ku joogtay aanay qaadan ee ay ka tagtay. Werwerka ugu weyn ee Madiina iyo Muxubo hayeyna waxa uu ahaa iyaga oo ka baqayey in la qabto oo la xidho ama Soomaaliya loo masaafiriyo.

Shan cisho ayaa ka soo wareegtay maalintii Saxarla

albaabka ka baxday. Maalintii nikaaxeedu dhici lahaa iyo maalintii Samaan dhoofi lahaaba waa la dhaafay. Toban cisho oo kale ayuu safarkiisii ku darsaday si uu Saxarla baadidoonkeeda uga quusto. Meelkasta oo uu ku tuhmayey ayuu ka raadiyey, wixii Istayshan Booliis magaalada ku yiilayna wuu isu soo maray.

37

Waxa goor galab ah la soo garaacay albaabka dibadda ee guriga. Waxa furtay Muxubo. Waxa ay ahaayeen laba nin oo mid dhalinyaro yahay. Markii ay salaameen ka dib, ayaa kii da'da weynaa Muxubo weydiiyey "gurigani sow kii reer Cabdulle maaha?" Muxubo oo weli ninka wejigiisa soo qaban la' ayaa tidhi "haa adeer," ka dibna raacisay "soo gala." "Yaa guriga jooga?" ayuu weydiiyey. "Adeer waxa jooga hooyo iyo ayeeyo Muumino," ayey ugu jawaabtay iyada oo albaabkii dibadda xidhaysa. "Waa la ii sheegay geeridii aabbe iyo caruurtii kale, Alla ha u naxariistee, u yeedh hooyo" ayuu yidhi. Markiiba inta ay qolkii Madiino ku jirtey u dhaqaaqday una sheegtay in laba nin banaanka ku sugayaan. Isla markiibana inta ay Muxubo laba kursi qolka ka soo qaadday ayey labadii nin daaradda u dhigtay si ay ugu fadhiistaan. "Alla waa Jaamac Dirir, indhihii dhiman waayaa geel dhalaayana waa ku tusaan," Madiina ayaa tidhi inta ay xaggii Jaamac iyo ninkii dhalinyarada ahaa ee la socday u dhaqaaqday. "Naa miyaadan Jaamac Dirir garanayn Saxarla adeerkeed," Madiina ayaa inta ay xaggii Muxubo eegtay weydiisay. "Alla, adeer Jaamac? Iga raali ahow waqti dheer ayaa iigu kaa dambaysay," Muxubo ayaa tidhi iyada oo wejigeeda khasow ka muuqdo.

"Madiina ninkani waa Saxarla walaalkeed, muddo dheer ayuu ku daalay raadinteeda, laakiin aniguu aakhiritaankii i soo helay," Jaamac ayaa Madiina u sheegay inta uu xaggii ninka dhalinyarada ah ee la socday gacanta ku fiiqay. "Maashaa Allah, ma Samaalaa, farxad uga weyn oo ay maanta heli lahayd ma jirto, waxa uu ahaa qayb weyn oo nolosheeda ka maqan;" Madiina ayaa tiri inta ay dhinicii Samaale eegtay. "Iska waran eeddo, walaashaa aad iyo aad bay kuu jeceshahay;" Madiina ayaa ku tidhi Saxarla walaalkeed. "Aad iyo aad bay isugu egyihiin," Muxubo ayaa tidhi inta ay xaggii Samaale jaleecday. "Waa runtaa quruxdeedii wuu leeyahay," Madiina ayaa tidhi inta ay yara dhoola caddaysay. Samaale oo amaanta badan ka xishooday ayaa inta uu qosol yar muujieyey hoos eegay.

Muxubo ayaa xaggii jikada u dhaqaaqday si ay shaah ugu soo kariso nimanka martida ah. "Fariid, sow weli shaahii wanaagsanaa sidii uma karisid, dee wiilkaygii aan kula rabayna weli ma guursan oo wuu joogaa," Jaamac oo Muxubo la kaftamaya ayaa yidhi. "Jaamacow ilaa iyo intii gabartani raad dhaqaajisay nin baan kugu darayaa baad lahayd, waxa aan ka baqayaa in ay marka dambe run kugu noqoto," Madiina oo kaftamaysa ayaa tidhi.

Xoogaa iswaraysi iyo sheeko xaal adduunyo markii ay muddo wadeen, ayuu Jaamac weydiiyey in Saxarla joogto iyo in kale. "Gabar ay saaxiib yihiin bay raacday, berito in ay soo laaban doonto ayaan u malaynayaa," Madiina ayaa tidhi iyada oo dhinaca Muxubo eegaysa si aan hadalkoodu isu khilaafin. "Hadda aniga iyo Samaale waanu iska sii caraabaynaaye, berito ayaanu idinku soo noqonaynaa," Jaamac ayaa yidhi isaga oo inta uu bakooraddiisii cuskaday ruqaansanaya. "Maya, maya, waxba ha is soo lugaynina ee suga Samaan baan soo toosinayaa si uu meesha aad deggen tihiin u soo arko," Madiina ayaa tidhi iyada oo ka cabsatay in Saxarla la waayo, oo ay soo lug-go'aan, ka dibna ay u maleeyaan in Madiina been sheegtay. "Oo Samaan ma joogaa? Isaga oo caruur ah ayaa iigu dambaysay;" Jaamac oo hoos eegaya oo bakooraddiisii dhulka ku xarxariiqaya ayaa yidhi. "Naa Muxubo orod oo u yeer walaalkaa, Madiina ayaa tidhi, iyada oo weelkii shaaha lagu cabay aruurinaysa.

Waxa qolkii ka soo baxay Samaan oo aad moodid inuu dheelalowsan yahay. "Waar bal dunida eega, waar ma ninkan baa Samaan ah?" Jaamac ayaa yidhi inta uu xaggii Samaan u dhaqaaqay si uu u salaamo. "Maashaa Allah, ii waran adeer, wallaahay nin weyn baad noqotay, haddii aad cidla igaga soo bixi lahayd kuma garteen," Jaamac ayaa yidhi isaga oo Samaan salaamaya wejigiisana eegaya. "War adeer Jaamac Dirir ma garaynsid miyaa? Maalintii aad dhalatay waa ninkii dhakhtarka iila cararay," Madiina ayaa tidhi iyada oo xaggii Jikada u sii socota. "Ninkani waa Samaale, Saxarla walaalkeed," Jaamac ayaa yidhi inta uu farta ugu fiiqay Samaale oo dhinac taagan. Ka dibna, Samaan ayaa xaggii Samaale inta uu u dhaqaaqay salaan u fidiyey. "Sidee tahay iyo nabad," markii ay is dhaafsadeen ayey Madiina ku tidhi Samaan "hooyo adeer Jaamac iyo Samaale raac oo meesha ay deggan yihiin soo arag." Intii ay dhexda ku sii jireen wax hadal ahi ma dhex marin Samaale iyo Samaan, inta badan waxa hadlayey Jaamac Dirir oo siyaasadda Soomaalida iyo dadka qaxootiga ah ee Maraykanka iyo Yurub loo dhoofinayey ka hadlayey.

38

Guriga Samaale degganaa waxa uu ahaa guri aad u weyn oo qurux iyo dhalaal ka muuqdo. Waxa albaabka ka furay ninkii waardiyaha ahaa. Waxaa daaradda joogtay haweenay waraabinaysa ubax lagu beeray daaradda.

"Qorsho iska warama, waanu soo hellay gurigii Saxarla degganayd," Jaamac ayaa yidhi isaga oo haweenaydii ubaxa waraabinaysey la hadlaya.

"Maashaa Allah, waa Ilaahay mahaddiis, oo maxay idiin soo raaci weyday?" Qorsho ayaa tidhi.

"Saxarla, way maqnayd, laakiin inankan oo reerka ay la joogto ah ayaa na soo raacay si uu gurigiina u soo arko," Jaamac ayaa Qorsho ugu jawaabay.

"Ninkan magaciisa waxa la yidhaahaa Samaan Cabdulle, laakiin dad badani waxa ay u yaqaanaan "Madaxeey," isaga iyo reerkiisuba abaal weyn ayey ku leeyihiin Saxarla," Jaamac ayaa yidhi.

"Insha Allah waanu u abaal gudi doonaa, inkasta oo aan abaal cidina gudi karin; ma annagaaba filaynay in ay Saxarla nooshahay;" Qorsho ayaa Jaamac ku tidhi.

"Samaale hooyo kuraasi soo bixi walaalahaana u yeedh," Qorsho ayaa tidhi.

Wax yar ka dibna waxaa guriga ka soo baxay Samaale iyo saddex dhalinyaro ah oo wada socda, kuraasidiina sida. "Inankan Samaan ayaa la yidhaahdaa, waa reerka ay Saxarla la joogto; saddexdan qof ee aad arkaysaana waa Saxarla walaalaheed;" Jaamac ayaa yidhi inta uu xaggii Samaan eegay. "Dhinacaas midigta ka bilow, waa Sureer, Saylaan iyo Saad," Jaamac ayaa yidhi.

"Ma Saxarlaa la helay?" Sureer ayaa tidhi inta ay afka gacanta saartay; iyada oo farxad iyo naxdini isugu darsameen. Waxaa sidoo kale filanwaa ku dhacay Saad iyo Saylaan oo ka daba yidhi hadalkii sureer tidhi "ma Saxarlaa la helay?" Saddexdoodiiba waxa indhahoodii soo buuxiyey ilmo, waxaa gaar ahaan la aamusiin kari waayey Sureer iyo Saad oo farxad la qaracantay.

"Goorma ayey imanaysaa?" Saad oo weli indhaheeda ilmo ka socoto ayaa Jaamac weydiisay.

"Insha Allah iyada ayaa imaan doonta, mar haddii Samaan guriggiina soo arkay," Jaamac ayaa Saad ugu jawaabay. Saylaan oo isagu reerka ugu yaraa, waxba ma weydiin Jaamac, laakiin sida walaalihiis ayaa wejigiisa laga dareemayey farxad xad dhaaf ah.

Jaamac iyo Samaan oo shaahii Sureer soo karisay cabbaaya, ayaa telifoon Jaamac u soo dhacay; ka dibna qolkii telifoonku yiil ayuu galay. Sureer, Saylaan iyo Saadna meeshii ayey soo fadhiisteen iyaga oo daawanaya Samaan oo aad moodid in ay sawirkii Saxarla uga muuqdo. Waxa ay weydiinayeen su'aalo badan oo Saxarla ku saabsan; sida Saad oo weydiisay "ma noo egtahay?" ka dibna Samaan ugu jawaabey "si weyn." Iyaga oo sidii isu hor fadhiya oo isu daawanaya; ayaa Jaamac Dirir telifoonkiisii soo dhammaystay; ka dibna ku yidhi "Samaan, waa waqti dambee aan ku sii dhoweeyee, soo kac." Inkasta oo Samaan ku yidhi Jaamac iska joog, waxa uu ku adkaystay in uu sii dhoweeyo; ka dibna Saxarla walaalaheed iyo hooyadood ayaa ku yidhi "maca salaama, insha Allah waynu is arki doonaa." Markii uu albaabka ka sii baxayeyna Sureer ayaa ka sii daba tuurtay "nagu salaan walaashayo."

Intii ay dhexda sii socdeen ayuu Jaamac u sii sheekeeyey Samaan, waxana uu u sheegay in haweenayda uu arkay ee Qorsho ay tahay middii Saxarla aabaheed guursaday markii hooyadeed umul raacday (dhimatay). Waxa kale oo uu u sheegay in Saxarla aabaheed dagaaladii waqooyiga ka socday ku dhintay, ka dibna ay Qorsho iyo caruurtu ay Xeryihii Qaxootiga ee Xarshin tageen, halkaas oo Qorsho walaalkeed, Qumane oo Ingiriiska joogay ka dhoofiyey; haddana ay halkan u yimaadeen Samaale oo gabadh reer Soomaali-

Kiiniyaan ah guursanaya.

Inkasta oo Samaan aad ugu farxay in Saxarla reerkoodii heshay oo ay ku noqon doonto wax weyn oo aanay filayn; haddana waxa ka yaabiyey sida guurka Saxarla iyo kan walaalkeed isugu soo beegmeen. Waxa kale oo uu Jaamac Dirir u sheegay Samaan in Saxarla reerkoodu wax badan aaminsanaayeen in ay dhimatay, Qorshona ay had iyo goor isku qoomamayn jirtay in ay iyadu ka mas'uul ahayd Saxarla baxsigeedii. Waxa Jaamac sidoo kale Samaan u sheegay sida Qorsho uga sheekayso dulmigii ay Saxarla iyo Samaale u geysatay markii ay yaryaraayeen, iyada oo sabab uga dhigtay; lafteeda (Qorsho) da'yarayd oo aan garaad fiican lahayn iyo iyada oo reer miyi ahayd oo aan wax badan adduunka kala socon. Waxa ay Jaamac u sheegtay in ay arrintaas iyada iyo Samaale wax badan ka wada hadleen oo uu cafiyey; inkasta oo uu cuqdad ka qabo baxsigii walaashii ee ay iyadu sababtay. Waxa kale oo ay Qorsho ballan qaadday, sida ay Jaamac u sheegtay; in haddii Ilaahay Saxarla nolol ku tuso, ay gadhka iyo labada gondood qabsan doonto; cafisna weydiisan doonto. "Sida aanu reer ahaan isugu duuban nahay oo isu jecelahay; waxa kaaga markhaati kacaya, in aanu dhammaantayo halkan u joogno arooska Samaale," Qorsho ayaa Jaamac sidaas ku tidhi.

Samaan oo war ballaadhan xambaarsan ayaa gurigii ku soo laabtay.

"Meeshii Samaale degganaa ma soo aragtay?" Muxubo ayaa markiiba weydiisay isla markuu albaabka ka soo galay. "Keligiis ma ahee reerkoodii oo dhan baan soo arkay," Samaan ayaa Muxubo ugu jawaabey.

"Maxaad ka waddaa reerkoodii oo dhan?" Muxubo ayaa Samaan weydiisay.

"Waxa aan soo arkay saddex walaalihiis ah iyo hooyadood" ayuu yidhi. "Dhulka maa dhalay, intay ka soo baxeen, maxaa weligood loo maqli waayey?" Muumino oo daaradda fadhiday ayaa tidhi iyada oo tusbax weyn rogaysa. "Ayeeyo, ha dembaabin ciddaan waxba kama taqaanide, Saxarla cidla lagama heline dad bay leedahaye," Muxubo oo wejigeeda xanaaq ka muuqdo ayaa ayeeyadeed ku tidhi. "Xedka xataa haddii ay tagtay dembi ma iska dhaafayso," Madiina ayaa tidhi inta ay Muumino oo dhinaceeda fadhiday eegtay. "Xedka (Xajka) haddii la tago, ma runta yaan la sheegin baa la yiri?" Muumino ayaa tidhi iyada oo dhinaca Madiina jalleecaysa.

"Ayeeyo, wallaahi waxa aad ku hadlaysid naar ayaad ku gelaysaa, weligay ma u malaynayn in aad sidan u fekeraysid," Muxubo oo xanaaq wejigeedii is bedelay ayaa Muumino ku tidhi iyada oo dhinac maraysa oo xagga Jikada u socota.

Muddo saacad ku dhow iyaga oo xanaaq dartiisa kala aamusan ayaa albaabka lagu soo garaacay. Muxubo oo Jikada ku jirtay ayaa si degdeg ah u baxday oo albaabkii furtay. Waxa soo gashay gabar ay Muxubo Saaxiib yihiin oo xaafadda Section 8 (xaafadda Islii) deggan. Waxana ay u sheegtay in ay Saxarla masaajidka xaafaddooda ku yaalla ku aragtay. Markiiba Muxubo ayaa orodday oo Samaan albaabkii ku garaacday, una sheegtay in Saxarla la soo arkay. Waxa uu u sheegay in gabadhu qolkiisa soo gasho si ay isu waraystaan. Markii ay muddo laba saacadood ku dhow halkii ku sheekaysanayeen, ayaa waxa banaanka u soo baxay Muxubo iyo gabadhii saaxiibteed, ka dibna waxa ay ku balameen in ay Masaajidka maalinta jimcaha (berito) Saxarla ku sugaan.

Habeenkaas Samaan farxad iyo werwer is huwan ayuu ku jiifsaday. Waxa uu ka werwerayey in uu Saxarla heli doono iyo in kale, iyo in haddii uu helo in ay soo raaci doonto iyo in kale. Hurdo fiicanna ma seexan habeenkaas. Inkasta oo ay isaga iyo Muxubo ku tashadeen in ay salaadda Jimcaha ku qabtaan Saxarla, haddana subaxdii hore ayuu isagu lebistay oo iska diyaar garoobay. Samaan oo markaas quraacday oo daaradda fadhiya ayaa waxa qolka ka soo baxday Muumino, oo ku tidhi "ar xaad waqtiga isaga qaadaysaa oo aad shaqadaadii ugu noqon weyday? garoobtaan ma sixir bay kuu qabatay?" Ma u jawaabine inta uu dhinaceeda eegay oo madaxa ruxay ayuu ka jeestay.

Markii ay Saxarla guriga reer Cabdulle ka cadhootay, waxa ay u tagtay gabadh ay Masaajidka isku barteen oo xaaladeeda si fiican ula socotay. Inkasta oo Saxarla aad u rabtay, kana go'nayd in ay Samaan guursato, haddana way ka gilgilatay in ay hoos isu dhigto, oo meel shaqsiyadeeda iyo nasabadeeda mugdi la geliyey ay isu dhiibto. Inkasta oo ay dhibaato badan soo martay, haddana waxa ay ahayd ruux markasta isku kalsoon oo jecel in dadnimadeeda la ixtiraamo. Nafteedana waxa ay mar walba u sheegi jirtay "xaqiraadi tii Cadar Duwane ah iigu ekaato."

Waxa soo dhowaaday waqtigii salaadda jimcaha, Samaan oo weli kursigii uu arooryadii hore fadhiistay, weli fadhiya ayaa Muxubo u yeedhay si ay isu raacaan; ka dibna iyaga oo niyad wanaagsan si fiicanna u lebisan ayey albaabka ka baxeen. "Ilaahay khayr ha idinla soo kulmiyo," Madiina ayaa ka sii daba tuurtay, iyaga oo albaabka ka sii baxaya. Muumino oo Madiina dhinac fadhiday ayaa inta ay xageeda jaleecday ku tidhi "ninkaan jinni baa ku dhacee maad qabatid oo Quraan saartied?"

Markii ay Masaajidkii gaadheen waxa ay ku tashadeen in labadooduba si deg deg ah u soo baxaan marka ay tukadaan, si ay Saxarla banaanka ugu gaadaan intaanay bixin. Waxa kale oo Samaan u sheegay Muxubo in ay albaabka laga soo galo agtiisa ku tukato si ay marka ay salaadda dhammaysato si deg deg ah banaanka ugu soo baxdo oo aan dadku xanimin. Sidii balantu ahaydna markii salaaddii dhammatay, labadoodiiba banaanka ayey si deg deg ah ugu soo baxeen.

Sidii ay filayeen, Saxarla ayaa albaabkii dumarka ka soo baxday. Markiiba waxa ay indhahoodu isku dhaceen Muxubo oo meel aan albaabka waxba ka fogayn ku sugaysay. Ka dibna Saxarla ayaa iska dhigtay sidii qof aan Muxubo arkayn oo iyada oo dhinaca kale eegaysa Muxubo dhinac ka dhaaftay. Isla markiiba Muxubo ayaa inta ay xoog u orodday Saxarla isku duubtay. Saxarla oo isku deyeysa in ay Muxubo iska fujiso si ay uga baxsato, ayaa Samaan ku soo gaadhay oo Saxarla labada gacmood ku dhegay.

"Samaan, i sii daa' yaan dumarku kula yaabine," Saxarla ayaa tidhi iyada oo aad mooddo in wejigeeda xanaaq ka muuqdo. "Wallaahi ku sii dayn maayo ilaa aad ku dhaarato in aad na raacaysid," ayuu ku yidhi.

"Haye, waan idin raacayaaye i sii daa," ayey ugu jawaabtay. "Haye, dhaar maaha, waa inaad ii dhaarataa," Samaan ayaa ku yidhi. Dumarkii masaajidka ka soo baxay ayaa iyaguna ku soo xoomay oo weydiiyey, "waxa ay inantu samaysay." Ka dibna Muxubo ayaa ugu jawaabtay "waa walaashay oo naga soo xanaaqdaye, wax dhibaato ahi ma jiraan."

Saxarla ayaa la soo marsiin waayey in ay dhaarato, ka dibna Samaan ayaa ku yidhi "Saxarla, waxa aan kuu hayaa war aad ku faraxdo kii ugu weynaa, hadaad na raaci weydana, kuu sheegi maayo." Inta ay weyjigiisa eegtay ayey ku tidhi "waa maxay warkaasi?"

"Samaale ayaan war kaaga hayaa" ayuu ugu jawaabey.

Inta ay farxaddii Muxubo isku duubtay ayaa oohinteedii la aamusiin kari waayey. Ka dibna inta ay dhulka fadhiisatay ayey hoos u rundudsatay iyada oo weli ooyeysa. Muxubo ayaa iyaduna dhulka la fadhiisatay iyada oo ilamada ka tirtiraysa una sheegaysa in ay Ilaahay warka wanaagsan ugu mahad naqdo oo oohinta joojiso. Ka dibna Samaan ayaa inta uu hoos u foorarsaday labada gacmood qabtay si uu u istaagiyo. "Samaan, i sii daa' walaal aniga ayaa kacayee," iyada oo ka xishoonaysay ninka masaajidka hortiisa gacmaha haya. Markiiba waxa maskaxdeedii ka baxay af-lagaadadii iyo ku dhego hadalkii Muumino. Waxa ay ilowday wixii adduunyada dhib soo maray; waxana aad moodaysay nuurka iyo farxadda wejigeeda ka ifay in bil khayr qabtaa u dhalatay.

Markii ay masaajidka ka tageen, gurigii kuma noqone, waxa ay isu raaceen magaalada hoose (down town). Intii ay dhexda sii socdeen ayey Saxarla dhowr jeer weydiisay warkii Samaale ee ay maqleen. Ka dibna Samaan ayaa ku adkaystay in uu u sheegi doono marka ay qadeeyaan. Waxa ay ka cabsi qabeen in haddii ay u sheegaan in Samaale magaalada joogo ay cuntoba ka degi weydo oo ay tidhaahdo si deg deg ah iigu geeya; laakiin marna mala awaalkeedu uma sheegin in Samaale Nairobi joogi karo. Waxa ay ka soo qaadday in dhulkii looga soo waramay iyo meesha uu ku sugan yahay.

Waxa ay tageen maqaayaddii Trattoria Ristorante ee uu maalintii hore guurka ugu soo bandhigay. Intii ay

419

qadada sugayeen ayey Muxubo kaftan ku bilowday Saxarla si ay uga farxiso. Waxa ka muuqday in ay aad u fekeraysay, taas oo dhici kartay in ay la xidhiidhay xanaaqii Muumino oo ku soo laba kac leeyey iyo farxadda filan waaga ahayd ee walaalkeed Samaale warkiisa. Markii cabaar ay Muxubo qod qodaysay si ay uga farxiso Saxarla ee ay waxba iska bedeli waayeen; ayey ku tidhi "haddii aan kuu sheego warka farxadda badan ee aad sugaysay; ma iska cafinaysaa xumaanta aad ka tirsanaysid reer Cabdulle?" "Walaal waad og tahay in aanan reer Cabdulle wax xumaan ah ka tirsanayn," ayey ugu jawaabtay. "Waan ogahay, laakiin duqdan guriga reer Cabdulle joogta wixii ay geysato anaga ayaa ka mas'uul ah." Muxubo ayaa Saxarla ugu jawaabtay.

In muddo ah markii ay hadalkii isku celcelinayeen, ayuu Samaan ku yidhi Muxubo "maxaad u dhibaysaa maad u sheegtid, in Samaale magaalada joogo." Saxarla oo koob biyo ah afka ku sii wadda oo rabtay in ay cabto ayaa farxadda ka tan badatay darteed, koobkii faraheeda ka baxsaday oo miiska ku dul jabay. Muxubo iyo Samaan ayaa isku mar kor u booday si aan biyuhu dharka uga qoyn. Saxarlana inta ay miiskii madaxa saartay ayey oohin bilowday. "Abaayo, kor u kac yaan dhaladu ku jeexine," Muxubo ayaa ku tidhi Saxarla iyada oo madaxeeda kor u hinjinaysa. Ka dibna quraarado yar yar oo wejiga Saxarla ku hadhay iyo biyihii ayey Muxubo maro miiska taalay kaga masaxday.

Waxa warkan cusubi ku noqday Saxarla filan waa,

weligeedna marna niyadda ma ay gelin in iyada iyo Samaale nolol isku arkayaan. Markiiba waxa wejigeeda iyo qalbigeeda laga jiiday (saaray) xumaantii ay Muumino ka tirsanaysay. Inta ay kor u kacday oo Muxubo isku duubtay ayey labada dhaban ka dhunkatay, iyada oo uga mahad "celinaysa warka farxadda badan ee ay u sheegtay. Waxa kale oo ay ku boodday Samaan, ka dibna intii aanay qabsan ayey dhexda isku qabatay (xishood dartiis). Ka dibna inta ay salaan u fidisay (Samaan) ayey gacanta ka dhunkatay.

"Kolay duqaaga ayuu noqonayaaye maad hadda hab iska siisid," Muxubo oo Saxarla la kaftamaysa ayaa tiri.

"Walaal maan baxno," Saxarla ayaa ku tidhi Samaan, iyada oo sugi kari la' in ay Samaale aragto.

"Mayee aan horta cundada cunno, insha Allah Samaale mar dhow ayaad arki doontaaye," ayuu ugu jawaabay.

"Walaahi ma u malaynaayo in cunto iga degayso aniga oo aan Samaale arag," Saxarla ayaa tidhi. Iyaga oo weli hadalkii isku celcelinaaya oo aan baxno iyo aan joogno ku doodaya ayaa inankii cuntada siday soo kor joogsaday. Ka dibna waxa ay dani noqotay in ay iska qadeeyaan.

Intii ay qadaynayeen waxa uu Samaan u sheegay Saxarla in uu la kulmay saddex dhalinyaro ah oo ay walaalo yihiin iyo hooyadood.

"Hooyadood! Magaceed?" ayey weydiisay.

"Waxa aan u malaynayaa in uu ahaa Qorsho" ayuu ugu jawaabay. "Qorsho?" ayey ku celisay iyada oo wejigeeda naxdin iyo fajac ka muuqdaan.

"Laakiin Qorshadii aad ogayd maaha, waxa ay u muuqataa qof aad u wanaagsan, iyada iyo caruurteeduba" ayuu u raaciyey. "Markii aan u xaqiijiyey in aad magaalada joogtid kulligood way ooyeen, sida ay kuu jecel yihiin anigaaba ka yaabay," Samaan ayaa ku yidhi. Saxarla ayaa yaab labadii indhood soo baxeen; xataa waxa ay u malaysay in Samaan ku ciyaarayo. Inkasta oo ay muddo dheer ka soo wareegtay mudadii ay reerkii dhalay ka maqnayd; haddana way rumaysan wayday; caruurtan waaweyn ee ka dambaysay.

39

Inkasta oo aanay Saxarla jeclayn in ay iyada iyo Qorsho mar kale adduunka isku arkaan, haddana markii loo sheegay in marka laga reebo Samaale, saddex kale oo walaalaheed ahi magaalada joogaan, waxa ay dareentay in ay noqotay qof dhammays tiran oo dad leh; yasiddii iyo xaqiraaddii Muuminona ay beenowday. Weligeed wax reerkooda ah oo muxubo iyo kalgacal u muujiya ma ay arag, waxaana ku abuurmay werwer iyo farxad isku dhafan.   Ma ay rabin ay wejiga Qorsho mar kale adduunka ku aragto, waxana ay sugi kari la'adahay la kulanka Samaale iyo walaalaheeda aanay hore u arag.

Intii ay dhexda sii socdeen, Saxarla feker dheer ayey gashay, hadalkiina Muxubo iyo Samaan way ka goosatay. Muxubo ayaa inta ay gacanta ku dhegtay ku tidhi "Saxarla maad hadashid, waxa ay ahayd inaad faraxdid."

"Alla, oo gacantii baa dhidid ku qoyaye; ma neerfas

baad tahay;" Muxubo ayaa Saxarla weydiisay. Waxba ma ay odhane inta ay calaacalaheedii eegtay ayey ka dibna xaggii Muxubo jaleecday iyada oo dhoola caddaynaysa.

Waxa ay ugu dambayntii gaadheen Samaale iyo gurigoodii. Waxa albaabka ka furay ninkii waardiyaha ahaa. Waxa daaradda dhex taagnaa afartii walaalaha ahaa, Samaale, Sureer, Saad iyo Saylaan, oo markaas gurigii reer Cabdulle ka soo laabtay, kuna soo hungoobay in ay Saxarla la kulmaan. Samaan ayaa arkay Saxarla oo indhaha taag taagaysa oo garan la' qofka Samaale yahay. Samaan ayaa inta uu farta xaggiisii u fiiqay yidhi "waa kaas Samaale." Inta ay markiiba ku boodday (Samaale) oo isku duubtay ayey oohin xad dhaaf ah oodda ka qaadday. Saddexdii kale ee walaalaheedna inta ay dusha kaga xoomeen ayey iyaguna oohin bilaabeen, gaar ahaan labadii gabdhood Sureer iyo Saad oo oohintoodu kaba badnayd midda Saxarla. Muxubo ayaa iyaduna inta ay qiirootay inta ay isku dhex tuurtay Saxarla iyo walaalaheed ku oohin darsatay.

Qorsho oo gudaha guriga ku jirtay ayaa inta ay qayladii iyo buuqii maqashay banaanka u soo baxday. Waxa ay aragtay dadka isku wada dhegan ee ilmadu ka wada socoto. Markiiba waxa ay iska garatay in Saxarla timid. Inkasta oo oohintii hiyi kicisay oo ay mar u muhatay in ay ku dhex darsanto; haddana kuma ay biirine banaanka ayey ka daawatay. Waxa ay salaantay

Samaan oo keligiis meel taagan oo walaalaha isku burburay daawanaya. Iyada oo weli xaaladdii halkii taagan tahay, oo Saxarla iyo labadii hablood ee walaalaheed la aamusiin kari la'yahay ayaa waxa banaanka ka soo galay Jaamac Dirir oo reerka soo salaamay. "Ma walaalihii kala lumay ayaa is helay?" Cod dheer ku yidhi. Markaas ka dib ayey kala fuqeen, inkasta oo Saxarla cabaar laga fujin kari waayey Samaale. "Waa tan hooyo, Sureer oo ilmada iska masaxaysa ayaa ku tidhi Saxarla inta ay hooyadeed farta ugu fiiqday, ka dibna Saxarla oo ilmadu labadeeda dhaban ka dareerayso ayaa xaggii Qorsho jaleecday oo ku dhegagtay. Qorsho ayaa inta ay xaggii Saxarla u soo dhaqaaqday ku tidhi "iska waran hooyo?" Dhawr daqiiqo oo kale, markii ay aamusnayd Saxarla oo weli eegaysa ayey u dhaqaaqday xaggii Qorsho oo iyada oo aan kelmad odhan salaan u fidisay. Qorsho ayaa inta ay habsiisay oo isku wada duubtay labada dhaban Saxarla ka dhunkatay. Iyada oo weli Saxarla haysata ayey inta ay afkeeda dhegta Saxarla u dhowaysay ku tidhi "hooyo, iska kay cafi.." Waxa ay dareentay gacmaha Qorsho oo dhabarkeeda taabanayey; kuwaas oo soo xasuusiyey dhirbaaxadii iyo dhabanaanadii ay la dhici jirtay. Waxa codka Qorsho soo xasuusiyey qayladii iyo hanjabaadii ay ku samayn jirtay markii ay yarayd intii aanay ka cararin.

Inkasta oo colaadda ay u qabtay darteed, aanay Saxarla weligood ku riyoon ama qalbiga gelin in waxa ay ku samaysay Qorsho ilaawi doonto, haddana farxaddii walaalaheedii ay aragtay; iyo kal gacalka ay u muujiyeen darteed; ayaa markiiba nacaybkii qalbigeeda ku raagay looga siibay sidii irbadda.

Ilaa iyo maalintii xoolaheedii dagaaladii iyo abaarihii uga dhammaadeen ee ay qaxootiga noqotay, Qorsho nolosheedii wax weyn ayaa iska bedelay. Waxa ay u dhowaatay xagga diinta, waxana ay dib u milicsatay siyaabihii ay u dhaqmi jirtay noloshii adkayd ee miyiga. Waxa ay si aada wax uga bedeshay sidii ay Samaale ula dhaqmi jirtay.

Waxa ay yaqiinsatay in Samaale iyo caruurteedu ay isugu mid yihiin. Waxa ay weliba si gaar ah isugu sii dhowaadeen Samaale, markii aabihiis Sandulle Naxar dagaaladii dalka ka socday lagu dilay. Samaale waxa uu ahaa ninkii reerka badbaadiyey ee xuduudka ka talaabiyey una gudbiyey Xeryihii Qaxootiga ee Xarshin. Laga bilaabo ilaa iyo maalintii ay Xarshin degeen iyo intii ay Ingiriiska joogeenba waxa ay dedaal dheer Qorsho u gashay sidii ay Saxarla u heli lahayd. Waxa ay sidoo kale caruurteeda ku abuurtay dareenka ah, in aanay ka nasan sidii ay walaashood u heli lahaayeen. Inkasta oo Qorsho wax badan aaminsanayd in markii ay baxsatay Saxarla cidla bahalo ku cuneen; haddana rajo weyn ayaa gashay, ka dib markii loo sheegay in ay habaryarteed Xamar kula nooshahay.

"Maashaa Allah, Ilaahay mar ma isu kiin keenay, bal aniga iyo martida shaah noo keena warkiina mar kale ayaad kala dhammaysan doontaane," Jaamac Dirir oo Samaan dhinac taagan ayaa yidhi. Waxaa markiiba xaggii Jikada u dhaqaaqday Sureer oo weli ilmadii dhabanadeeda ku hadhay sacabka marinaysa. Dhawr talaabo markii ay qaadday ayey inta ay dib u soo noqotay Saxarla gacanta qabsatay oo xaggii Jikada ula dhaqaaqday; Saad iyo Muxubona isla markiiba ka daba dhaqaaqeen.

Sureer iyo Saad waxa ay had iyo jeer hiyiga ku hayn jireen in ay walaashood maalin uun la kulmi doonaan. Wax ay ka ogaayeen ma jirin xumaanta iyo dhibaatada hooyadood u geysatay; iyo in ay hooyadood darteed u baxsatay. Waxa ay ahayd maalintii ugu farxadda weynayd intii ay noolaayeen. Markii Sureer shaahii nimanka u geysayna, waxa ay (iyada iyo Saad) Saxarla iyo Muxubo u kaxaysteen qolkoodii. Waxa qosolkooda iyo buuqooda, gaar ahaan Sureer iyo Saad laga maqlaayey banaanka. Waxa ay Sureer iyo Saad ku murmayeen in Saxarla "aniga ii eeg tahay iyo aniga ayey ii eegtahay."

Sidii ay qolkii uga buuqayeen ayaa waxa la gaadhey salaaddii makhribka, nimankiina banaanka ayey ku jactadeen sidii ay u sugayeen in habluhu mar uun soo baxaan. Ugu dambayntii Qorsho ayaa albaabka ku garaacday oo u sheegtay in Jaamac Dirir iyo Samaan diyaar u yihiin in ay baxaan. Markii ay banaanka ku soo baxeenna, Muxubo ayaa inta ay dhun dhukatay Saad iyo Sureer ku tidhi "waanu idiin soo noqon doonaa Insha

Saxarla

Allah." Ka dibna, waxa is eegay, Muxubo iyo Saxarla.

"Maya, maya, adigu tegi mayside, nala joog;" Sureer ayaa tidhi inta ay Saxarla gacanta ku dhegtay. Ka dibna Saxarla ayaa inta ay Muxubo hab siisay oo labada dhaban ka dhunkatay ku tidhi "waa inoo berito abaayo."

Intii aanay nimankii albaabka ka bixin ayaa waxa soo noqday Samaan, oo ku yidhi Saxarla "abaayo, wax yar ma kula hadli karaa." Ka dibna inta ay gooni isula baxeen ayey muddo shan daqiiqo ah wada hadlayeen. Waxana uu u sheegay in uu subaxnimada u imanayo. Markii Samaan hadalkii Saxarla la dhammaystayna reerka intiisii kale ayuu maca salaameeyey; marka laga reebo Samaale oo xoogaa sii dhoweeyey. "Masha Allah, mar haddii Ilaahay isu kiin keenay; hadal kala bogan maysaane, caawa ha hurdo seegina." Jaamac Dirir oo hablihii walaalaha ahaa dacaayadaynaya ayaa yidhi..isaga oo albaabka ka sii baxaya.

Habeenkaas sidii Jaamac Dirir qiyaasay, hablihii walaalaha ahaa laba indhood isuma keenin. Waxa ay ka sheekaysanayeen waayihii kala xanimay iyo noloshii kala fogayd ee ay ku noolaayeen. Sureer iyo Saad ayaa shandadihii dharku ugu jirey soo furay oo wixii dhar ugu jirey inta ay soo daadiyeen Saxarla ku yidhi isku eeg. Marba inta ay shey u geliyaan ayey haddana ka saarayeen..ilaa ay ka daashay. Waxa ka yaabiyey, sida ay jidh, dherar iyo dheehba seddexdooduba isugu eg yihiin. Saad ayaa timihii dheeraa ee Saxarla oo furan oo

428

garbaheeda ka laalaada inta ay qabatay tidhi "aniga ayaad ii timo eg tahay." Sureer oo ka yaabtay sida ay Saad isugu dhedhejinayso Saxarla ayaa iyaduna ku tidhi "naa kulligeen waynu isku eg nahaye faanka naga dhaaf."

Habeenkaas laba indhood isuma keenin, sidii ay u sheekaysanayeen. Waxa dhowr jeer albaabka ku garaacday Qorsho oo ka baqday in qayladooda derisku ka seexan waayaan oo ka dacwoodaan. Inkasta oo ay Saxarla jeclaan lahayd in ay habeenkaas waqti la qaadato walaalkeed Samaale, waxa aad uga xoog badiyey kal gacalka dheeraadka ah ee Sureer iyo Saad u muujiyeen.

Maadaama ay habeenkii oo dhan soo jeedeen, subaxnimadii hurdadii ayey ku raageen. Waxa albaabka ku garaacday qiyaastii 11kii subaxnimo Qorsho oo inta ay quraacdii diyaarisay miiska u saartay. Inkasta oo ay Sureer iyo Saad cuntada karin jireen, subaxdaas Qorsho waxa ay la socotay xaaladooda. Markii ay miiskii cuntada yimaadeena waxa fadhiyey Samaale iyo Saylaan oo iyagu subaxdii hore quraacday. Intii ay miiska cuntada fadhiyeenna waxa ay ka sheekaysteen, qaban qaabada arooska Samaale. Marii ay hablihii quraacdeena, waxa Saxarla u yimi Samaan oo ay ballansanaayeen.

40

Gabadha Samaale guursanayo ee Muhiim, waxa dhalay nin ku magac dheeraa "Xaaji Tajiri" oo aad hanti badan ugu leh Bariga Afrika (East Africa). Waxa ay ku kulmeen Iskuulka Dhaqaalaha ee London (London School of Economics) halkaas oo ay labadooduba arday ka ahaayeen; ka dibna waxa dhex maray xidhiidh saaxiibtinimo oo aad u dheer; ka dibna waxa ay ku tashadeen in ay is guursadaan. Markii ay Samaale iyo walaalihiis la kulmeen reer Xaaji Tajiri, oo ay kala hadleen qorshaynta iyo qaban qaabinta arooska waxa Xaaji Tajiri u sheegay, in uu wax walba diyaariyey; oo aan loo baahnayn in ay hawl galaan. Xaaji Tajiri waxa uu caruurtiisa ugu jeclaa Muhiim, wuxuuna ka balan qaaday in aanu waxba ka hagran doonin marka ay guursanayso. Iska daa in ay aroos kharash ka dhiibaane, guriga Samaale iyo reer koodu ku soo degay waxa iska lahaa Xaaji Tajiri.

Habeenkii intii ay sheekaysanayeen, ayey Saxarla

430

walaalaheed uga sheekaysay in Samaan weydiistay in uu guursado. Waxa kale oo ay uga sheekaysay nolasha ay isla soo mareen iyo sida reer koodu u soo dhaqaaleeyey. Waxa kale oo ay u sheegtay in Samaan ayeeyadiis guurkooda ka soo hor jeeddo oo aanay rabin in uu guursado; iyada oo sabab uga dhigtay in "cidda aan ahay la aqoon iyo iyada oo igu eedaysay in hadda ka hor la i guursaday." Waxaa markiiba soo boodday Saad oo ka xanaaqday in walaasheed la yasey kuna tidhi "na habarta xun iyada ayaan la aqoon meesha ay ka timiye; quruxdaas ayaad leedahaye ma nin ayaad adduunka ka weyday." Waxa ay dooddii habeenkii oo dhan isla jeexjeexaanba waxa markii dambe hadalka muggiisii qaadatay Sureer oo tidhi "walaal inanku waxba ma bi'in, wanaag waxaan ahayna gabadhu kama sheeganayso; islaamuhuna dhibkooda waa iska leeyihiinne, dhaaf ah guursatee." Ka dibna waxa ay halkii ka sii wadeen sheekadii qaban qaabinta arooska Samaale iyo Muhiim.

Intii la isla jeexjeexayey arrinta arooska, ayaa Sureer waxa ay haddana dib ugu noqotay sheekadii guurka Saxarla. Markaas ayey tidhi "Alla wax muhiim ah ayaan ilaaway hooyo, Saxarla ayaa guursanaysa; waa in aynu weydiina waqtigeeda, waxa kale oo ay ii sheegtay in inanka guursanayaa isaguna degdeg u baxaayo."

"Masha Allah, waa war wanaagsan, waa in aynu sugnaa ilaa inta ay inooga imanayso;" Qorsho ayaa tidhi. Qorsho oo aan hadalkii carabkeeda ka sii dhammaan ayaa albaabka la soo garaacay. Markiiba waxa booday oo banaanka u oroday Saad "kollay waa Saxarla," inta ay tidhi. Waxa ay noqotay sidii ay u malaysay waxaana albaabka ka soo gashay Saxarla oo tagsi ka soo degtay. Wax yar ka dibna waxa qolkii soo galay Saxarla iyo Saad oo gacmaha is haysta.

Markii ay muddo laba saacadood ku dhow ka sheekaysanayeen arrimaha arooska Saxarla iyo kan Samaale, ayaa aakhiritaankii Samaale soo jeediyey in arooskeedu (iyada iyo Samaan) hor dhaco, isaga oo sabab uga dhigay in inanka guursanayaa degdegsan yahay iyo isaga oo jecel in uu arko walaashiis, maadaama ay ka weyn tahay laga hor guursado. Isla markiiba waa la isku waafaqay, in kasta oo Qorsho werwer ka muujisay in aan talaabo la qaadin iyada oo aan reer Xaaji Tajiri lala tashan. Ugu dambayntiina waxa ay isku raaceen, sidii ballantu ahayd in ay maalintaas reer Xaaji Tajiri u tagaan si ay arrinta soo korodhay ugu sheegaan. Inkasta oo reerka intiisa kale ku tashadeen in arooska Saxarla la soo hor mariyo, haddana Saxarla qayb kama ahayn tashiga arrinta; isha uun bay kala socotay dooda. Hase ahaatee, markii ay doodii dhammaysteen, Saxarla way diiday in arooskeeda la soo hor mariyo iyada oo aan rabin in carqalad la geliyo balanta hore loola galay reer Xaaji Tajiri. Markii cabaar hadalkii Sureer iyo Saxarla isku celceliyeenna waxa soo dhex galay Qorsho oo ku tidhi "hooyo waxba ma xumaanayaane aan horta reerka u tagno."

Sidii balantu ahaydna waxa ay waqti qadadii tageen

gurigii reer Xaaji Tajiri oo si weyn looga sugayey. Waxa guriga oo aad u weynaa ka buuxay dad badan oo qadada lagu soo casumay. Inkasta oo aanay reer Xaaji Tajiri horey u arkin Saxarla, sheekadeeda aad ayey u hayeen, iyo in la waayey. Markii la helayna, markiiba Samaale waxa uu telifoon u diray Muhiim oo u sheegay in "walaashii magaalada joogto." Guriga markii ay soo galeenna saddexdii hablood ee walaalaha ahaa iyo Qorsho waxa ay toos u aadeen qolkii ay Muhiim ku jirtay; si ay Saxarla isu baraan. Aad iyo aad ayey ugu faraxday Muhiim in ay Saxarla la kulanto, iyo in walaaleheed aad ugu faraxsan yihiin in walaashood la helay. Muhiim hooyadeed Kaaha iyo walaalaheed ayaa iyaguna markiiba ku soo biiray si ay Saxarla u bartaan.

In muddo ah markii ay sheekaysanayeen ayey Qorsho ka codsatay Kaaha, in iyada (Qorsho) iyo Muhiim banaanka u yara baxaan si ay arrin uga sheekaystaan. Ka dibna waxa ay Qorsho u sheegtay xaaladda arooska Saxarla, iyo in inanka guursanayaa degdeg u noqonayo. Sidaas darteedna ay Kaaha iyo reerkeeda ka codsanayaan in arooska Samaale iyo Muhiim dib loo dhigo. Kaaha, oo aan ahayn dadka madaxa adagna, wax hadal ah kama soo celine, waxa ay ku raacday qorshihii Samaale reerkoodu wateen.

Inkasta oo Saxarla jacaylka Samaan maalinba maalinta ka dambaysay ku soo duxayey go'aanna ay ku gaadhay in ay guursato, haddana waxa mar walba qalbigeeda ku wareegayey Muumino iyo meesha ay ka taagan tahay guurka iyada iyo Samaan. Inkasta oo ilaa iyo maalintii ay sida xoogga weyn uga soo hor jeesatay guurka aanu Samaan ayeeyadiis la hadlin oo ay meel xun arrintu ka gaadhey; Madiina iyo Muxubona ay Saxarla la safteen; haddana waxa ay si weyn werwer uga qabtay in ay gasho guri dadkii xididka la ahaa shaki "nasabnimadeeda" ka qabaan. Inkasta oo ay Samaan jeclayd in ay Afrika ka dhooftona rabtay, ma ay rabin in ay is qiimo riddo, waayo maadaama ay guri lagu xaqiro ku kortay, ma ay rabin in ay arrintaas dib u xasuusato.

Arrinta ay Muumino ku kacday markii hore way ka qarisay walaalaheed, waayo waxa ay ka baqday in guurkeeda ka soo hor jeestaan. Waxa ay gaar ahaan werwer ka qabtay Sureer oo ahayd qof aad u han weyn hadalkeeduna cad-cad yahay. Dhammaan walaalaheed in ay walaashood oo ka weyn la kulmaan waxa ay u ahayd farxaddii ugu weynayd ee weligood soo marta. Waxaana dhiiri geliyey markii Sureer ku tidhi "habarta asaasaqa ah dhegna ha u dhigin, mar haddii reerka intiisa kale ku rabto."

41

Waxa ay ahayd maalin Arbaca ah markii reer Sandulle Naxar oo dhammi u kulmeen qaban qaabada arooska Saxarla. Waxa doodda iyo qaban qaabada hoggaaminaysay Sureer oo da' ahaan Samaale ku xigtay. Waxa ay aragtay Saxarla oo ay ka muuqato tiiraanyo oo aad moodid waxa laga hadlaayo in aanayba la socon. Ka dibna Sureer ayaa inta ay gacanta qabsatay Saxarla u kacaysatay qolkii hablaha. Waxa ay weydiisay waxa haya iyo sababta aanay ugu muuqan qof arooskeeda ku faraxsan. Waxa ay wada hadlayeen in ka badan saacad ilaa qoladii kale ee sugaysay ay ka dhibsadaan. Ugu dambayn waxa ay u sheegtay sababta ay u werwersanayd iyo in Muumino weli arooskeeda ka soo hor jeeddo. Markii ay Sureer intaas u sheegtay, Sureer ayaa cirka isku shareertay; waxana ay ku tidhi "walaal guursan maysid ninkaas, maxaa adiga oo lagu og yahay reerka aad ka soo jeedid yasid iyo hoos u dhig ku geliyey." Sidii Saxarla ka werwer qabtay Sureer ayaa iyada oo oyeysa u tagtay walaalaheed iyo Qorsho. Qorsho oo ka yaabtay waxa inanta ku dhacay ayaa ku tidhi "na bal horta is deji maxaa kugu dhacay oo aad la qaracsan tahay sidii geeri laguu soo sheegay." Markii ay arrintii u sharxdayna Qorsho waxa ay ku tidhi "sida aad sheegtay inanku gabadha wuu la saftay oo u hiiliyey haddii uu ayeeyadiis fekerkii ay qabtay ka soo

435

horjeestay, marka is deji oo arrinta cagaha u dhig, sawdii maalintii hore ku raacay oo dhiiri geliyey Saxarla, maxaa ku bedelay," Qorsho ayaa ku tidhi Sureer. Markii reer Sandulle Naxar oo dhan ay mid mid u waaniyeen markii dambe Sureer way yara qabowday.

Saxarla waxa ay ku kortay nolol cid u hiilisaa ay yaraayeen, intii ay gurigii Cadar Duwane ka tagtayna, waxa ay ku noolayd nolol ay kalsoonideeda keliya ku nooshahay oo aan cidina go'aanadeeda ku soo fara gelin. Waxa ay yaqiinsatay in maadaama ay reerkoodii is heleen taladeeda lala qaybsanayo; ama ha ku raacdo taladooda ama ha ku diidee. Waxa ay arrintaasi Saxarla u ahayd dareen weyn oo kalsooni gaar ah siiyey. Waxa ugu dambayntii qol gaara la gashay Qorsho oo ula hadashay sidii waayeel. Waxa ay u sheegtay in ay fahmi karto dareenka walaalaheed ee ku wajahan in Samaan ayeeyadiis yastay oo meesha ay ka soo jeeddo su'aal saartay. Waxa ay u sheegtay in ay ka dhoofayso oo aanay iyada iyo islaantaasiba aanay is arki doonin. Waxana ay si fiican uga dhaadhicisay in aanay werwer isku abuurin ee u diyaar garowdo arooskeeda, wejigeedana farxad ka muujiso. Saxarlana waa ay ku raacday Qorsho taladaas.

Waxa ay mar kale galeen qorshihii iyo qaban qaabintii arooska. Waxa isla habeenkaas gurigooda ku kulmay Samaan, Muxubo iyo dhammaan reer Sandulle Naxar oo aan qof ka maqnayn. Iyaga oo is weydiinaaya kana tashanaya hoteelkii xafladda arooska lagu qaban lahaa, ayaa telefoon soo dhacay. Waxa telifoonka soo diray Xaaji Taajiri. Telifoonka oo ay Sureer qabatay, waxa Xaaji Taajiri u sheegay in aanay isku mashquulin raadinta hoteelka. Waxa uu u sheegay in uu isagu xilka hoteelka iyo cuntadaba uu isagu qaaday. Waxa kale oo uu u sheegay in uu Hoteel Hilton oo uu hore ugu qabtay Muhiim iyo Samaale ballan ka sameeyey oo arooska Saxarla iyo Samaan ka dhacayo.

Markii Sureer warkii Xaaji Taajiri ay u sheegtay walaalaheed, Qorsho, Samaan iyo Muxubo, aad ayey ugu farxeen. Inkasta oo Samaan xoogaa lacag ah ugu talo galay arooska, waxaa lacag badani kaga baxday xanuunkii hooyadiis iyo dhaktarkii lagu qalay. Waxaa ka dhacay kar aad u weyn oo xagga dhaqaalaha ah.

Saxarla nolosha dhibta badan iyo fakhriga ay ku soo kortay dartood, ma ay ahayn qof jecel in lacagta lagu loofaro. Inkasta oo aanay Hilton weligeed arag figradna aanay ka haysan, haddana in hoteel la qabto oo lacag badan lagu kharash-gareeyo waxa ay u arkaysay wax aan loo baahnayn. Waxa ay kaga kalsoonayd, in inta nikaax la sameeyo ducadana la raaciyo. Wixii intaas ka baxsan waxa ay u arkaysay fasahaad iyo dembi. Markii ay fekerkeeda walaalaheed u sheegtayna, Sureer ayaa ku tidhi "naa adiga waa laguu talinayaaye cagaha dhulka dhig." Inkasta oo aan cidina waxba ka dhegaysan, Qorsho lafteedu waxa ay ku fekrad ahayd Saxarla, waxana ay hablaheeda, gaar ahaan Sureer oo talada hoggaaminaysay u sheegtay "in fasahaadka laga fiican yahay."

Maadaama waqtiga Samaan u hadhay uu aad u koobnaa, waxaa hawshii nikaaxa la qaban qaabiyey maalin khamiis ah. Maadama Sureer iyo reerkoodu laftoodu magaalada ku cusbaayeen, waxa ay la hadleen dhowr haween ah oo qaraabada ah oo ay magaalada isku barteen. Haweenka Sureer la hadashay waxaa kale oo soo gaadhay sheekadii ku saabsanayd Muumino iyo in ay Saxarla asalkeeda ka hadashay. Haweenkaas oo ay hoggaaminaysay Cambaro Guluf oo magaalada caan ka ahayd, waxa ay markiiba qaylo dhex dhigtay reerkii Saxarla ka soo jeedday yar iyo weyn. Waxaana gurigii ilma Sandulle Naxar ku soo qulqulay boqolaal qof oo mid waliba doonayo in uu arooska gacan ka geysto. Waxa hawshii qaban qaabada nikaaxa la wareegay odayaashii iyo islaamihii Saxarla ku ab tirsanayey; Sureerna waxa lagu yidhi adigu inan yar baad tahaye hasha dadka waaweyn u dhaaf. Waxa ay u sheegeen in wixii talo ah la weydiinaayo Qorsho iyo Jaamac Dirir.

Waxa gurigii ilma Sandulle Naxar lagu goglay muddo dhowr saacadood ka yar. Cuntadii iyo cidii karin lahaydna markiiba Cambaro Guluf ayaa dad u kala qaybisay. Waxa meeshiiba lagu ilaawey inankii gabadha guursanayey iyo reerkoodii. Saxarla ayaa markii dambe weydiisay Sureer "walaal inanka reerkoodu maxay qabanayaan?" Ka dibna Sureer ayaa inta ay qososhay ugu jawaabtay "dee reerkaasi inaga ayuu inaga tirsan yahay." Qorsho ayaa markii ay maqayshay hadalka labada hablood ee walaalaha ah dhexmaray ku tidhi Sureer, "naa waxaasi socon maayaane, waca oo war geliya, ilaa iyaga laftoodu xil bay isa saarayaane." Ka dibna Saxarla ayaa inta ay telifoonkii qaadatay qol la gashay oo Samaan iyo Muxubo xaaladdii u sharaxday. Inkasta oo Samaan uu jeclaan lahaa in uu hawsha wax ka qabto, haddana wuu ku raacay oo waxa uu ku yidhi "mar haddii iyaguba wanaag wadaan sabab aanu kaga soo hor jeesanno ma jirto.

Waxaa nikaaxii aroosku dhacayey maalin jimce ah habeenkii Sabtidu soo gelaysay. Maalintaas oo uu Samaan rabey in uu soo booqdo Saxarla, nikaaxa ka hor. Sureer ayaa u sheegtay Samaan in ay gurigii reer Sandulle Naxar isugu yimimaadaan. Waxaa kale oo guriga isugu yimid dad tiro badan oo badankoodu ka socda dhinaca Saxarla iyo reerkooda. Waxa jidadkii gooyey oo meel walba buuxiyey baabuurtii dadku wateen. Waxa iyaguna yimi dad aan badnayn oo dhinaca Samaan reerkooda ka socday iyo Xaaji Taajiri reerkiisii iyo asxaabtiisii oo iyaguna aad u badnaa. Waxa buuxsamay guriga gudihiisii iyo daaraddiisii. Dadkii deriska ahaa ayaa yaabay oo is weydiiyey gabadha waxan oo dad ahi meherkeeda yimaadeen cidda dhashay. Waxa ay ugu yaraan iska dhaadhiciyeen in nin madax ahi dhalay.

Waxa la galay isweydiisigii iyo kala guddoonkii Saxarla. Reer Sandulle Naxar waxa ay wakiisheen Jaamac Dirir oo ahaa ninka keliya ee Saxarla ilaa iyo yaraanteedii garanayey. Samaan waxa wakiil ka ahaa oday ay qaraabo yihiin oo la oran jirey Jibriil Jiisoow oo ay magaalada Nairobi ku kulmeen. Markii isweydiisashadu dhacaysay waxa ay haweeenku fadhiyeen qol ku xiga golihii raggu fadhiyey. Waxa albaab labada qol u dhexeeyey xaggiisa dambe soo taagnaa Sureer oo meel yar oo albaabka ka banaanayd isha ku soo haysay iyada oo daawanaysay wada hadalka guurtida. Markii Samaan iyo Samaale ay is gacan qaadeen ee meherkii dhacay ayaa Sureer inta ay mashxarad ku dhufatay qolkii haweenka dib ugu noqotay. ka dibna qolkii ayaa mashxarad la dayaamay, markii ay dumarkii wada mashxaradeen. Isla markiiba inta Sureer walaasheed (Saxarla) isku duubtay ayey labada dhaban ka dhunkatay. Waxa ku xigay Saad, Muxubo, Muhiim, Qorsho, Jihaan, Amran, Farxiyo, ka dibna wixii dumar joogay oo dhan.

Dhinaca raggana waxa markiiba la gacan qaaday Samaan isaga oo loo hambalyeynaayo. Waxa Samaan ka muuqatay farxad aad u weyn in kasta oo xishood wejigiisa ka muuqday. Saxarla lafteedu inkasta oo ay aad niyadda uga faraxsanayd waxa farxadeedii dayiiqshay tii walaalaheed iyo haweenkii u soo hiiliyey oo qolkii mashxarad iyo heeso ku dayaamiyey. Waxa indhaheeda ilmo ka soo daadatay Muxubo oo iyadu wax badan la socotay noloshii adkayd ee ay Saxarla soo martay.

Waxa markii meherkii dhacay bilaabatay qadadii. In kasta oo dadku aad u badnaa cuntada iyo xoolaha guriga lagu qalay maalintaas cid kasta ayey dhergiyeen, marka lagu daro deriskii oo iyaguna la casumay. Inkasta oo ragga badankoodii tageen markii ay qadeeyeen haweenka badankoodii waxa u socday damaashaadkii meherka iyo hambalyadii caruusadda. Waxana ay haweenkii bilaabeen wada tashigii u diiyaar garowga habeenka arooska oo wax badani ka dhinayn.

Maalintii Meherku dhacay habeenimadeedii ayaa gurigii ay deganaayeen hablihii ay Saxarla la deganaan jirtey (Jihaan, Amran iyo Farxiyo) waxaa yimi Keenadiid oo aan cidina magaalada ka filayn. Waxa uu u sheegay hablihii in uu Saxarla raadinayo. Markiiba inta ay hoosta isaga il-jebiyeen ayey ku go'aansadeen in aanay u sheegin. Waxa ay ka baqeen in ay Saxarla nabaradii hore ee ku dhacay iyo godobtii uu Keenadiid ka galay soo xasuusato, halkaasna farxaddii arooskeedu ku xumaado. Faraxiyo oo hablaha ugu hadal adkayd ayaa Keenadiid ku tidhi "gabadha sidii aad ogayd u gashay maxaad hadda u raadinaysaa; waa la guursaday waxana ay u guurtay Mombasa." Waxa uu Keenadii hablihii u sheegay in guurkii hore ka xumaaday, ka dib markii gadbadhii uu guursaday ay is qabteen, ka dibna booliiska ugu yeedhay oo ay xidhay. Waxa kale oo uu Farxiyo u sheegay in uu Saxarla ku wacad furay oo uu meel kaga dhacay; haddana uu u soo noqday in uu xumaantii hore ka xaal mariyo kana codsado in ay cafido. Markii muddo uu Keenadiid hadalkii sii jiid jiidayna waxa ay Farxiyo ku tidhi "aad baad u indho adag tahay haddii aad u soo noqotay in aad Saxarla is hortaagtid, waad og tahay waxa aad ku samaysay, marka waxan kugula talin lahaa in aan dantaadu kaa lumin."

42

Maadaama hawshii qaban qaabada cuntada iyo diyaarinta hoteelka reer Sandulle Naxar laga kafaala qaaday, Saxarla iyo walaalaheed waxa ay isu diyaariyeen sidii ay korkooda uga shaqayn lahaayeen oo arooska ugu diyaar garoobi lahaayeen. Waxa ay Sureer ballan ka samaysay Ashley's Hair Salon oo ah xarun ku caan baxday hagaajinta timaha iyo facaska jidhka; gaar ahaan xafladaha arooska. Markii ay Saxarla iyo walaalaheed tageen Ashley's Hair Salon, waxa ay Sureer u sheegtay gabadhii meesha madaxda ka ahayd Riyana in ay aroosadda, Saxarla si dheeraad ah ugu hagar baxdo. Waxa ay u sheegtay in ay qurux u dhalatay, laakiin waayuhu kala dhantaalay. Waxa ay ku tidhi in ay Saxarla, ay Saxarladii dhabta ahayd ee ay u dhalatay ka soo saarto. Sidii ay Saloonka subaxdii u galeen waxa ay ka soo baxeen qoraxda oo markaas sii liicaysa. Waa markii ugu horeysay ee weligeed Saxarla ay meel timaha lagu hagaajiyo tagtay. Iska daa dadkii kalee, iyadii ayaa iska yaabtay quruxda ka soo if baxday. Waxa sidii loo facsayey jidhkeedii u ekaaday nuur dhalaalaya, timaheedii dheeraa oo si fiican ugu baxay ilaa iyo intay Cadar Duwane ka tagtayna, waxa soo baxay asalkii quruxdooda.

Markii ay Ashley's ka soo laabteen ee dhexda ku soo jireen ayey Sureer weydiisay "walaalo horta kumaba weydiine yaa malxiisad kuu noqonaya?" Waxa ay markiiba la soo boodday "dee Muxubo." Muxubo oo dhinac fadhiday ayaa inta ay xaggii Saxarla jaleecday qososhay.

"Naa miyaad waalan tahay, Muxubo waa dumaashidaa, saaxiibnimadu ha kuu dambayso," Sureer ayaa tidhi. Waxa ay kaftankii isku celceliyaanba waxa ay ku adkaysatay in Muxubo ay malxiisad u noqonayso, haddii ay diidona ay iyadu (Sureer) ama Saad noqonayso. Waxa ay u sheegtay in guurkii hore ee qasabka ahaa malxiisadda loo dooray, mana rabto in ay murugadaas dib u xasuusato.

"Waan ogahay in waxaan samaynayaa dhaqanka Soomaalida baal marsan yahay, laakiin waxan rabaa in aan ku faraxsanaado oo ku niyad samaado qofka i dhinac fadhiisanaya," ayey hadalkeedii Saxarla ku soo gebo gebaysay. Ugu dambayntiina waxa la isku raacay in Muxubo malxiisadda noqoto. Inkasta oo markii ay go'aanka Saxarla u sheegeen Qorsho iyo haweenkii kale ay ka biyo diideen, haddana markii dambe way ku raaceen markii Sureer si fiican ugu sharaxday sababta ay Saxarla u dooratay Muxubo.

Waxaa la gaadhey waqtigii arooska loo diyaar garoobi lahaa. Waxa saddexdii hablood ee walaalaha ahaa iyo Muxubo isugu tageen qol gooniya. Inkasta oo midkastaaba ay la dhacsanayd sida quruxda badan ee timaha loogu soo hagaajiyey iyo lebiska wanaagsan, waxa si gaar ah ammaantu ugu socotay Saxarla oo quruxdeeda lagu indho daraan daray. Iyaga oo weli isku mashquulsan ayaa telifoon soo dhacay oo Sureer loo sheegay in ay Muhiim raadinayso. Markii ay Muhiim la hadayshayna, waxa ay Muhiim u sheegtay in hoteelkii qol looga qabtay caruuska iyo caruusadda oo aan iyaga xil saarayn. Isla markay telifoonkii Muhiim ka dhigtayna waxa ay Sureer warkii u sheegtay Saxarla, ka dibna waxa ay Saxarla wacday Samaan oo u sheegtay inaanu hoteelka ka werwerin. Samaan oo kharash badani ku go'naa kana fekerayey inta qolku ku kici doono; waa uu u qaadan waayey asxaanta badan ee Xaaji Taajiri u falay.

Hablihii oo weli ka sheekaysanaya Xaaji Taajiri iyo wanaagga badan ee uu u galay ayaa telifoon kale soo dhacay. Waxa ay ahayd Muhiim oo raadinaysa Sureer waxana ay u sheegtay in saddex baabuur uu Xaaji Taajiri u soo diray oo ay dhexda ku soo jiraan. Samaan oo isaguna xaggiisa ka diyaariyey gaadiidkii lagu tegi lahaa hoteelka ayey markiiba Sureer la hadashay oo u sheegtay in uu isagu uun hoteelka is keeno oo aanu ka werwerin gaadiid uu u soo diro iyaga. Waxa ay ahayd arrin mucjiso ku noqotay Samaan iyo reer Sandulle Naxarba. Wax yar ka dibna waxa lagu war geliyey in baabuurtii banaanka guriga taagan tahay. Saacad ka dibna waxa ay dhammaantood iska buuxiyeen baabuurtii diyaarka u ahayd. Waxaa gaadhi wada galay Saxarla, walaalaheed, Qorsho iyo Muxubo. Dumarkii qaraabada ahaa ee la joogay iyo hablihii kale Amran, Jihaan, Farxiyo waxa ay koreen labadii gaadhi ee kale.

Intii ay habluhu magaalada joogeen midkoodna ma aanay tegin hoteel Hilton. Waxa markii ay gaadheen ka yaabeen quruxda iyo bilicda hoteelka. Waxa ay soo dejiyeen dharkii arooska ay ugu lebisan lahaayeen, ka dibna waxa ay toos u tageen qolkii loo diyaariyey. Markii ay qolkii galeen waxa ay ka yaabeen weynaantiisa iyo sida loo sharxay. Waxa miiskasta saaraa ubaxyo kala duduwan oo udgoonka aad moodid in cadar lagu rusheeyey. Waxa kale oo ka sii yaabiyey sariirta jiifka iyo weynaanteeda oo aad moodaysay in dhowr qof loogu talo galay. Midkoodna weligeed ma arkin sariir intaas weynaan le'eg.

Waxaa qolka xafladda sii kala maamulayey Muhiim oo aabaheed, Xaaji Taajiri u xilsaaray. Muhiim ayaa inta ay hoos ula hadashay Sureer ku tidhi "soo bax aan qolka xafladda ku soo tusee." Ka dibna waanu soo noqonaynaa inta ay yidhaahdeen ayey albaabka ka baxeen. Markii ay qolkii xafladda gaadheen Sureer labadii indhood ayaa soo baxay. Inkasta oo ay Ingiriiska wax badan joogtay oo aroosyo badana ka qayb gashay, weligeed ma aanay arag qol (hool) xafladeed oo sidaas u weyn oo u qurux badan. Waxa loo sharaxay si cajiib ah oo aanay weligeed hadda ka hor arkin, miis kastana waxaa badhtanka u yaalay ubax qurux badan oo midabyo kala duwan leh. Waxaa gees kasta taagnaa shaqaale si qurux badan u lebisan oo loo keenay in ay dadka u adeegaan.

Waxa ay ku dhowaatay Sureer in ay oydo, inta ay Muhiim hab siisay ayey uga mahad celisay wanaagga xad dhaafka ee aabaheed u sameeyey reerkooda. Waxa ay u sheegtay in Saxarla wixii silic soo maray iyo arooskii hore ee lagaga ciyaaray kan ku illaawi doonto.

Waxa soo dhowaaday waqtigii caruuska iyo caruusadda la gelbin lahaa. Markii ay hablihu hoteelka yimaadeen wax waliba diyaar ayey u ahaayeen, waxa keliya oo u dhinnaa in ay lebistaan, oo xoogaa isasii yara dhalaaliyaan. Waxa la soo garaacay albaabka qolkii ay ku jireen. "Naa Muxubo fur waa iyagiiye," Sureer ayaa ku tidhi Muxubo. Waa ay asiibtay waxa ay noqdeen Samaan iyo raggii gelbinayey. Samaan waxa uu ahaa nin aad u dheer, jidhkiisuna aad u dhisan yahay. Waxa markii uu Maraykanka tegayba uu bilaabay oo caado ka dhigtay in uu jiimka (gym) tago oo jimicsi iyo jidh dhis caadaysto. Waxa uu xidhnaa laba go' oo cad cad, garan cad iyo kabo sandhal ah oo u eeg kuwii Soomaalidu waayadii hore ku lebisan jireen. Waxaa iyaguna sidaas oo kale u lebisnaa inamadii la socday oo shan ahaa.

Markii la soo dhoweeyey ee nimankii la fadhiisiyey ka dib, cabitaanna la siiyey; ayey Sureer u yeedhay Samaan si uu Saxarla qolka jiifka kula kulmo. Intii aanay qolka gelin waxa ka soo baxay dhammaan hablihii ku jirey oo dhan, Saad, Muxubo, Amran, Jihaan iyo Farxiyo. Sureer lafteeduna albaabka ayey kaga hadhay. Waxa uu la kulmay Saxarla oo sariirta gees kaga fadhida oo ku lebisan dharkii hiddaha iyo dhaqanka Soomaalida; maradii saddex qaydka ahayd, boqorkii, dhaclihii iyo cunaabigii. Waxa dhabarkeeda hoganayey timaheedii quruxda badnaa ee loo soo hagaajiyey, waxaa suxulka ilaa faraha lagu soo xardhay cillaan aad u qurux badan oo lagu soo fara yaraystay.

Inta uu is hor taagay ayuu ku yidhi "maashaa Allaah, qurux saa'id ah ayaa kaa muuqata; tii aad u dhalatay oo mid kale lagu daray." Inta uu ku foorarsaday ayuu damcay in uu habsiiyo, inta ay xishootay ayey gacanta isaga qabatay; ka dibna inta uu qoslay oo dusha kaga booday ku yidhi "macaan, sow ma ogid inaad xaaskayga tahay." Iyada oo xishood farihii qaboobeen ayaa ku tidhi "Samaan, timaha ha iga hallayn ee iga kac." Inta uu qoslay oo dhabanka ka dhunkaday ayuu ku yidhi waayahay macaan." Isla markiibana waxa albaabka ku soo garaacday Sureer oo u sheegtay in hoos laga sugayo oo dadkii yimaadeen.

Waxaa hoos joogay oo dadka sii maaweelinayey Jaamac Dirir, Haybad Jaamac Dirir, Muhiim walaalaheed kalnuur iyo Miisaan iyo Samaan inaadeerkii Kalkaal. Waxa albaabka qolka (hoolka) laga galo dhinacyada ka safnaa dhalinyaro aad u fara badan oo sacab iyo mashxarad ku soo dhoweynaayey caruuska iyo caruusadda. Waxa hor socday gabadh yar oo sida Saxarla u lebisan oo dhiil caano ku jiraan sidda iyo wiil yar oo sida Samaan u lebisan oo hadhuub gaal caano ku jiraan sida. Waxaa kale oo iyaguna arooska iyo aroosadda labada dhinac iyo xagga dambe ka socday hablihii iyo wiilashii oo dhamaantood dhaqanka Soomaalida ku lebisnaa. Markii ay dadkii arooska ka soo qayb galay arkeen quruxda iyo haybadda dhalinyarada, dhaqankoodii u hiiliyey ka muuqata, dhammaantood inta ay is taageen ayey sacab iyo mashxarad kala joojin waayeen.

43

Waxaa markii dadkii martida ahaa iyo arooskii iyo aroosaddii fadhiisteen makarafoonka qaatay Jaamac Dirir oo dadkii munaasabadda martida ku ahaa u sheegay "in isaga oo magaca labada qoys ku hadlaya uu dhammaantood uga mahad naqayo ka soo qayb galka xafladda arooska Saxarla Sandulle Naxar iyo Samaan Cabdulle Calasow. Waxa uu ka sheekeeyey saaxiibtinimada dheer ee isaga iyo Cabdulle ka dhexaysay. Waxa kale oo uu sheegay sida uu Cabdulle u ahaa nin shaqsiyad wanaagsan leh oo naxariis badan. Waxa uu dadkii u sheegay in uu markii ugu horeysay Saxarla kula kulmay guriga reer Cabdulle, wax badanna uu ka war hayey ad-adayga iyo wanaagga ay u dhalatay. Jaamac waa uu ka gaabsaday in uu ka hadlo silicii iyo dhibaatadii ay Saxarla soo martay, waayo ma uusan rabin uun habeenkeeda farxadda leh kaga ciyaaro. Jaamac oo weli khudbaddiisii wada ayaa haweenay da'weyn oo ul ku tukubaysaa waxa ay ka soo kacday kuraasida ugu dambaysa ee hoolka. Iyada oo dhutinaysa ayey dadkii soo dhex martay. Saxarla oo dhinaca midigta ka fadhiday Samaan ayaa inta ay afka u dhoweysay weydiisay "qofka soo socdaa miyaanay Muumino ahayn." Samaan oo yaaban oo aan filayn in ay meesha imanayso ayaa yidhi "Walaahay waa iyadii."

Sidii ay u sii tukubaysay ayey islaantii Jaamac hortiisa soo joogsatay. Jaamac oo xaaladda la socday iyo in ay Muumino arooska Saxarla iyo Samaan ka soo horjeedday, ayaa inta uu yaabay yidhi "Muumino iska waran." Waxaa markiiba nux nux iyo hadal hoose bilaabay dad badan oo ay Saxarla isku reer yihiin oo Muumino xinkeeda madasha u yimid. "Jaamac laba kelmadood ma dhihi karaa?" Muumino ayaa tidhi iyada oo hoos u hadlaysa, laakiin codkeedii magarfooka qabtay oo cid waliba maqashay. Markiiba waxa xagga dambe ee hoolka ka qayliyey dhowr dumara oo xanaaqsan, kuna dhawaaqayey "maya maya ha u dhiibin." Raali ahaada inta uu yidhi ayuu magarafookii Muumino u dhiibay.

Markii ay makarafookii qabsatay ayey xaggii Saxarla iyo Samaan jaleecday. Wax yar ka dibna xaggii dadweynaha xafladda ka soo qayb galay inta ay u jeensatay iyada oo aad mooddo in ay qof qof indhaha ula raacayso. Markii ay cabaar aamusnayd ayey tidhi "dhammaantiin waan idin salaamay." Waxa ay ka hadashay aqoonta fiican ee ay u leedahay Saxarla ilaa iyo yaraanteedii. Waxa kale oo ay tidhi in ay aad iyo aad uga xuntahay hadal hadda ka dhacay oo ay su'aal ka keentay guurka Saxarla iyo Samaan. Waxa ay tidhi wax iga si noqday magaranayo, laakiin anigu ma ahi dadka Soomaalida kala sooca, Jaamac Dirir oo aan weligay aqaanay oo aan dad u jeclahay xataa waan ilaaway. Waxa kale oo ay tidhi "qabyaaladdu waa waxa dadkeenna baabiiyey mana aaminsini." Waxa ay Saxarla iyo reerkooda iyo qoyska ay ka soo jeedaba ka codsatay in ay cafiyaan. Waxa ay tidhi "kollay xantaasi wey idin soo gaadhay in aan guurka ka soo hor jeestay; laakiin waan ka noqday, Saxarla iyo Samaanna waan u ducaynayaa." Ka dibna inta ay makarafoonkii Jaamac Dirir u dhiibtay oo xaggii Saxarla u dhaqaaqday ayey dhafoorka ka dhunkatay, kuna tidhi "hooyo iga raalli ahow." Dadkii arooska ka soo qayb galay ayaa inta ay dhammaantood sara joogsadeen u sacbiyey Muumino.

Waxaa markiiba is bedelay dareenkii dadkii Muumino u xanaaqsanaa, waxana ay aad ugu farxeen hadalada wanaagsan ee ay soo jeedisay iyo sida ay u garatay hadalkii ka dhacay in uu khalad ahaa. Intii ay kursigeedii ku sii socotay iyo markii ay fadhiisatayba dad badan ayaa ku soo xoomay oo inta ay salaameen u mahad celiyey. Markii ay fadhisatayna waxaa mar kale makarafoonkii ku noqday Jaamac Dirir oo aad ugu mahad naqay Muumino iyo hadalka wanaagsan ee ay soo jeedisay. Waxana uu u sheegay dadkii in uu Muumino si fiican u yaqaan oo aanu marna xumaan ka filayn. Markii uu hadalkiisii soo gebo gebayeyna waxa uu makarafoonkii ku wareejiyey Kalkaal oo xafladda inteedii dambe daadihiyey.

Wax yar ka dibna Kalkaal waxa uu dadkii u sheegay in cashadii diyaar tahay, oo marka hore la casheeyo inta aan ciyaarta iyo damaashaadka la dhex gelin. Habeenkaas cunto magaceeda la yaqaan oo meesha ka maqnayd ma jirin. Waxaa dadka ku dhex wareegayey shaqaalihii hoteelka oo dadka weydiinaayey in ay wax kale u baahan yihiin. Waxaa isaguna miis kasta tegayey Xaaji Taajiri oo dadka weydiinaayey in cuntadu wanaagsanayd. Dhereg dartiis dad ayaa meeshii ku lulooday, oo iska daa ciyaar ay ciyaaraane indhihii kala

furi kari waayey. Markii la casheeyey ka dibna waxa
iska soo daba dhacayey cabitaano kala nooc nooc ah,
kofee, shaah iyo cidii macmacaan xiisaynaysay.

Kalkaal ayaa inta uu mar kale makarafoonkii
qabsaday yidhi" imminkana waxa aan boqorka iyo
boqoradda arooska ka codsanayaan in ay soo kacaan oo
caweyska inoo furaan. Ka dibna Samaan ayaa inta uu
istaagey gacanta qabtay Saxarla isaga oo istaajinaya.
Saxarla weligeed inta ay gole istaagtay kama ay ciyaarin.
Iyada oo xishood weyni wejigeeda ka ka muuqdo ayey
ku tidhi "fadlan iska kay dhaaf." Inta uu qoslay isaga oo
weli gacanta jiidaya ayuu ku yidhi "caawa lagu dhaafi
maayee soo kac." Waxaa inta ay kacday malxiisadii
(Muxubo) oo inta ay gacantii kale qabatay jiiday. Ka
dibna iyada oo luudaysa oo xishood la dhaqaaqi la' ayey
garoonkii ciyaarta u raacday. Waxaa iyaguna markiiba
soo booday oo dhinacyada ka galay walaalaheed Sureer,
Saad iyo Muhiim iyo hablihii saaxiibadaheed Amran,
Jihaan, Farxiyo ee ay la degganaan jirtay. Waxaa ciyaar
xumadii Saxarla asturay gabdhihii ku weegaaraa oo
kulligeed si fiican ciyaarta iyo qoob ka ciyaarka u
garanayey. Iyada oo isku deyeysa in ay hablaha jaanta la
qaado ayaa indhaheeda waxa ku dhacay Samaale oo
wejigeeda meel ku beegan fadhiyey. Ka dibna inta ay
hoos ula hadashay Sureer ayey ku tidhi soo kici. Sureer
ayaa markiiba xaggii Samaale u dhaqaaqday oo markiiba
gacanta soo jiidday. Sidii ay u soo wadday ayey golihii
ciyaarta dhex keentay. Ka dibna inta uu labada gacmood
qabsaday Saxarla ayuu la ciyaaray. Waxaa indhaheeda
ka soo daatay ilmo. Waxa ay xasuusatay sidii uu
nolosheeda ugu weynaa iyo in ay ka samirtay oo ay is
tidhi weligaa arki maysid. Waxaa markiiba soo boodday

Sureer oo inta ay ilmadii sacabada ka kaga tirtay ku tidhi "walaal naga daa oohinta caawa waa habeen farxadeede." Wax yar ka dibna Sureer ayaa inta ay orodday gacanta soo qabatay Saylaan oo ku tidhi "war ciyaarta soo gal maxaa meesha ku fadhiisiyey."

Habeenkaas ciddii qoob ka ciyaar reer galbeed xiisanaysay iyo cidii ciyaar Soomaali u oomanaydba si wanaagsan ayaa loo tuntay. Waxaa uu ahaa arooskii ugu xiisaha badnaa ee intii muddo ah ka dhaca magaalada Nairobi. Dadka qaarkood waxa ay hoos isugu sheegayeen in uu ahaa arooskii qarniga!. Waxaa ugu dambayntii la gaadhey wakhtigii keegga la goyn jiray, dadkii baa is weydiiyey meesha keeggu yaalo, waayo sida caadada ah meel aan arooska iyo aroosadda ka fogayn ayaa la dhigi jirey. Waxa makarafoonkii qabsaday Kalkaal oo dadkii u sheegay "haddii aad caawa sugayseen keeg la gooyo, waxaa lagu bedelay caano geel, oo ah dhaqankeenii." Dad badan baa aad ugu farxay oo sacbiyey inkasta oo kuwii keegga macaan rabey hoos u gunuunuceen. Ka dibna waxa uu Kalkaal u yeedhay Saxarla iyo Samaan, oo ka codsaday in ay caanaha mugaabiyaan. Waxa uu u keenay hadhuub caano ah oo weli xoorkii ka muuqdo. Waxa uu u dhiibay Samaan. Ka dibna Samaan oo qoslaya oo ka baqaaya in ay caanuhu ku daataan ayaa kebisiiyey Saxarla. Ka dibna iyadii ayuu u dhiibay. Saxarla oo weli bushmaheeda xoorkii ka muuqdo, ayaa Muxubo markiiba ka masaxday. Ka dibna Saxarla oo xishood ka muuqdo ayaa hadhuubkii u dhoweysay Samaan afkiisa, markii uu

452

kabaday ka dibna, isaga oo weli xoorkii ku yaal ayuu hoos u yidhi "mahadsanid macaan." Ka dibna waxaa martidii lagula wareegay dhiilo caano ah oo qofkii rabey koob loogu shubay. Markii caano mugaabintii xafladdu dhamaatayna waxa makarafoonkii ku soo laabtay Kalkaal oo dadkii ku yidhi "aroos lagama raago, lagumana raago; xafladdii halkaas ayey inoogu dhantahay." Markii Samaan dhoofay ka dibna waxa bilowday qaban qaabadii arooskii Samaale iyo Muhiim.

Arooskii Saxarla iyo Samaan waxa uu ahaa bile, nasiib u noqday dhalinyaro badan oo arooskooda ka shaqaynayey. Waxa ay dhalinyaradu isku barteen hawshii qaaliga ahayd ee ay u hayeen Saxarla iyo Samaan. Saaxiibteed Muxubo waxaa doonay Miisaan oo u uu dhalay Xaaji Taajiri. Sureer waxaa doonay Haybad Jaamac Dirir. Saxarlana waxa ay dhooftay saddex biloodka ka dib, iyada oo aad u faraxsan oo walaalkeed Samaale arooskiisii si fiican uga shaqaysay. Waxa kale oo ay goob joog ka ahayd meherkii walaasheed Sureer iyo saaxiibteedii koowaad Muxubo. Markii ay Saxarla Maraykanka u dhooftay, waxa sanad ka dib u dhashay wiil ay u bixisay Bilaal, ka dib markii Samaan ku dhiiri geliyey in ay magacaas u bixiso; isaga oo ku yidhi "waa bedelkii Bilaal, waana walaalkii."

Saxarla markii ay Maraykanka timi waxa ay degtay magaalada Minneapolis. Waxa ay magaaladaasi noqotay meesha ay dadka Soomaalida ah ee Maraykanka deggani ugu badan yihiin. Inkasta oo ay dhulkeedii iyo dadkeedii ka soo fogaatay Saxarla, haddana ma aanay dareemin kelinimo. Waxa ay degganayd meel aan ka fogayn suuqa Karmel ee Soomaalida. Maalin maalmaha ka mid ah iyada oo suuqa karmel dhex mushaaxaysa ayaa waxa ay jaleecday gabadh laba caruur ah (wiil iyo gabadh) wadata oo ay u malaysay in ay wejigeeda garanayso. Markii ay gabadhii aragtay in ay Saxarla ku dhegagsan tahay, ayey iyaduna xaggii Saxarla jaleecday. Inta ay labadoodiiba ilka caddeeyeen, ayaa gabadhii labada caruurta ah wadatay Saxarla ku tidhi "abaayo, meel ayaan kugu arki jirey." Saxarla oo lafteedu hubta in ay gabadhan meel ku aragtay ayaa inta ay wejigeeda si fiican u sii eegtay ku tidhi "wejigaagu waa igu yaallaa, laakiin meeshaan kugu arkay garan maayo, " ka dibna waxa ay sii raacisay "magaacaa walaalo?" "Abaayo, magacayga waxa la yidhaahdaa Batuulo, adigana?" Saxarla oo sinta ku sidday Bilaal ayaa inta ay dhulka dhigtay, inta ay afka gacanta saartay ku dhegagtay gabadhii..kuna tidhi "walaalo, aniga Saxarla ayaa la i yidhaahdaa, ma Batuuladii aan garanayey ayaad tahay?" Batuula oo labadeedii caruurta ahaa labada dhinac ka taagan yihiin ayaa Saxarla ku boodday oo hab siisay. Sidii laba qof oo is jeclaa oo kala lumay ayey isku ooyeen.

Waxa ay mid waliba xasuusatay darxumadii ay tan kale ku noolayd, mana aanay filayn in mar kale noloshu kulmin doonto. Saxarla oo Bilaal madaxa u salaaxaysa ayaa ku tidhi Batuulo "waa wiilkaygii labaad, waxa magaciisa la yidhaahdaa Bilaal." "oo wiilkii kale ma gurigii ayaad kaga timi," Batuulo ayaa weydiisay.

"Maya walaalo, markii aan xeradii qaxootiga ee Dhadhaab imi ayuu igaga dhintay."

"Innaa Lilaahi waa inaa Ilaahu raajucuun, abaayo waan ka xumahay, ma Dhadhaab baad joogtay? aniga laftaydu muddo ayaan joogaye Batuulo ayaa sii raacisay." Waxa Batuulo u sheegtay magacyada caruurteeda oo kala ahaa Bashiir iyo Barwaawo. Markii ay muddo sara-joog isku waraysanayeenna, Batuulo ayaa ku tidhi Saxarla "hadal istaagga kuma kala dhammaysan karnee, goormaad adeeggaaga dhammaysanaysaa aynu is raacnee?" Ka dibna waxa ay Saxarla u sheegtay Batuulo in ay adeeggeedii dhammaysatay oo ay gaadhi wadato, ka dibna waxa ay go'aansadeen in ay guriga Batuulo oo aan Karmel aad uga fogayn isu raacaan.

Waxa markii ay guriga Batuulo tageen guriga joogay Batuulo ninkeeda Bile oo maalintaas fasax ahaa. Bile waxa uu aad xariif ugu ahaa cunto karinta, waxana uu sii kariyey qado ay ka dhacayso intii ay Batuulo suuqa ku maqnayd. Waxa ay Batuulo is bartay Saxarla iyo Bile, waxana ay ku tidhi Bile, "berigii aan derbi jiifka ahaa ayaanu Saxarla is baranay iyada oo yar oo markaas miyi ka soo gashay." Saxarla oo niyadda iska weydiinaysay sida ay Batuulo dib jirnimadii uga baxday, ayey markiiba dareentay in nolosheedii hore Bile si fiican ula socdo. Batuulo oo isbaristii Saxarla iyo Bile wadda ayaa ku tidhi Saxarla, iyada oo qoslaysa "kuu sheegi maayo sida aanu isku baranay, laakiin qacdii ugu horeysay ee aniga iyo Bile kulanay waxaanu labadayaduba dareenay in la isu kaayo sameeyey!" Sidii ay u sheekaysanayeen ayaa gabalkii dhacay, ka dibna Batuulo ayaa weydiisay Saxarla "goorma ayaa odaygaagu shaqada ka soo baxayaa?" Markii ay ku tidhi mar hore ayuu ka soo baxayna, Batuulo ayaa ku tidhi "wac, oo u sheeg in uu ina soo maro, waxa fiican in aynu si fiican isu barano," ka

455

dibna Saxarla ayaa wacday Samaan oo u sheegtay guriga ay joogto. Muddo 30 daqiiqo ka yarna waxaa albaabka soo garaacay Samaan. Markii Samaan yimina waxa ay Saxarla bartay Batuulo iyo Bile.

Samaan nolosha Saxarla ma ahayn mid ka qarsoon. Maalintii uu aabihiis Cabdulle guriga keenay ayuu si cad u xasuustaa, markii ay is guursadeen ka dibna waxa ay uga sheekaysay wixii dhib iyo dheefba ay nolosheeda soo martay. Waxa ay markii ay is bartay ka dib, Saxarla u sheegtay Samaan in Batuulo ay tahay qoftii nolosheeda bad baadisay kuna dhiiri gelisay in aanay suuqa ku raagin ee ay habaryarteed si deg deg ah u hesho.

In Saxarla iyo Batuulo is helaan waxa ay labadoodaba u ahayd fursad qaali ah oo xasuusisa noloshii adkayd ee ay soo mareen. Saxarla oo dib u xasuusatay noloshii gidaar jiifka ayaa weydiisay Batuulo meesha ay ku sugan yihiin Dooli iyo Dhuudhi. Inta ay qosol la dhacday Batuulo ayey tidhi "illeyn weli waad xasuusataa labadii ciyaala suuq." Saxarla ayaa inta ay iyaduna qososhay tidhi "Dooli ayaa ciyaala suuq ahaa, ee Dhuudhi ma xumayn." Waxa ay Batuulo u sheegtay Saxara in Dhuudhi iyo Dooliba ay markii dambe ka baxeen derbi jiifkii oo ay noqdeen niman shaqaysta. Waxa kale oo ay u sheegtay in Dhuudhi degan yahay Minneapolis oo uu leeyahay xaas iyo laba caruur ah, Doolina uu Yurub galay laakiin aanay garanayn waxa xaaladdiisu ku sugan tahay.

Kulanka Saxarla iyo Batuulo waxa uu ahaa fursad cajiib ah oo labadoodaba xasuusiyey noloshii adkayd ee ay soo mareen, waxana ay noqdeen saaxiibo dhab ah oo mar walba iska war haya.

Waxa ka soo wareegtay laba sanadood markii ay Saxarla Maraykanka u dhooftay. Waxa ay ka joogi kari wayday walaalaheed iyo saaxiibteed Muxubo oo iyaduna Ingiriiska u dhooftay oo maalin walba ku odhan jiray na soo booqo. Waxa ay ka caga-jiidaba waxa ay aakhritaankii goáansatay in ay dhoofto, ka dib markii ay Saad u sheegtay in ay guursanayso oo arooskeedii la qaban qaabinayo Sidaas ayey ugu dambayntii ugu dhooftay Ingiriiska iyada oo Bilaal wadata. Waxana ay ku kulmeen magaalada London oo ay dhammaantood deganaayeen. Sureer waxa ay dhashay gabadh ay u bixisay Saxarla, waxa Samaale iyo Muhiimna u dhashay wiil ay u bixiyeen Bilaal. Waxa sidoo kale Muxubo iyo Miisaan u dhashay wiil ay u bixiyeen Bilaal. La kulanka walaalaheed iyo Saaxiibteed Muxubo, waxaa uga sii xiiso badnaa ka qayb galka arooska walaasheed Saad iyo inankii guursanayey, Samakaab.

QORAAGA

Faarax Maxamud Maxamed (Sheeko Xariir) waa qoraa deggan waddanka Maraykanka. Waxa uu qoraa sheekooyinka caruurta, kuwa gaagaban (Short Stories), Sheekooyinka la Halabuuray (novels) iyo gabayo. Faarax qoraaladiisu waxa ay ku soo baxaan Afka-Soomaaliga iyo luqadda Ingriisida. Faarax waxa kale oo uu sameeyey Golis Publishing oo dadka ka caawisa kuna dhiiri gelisa sidii ay buug u qori lahaayeen, ka dibna u daabici lahaayen. Waxa aad qoraaga kala xidhiidhi kartaan shebakadda www.farahmohamud.com

Faarax Maxamuud (Sheeko Xariir)

www.ingramcontent.com/pod-product-compliance
Lightning Source LLC
Chambersburg PA
CBHW021840010726
47493CB00005B/1477